KB109710

치유

KYRA

Copyright ⓒ 2008 by Carol Gilligan
This translation published by arrangement with Random House, an imprint of
Random House Publishing Group, a division of Random House, Inc.
All rights reserved.

Korean Translation Copyright ⓒ 2009 by Maumsanchaek
This translation is published by arrangement with Random House, an imprint of
Random House Publishing Group, a division of Random House, Inc. through
Imprima Korea Agency.

이 책의 한국어판 저작권은 Imprima Korea Agency를 통해 Random House, an imprint
of Random House Publishing Group, a division of Random House, Inc.와의 독점 계약
으로 마음산책에 있습니다. 저작권법에 의해 한국 내에서 보호를 받는 저작물이므로
무단 전재와 복제를 금합니다.

■ 이 도서의 국립중앙도서관 출판시도서목록(CIP)은
e-CIP 홈페이지(http://www.nl.go.kr/ecip)에서 이용하실 수 있습니다.
(CIP제어번호: CIP2009001478)

# 치유

캐럴 길리건
김이선 옮김

마음산책

# 치유

1판 1쇄 인쇄  2009년  5월 20일
1판 1쇄 발행  2009년  5월 25일

지은이 | 캐럴 길리건
옮긴이 | 김이선
펴낸이 | 정은숙
펴낸곳 | 마음산책

편집 | 심재경 · 최동일 · 권한라    디자인 | 김정현
영업 | 권혁준    관리 | 박해령

등록 | 2000년 7월 28일(제13 – 653호)
주소 | 서울시 마포구 서교동 395 – 114 (우 121 – 840)
전화 | 대표 362 – 1452  편집 362 – 1451    팩스 | 362 – 1455
홈페이지 | http://www.maumsan.com
전자우편 | maum@maumsan.com

ISBN 978 – 89 – 6090 – 057 – 8 03840

* 책값은 뒤표지에 있습니다.

남편 짐에게

불이 가고 나니 부드러운 속삭임이 찾아왔다.
「열왕기 상」19장 12절


사람들에겐 각자 상황을 파악하는 틀이 있어.
뭔가가 자꾸만 자기를 그 밖으로 밀어내려 하면
불안감을 느끼게 돼.
그 위험을 감당하려는 의지가 없으면
다른 사람과 관계를 맺을 수 없어.

# □ 차례 □

■ 일러두기

작가 주와 옮긴이 주는 모두 각주로 표기하였다. 단 작가 주의 경우 별도로 명기하였다.

# 1

한때 그는 이방인이었다. 그러곤 이방인 아닌 사람이 되었다. 친밀한 사람, 나의 연인, 남편보다 가까운 사람. 그리고 내게 왔다. 그곳으로. 우리가 서로를 위해 만들어놓은 공간. 야생 치자나무가 자라는 공터의 꼭대기. 작고 섬세한 꽃송이들. 너무 얇아서 안을 들여다보일 듯한 하얀 꽃잎, 연분홍 꽃술.

# I

"루징<sup>losing</sup>의 반대가 뭔지 알아요?"

추수감사절이 지나간 11월의 마지막 일요일, 우리는 체스를 두고 있었다. 펠리시아 블루멘털이 프랜시스 애버뉴에 있는 자기 집으로 길 잃은 어린 양들을 초대했다. 낯선 이들을 환대하는 것은 전쟁을 경험한 그녀 세대가 익숙해져야 했던 오랜 습관이었다.

그는 그녀의 친척이었다. 파란색 다이닝룸에서 칠면조 접시를 들고 서 있는 나에게 펠리시아가 그와 함께 다가왔다. 그녀는 빙그레 웃으며 "먼 친척이야"라고 했다. 내가 그에게 뭐가 감사하냐고 물었을 때 그는 놀란 눈빛으로 대답했다. "이거 말입니다." 점심 얘기였다. 그는 전날 런던에서 온 길이었고 다음 날 아침 시카고로 떠날 예정이었다. 나는 작업실에서 온 길이었고 흰색 셔츠에 검은색 롱스커트 차림이었다. 그는 몇 걸음 뒤로 물러나며 나를 쳐다보더니 "플루트나 오보에를 연주하시나 보죠?" 했다. 나는 늘 오보에를 불고 싶었다. 그가 쌀쌀하지 않느냐고 물었다. 다이닝룸은 집의 북쪽에 있어 그늘이 졌고, 펠리시아는 유럽 스타일이라 여간해선 히터를 올리는 법이 없었다. 우리는 테이블 위에 자기 접시를 내려 놓고 벽난로 근처에 모여 서 있는 사람들—회색 슈트를 입은 남자들과 붉은색 사리를 입은 한 여자—의 무리를 빙 돌아서 홀을 가로질러 거실로 향했다. 햇살을 머금은 돌출창이 우리를 끌어당기고 있었다. 그는 고풍스러운 푸른 벨벳 의자에 앉았고 나는 맞은편에 자리를 잡았다. 우리 둘 사이에 놓인 테이블 위에는 대리석 체스 판이 있었다.

검은색 비숍을 잡기 위해 흰색 나이트를 움직이자, 비스듬한 햇살을 받은 내 손이 순간 반투명해졌다.

안드레아스가 시선을 주고 바라보다 비숍을 옮겼다. 검은색 비숍은 검고 하얀 정사각형들이 들어선 내밀한 은신처로 미끄러지듯 옮겨갔다. 대신 그는 폰을 희생시켜야 했다. 다른 많은 것들 중에서 그것을.

"당신 차례예요."

그가 눈을 들며 말했다. 강에 사는 자갈돌을 닮은 청회색 눈동자였다.

이부남매지간인 앤튼이 내게 체스를 가르쳐줬다. 우리는 바다가 내다보이는 큰 창문 앞 테이블가에 앉아 긴 오후를 보내곤 했다. 앤튼의 얼굴은 굳어 있기 일쑤였다. 그는 어머니가 짧았던 첫 번째 결혼 생활에서 본 아들이었다. 오빠에게 이부자식이라는 상황은 살에 박힌 가시와 마찬가지였다. 오빠는 "체크메이트"를 부르곤 했다. 아랍어인 '샤 마트'에서 유래한 말인데 '킹이 죽었다'는 뜻이라고 했다. 그럼 나는 킹이 더 유유하고 독창적이며 모든 방향으로 자유롭게 움직이는 퀸의 파트너라는 뜻이라고 반박했다. 나는 누가 이런 게임을 만들었을까 하는 생각에 잠겨 있었고 안드레아스는 나를 기다리고 있었다. 조화와 균형을 상징하듯 끌로 평평하게 다듬어진 캐슬의 담장에 손을 갖다 댔다. 그러나 상하 대각선으로 이동하는 캐슬의 움직임은 연합전선이라는 어두운 목적을 숨기고 있었다. 의심 없는 퀸을 향한, 캐슬과 나이트의 포위. 그녀는 알았을까? 어떻게 알았을까? 왜 몰랐던 것일까?

안드레아스가 몸을 앞으로 숙였다. 집중을 하느라 얼굴에 난 주름이 깊어졌다. 그는 자신의 퀸으로 체스 판을 가로질렀다.

"체크."

그즈음 지평선 언저리의 태양이 창문 밖 단풍나무에 매달린 노란 잎사귀들을 붉게 물들였다.

그는 숙였던 몸을 당기고 앉아 내 얼굴을 쳐다보았다.

"햇빛에서 당신 눈동자가 초록색으로 반짝이는 것을 압니까?"

그의 목소리는 마치 혼잣말을 되뇌듯 나직했다.

나는 놀라 그의 얼굴을 쳐다보았다. 그러고는 체스 판 가장자리에 놓인 그의 손을 바라보았다. 내가 물었다.

"루징losing의 반대가 뭔지 알아요?"

그가 대답했다.

"발견finding* 이겠지요."

그것이 시작이었다.

* '루징losing'에는 상실과 패배, 두 가지 뜻이 있다. 따라서 반대말도 '발견finding'이나 '승리winning' 등으로 달라질 수 있다.

다음 날 아침에는 갑작스레 눈이 내렸다. 커다란 눈송이들이 황회색 안개 속을 떠돌고 있었다. 천천히 공중제비를 돌다가 잠시 저항을 시도해보기도 했지만, 눈송이들은 대기의 밀도와 중력의 법칙을 증명이라도 하듯 하염없이 떨어져 내렸다. 늦가을의 잎사귀들이 다가올 겨울의 눈과 뒤섞이고 있었다. 나는 대학 건물들을 분리해주는 교정을 가로질렀다. 건물들은 각각 외따로 서 있었다. 이곳은 청교도 색채가 만연한 뉴잉글랜드 지역이었다. 신체접촉은커녕 서로 기대는 것조차도 순순히 허락되지 않는 곳.

사이먼이 살해당한 뒤 나는 이렇게 살아가고 있었다. 남편은 이부오빠의 총에 맞았다. 건물들을 바라보았다. 앤튼의 얼굴처럼 차가웠다. 기억과 함께 찾아든 분노가 철문을 지나 퀸시 스트리트로 나를 몰아댔다. 아침 교통은 정체 상태였다. 철제 껍데기 속에 고립된 운전자들은 반달 같은 앞 유리창 밖을 내다보고 있었다. 나는 자동차 사이를 헤쳐 지나 브로드웨이를 가로질러, 콘크리트 내물림 구조의 미대로 향했다. 젖은 발자국들이 계단을 지나 사무실까지 쫓아왔다. 전화벨이 울리고 있었다.

"내가 당신을 발견했습니다!"

승리에 찬 목소리.

나는 잠시 멍했다.

"체스 파트너시군요."

나는 책상 위에 열쇠를 내려놓으며 말했다. 옆쪽 바닥에 놓인 가방에선 눈송이들이 녹아내리고 있었다. 시카고로 떠난다고 하지 않았던가?

그날 우리는 함께 펠리시아의 집에서 나왔다. 그가 장거리 비행의 여독으로 여지껏 다리가 풀리지 않았다며 걷고 싶다고 했다. 그는 나와 펠리시아의 인연을 알고 싶어 했고, 내가 무슨 일을 하는지 알고 싶어 했다. 나는 그에게 건축가라고 말했다. 새로운 방식으로 도시 설계 프로젝트를 진행하고 있다고, 그리 큰 규모는 아니라고, 어떤 섬에 건설할 것이라고. 그것은 일종의 실험 같은 것이라고 했다. 그는 새로운 방식으로 오페라 공연을 시도하고 있었다. 역시 큰 규모는 아니라고 했다. 원래는 지휘자 수업을 받았는데, 지금은 거의 연출 일을 하는 편이라고 했다. 강 위로 불빛들이 희미해지고 오가는 차량은 늘어갔다. 긴 주말을 끝내고 돌아오는 여행객들의 행렬이었다. 우리는 커피를 마시기 위해 하버드 스퀘어로 향했다. 문을 연 곳은 많지 않았다. '카사블랑카'에 있는 바로 들어간 우리는 구석 테이블에 자리를 잡고 앉았다. 그리고 낮의 끝과 함께 찾아든 어둠 밖으로 탈출한 데에 안도했다.

대화의 주제는 각자의 작업이었다. 그는 오페라 분야에서 나는 도시 디자인 분야에서, 우리는 지금까지의 관례들을 깨고 예상치 못한 무언가를 만들어내려는 노력을 하고 있었다. 사람들로 하여금 우리가 보는 것을 실제로 보게 하고, 우리가 듣는 것을 실제로 듣게 만드는 것이 목적이었다. 나샤위나 아일랜드. 매사추세츠 해안가에 있는 그 섬이 바로 내 프로젝트의 공간이었다. 리빙스턴 가문의 소유인데, 그 집안사람인 리처드 리빙스턴은 공간이 그곳에 거주하는 사람들의 삶을 형성한다고 믿고 있었다.

안드레아스의 안색이 밝아졌다. 밤색 머리칼과 검은색 스웨터 덕분에 뺨의 홍조가 도드라졌다. 나는 그가 어디 출신인지 분간할 수 없었다. 펠리시아는 빈 태생이었다. 그는 자기가 헝가리 인이라고 했다. 런던에서 〈룰루〉*를 무대에 올렸는데, 그것을 본 시카고 리릭 오페라 관계자 한 명이 연락을 해와 그쪽 운영진을 만나러 가는 길이라고 했다.

별안간 부엌에서 탕, 소리가 들려왔다. 나는 자리에서 벌떡 일어났다. 그 사람이 나를 쳐다보는 것이 느껴졌다. 당혹스러웠다. 나는 주위를 둘러보았다. 나 말고는 동요한 사람이 아무도 없는 것 같았다.

나는 그에게, 지중해의 섬 키프로스에서 태어났으며 대학 시절을 빼곤 1975년 여름까지 그곳에 살았다고 말했다. 그리고 그런 명칭이 맞는지는 알 수 없으나 '시민전쟁' 초창기에 그곳을 떠나왔다고 했다.

그는 눈썹을 추켜올리며, "맞지 않지요" 했다. 그가 자기도 전쟁에 대해 알고 있다고 했다.

불현듯 늦은 시각이 되었다. 우리는 바 메뉴 가운데 스테이크 샌드위치를 주문했다.

이윽고 내가 말했다.

"이제 정말 가야겠어요."

그러고는 자리에서 일어나 코트를 집어 들었다. 그 사람 역시 일어섰다.

"만나서……."

서로의 눈이 마주쳤다.

* 오스트리아 작곡가 안톤 베르크의 오페라.

"그런 말은 안 하셔도 될 듯합니다."

그의 목소리는 부드러웠다. 이내 그 기다란 얼굴이 미소로 주름지는가 싶더니 우려의 기색이 떠올랐다.

나는 말했다.

"전 괜찮아요."

그는 몇 블록 떨어진 롱펠로 파크에서 한 여교수가 살해된 사건을 알지 못했다. 인류학과 대학원 여학생이 바로 근처 모퉁이, 마운트 오번 스트리트에 있는 자기 아파트에서 살해됐다는 사실도 알지 못했다. 종교적 암살을 암시하는 듯 여자의 몸에는 적황색 안료가 칠해져 있었다. 그러나 나는 반대 방향으로 갈 예정이었다. 또한 어쨌거나 지나온 내 삶에서 살해당한 것은 여자들은 아니었으니까.

아파트로 되돌아와 거울에 비친 내 얼굴과 뺨의 홍조를 바라보았다.

"이래선 안 돼."

나는 빨래 바구니 속으로 옷들을 집어던지고 재빨리 샤워를 마치고는, 불을 끄고 눈을 감았다.


"어디예요?"

나는 내 사무실에선 창문이나 다름없는 판유리 너머를 응시하며 이렇게 물었다. 눈이 펑펑 쏟아지고 있었다.

"공항입니다. 전화 부스 앞에 서 있지요. 당신에게 전화를 하는 중이고요."

나는 한쪽 어깨로 전화기를 받친 채 어지러운 책상 위를 뒤적거렸다. 새로 그린 드로잉을 찾아내, 둘둘 말아 튜브 속에 집어넣었다.

"항공편이 모두 취소됐습니다. 약속 시간에 맞춰 시카고에 도착할 방법이 없군요. 그래서 말인데, 혹시 체스 생각 있으신가요?"

"그게 말이죠, 난 지금 측량 기사를 만나러 마서스 비니어드에 가야 해요. 그런 다음에는 나샤위나에 들어가야 하고요. 그래서 말인데, 그쪽이 오는 건 어때요? 작업 현장을 볼 수 있을 텐데. 일 끝나고 굴 요리도 먹을 수 있고요."

내 머릿속에 대체 무슨 생각이 들어 있었던 것일까? 굳이 대답하자면, 내 머릿속에는 그냥 그런 생각이 들어 있었다. 그는 내 프로젝트에 흥미를 느꼈고 모험을 좋아했다. 그리고 난 그 사람이 굴을 좋아한다고 확신했다. 그러니 안 될 이유가 없었다.

나는 지하철 블루라인 노선에 있는 어퀘어리엄 역에서 그를 태웠다. 가죽 재킷, 회색 바지, 이탈리아 로퍼 차림에 어깨에는 가방을 메고 있었다. 그는 부다페스트에서 태어났고 강과 함께 살았다. 음악학교에서 공부했고 키 큰 자기 몸을 편안하게 여겼으며, 날씨에 크게 민감하지 않은 타입이었다. 그가 뒷좌석으로 가방을 던지더니, 기다란 몸을 구부리며 앞좌석에 올라탔다. 차 안에 가죽 냄새가 퍼졌다.

우리는 고속도로를 따라 남쪽으로 향했다. 앞 유리창으로 쏟아져 내리는 눈은 희미하게 길의 흔적만을 남긴 채 모든 것을 지워버리고 있었다. 밀폐된 공간. 가벼운 모험 정도로만 여겼던 감정에 끌림 비슷한 무언가가 일어나면서 심란해졌다. 나는 어색한 분위기를 피하려고 라디오를 켰다. 아침에 듣는 모차르트. 피아노 콘체르토의 느릿한 선율이 서리 제거 장치 움직이는 소리와 우열을 다투었다. 안드레아스가 손수건을 꺼내더니 앞 유리창을 닦으며 물었다.

"보입니까?"

"훨씬 낫네요."

어느새 그에게, 앞이 보이지 않은 채로 운전한 꿈 이야기를 하고 있었다. 꿈속에서 나는 눈을 감고 있다. 그러나 내 손은 운전대를 잡고 있고 내 발은 페달 위에 놓여 있으며 차는 앞으로 움직이고 있다. 나는 대단히 위험한 상황에 처해 있다는 것을 느낀다. 이대로라면 누군가를 칠 것이고 누군가를 죽일 것이다. 그러나 아무런 일도 일어나지 않는다. 차는 계속해서 앞으로 나아가고 길은 오르막길로 이어지며 불빛은 희미하다. 가끔은 밤일 때도 있다. 길가에는 농가들이 줄지어 서 있다. 시골의 어디쯤이다. 나는 늘 이런 꿈을 꾼다.

"깨고 싶은 꿈인가요?"

그가 다시 유리창을 닦으며 물었다.

"아뇨."

라디오에선 뉴스가 흘러나왔다. 빛에도 눈, 헤드라이트에도 눈, 첫눈. 오늘은 눈이 내리는 날이다. 그런 생각을 하니 마음이 좀 가벼워졌다.

우리는 24번 국도를 타고 남쪽으로 내려가다 동쪽으로 꺾어지는 25번 국도로 노선을 바꾸어 케이프코드로 향했다. 날씨는 개고 있었고 회색 도로들은 숲에 둘러싸여 있었다. 운하가 가까워지자 대기 밀도가 높아지고 바다 안개 속으로 눈송이들이 떠다니는가 싶더니, 다리 반대편에 이르자 눈이 그쳤다.

안드레아스는 재킷을 벗어 뒷좌석에 두었다. 나는 가방으로 손을 뻗어 오렌지를 꺼내 그에게 건넸다.

"뒷마당에 레몬 나무가 있었어요. 키프로스 생각에 잠길 때 그리운 것 중 하나가 바로 그 레몬 맛이에요."

그는 껍질 벗긴 오렌지 한 쪽을 내 입에 넣어주었다. 입속에서 달콤함이 터져 번졌다.

키 큰 나무들이 마치 파수꾼들처럼 길가에 늘어서 있었다. 아래론 그보다 작은 물푸레나무와 너도밤나무 들이 아직도 이파리들을 품고 있었다. 희뿌연 갈색 이파리들. 너무 덥거나 너무 추울 때 초콜릿이 변하는 색깔이었다. 아침나절의 햇빛이 차 속에 넘쳐 들었다. 나는 코트 지퍼를 내렸다. 안드레아스가 소매에서 팔을 뺄 수 있도록 도와주었다. 나는 얼굴 위로 흘러내린 머리카락을 쓸어 넘겼다. 나를 보는 그의 시선이 느껴졌다. 조금 뒤 우리는 그곳에 도착했다.

그는 재킷과 가방을 챙겼다. 서류 가방은 차 안에 두기로 했다.

"괜찮을까요?"

나는 걱정하지 말라고 했다.

우리는 매점에서 커피를 사 들고 갑판으로 나왔다. 페리는 운하를 지나 비니어드 사운드로 향하고 있었다. 케이프의 해안선은 왼쪽으로 멀어져갔고, 바람은 뒤쪽에 남은 모든 것을 흩날려 보냈다. 우리는 아무 말 없이 난간 위에 서 있었다.

오른쪽으로 섬이 하나둘 나타나기 시작하자 그가 말했다.

"이 섬들에 대해 말해줘요."

그에게 고개를 돌리자 얼굴 위로 머리카락이 흩날렸다.

"아니면,"

그의 목소리는 고요했다.

"난 기분이 아주 이상한데, 당신도 그런가요?"

나는 내 기분을 말로 표현하고 싶지 않았다. 해안에서 멀어지며 휩쓸려가는 물결처럼 어딘가로 실려 가는 느낌. 바닷가에서 자란 사람이라면, 그것에 몸을 맡기는 법을 알 것이다. 물살이 약해지면 다시 안전하게 헤엄쳐 돌아올 수 있다는 것도.

"베케트가 쓴 그 소설 압니까?"

대답할 수 없는 질문이라는 것을 그 자신도 알고 있었다.

"한 사람이 이렇게 묻습니다. '노래 부르고 싶어요?' 그러자 상대방이 대답하죠. '내가 아는 바로는 안 그런데요.'"

나는 웃음을 터트렸다. 그리고 우리는 펠리시아가 집에 가서 먹으라며 극구 넣어준 칠면조 샌드위치를 반으로 나누었다. 호밀 빵 맛이 살짝 의심스럽긴 했지만, 그 순간으로 칠면조 고기가 상하는 것을 막을 수 있었다.

케빈이 부두에서 빨간색 트럭을 타고 기다리고 있었다. 내가 안드레아스를 소개하는 동안에도 그는 아무런 감정 변화를 드러내지 않았다. 안드레아스를 흘깃 보긴 했지만, 그에겐 현장 부지 상황과 습지대 관련 문제들이 우선이었다. 새 제한 규정들이 시 위원회에서 통과되어 설계도를 다시 짜야 할 형편이었다. 우리 셋은 앞좌석에 끼여 앉았다. 왼쪽으론 기어가, 오른쪽으론 안드레아스의 다리가 나를 조여왔다. 내 몸이 그의 기다란 뼈와 탄력 있는 근육들을 기록하고 있었다. 나는 신체접촉이 자연스러운 키프로스에서 자랐다. 그는 헝가리 사람이다. 내 다리를 그의 다리에 기댔다. 그러고는 부지 북쪽 끝자락을 차지할 건물의 새로운 위치에 대해 케빈과 이야기를 나누었다. 그곳은 설계 계획이 자꾸만 겉도는 소용돌이 같은 곳이었다. 우리는 그의 사무실 앞에 차를 세우고 습지대 규정을 살펴본 후, 설계 드로잉이 규정에 맞는지 확인했다. 그런 다음 케빈의 어시스턴트인 프랭크가 기다리고 있는 태시무 호수로 갔다. 비니어드 사운드를 횡단하기 위해 준비된 모터보트에 삼각대와 깃발들이 실려 있었다.

섬의 북쪽에 있는 나샤위나 항은 매사추세츠 해안을 향하고 있었는데, 물이 얕고 바위가 많았다. 해안선을 따라 농경지들이 죽 늘어서 있고 그 지대를 지나면 불쑥, 낮고 무성한 풀들이 자라난 목초지가 나타난다. 구불구불 이어진 돌담의 뭉우리돌에는 이끼가 끼어 있다. 나는 안드레아스에게 이곳의 역사를 이야기해주었다. 한때 본토의 일부였던 이 섬들은 빙하 시대가 끝나갈 무렵 분리되었다. 원주민은 알곤킨 연합의 일원이었던 왕파노아그 족이었고, 그들은 이 섬들을 '나샤나우'라고 불렀다. '사이에'라는 뜻이었다. 1602년에 영국의 바솔로뮤 고스놀드가 비니어드 사운드로 항해해 들어왔다. 그는 엘리자베스 여왕을 기리기 위해 그 섬들을 '엘리자베스 제도'라 명명했다. 자기 누이를 생각하며 만든 이름이라는 설도 있다. 이 작은 섬들은 왕과 뉴잉글랜드 위원회 간의 영토 양도에 포함되었다. 위원회가 해산되자, 토머스 메이휴가 낸터키트 아일랜드 및 마서스 비니어드와 함께 그 섬들을 사들였다. 현재 리빙스턴 가문이 소유하고 있는 노숀 아일랜드를 얻는 대가로는 코트

두 벌 값밖에 들지 않았다. 리빙스턴 가는 나샤워나와 파스크 역시 소유하고 있다.

안드레아스는 놀란 눈치였다. 나 역시 한 가문이 매사추세츠 바닷가 섬 세 개를 소유하고 있다는 사실을 알았을 때 입이 다물어지지 않았다. 그러나 나로선 그 상황을 축복으로 받아들일 수밖에 없었다. 받아내야 할 허가 서류는 물론이고 규제 위원회의 숫자도 최소한으로 줄어든다는 의미였기 때문이다. 리빙스턴 가문은 노손에 직접 여름 별장을 지었다. 그다음으로 큰 섬인 나샤워나는 가축 방목과 양 사육에 활용했다.

산투스 가족이 사는 언덕 위 빨간 집에 가까워지고 있었다. 한때는 낡은 회색 농가가 있던 곳이다. 에마뉴엘 산투스는 열일곱 살 때 나샤워나로 들어와 이후 관리인이 되었고, 지금은 그곳에서 그레이스와 아들 루이스와 함께 살고 있다.

리처드의 설득에 힘입어, 가문의 재산을 관리하고 운용하는 리빙스턴 트러스트에게 나샤워나 프로젝트를 허락받았을 때, 그들은 산투스 식구들이 그곳을 떠나지 않는다는 조건을 내세웠다. 산투스 가족은 잘 자라는 채마밭을 가꾸었고 가축들과 양을 돌보았다. 그들의 보트 '새러 룬'은 나샤워나를 커티헝크 아일랜드와 본토에 연결해주는 '간선도로'였다.

루이스는 우리를 프로젝트 부지로 데려다주었다. 안드레아스와 나는 앞좌석에 앉았고, 케빈과 프랭크는 장비들과 함께 뒤쪽 짐칸에 탔다. 우리는 군대가 닦아놓은 길을 따라가고 있었다. 진주만 공격 이후 군인들이 비니어드 사운드의 순찰을 목적으로 해안절벽에 주둔했던 시절이 있었다. 병사와 장교 막사들 그리고 식당과 배

수탑이 들어서 있었는데, 전쟁 뒤 다 무너져 짐수레에 실려 나갔다. 정오가 막 지난 시각이었고 한낮의 태양이 드리워져 있었다. 측량 기사들은 삼각대를 세우고 측량을 시작했다. 오렌지색 깃발들이 황갈색 풀밭 위에 점점이 박혔다.

"볼 게 많지 않네요."

나는 내 옆에 선 안드레아스를 의식하며 말했다. 그는 바람을 막기 위해 칼라를 추켜세우고 있었다. 나는 이맘때쯤 그지없이 고요해지는 이 땅과 오크 덤불과 소나무 무리를 사랑했다. 나는 이 도시의 건설을, 섬 전체를 가로지르며 하나의 직물을 완성해나가는 작업으로 계획하고 있다. 대부분 비교적 낮긴 하겠지만, 마치 언덕들처럼 외형과 크기가 모두 다른 구조물들이 들어설 것이다. 직물의 어떤 부분은 완성되지 않은 채 남겨질 것이고, 어떤 부분은 열린 공간을 향한 구멍들, 빛을 여과시키는 표면과 겉창과 배경막 같은 곳이 될 것이다. 투명성과 반투명성을 이용하는 것은 꼭 개방성 때문만은 아니었다. 그 가능성, 즉 가두는 대신 열어두는 느낌을 주기 위해서다. 이런 설명을 하는데 마치 외국 말을 하는 것 같은 기분이었다. 나는, 내가 추구하는 것은 안과 밖, 사적 공간과 공적 공간을 나누는 경계의 유동성이라고 말했다. 일반적인 의미의 도시는 되지 않을 것이다. 우선 스케일이 다르다. 나는 사람들이 도시 건설을 통해 자신의 정체성과 관심사를 경험하게 하고 싶었다. 사람들이 도시 건설을 자신과 인간과 사회를 달리 보는 방식으로, 재인식할 가능성을 발견하게 하고 싶었다. 한 건물을 움직여 다닐 때 서로 연결되어 흐르는 공간이 연속과 연계의 인상을 주는 것처럼.

나는 이미 뉴베드퍼드에 있는 어부들의 커뮤니티를 찾아가 작업장 옮기는 문제를 상의했다. 마서스 비니어드와 케이프에 거주하는 왕파노아그 족을 만났고, 야생생물 보호 위원회와 항만 공사 논의를 시작했으며, 프로젝트 팀원들과 건물 디자인에 대한 이야기도 나누었다. 부지는 안성맞춤으로 솟은 지역이었고 하수 처리 및 식수 관련 계획안에 대한 허가도 받아냈다. 안드레아스가 실눈을 뜨고 부지를 훑어보고 있었다. 나머지 땅이 어떤 모양의 주거지로 탈바꿈할지 그려보고 있겠지.

야외극장이 들어설 곳은 아직 정리가 안 된 상태였지만 나는 그곳을 보여주고 싶었다. 관객들이 앉을 언덕과 무대가 들어설 아래쪽 공간 그리고 멀리 보이는 바다. 우리는 언덕 위로 올라가 앉았다. 그가 내게 재킷을 건네더니 아래쪽으로 뛰어 내려가 하늘을 바라보며 섰다. 그의 목소리가 나무 사이로 울려 퍼지기 시작했다. "'서른 번을 꽉 채워 포이보스의 마차는 넵튠의 짠 바다와 텔루스의 둥근 땅을 주행했다……'*" 단어 하나하나가 또렷이 들렸다. 내가 있는 곳으로 돌아온 배우의 얼굴은 만족스러워 보였다. 그가 재킷을 받아 들며 말했다. "공연 장소로 완벽한 곳이네요." 그가 내뱉는 단어가 떨리며 나를 뚫고 들어왔다. 이내 이어지는 깊은 슬픔.

태양 때문도 바다 때문도 아니었다. 포이보스의 마차 때문도 넵튠의 짠 바다 때문도 아니었다. 문제는 그가 내 프로젝트에 보이는 반응이었다. 사이먼 생각이 났다. 우리는 런던에서 대학을 다닐 때

*〈햄릿〉 3막 2장에 나오는 왕의 대사.

만났고, 의식을 일깨울 급진적인 건축을 원했다. 사이먼은 사람들을 끌어모으는 극장의 힘을 믿었다. 그는 그리스 사람들이 옳았다고 했다. 극장은 도시의 삶에서 필수적인 요소이다. 극장은 인간이 행동하게 하는 갈등과 열망을 드러내는 공간이다. 나는 안드레아스를 바라보았다. 그는 무대가 그의 열정이 되었다는 말을 했었다. 사라져가는 섬으로 그를 데리고 온 나의 두 번째 의도는 중요치 않다.

케빈과 마무리 지어야 할 이야기가 있었다. 굳이 말하지 않았는데 안드레아스가 한쪽으로 비켜나 우리에게 자리를 내주었다. 그런 다음 케빈과 프랭크는 다시 측량 작업으로 돌아갔고 안드레아스와 나는 절벽으로 발걸음을 옮겼다.

바람이 불고 있었다. 구름이 걷히자 하늘이 온통 파란색이었다. 우리는 절벽 가장자리에 서서 커티헝크 너머 대양으로 흘러가는 비니어드 사운드를 바라보았다. 바다 멀리 레이더 탑이 눈에 들어왔다. 발아래로 흙이 떨어져 내리고 있었다.

내가 물었다.

"경계지역을 좋아하나요?"

"늘 그랬습니다."


그렇게 그해 겨울과 이듬해 봄이 이어졌다. 우리는 각자의 작업에 미친 듯이 몰두하며, 높은 절벽에 둥지를 트는 바다새들처럼 살았다. 그의 작업인 〈토스카〉*는 결국 내 프로젝트의 일부가 되었다. 여름이 긴 빛을 드리웠을 때, 우린 마치 우리들의 겨울 안식처였던 어느 과거로부터 날아올라 마침내 빛의 언어를 해독해낸 것 같았다. 밤이면 우리는 해변에 옷가지들을 남겨둔 채 낭떠러지 아래 후미진 곳으로 갔다. 우리는 바다의 부력에 몸을 맡겼다. 바위 위로 기어올라 다시 모래밭으로 돌아오면 그의 몸에서는 물방울이 떨어졌다. 우리는 서로를 발견했다. 발견이라는 느낌은 매번 새로웠다. 우리는 서로를 향해 놀라울 만큼 완벽하게 열려 있었다. 나는 예전에 경험해보지 못한 시선을 느꼈다. 그 역시 조용한 목소리로 마찬가지 느낌이라고 했다. 그가 내 어깨를 만졌다. 숨이 멎을 듯했다.

"누군가와 이렇게 완벽한 결합을 느낄 줄은 몰랐습니다."

어두웠고 나는 그의 눈을 볼 수 없었다.

끝은 중요치 않다. 그저 그해 여름을, 그 처음을 기억하고 싶을 뿐이다. 그를 처음 그 섬으로 데려갔던 그날처럼 하늘이 맑았던 때. 눈앞에 모든 것이 다 보였던 때. 마치 영원히 그럴 수 있을 것처럼, 물이 빠져나간 젖은 모래 위를 거닐었던 때.


절벽 아래로 오솔길 하나가 이어지고 있었다. 모래 언덕에는 풀

* 이탈리아의 작곡가 푸치니가 1900년에 제작한 오페라. 작품의 배경은 1800년 6월 나폴레옹군이 이탈리아 북부에 침입하여 정치 상황이 불안한 로마다.
　제1막에서는 화가 카바라도시가 교회로 도망쳐 온 정치범 안젤로티를 숨겨주고, 때마침 그곳을 찾은 카바라도시의 연인이자 가수 토스카는 이를 목격한다. 한편 토스카를 짝사랑한 경시총감 스카르피아는 교회에 나타나 카바라도시를 의심한다. 제2막은 파네스 궁 안 스카르피아의 방으로 그는 카바라도시를 고문하며, 토스카에게 카바라도시를 사형에 처하겠다고 한다. 토스카는 스카르피아에게 자기 몸을 바칠 것을 맹세한 대가로 카바라도시의 사면장을 받고는 그를 살해한다. 제3막은 감옥의 옥상이다. 토스카가 감옥 옥상에 끌려나온 카바라도시를 찾아와 사면장을 보이며 총살은 형식적인 것이라고 말하지만, 이는 위조로 밝혀진다. 결국 토스카는 카바라도시가 총살된 것을 알고 형장 높은 벽에서 몸을 던져 죽는다.
　이 오페라 가운데 카바라도시가 노래하는 〈별은 빛나건만〉, 토스카가 노래하는 〈노래에 살고 사랑에 살고〉 등의 아리아는 특히 유명하다.

숲이 자라 있었고, 들장미도 보였다. 왼쪽으로 작은 만灣이 한가로이 펼쳐진 가운데, 아래쪽 해변은 흠잡을 데 없는 반원을 그리고 있었다. 썰물 때였던지라, 물결들이 머뭇거리며 애절하게 다가왔다가 매번 조금씩 더 멀어져갔다. 다리가 비쩍 마른 제비갈매기들이 그 뒤를 쫓아갔다.

안드레아스가 돌멩이를 하나 집어 들더니 바다에 물수제비를 떴다. 돌멩이는 한 번, 두 번, 세 번 수면 위를 튕겨 나가다 빙글빙글 돌며 물속으로 사라졌다.

"해봐요."

그가 내게 돌멩이 하나를 건넸다. 힘껏 던졌더니 금세 가라앉아버렸다. 그는 "이렇게 하면 될 겁니다"라며 내 손목 모양을 고쳐주었다. 돌멩이가 수면 위를 굴러갔다. 구르는 돌처럼. 구르는 돌에는 이끼가 끼지 않는다지만 나는 이끼를 좋아했다. 진한 초록색과 푹신한 별 모양이 마치 무슨 비밀 같았다.

우리는 조용히 걸었다. 어느새 보조가 맞춰졌다. 뒤에선 바람이 불어왔다. 나는 일부러 보조를 깨고는 고개를 돌려 말했다.

"난 사귈 수 없는 사람이에요."

그의 시선이 내 체인 목걸이에 달린 금반지로 향했다. 그러곤 나를 보는가 싶더니 먼 곳으로 시선을 돌렸다. 길은 점점 좁아졌고 이젠 관목들이 길가를 잠식하고 있었다. 습지대로 내려오자 주변의 빛깔이 노란색에서 갈색으로 달라졌다.

우리 사이에는 구멍이 뻥 뚫려 있었다. 나는 그의 얼굴을 힐끔 보았다. 그는 진중한 표정으로 입을 다물고 있었다. 잠시 머뭇거렸다. 말을 더 해야 하는 건지 망설여졌다. 나는 내 세계 속으로 그를 끌어들이고 있었다.

대지의 양팔이 만과 맞닿으며 마치 게의 집게발처럼 수역을 감싸 안고 있었다. 하루에 두 번씩 바닷물이 드나드는 늪지였다. 모래는 대지에 탄소가 뒤덮였던 태고의 개흙처럼 검었다. 썰물에 드러난 모래밭은 파도의 움직임을 희미하게 기록하며 대양의 리듬을 타고 있었다. 닻처럼 뿌리 내린 초록 거머리말들의 곧은 줄기가 물결을 따라 휘청거렸다. 흰빛을 머금고 초록빛으로 반짝이는 긴 칼처럼 생긴 잎들, 수평의 세계에서 살아가는 수직의 선들.

안드레아스에게는 그날이, 공항과 회의에서 예상치 못하게 튕겨져 나온 갑작스러운 휴가였다. 내게는 제2의 고향이었던 곳으로의 귀환이었다. 나와 애나 언니는 이 습지대 경계지역에서 7년을 살았다. 서쪽을 바라보며 키프로스로부터 떨어져 기억을 지우는 동안, 나는 루징<sup>losing</sup>의 반대가 승리<sup>winning</sup>일 수 있다는 사실을 잊게 됐다. 이끼 없는 돌이 자유를 의미할 수 있다는 것도.

"굴 맛을 보려면 서둘러야 해요."

물이 거의 다 빠져 있었다.


그는 거실 한가운데 서 있었다. 그의 시선은 해변에서 주워온 들보들(배에서 떨어져 나와 파도에 떠밀려온 것들이었다)을 향했다가 통기 시설을 갖춘 집 천장으로 옮아갔다.

"밝군요."

그의 목소리는 나지막했다. 실내에는 12월의 황금빛 햇살이 풍성하게 드리워져 있었지만 온기는 느껴지지 않았다. 지금쯤 습지대는 쌀쌀해졌을 것이다. 나는 멀어지는 물결을 바라보며 찻물을 데웠다. 밀물 때까진 시간이 있었다.

소파에는 붉은색 모로코 러그가 덮여 있었다. 안드레아스는 붉은색으로 글자를 장식한 푸른색 쿠션을 들어 올려 유심히 살폈다. 모든 것을 알고 싶다는 표정이었다.

"어디서 난 겁니까?"

키프로스 집에서 가지고 온 몇 안 되는 물건들 중 하나였다.

"어머니가 시장에서 발견하신 거예요. 그 글자 장식을 좋아하셨어요. 아람 말을 하는 사람처럼 오래된 글자라고 하셨죠. 그 글자가 무슨 말을 하는지 늘 궁금했어요."

그가 가만히 장식을 들여다보더니 미소를 지으며 말했다.

"이 집이 마음에 든답니다."

나는 소파 앞 테이블 위에 컵 두 개를 내려놓았다. 습지대 주위론 분홍빛이 드리워져 있었다. 밀 색깔 오크 테이블. 우리 시선은 그 결을 따라 이리저리 움직였다. 순간 시선이 서로 마주쳤다. 그러나 아주 찰나의 순간일 뿐, 우리 시선은 공중에서 흩어졌다.

나는 옷을 갈아입고 싶었다. 물이 흥건한 곳들을 다니느라 바지와 부츠가 젖은 채였다. 나는 오래된 질문들을 애써 참았다. 당신은 있었나요? 내 걸 봤나요? 어디 있나요? 반지 말이에요. 수호물, 성배, 열쇠, 시작.


애나와 나는 직접 이 집을 지었다. 사이먼이 살해당한 뒤 갔던 런던을 떠나 처음 보스턴에 왔을 때, 우린 프랜시스 애버뉴에 있는 펠리시아의 집에서 지냈다. 그녀는 리처드 리빙스턴의 친구였다. 어느 날 밤 우리는 펠리시아와 함께 비컨 힐에 있는 그의 집을 방문했다. 트리가 있었으니 아마도 크리스마스 즈음이었을 것이다. 내가 집을 마음에 들어 하자, 저녁식사 뒤 리처드가 집 구경을 제안했다. 우리는 서재에 서 있었다. 역사와 자연에 관한 책들이 즐비했다. 그는 키프로스에 대해 알고 있었다. 영국인 사촌 하나가 전쟁 때 그곳에서 독일군에 맞서 싸웠다고 했다. 나는 "저의 아버지도 그러셨지요"라고 말했다. 아버지는 히틀러를 피해 도망쳐 온 함부르크 출신의 망명객이었고, 많은 키프로스 사람들이 그러했듯 영국군의 편에서 싸웠다. 부모님은 키프로스에서 만났다. 어머니 역시 망명객이었고 빈 출신이었다. 두 분은 전쟁이 끝나갈 무렵 결혼했다. 끊임없는 반목과 무장봉기 사태로 키프로스 정국이 어수선해진 것은 전쟁 뒤였다. 처음에는 영국으로부터의 독립이 이유였고 그다음에는 그리스와의 합병이 문제였다.

우리는 대주교이기도 했던 마카리오스 대통령 정권에 반대하여 일어난 군사 쿠데타 이야기를 나누고 있었다. 그 사태 직후 터키군이 침입하여 시민전쟁이 발발했다.

"펠리시아 말로는 남편 분이 그 분쟁에서 살해됐다고 하던데요."

리처드는 벽난로 속에 장작개비 하나를 던져 넣었다. 우리는 낡은 안락의자에 자리를 잡고 앉았다.

"정확히 정치 분쟁이었다고는 볼 수 없어요. 표면상으로야 그렇지만, 속을 파고들면 질투와 미움이라는 감정이 웅크리고 있었으니까요. 사이먼은 제 아버지의 사랑을 받았어요. 이부오빠인 앤튼은 아니었죠. 본인도 거부했고요. 어머닌 전남편을 버리셨지만 앤튼은 친아버지의 성을 따랐어요. 다른 식구들과 거리를 둔 것은 어쩌면 그분에 대한 의무감이었는지도 몰라요. 사이먼이 가족이 된 것은 갈등의 불씨를 들인 거나 마찬가지였어요. 앤튼은 2차 키프로스 전사 민족 기구의 일원이 되었어요. 그리스와의 합병을 주장하는 우익 테러리스트 단체였죠. 사이먼과 아버지는 다른 편이었고요. 그리스계와 터키계 사이에 공조의 다리를 놓으려고 고군분투했으니까요. 앤튼은 어느 날 밤 제복을 입고 나타나, 사이먼에게 민족적 대의명분의 반역자라고 비난했어요. 밖엔 그리스군 장교 차림의 남자들이 기다리고 있었죠. 그들이 사이먼을 데리고 나가 총살했어요."

리처드의 눈가에 눈물이 맺혔다. 그 역시 작년에 암으로 부인을 잃은 처지였다. 그는 평생의 반려자를 잃은 슬픔을 알고 있었다. 그러나 그들은 내가 겪은 일들과는 한없이 먼 곳에 살았다.

나는 애써 눈물을 참고 있었다. 리처드가 난롯불을 살피기 위해 자리에서 일어나더니 조용히 물었다.

"그곳은 언제 떠났나요?"

"그날 밤에요. 부모님이 한사코 그래야 한다고 하셨거든요. 언니와 나만 떠났어요. 부모님은 나중에 오겠다고 하셨지요. 하지만 터키군이 섬에 침입해 들어왔고 그분들은 사라져버렸어요."

리처드가 내 쪽으로 고개를 돌렸다. 파란색 눈동자가 내 얼굴을 응시하고 있었다. 우리는 잠시 아무 말이 없었다. 그러다 그가 무슨 말인지조차 알아들을 수 없을 만큼 조심스런 목소리로 말했다. 나샤위나에 언니와 살 집을 지으라고. 그것은 평생 잊을 수 없는 제안이었다. 자연 관찰자인 이 조용한 뉴잉글랜드 인은 알고 있었다. 파괴의 뒤안길에 선 자가 앞으로 내딛기 위해선 새로운 뭔가를 쌓아올리는 방법밖에는 없다는 걸.

나는 열세 번째 생일에 어머니께 선물받은 머리핀을 집어 들었다. 사이먼이 살해당하고 키프로스를 떠나던 날 밤, 나는 아무 일도 없던 것처럼 살아가리라 맹세했다. 그는 여전히 내 곁에 남아 있으며 나는 언제나 우리 둘을 생각하며 살아갈 것이라고. 그것만이 내 오빠가 한 짓을 용서받을 수 있는 길이었다. 늘 그와 함께 살리라. 우리가 나누었던 미래에 대한 비전을 실현하기 위해 살아가리라. 그렇지 못한다면, 그것은 그의 영혼에 대한 불충이었고, 우리에 대한, 나 자신에 대한 불명예였다. 그로부터 10년이 흘렀고 그 맹세는 깨지지 않았다.

나는 머리칼을 추슬러 핀을 꽂았다. 파란 침대보가 눈에 들어왔다. 바다를 닮은 파란색, 여름 바다의 파란색.

안드레아스는 조리대 옆에 서서 전화 통화를 하고 있었다. 빛을 받지 못한 채 선 그의 숱 많은 머리칼 위로 그늘이 졌다. 그 모습을 보고 있으니, 마치 오랫동안 알고 지낸 사람처럼 느껴졌다. 그는 연필로 뭔가를 끼적거리고 있었다. 시카고에는 가지 않을 거라고 했다. 항공편이 모두 취소되어 제시간에 도착할 방법이 없다고, 운영진 회의는 봄에 다시 열릴 것이고 그쪽과는 얘기를 끝냈다고 했다. 오늘밤 늦게나 내일 아침에는 보스턴에 돌아갈 것이라고 했다. 정오쯤이면 아주 좋다고 했다.

"감사합니다. 그럼 그때 뵙죠."

창유리에 붙은 모래가 안으로 스미는 빛의 길을 돌려놓았다. 부수고 걸러내어 불순물들을 없앴다. 언니와 함께 믿음을 잃은 사제에 관한 영화를 보러 간 적이 있었다. 〈겨울 빛〉이라는 영화였는데, 흰 빛이 교회 창을 뚫고 흘러 들어왔다. 겨울에는 습지대의 빛들이 공중에 매달린다. 겨울 빛은 맑고 시리면서도 생명력과 색채가 서려 있다. 붉은 계통일 때도 있고 푸른 계통일 때도 있다. 겨울 빛, 여름을 약속한 겨울의 빛이다.

우리는 습지대로 나갔다. 발아래 검은 모래에서 뭔가를 빨아들이는 것 같은 소리가 들려왔다. 처음에 애나와 나는 조수潮水 근처에서 살았다. 매일 간조가 되기를 기다렸다가, 우둘투둘한 껍데기 속에 숨어 거머리말 밑동에 떼 지어 있는 굴들을 땄다. 검은 모래를 씻어내면 벌어진 틈이 나타났고, 그 속으로 칼을 집어넣어 비틀면 단단한 껍데기 속에 굴이 숨어 있었다. 애나는 밤색 머리칼을 반짝이며 이렇게 묻곤 했다.

"어둠 속에 영원히 갇히는 삶과 갑자기 쏟아지는 빛 속으로 들어가는 삶 중에서 어느 쪽이 더 나을까?"

안드레아스는 내가 찾아준 장화를 신고 모래 가장자리에 서 있었다. 그는 바다로 여전히 급히 흘러가는 물길을 응시하며 물었다. "굴은 어디 있습니까?" 나는 들고 있던 쇠갈고리로 바닥을 찍어 굴하나를 떼어냈다. 그러곤 두 발짝을 움직여 그에게 건넸다. 물 쪽으로 걸음을 옮길 때마다 장화에서 검은 진흙이 뚝뚝 떨어졌다. 갑자기 조류가 바뀌어 물이 들어오고 있었다.

나는 습지대의 리듬에 익숙하다. 그치지 않는 채움과 비움, 끊임없이 차고 기우는 달의 리듬, 영원히 돌아오는 어리석음. 진보와 목표를 추구하는 사람들에게 이런 삶은 의미가 없다. 어리석은 무한 반복일 뿐이다. 그들은 미세한 변화를 보지 못한다. 올해에 새들이 다른 풀숲에 둥지를 틀었고, 굴들이 신기하게도 군락지를 옮긴 것을 알지 못한다. 물빛이 갑자기 에메랄드그린 색으로 변한 것도 눈치 채지 못한다.

우리는 집으로 돌아왔다. 망태기 속에선 굴들이 흔들렸고 해가 지고 있었다. 나무들은 검붉은 하늘을 향해 손가락을 펴 보였다. 나는 램프를 켰다. 테이블 위에 놓인 습지의 풀들과 유리 꽃병과 청동 촛대들 위로 빛이 어른거렸다. 우리는 성찬을 할 것이다. 라디오를 켜니 바흐의 음악이 흘러나왔다. 조리대 위로는 줄에 엮인 양파들이 매달려 있었다. 알토 가수가 〈요한수난곡〉에 나오는 아리아를 불렀다. 안드레아스가 그 소리에 합류했다. 그의 목소리가 서서히 높아지고 멜로디가 주위를 휘감았다.

나는 그 소리들을 받아들이며 가만히 서 있었다. 그가 말했다.

"'모든 것이 끝났다' 라는 뜻입니다."

'Es ist vollbracht' 라는 독일어 제목을 풀이해준 것이었지만, 그것은 내 기분을 대변하는 구절이기도 했다. 나는 우리가 마치 긴 여행의 끝에 다다랐으며, 기나긴 세월 동안 알고 지낸 사이인 것처럼 느껴졌다.


애나는 그날 저녁 집에 돌아와 테이블 위에 남겨둔 메모와 싱크대에 놓인 와인잔, 물기 빼는 체의 귀때까지 찬 굴 껍데기들을 보고 알았다고 했다. 우리가 해변에서 돌아오기 전부터 다 알았다고.

애나는 나샤워나에서 추수감사절을 보냈다. 리처드네 아이들과 저녁을 함께하기 위해 노손으로 건너갔었다. 작년에는 나도 그랬

다. 우린 상업과 예술을 사랑했던 고대 도시의 이름을 따 리처드가
명명한 '카르타고 프로젝트'의 시작을 축하했다. '카르타고'는 새
로운 도시라는 뜻이다.

굴과 와인으로 성찬을 끝낸 뒤 안드레아스와 나는 우리가 남긴
발자국을 되짚어 갔다. 달빛이 발걸음을 서두르는 우리의 길을 비
추었고 밤은 지나치리만큼 고요했다. 밀물은 철썩거리며 차 들어
왔다가 쏴 하고 밀려나가기를 반복하며 육지와 바다를 이어주고
있었다. 우리가 있는 곳이 육지인지 바다인지 알 수 없었다. 우리
는 언덕을 올라갔다가 부지로 발길을 이었다. 대지는 보이지 않았
고 오렌지색 깃발들은 어둠에 잠겨 있었다. 우리는 부지 한가운데
있는 바위 위에 앉았다. 프로젝트의 시작점, 도시 모양이 뻗어나갈
중심점이었다. 나는 그에게 아카 족 얘기를 해주었다. 마을의 구조
속에 자신들의 영적 세계를 새겨 넣는 타이의 고산족에 대해서.

집으로 돌아오기 전 우리는 해변에 들렀다. 나는 모래 위에 도시
평면도를 그려 보였다. 흐르는 듯 움직이는 선들과 그 속에서 가지
를 펴는 한 가지 주제. 로마가 상징하는 제국과 전쟁의 이미지를
대체한다는 의미에서, 리처드가 카르타고 프로젝트라는 명칭을 붙
였다는 말도 했다.

안드레아스는 잠시 생각에 잠겼다. 그는 요새를 구축하고 싶어
하는 마음을 이해한다고 했다. 죽은 사람들에게 예를 갖추고 싶어
하는 바람과 안전을 확보하고 싶은 의지도 이해한다고 했다.

"그런데 로마^Roma를 거꾸로 읽으면 아모르^Amor*가 되지 않습니
까?"

그 말이 머릿속에서 빙빙 맴돌았다. 안드레아스는 나뭇가지 하나를 집어 들어 모래 위에 두 단어를 썼다.

"잘 생각해보십시오."

그 일을 겪은 뒤 나는 자주 그 생각을 하게 됐다. '로마'로 변하는 '아모르.' '전쟁으로 변하는 사랑.' 어쨌거나 당시 나에겐 그런 의미로 다가왔다.

그날 밤 해변에서 나는 그에게 사이먼이, 내 남편이 살해됐다고 말했다.

그는 무슨 말인가를 하려는 듯하다가 이내 입을 다물었다.

구름이 흘러 달을 가렸다. 끝의 그림자가 시작을 가릴 수 있다는 것을 그 사람 역시 알고 있었을까?

"왜 여기에 왔어요?"

입 밖으로 불쑥 튀어나온 말이었다.

"오늘 말이에요."

왜? 도대체 왜? 이 심리의 시대의 부가의문문. 대체 왜? 도대체 왜? 그 질문이 휘장처럼 그의 주위를 두르고 있었다.

"돌아가죠. 지금 여기선 말할 수 없습니다. 하지만 대답은 꼭 하지요. 꼭 하겠습니다."

불현듯 그의 얼굴이 카메라 조리개처럼 열렸다. 순간 나는 그 너머에 있는 슬픔을 보았다.


우리는 다음 날 아침 일찍 출발했다. 그는 내 방에서 묵었고 나

* 라틴어로 '사랑'을 뜻한다.

는 언니와 함께 잤다. 전날은 '눈의 날'이었는데, 이제 세상은 다시금 원래 자리로 돌아가고 있었다. 우리는 보트를 타고 노숀으로 건너가 그곳에서 우즈 홀행行 소형 페리에 몸을 실었다. 심리치료사인 언니는 환자들을 보러 케임브리지로 가는 길이었다. 안드레아스는 피터 마스와 점심 약속이 되어 있었다. 전화 통화를 한 사람이 바로 피터였다. 보스턴 사우스 엔드에서 작은 극장을 연 그는 나도 아는 사람이었다. 나 역시 2시에는 디자인 스튜디오 회의가 잡혀 있었고 그다음에는 교무회의에 참석해야 했다. 아침의 정적이 차 안에 내려앉았다.

나는 센트럴 스퀘어 근처 브로드웨이에 있는 사무실 앞에 애나를 내려주고는, 에버릿 스트리트 주차장에 차를 세웠다.

안드레아스가 서류 가방을 챙기고 어깨에 가방을 둘러메며 입을 뗐다.

"만나서……."

그 소리에 우리 둘 다 웃었다. 그는 내 팔에 손을 얹었다.

"고맙습니다. 선물이었습니다. 당신과 보낸 시간."

그가 점점 더 깊어진 눈빛으로 말했다.

그날 밤 그는 런던으로 떠날 예정이었다.

애나는 나보다 작다. 그러나 항상 이 사실을 잊어버리곤 한다. 언니이기 때문이다. 케임브리지에 있는 작은 아파트 부엌에 서서, 생활협동조합에서 사온 야채 꾸러미를 풀고 있는 언니에게는 언니다움이 느껴졌다. 언니는 케일을 개수대로 옮기고 물을 틀었다. 나는 내 물건들을 테이블 위에 올려놓고 옷을 갈아입으러 갔다. 동료 교수들에 대한 존중의 표시로 그들의 재킷과 타이에 어울릴 만한, 정장 바지와 힐 차림으로 교무회의에 참석했던 터였다. 청바지 차림은 데이비드뿐이었다. 그는 모두가 존경하는 경관 건축가이자 내 가장 친한 친구다. 우리는 '인사이드/아웃사이드'라는 세미나 수업을 함께 맡았다.

애나가 케일을 잘게 썰고 있었다. 나는 파스타 삶는 냄비에 물을 부었다.

"얘기를 해보시죠."

안드레아스 얘기였다.

나는 스토브 위에 냄비를 올려놓고 도마를 꺼냈다.

"그건 환자 진료할 때 쓰는 말 아냐?"

나는 정향 마늘을 뚝뚝 썰면서 말했다.

"이제 그 일에선 슬슬 손 떼는 거 아니었어?"

폐업 준비를 한다고 했었다. 하버드 스퀘어에서였는데, 음악가들 옆에서 하염없이 걷고 있는 자신의 모습을 발견한 것이 계기였다. 언니의 기타 연주 소리를 들은 것은 참 오래전의 일이었다.

애나는 체에다 케일을 넣고 흔들며 내 쪽으로 물기를 털어냈다.

"안 그래도 그러는 중이거든. 그리고 정통 치료사들은 아무 말도 하지 않고 환자 스스로 말할 때까지 기다리는 법이야."

이번에는 내가 냄비에 손가락을 넣어 언니에게 물을 흩뿌렸다.

"내가 하고 싶은 말은 우리가 함께 하기로 약속한 강연 얘기뿐이야. 건축과 심리학."

학생 몇몇이 학문 간 경계를 아우르는 연속 강연회를 준비했다. 우리 둘에게 한 파트를 맡아달라며 연락을 해온 것은 지난 4월이었다. 우리는 12월 강연을 맡겠다고 했다. 당시만 해도 12월은 아주 멀게 느껴졌다.

애나는 스토브로 케일을 옮겨가 팬에 올리브기름을 두르고 불을 올렸다. 나는 팬에 마늘을 집어넣었다.

"그럼 이렇게 하자. 난 안드레아스에 대해 묻지 않을 테니까 넌 강연회 얘기 꺼내지 마."

나는 웃으면서 냉장고 쪽으로 가 화이트 와인, '피노 그리지오'를 꺼내 두 잔을 따랐다.

"좋아. 음악 틀고 거실에서 먹자."

부엌 테이블 위에는 서류와 우편물들이 산더미처럼 쌓여 있었다.

언니는 센 불에서 케일 풀을 죽인 다음 불을 줄였다.

그런 다음 자기 와인잔을 내 잔에 쨍그랑 부딪히며 스페인어로 "건배" 하더니, 레코드판을 고르러 갔다. 언니보다 클래식 기타 선율이 먼저 내게 다가왔다. 언니는 커버를 들고 있었다. 파이프 담배를 피우는 세고비아의 사진. 목살이 늘어진 덩치 좋은 사내였다.

"아버지 닮지 않았니?"

나는 끓는 물에 소금 한 움큼과 파스타를 집어넣었다.

"어디 봐."

정말 그랬다. 커버를 뒤집었더니, 어머니가 불러주시던 아일랜드 혁명가 〈릴리버레로〉가 눈에 들어왔다.

방 안으로 부모님의 영혼이 들어왔다. 그분들은 이 광경을 좋아했을 것이다. 눈앞에서 혁명을 보지 않아도 되는 곳에 우리 둘이 함께한 모습.

나는 파스타를 건져 물기를 빼고 케일과 파르마 치즈를 올린 다음 거실 테이블로 내 왔다. 화요일 밤의 특식이었다. 애나는 샐러드와 빵을 준비했다. 지쳐 보였다. 나는 음악 소리를 낮추었다.


"지난밤에 아버지 꿈을 꿨어."

다 먹은 접시를 옆으로 치우며 언니가 말했다. 나는 물병에 물을 채우려 일어섰다. 언니는 내가 자리에 도로 앉기를 기다렸다.

"오랫동안 안 그랬는데 말이야."

언니는 자기 손을 유심히 쳐다보고 있었다.

"우린 부엌의 기다란 테이블에 앉아 있었어. 너하고 나, 그리고 그 두 사람. 꿈속에선 천장이 낮았어. 친구들이 들어오기 시작했어. 조니는 초록색 반바지에 샌들을 신었고 엘렉트라는 우아한 롱스커트를 입었더라. 아버지는 늘 하시던 이야기를 하고 있었고."

언니의 시선이 부엌을 가로질러 먼 곳을 응시했다.

나는 그 여름의 저녁들을 기억하고 있었다. 열린 창문들, 이야기들, 친구들. 그러나 꿈속에서 본 무언가가 애나를 괴롭히고 있었다. 나는 언니 잔에 물을 따랐다.

"테이블 위에 놓인 컵에서 수저를 들어 올렸어. 엄마가 벼룩시장에서 사온 짝 안 맞는 은수저들 있었잖아, 왜. 그것들 중 하나였어. 움푹 팬 수저 안쪽을 들여다보는데 색이 바래면서 아무것도 안 보이는 거야. 그러다 갑자기 배경이 실외로 바뀌고 우린 바닷가에 서 있었어. 물살이 높아지는데 누군가 실종된 상황이었고 아빠는 해변을 분주하게 왔다 갔다 하고 있었지. '보트가 필요해' 하시면서.
더 있는데 나머진 생각이 안 나."

"실종된 건 누구였는데?"

"그 소년이었던 같아. 이름이 뭐였더라? 그해 여름 빈에서 온 엄
마 친구 분들과 같이 있던 애 말이야. 너무 먼 해변까지 나가는 바
람에 한참 찾았던 그 애. 그 일로 앤튼이 좀 괴롭혔지 아마. 앤튼
꿈이었던 같아. 어쩌다 내가 앞으로 다가올 일들을 보지 못했는지
에 대한 꿈. 그걸 봤어야 했어. 알았어야 했어. 모든 신호가 거기 있
었는데. 다른 누구보다도 내가 알았어야 했는데."

언니는 이 문제로 몹시 힘들어했다. 나는 테이블 너머 애나를 바
라보았다. 팽팽하게 긴장한 얼굴. 언니는 항상 나를 위해주었지만
나는 이따금 거기에 성질을 부리곤 했다. 의무에서 비롯한 생색처
럼 보였기 때문이다. 나는 우리 관계가 서로 보호해주고 신경써주
는 관계였으면 했다.

"엄만 항상 앤튼 오빠 걱정을 했어. 그러면 아빤 '그냥 지나가는
과정일 뿐이에요, 카티야. 이겨낼 거예요. 우리 결혼이 그 아이에
겐 힘들 수 있어요. 시간이 지나면 나아질 거예요'라고 말씀하셨
지. 하지만 그건 시간문제가 아니었어."

"그래도 보트를 사자고 한 건 아빠였어. 뭔가 예감이 있으셨던
거야."

세고비아는 이제 〈릴리버레로〉를 연주하고 있었다. 우리는 음악
소리에 귀를 기울였다.

"혁명가歌라고 하기엔 너무 달콤한 음악이야."

나는 테이블을 치우려고 자리에서 일어났다.

"그 시절 사진만 있으면,"

애나가 말했다.

"얼굴에서 볼 수 있을 텐데."

"뭘?"

"누가 알았는지."


나는 추수감사절과 크리스마스 사이에 놓인 시간의 회랑으로 들어갔다. 종강으로 이어지는 시간의 터널. 겨울방학. 그다음에는 시험 준비 기간과 시험 기간이 맞물려 있었다. 안으로 들어가면, 땅에는 갈색 이파리들이 떨어져 있었다. 바람이 손을 뻗어 파리하게 마른 이파리들을 주워 올렸고, 늦은 오후가 되면 놀라운 빛이 비쳐 들었다. 밖으로 나오면 동지가 찾아들어 있었다. 하늘에는 겨울이 그려놓은 파스텔화가 걸렸다. 잉크처럼 푸른 하늘에 펼쳐진 레드 핑크와 옐로그린의 향연.

어느 날 오후 창문 밖을 바라보는데 길 건너에 헐벗은 물푸레나무 한 그루가 보였다. 체스 생각이 났다. 노란 은행잎들과 그의 청회색 눈동자가 떠올랐다. 내 눈이 아직도 초록색으로 빛나는지 궁금했다. 그때 말고는 그 사람 생각을 많이 하지 않았다. 생각이 나더라도 애써 딴생각을 하려 노력했다. 그는 떠났다. 한편으론 다행스런 일이었다. 이듬해 봄에는 강의를 맡지 않을 계획이었다. 아카 족을 연구하는 인류학자 친구와 타이에 다녀올 수 있는 보조금이 얼마간 생겼다. 아카 족 마을의 구조를 들려준 것은 바로 랜디였다. 나는 내 눈으로 직접 그것들을 보고 싶었다.

교무회의는 임용에 대한 논쟁과 커리큘럼에 대한 논의로 점철됐다. 동료들의 눈에 비친 나는 일종의 비투쟁 지대, 종신 재직권을 바라지 않는 교수, 헌신을 원하지 않는 여성이었다. 신비주의자들이 세상의 변화를 얘기했던 물병자리의 시대가 가자 불안의 시대가 찾아왔다. 바이러스는 자유연애에 제동을 걸었다. 어쩌면 '승화'에 대한 프로이트의 생각이 옳았는지도 모른다. 그는 제멋대로인 욕망의 에너지를 다스려 사회적으로 건설적인 다른 행동으로 대체할 때 이득이 생겨난다고 했다. 섹스는 지하로 사라졌고 사람들은 출판에 대해 이야기했다. '애인'은 '파트너'에 밀렸다. 레이건이 백악관에 있었다.

언니와 나는 카페 '팜플로나'에서 만나기로 했다. 강연이 다음 주 목요일이니 정확히 일주일이 남아 있었고 발등에 불이 떨어진 셈이었다. 붉은 기를 머금은 회색 안개가 하늘 가장자리를 흐리며 낮게 드리워 있었다. 카페 밖으로 연철 울타리가 둘러쳐져 있었는데, 곧게 뻗은 그 검은색 선들이 어쩐지 생뚱맞았다. 다시 눈이 오려나 하며 고개를 드는데 문득 안드레아스 생각이 났다. 그 사람은 지금 뭘 하고 있을까? 대기는 기대감을 품고 있었다. 나는 돌계단을 내려가 꿉꿉한 실내로 들어섰다.

애나는 높은 창 아래 테이블에 앉아 있었다. 등을 돌리고 있어 내가 들어서는 모습은 보지 못했다. 초록색 스웨터 차림. 그녀의 밤색 머리카락이 빛을 흡수하고 있었다. 애나는 자기 삶에 변화를 주겠다는 의지의 표시로 쇼트커트를 했다. 이목구비가 전보다 훨씬 또렷하고 섬세해졌다.

애나는 뜨개질감을 꺼내놓았다. 알록달록한 양말과 뜨개바늘에 둥글려진 색색의 실꾸리들. 언니는 나를 기다리면서 뜨개질 패턴을 이어가고 있었다.

"다음 주 목요일이면 12월 13일<sup>Ides of December</sup>*이야. 불길한 징조인데 취소하는 게 좋지 않을까?"

아침까지만 해도 이런 소리를 했던 사람이었다. 그랬던 그녀, 나의 언니, 반항의 대명사가 꿉꿉한 카페에 앉아 뜨개질을 하고 있다.

연속 강연회의 제목은 '제휴와 연계'였다. 현장 경험이 각기 다른 사람들을 한자리에 모아, 그들이 어떻게 소통하는지 들어보자는 목적이었다. 우리는 고딕 건축 양식으로 지은 대성당과 심리학에 관한 이야기를 하기로 결정했다. 그것들은 미스터리의 문제(보이지 않는 것의 존재를 밝히는 방법)에 대한 12세기와 20세기의 해답이었다.

"실은 나도 잘 모르겠어. 영의 세계와 정신의 세계가 둘 다 위험에 처해 있긴 한데, 심리학적으로 말하는 방법을 잊어버렸어. 언어는 일찍 배우지 않으면 오래 안 남는다고 하잖아. 너무 늦게 심리학을 배운 게 틀림없어."

애나는 양말 뒤꿈치를 뒤집었다.

검은색 터틀넥에 청바지 차림의 웨이터가 우리 테이블로 다가왔다. 손에는 연필과 주문장을 들고 있었다.

"차 마시자, 언니. 스콘 있나요?"

웨이터가 고개를 저었다.

선택할 수 있는 차 종류는 방대했다. '팜플로나'의 주요 매출 품

---

* 이것의 기원인 'Ides of March'는 줄리어스 시저가 암살된 날로, 다가올 운명에 대한 흉조를 의미한다. 아이즈Ides는 3, 5, 7, 10월에는 15일을, 나머지 달에는 13일을 가리킨다.

목인 에스프레소와 카페라테에 새로 추가된 선택사항이었다.

"티푸 있나요?"

영국에서만 마실 수 있는 차라는 걸 애나도 알고 있었다. 일부러 그러려고 한 건 아니었다. 그건 분명했다.


다음 주 목요일, 12월 13일 오후 5시가 되자 보일스턴 홀에 사람들이 모여들었다. 겨울 코트와 부츠 차림의 사람들이 무거운 발걸음을 옮기며 복도마다 눈 진창을 만들었다. 격려 차원에서 찾아와준 데이비드가 "꼭 뱀들이 지나간 자리 같군" 했다. 그는 나를 따라 들어와 앞자리로 걸어갔다. 커다란 후드 속에는 텁수룩한 머리칼이 감춰져 있었다. 지난주에 또 눈이 내렸는데 눈을 치운 길은 극히 드물었다. 아직 진짜 겨울은 오지도 않았는데 시민들은 벌써부터 인도를 포기한 것 같았다. 거리에는 〈선량한 왕 웬세스러스〉가 계속해서 흘러나오고, 크리스마스 쇼핑객들로 가득한 거리에는 집 없는 사람들이 줄을 서 있었다.

"내가 옳았어."

애나가 말했다.

"이 두 자매 쇼는 대단한 거야. 우리가 무슨 말을 하건 그건 중요치 않아. 그냥 둘이 같이 나타나는 것만으로도 신의 존재를 입증하는 셈이야. 자매애가 살아 있다는 증거니까."

여성들 사이에는 새 건물에 생긴 금처럼 분열이 일고 있었다. 하룻밤의 변화라고 해도 과언이 아닐 만큼 갑작스럽게 메이저는 마이너로 변했고, 70년대 사람들은 80년대 사람들에게 자리를 내줬다. 누가 이런 상황을 야기한 것일까. 언니와 같이 사는 나, 자매애가 삶 그 자체인 나는 궁금해졌다.

우리는 서로를 바라보았다. 둘 사이에는 어떤 공감대가 흐르고 있었다. 강연을 주최한 학생 대표가 계단을 올라 연단으로 걸어오더니 소개말을 시작했다. 이 강연에 잘 어울리는 스테인드글라스 소재의 귀고리가 마음에 들었다. 한쪽 귀고리에는 기다란 은실이 매달려 있었고, 다른 한쪽 귀고리 끝에 파란색 비즈가 붙어 있었다.

소개말이 끝나갈 무렵 나는 이렇게 중얼거렸다.

"여기서 네가 무슨 얘기를 하건 이건 과도한 계획이 아니야."

우리는 연단에 올랐다. 대위 형식에 대해서는 합의를 본 상태였다. 버스처럼 일방적으로 누가 누구의 뒤를 따르기보다는 나란히 선 상태에서 앞서거니 뒤서거니 할 생각이었다. 나는 생 드니 대성당의 슬라이드와 함께 강연을 시작했다. 이어 사르트르 대성당이 스크린 위에 모습을 드러냈다. 나는 내 앞에 앉은 청중을 말의 세계에서 불러내 형태와 공간의 영역으로 데려가고 싶었다. 애나는 '심리치료는 구름의 방이며 정신인 프시케는 자유연상을 통해 드러난다' 라는 메타포로 강연을 시작했다.

나는 빛에 대해 이야기했다. 대성당에서의 빛의 이용법, 구조와 외관 사이의 독특한 관계, 벽을 창으로 변화시키는 결정들에 대해 언급했다. 스테인드글라스는 창문의 목적이, 그것을 통해 밖을 보는 것이 아니라 안과 밖의 관계를 밝히는 것임을 보여주었다. 영의 세계가 물의 세계로 들어올 때 걸러지는 빛, 그것은 성스러움에 대한 계시였다.

고딕 건축가들은 대성당이 투과성을 지니도록 만들었다. 이것은 애나의 요점이기도 했다. 정신인 프시케는 세상과의 끊임없는 교환 관계 속에서 투과되고 침투한다. 영의 세계와 정신의 세계는 투명하여 보이지 않을지언정, 삶에 필수불가결한 요소로서 나타난다.

나는 언니를 힐끔 보았다. 우리는 리듬을 찾아냈다. 언니의 목소리에선 긴장감이 사라졌다. 언니가 나를 보았다. 이번에는 내 차례였다.

대성당은 중력의 법칙에 역행이라도 하듯 놀라운 수직주의 양식으로 지어졌다. 빛은 적극적인 원리로 작용했다. 나는 고전학자 폰 짐존을 인용했다. 그는 이런 태도를 투명하고 영묘한 건축 양식이라고 묘사했다. 나는 사르트르 대성당 슬라이드 사진을 몇 장 더 보여주었다.

애나는 지금 우리가 들이마시는 숨은 클레오파트라가 내뱉은 숨이라는 점을 상기시켰다. 우리는 끊임없는 교환 과정 속에서 살아가고 있다. 들숨 날숨에 비유할 수 있을지도 모르는, 우리를 둘러싼 세상과 이루어지는 정신의 여과 과정을 설명하는 데, 애나가 태반을 예로 들었었는지는 정확히 기억나지 않는다. 그녀는 정신인 프시케는 내부 세계와 외부 세계의 지속적인 교환 과정에 의존하고 있으며, 심리학적으로 말하자면, 문제란 사람들이 숨을 참고 있을 때 생겨난다고 했다. 자기 주변에서 벌어지는 상황을 안으로 받아들이지 못할 때, 혹은 자기 안쪽에 있는 것들을 밖으로 내보내지 못할 때.

'튼튼한 울타리가 좋은 이웃을 만든다'는 관념이 통용되는 세상에 사람들이 애나의 말을 어떻게 받아들일지 궁금했다. 나는 스크린 위에 로마네스크 식 교회 하나를 띄웠다. 비교와 대조라는 학술적 요소를 이용해본 것이다. 벽화로 뒤덮인 두꺼운 벽들은 건물의 중량감에 대한 사람들의 주의를 분산시키고, 신도들에게 이 세계 너머 세계의 존재에 대한 믿음을 일깨우려는 의도를 내포했다. 비잔틴 양식의 교회에서 보이는 모자이크의 기능 역시 마찬가지였다. 그러나 고딕 양식에선 건물의 형태 자체가 종교적 경험의 구성 요소 중 하나였다.

애나는 심리치료 관계 역시 형태와 기능을 서로 용해시키는 것이라고 했다. 관계는 치료를 위한 그릇이 아니라 그 자체로 치료다. 적어도 그래야 맞다. 심리치료사를 찾아온 사람들은 자신을 둘러싼 관계의 문제들을 규정해 내보이지만, 만약 치료 과정에서 맺는 관계 자체에 문제가 생긴다면 상황이 더욱 복잡해질 뿐이다.

나는 13세기의 건축 드로잉들을 스크린에 띄웠다. 프랑스 랭스 지방에서 발견된 팔랭프세스트였다. 부분적으로 지워진 오래된 드로잉 위에 덧그린 드로잉인데, 기본 기하학 패턴과 정확한 측정 기준에 따라 배치된 라인들, 인체 비율에 근거한 기하학을 보여주고 있다. 비야르 드 온쿠르는 건물 비율을 결정하기 위해 사람들에게 정사각형 이등분법을 가르쳤다. 랭스의 노트르담 대성당의 파사드는 정확한 기준에 맞춰 전개된 네 개의 정사각형으로 구성되었다. 건축은 길이의 단위와 비율을 이상적으로 맞추는 모듈의 과학이었고, 순수하게 기하학적인 방법으로 해석된 비율 시스템이었다.

애나가 질문을 던졌다. 심리치료 상황에서 정확한 측정 기준은 무엇이었을까? 관계를 온전히 측정해낼 수 있는 단위가 있을까? 건축과 심리학, 인간 삶의 외부와 내부 구조를 연결하는 관계의 기초 기하학이 있었을까?

내부 세계와 외부 세계 사이에는 어떤 관계가 있었을까? 고딕 성당은 종교적 경험과 형이상학적 성찰, 그리고 12세기 프랑스의 정치적 물리적 현실 속에서 출현했다. 그것은 노트르담$^{Notre\ Dame}$, '성모 마리아'에 대한 숭배를 반영했다.

20세기의 정신분석학과 그 지류들은 심리학적 경험과 19세기 후반 빈에서 융성했던 문화에 근원을 두고 있다고 애나가 말했다. 모든 것이 '애나 오'라는 한 여인에 의해 촉발된 히스테리 연구에서 비롯하였다.

애나가 물었다.

"고딕 건축과 성모 마리아 숭배, 그리고 심리분석과 히스테리에 걸린 여성들에 관한 연구, 이 두 관계에서 어떤 실마리를 발견할 수 있지 않을까요? 여성들의 새로운 영적, 심리적 연계가 내부 세계와 외부 세계 사이의 관계에 대한 새로운 이해를 자극한 것은 아닐까요?"

나 역시 질문으로 끝을 맺었다.

"보이는 세계와 보이지 않는 세계, 보이는 존재와 느껴지는 존재 사이의 관계에 대한 탐구는 여성들과 새로운 영적 심리적 관계를 맺으려는 남성들에게 달린 것일까요?"

청중은 충격에 휩싸인 듯했다. 그들은 건축과 심리학에 대한 강연을 기대하고 있었다. 그들이 어떤 내용을 기대했을지는 아무도 모르는 일이다. 학생 대표는 기쁨을 감추지 못했다.

생물학자가 첫 번째 질문을 하기 위해 자리에서 일어났는데, 그는 대성당 평면도와 인체 비율의 대응 요소들에 관한 연설을 시작했다. 나는 그것을 질문으로 받아들이고, 오랜 세월 사람들이 대성당을 지어올 수 있었던 것은, 부분적으로나마 인체와 그 비율에 대한 기본 지식이 작용하지 않았을까 생각한다고 대답했다. 비록 몸이라는 형태를 빌려야 한다고 해도, 한 세대의 세포가 다른 세대의 세포를 형성하면서 생명은 끊임없이 이어지기 때문이다.

역사학자 하나가 일어나더니 자신의 전공 분야는 10세기라고 말했다. 그는 10세기 전까지만 해도 사람들은 지금 우리가 유럽이라고 부르는 전 지역에 걸쳐 움막을 짓고 살았는데, 12세기에 접어들면서 고딕 성당을 짓기 시작했다고 했다.

"그렇다면 그 세기의 간극에서는 무슨 일이 벌어진 것일까요? 무슨 일이 있었기에 그런 변화가 생긴 것일까요? 아니면 대성당은 그냥 하늘에서 뚝 떨어진 것일까요?"

"뚝 떨어졌다니요?"

애나가 격양된 목소리로 말했다.

"방금 전 여성들의 새로운 관계, 성모 마리아에 대한 숭배에서 나오지 않았을까 생각한다는 취지의 말을 한 것 같은데요. 심리분석이 '애나 오'라는 여성의 히스테리 연구에서 나온 것처럼 말입니다."

"시간 관계상 질문을 하나만 더 받겠습니다."

학생 대표가 끼어들었다. 그녀의 얼굴에도 강연장에도 긴장감이 고조되고 있었다. 학생 대표는 여성 질문자를 찾고 있었지만 허사였다. 여성들은 누구 하나 손을 들지 않았다.

마지막 질문의 권한은 로마 건축을 가르치는 산드로의 손에 떨어졌다. 훌륭한 선택이었고 그는 제대로 된 질문을 던졌다.

"로마네스크 양식의 교회는 안을 들여다볼 수 없을 정도로 벽을 두껍게 만들었습니다. 고딕 건축가들은 높게만 치솟는 약한 기둥들에 진정한 부피감을 더해주기 위해 빛과 선을 이용하였고요. 이 두 태도 사이에 차이점이 있다고 보시는 건데요. 그렇다면 이 두 가지 종교적 비전과 로마와 카르타고로 대변되는 상이한 도시 건설 비전 사이에도 어떤 연관이 있다고 보십니까?"

나는 그것이 내 관심 분야라고 말했다. 그리고 끊이지 않았다고 할 법한 800년 전쟁사의 상징인 제국 도시 로마와, 적어도 초창기에는 허약하나마 원대한 가능성을 내포하며 정복과 제국주의보다는 상업과 예술에 헌신하는 도시의 상징이었던 카르타고의 차이점을 잠시 이야기했다. 그런 다음 그것이 강연의 새로운 주제라는 말로 마무리했다.

와인과 치즈가 마련되어 있었다. 친구들과 동료들이 와 있었고, 무료로 제공되는 교육의 향연을 위해 오후 5시만 되면 나타나는 학생들과 일반인들도 있었다. 학교 규모를 감안하면 대단한 인파였다. 이제는 침묵에 싸여 있던 여성들도 모습을 드러내며 입을 열었다.

"그 마지막 질문에서도 말이에요. 여성들과의 관계는 명확해요. 아시다시피 카르타고는 여왕이 지배를 했잖아요."

나도 모르게 안드레아스가 있었으면 좋았을 텐데 하는 생각이 들었다. 그가 왔으면 좋아했을 것 같았다. '성모 마리아'로 변하는 두꺼운 벽들. '아모르'로 변하는 '로마'처럼.

잠시 뒤 우리는 노스 엔드에 있는 식당으로 자리를 옮겼다. 주인을 아는 언니 친구가 작은 방을 예약해주었다. 데이비드와 새라가

왔다. 남자는 영국 북부 출신이고 여자는 남아프리카 출신이다. 남자는 창백했고 여자는 검었다. 후드에서 나온 남자의 텁수룩한 머리칼에서는 따듯한 기운이 넘쳐났고, 금빛 고리 귀고리는 여자의 아름다움을 돋보이게 했다. 그들은 런던에서 만났다. 남자는 조경건축학 강의를 하고 있었고 여자는 무대 디자인 공부를 하고 있었다. 새라가 내 쪽으로 건너오더니 말했다.

"체호프는 예술가의 의무는 문제를 정확히 언명하는 것이라고 했어요. 당신은 그걸 멋지게 해냈고요."

경쾌한 목소리. 비밀을 공유하는 미소. 우정 어린 자매의 행동. 안도의 맥박이 온몸에 고동쳤다. 나는 테이블 너머에 앉은 애나의 눈빛을 보았다. 괜찮았다.

토요일에는 미대 학생들이 주최하는 연례 가면무도회가 열렸다. 스튜디오 강의를 듣는 학생 두 명이 행사에 관여하고 있어 가겠다는 약속을 해놓긴 했는데, 막판까지도 의상 생각은 미처 못하고 있었다. 크리스마스 방학이 끝나고 시험 준비 기간이 시작됐다. 시험은 1월 중순에야 시작될 테니 학생들에게는 더없이 즐거운 시간이겠지만 나로선 이만저만 부담스러운 게 아니었다. 나는 짜증을 부리며 장롱을 뒤졌다. "노No"라는 한 단어 문장을 완벽하게 마스터했다고 생각하는 나였지만 학생들에게만큼은 유난히 약했다. 나는 하얀 롱드레스와 금빛 샌들을 찾아냈다. 노스 엔드 가게에서 언니가 사다준 베네치아 풍 가면도 있었다. 나는 가면을 쓰고 거울을 들여다봤다. 누구라도 될 수 있을 것 같았다. 가면 희곡 속에 등장하는 하얀 얼굴. 유혹적인 익명성. 전에 한 번도 되려 하지 않았던 누군가가 되어 있었다.

횃불이 포그 미술관 계단을 밝혔다. 안쪽에선 밴드의 연주 소리가 들려왔다. 나는 코트 룸에 외투를 걸어두고 르네상스 식 아치를 지나 안마당으로 걸어 들어갔다. 행사를 위해 숲으로 꾸며진 곳이었다. 사방에서 보이는 지겨운 크리스마스 장식에서 잠깐이나마 해방되는 것 같았다. 기둥에는 나뭇가지들이 드리워졌고 종이 잎사귀들에는 노란색 초록색 빛들이 어른거렸다. 데이비드가 드럼을 치고 있었다. 나는 가면을 고쳐 쓰고 그쪽으로 향했다. 사람들은 춤을 추고 있었다. 알아볼 수 있는 몸체들이 몇 있긴 했지만 대부분 의상 효과를 보고 있었다. 좋아. 내가 다른 사람을 알아볼 수 없다면 사람들도 나를 못 알아보겠지? 어린애 같은 생각이었다. 음악 소리가 점점 커졌다. 누구나 알아들을 비틀스의 〈옥토퍼스 가든〉이었다. 보니까 바다 생물들이 벽을 타 오르고 있었다. 음악에 어울리는 그럴싸한 장식이었다.

춤추는 사람들 사이를 지나 데이비드 아래쪽에 가서 섰다. 그는 드럼에 건장한 몸체를 구부리고 앉아 있었다. 누구지 하는 표정으로 내 쪽을 보기에 잠시 가면을 들어 올렸다. 그가 음악에 완전히 몰두한 얼굴로 드럼 팡파르를 연주하기 시작했다. 그의 내면은 몸속으로 파고드는 리듬을 훑고, 팔을 지나 아래로 몸 밖으로, 스틱속으로, 드럼 위로, 동물의 가죽을 통과하여, 돌바닥으로, 땅 아래로, 지구로 향했다.

내 친구 데이비드, 나의 단짝, 대학이라는 곳에서 내 정신적 지

주. 우리는 이 기념비의 시대에 도시를 설계하고 경관을 디자인하는 주변인들이었다. 건축 학교에서 누구 하나 내 아이디어를 심각하게 고려해준 사람이 없었다. 그러다 리처드 리빙스턴이 상황에 개입됐고 잠시 술렁이는가 싶었지만 그 태도를 진지하게 여기는 사람 역시 없기는 마찬가지였다. 다만 그가 건설 비용을 댄다는 사실만이 관심사였다. 신도시 프로젝트야 어찌됐든 비용은 어마어마했기 때문이다.

"새라도 왔어?"

데이비드가 고개를 끄덕이자 나는 그녀를 찾기 위해 고개를 돌렸다.

남자아이 하나가 내 옆에 서서 밴드를 쳐다보고 있었다.

"드럼 보고 싶니?"

나는 아이가 내 말을 들을 수 있게 허리를 굽히며 물었다.

아이는 본능적으로 움찔했다. 그러고 보니 난 가면을 쓰고 있었다.

"이쪽으로 와봐."

나는 가면을 위로 올려 얼굴을 보여주며 아이를 안심시켰다. 얼굴에 구름이 끼는가 싶더니 금세 걷혔다. 호기심이 부끄러움을 날려버린 것이다.

"들어 올려줄까?"

아이는 고개를 끄덕였다. 다섯 살쯤 되어 보였다.

데이비드는 쓰고 있던 모자를 뒤로 젖히며 스틱을 잡고 심벌을 쳤다. 그리고 한 손으로 같이 쳐줄 준비를 하며 스틱 하나를 아이에게 내밀었다.

"뭐 해, 어서 쳐봐."

아이는 벨트에 칼을 차고 장화를 신고 있었다. 계속 안고 있으니 점점 무거워졌다. 심벌을 몇 번 치고 드럼 하나를 두드려보게 한 다음에는 아이를 내려놓았다. 나는 아이에게 손을 내밀었다. 우리는 원을 그리며 빙글빙글 돌았다. 음악이 흥을 돋우자 점점 더 빠르게 돌았다. 다른 사람들도 우리 쪽으로 모여들며 합류했다. 드디어 음악이 끝났다. 밴드는 휴식을 취하려고 자리에서 일어났다. 벽에 기대 선 친절한 얼굴의 노신사 하나가 아이를 쳐다보고 있었다. 아이는 그에게 쏜살같이 달려갔다.

마실 것을 찾기 위해 로비로 가는데, 극장 관련 제작 일을 하는 피터 마스가 내 쪽으로 오고 있었다. 도로 가면 쓰는 것을 깜빡한 기억이 났다.

"당신을 찾고 있었어. 아무리 변장을 해도 알아볼 수 있다는 걸 보여주고 싶었는데 그럴 기회는 놓쳤군."

나는 피터의 다소 괴상하고 엉뚱한 면과 늦은 밤 걸려오는 그의 전화를 좋아했다. 피터는 얘기를 하고 싶다며 "별안간 당신 생각이 나지 뭐야" 하곤 했다. 다들 해가 중천에 뜰 때까지 잔다고 생각하는지.

나는 주섬주섬 가면을 내려 썼다.

"이미 늦었네. 부탁이 하나 있는데 절대 피해갈 수 없는 거야."

그에게 신세 진 적이 한두 번이 아니었다.

"친구 하나를 만나줬으면 해. 사실 당신도 아는 사람이야."

그는 한껏 애교 있는 미소를 지었다. 후원자들이나 극장에 필요한 허가를 내주는 관료들을 위해서 준비해두는 표정이었다. 나는 펀치 한 잔을 집어 들고 그를 따라 구석자리로 향했다. 안드레아스가 기둥 옆에 서 있었다.

"당신이 여기 있네요."

내 입에서 나온 말은 바보 같았고 내 목소리는 들떠 있었다. 발 아래서부터 흥분이 솟구쳐 얼굴로 피어올랐다.

그가 무슨 말인가를 하려는데 좀 전에 본 남자아이가 그에게 쪼르르 달려왔다. 심장이 덜컹 내려앉았다. 그제야 퍼즐이 완성됐다. 그날 밤 나샤위나에서 내가 사귈 수 없는 사람이라는 말을 했을 때, 그의 표정이 떠올랐다. 그 역시 마찬가지 상황이었던 것이다.

나는 뒤로 물러섰다.

그가 나를 지그시 바라보며 말했다.

"이쪽은 내 아들 제시입니다."

좀 전에 본 노신사가 우리 곁에 다가왔다.

"이분은 제 아버지 에이브러햄이고요."

그는 미소를 지으며 나를 소개했다.

"이쪽이 바로 키라 레빈입니다. 그 섬 주인."

"정확히 말해 내 섬이라고 할 순 없죠."

나는 바보 같은 기분을 감추기 위해 헛웃음을 웃었다.

"우린 당신 도움이 필요해."

피터가 말했다.

"카운터포인트 극장에서 〈토스카〉를 올릴 건데 말이야, 공간이 너무 협소하거든. 무대 디자인을 좀 도와줬으면 하는데."

"극장에 대해선 아는 게 없어."

나는 부자연스럽고 형식적인 어투로 말했다.

"하지만 도와줄 만한 사람이 여기 있어."

나는 새라를 찾아 주위를 두리번거렸다. 어서 빨리 그 자리를 뜨고 싶었다.

"강연회에 갔었어."

피터가 말했다.

"그래서 당신한테 부탁해보기로 한 거야. 내부 세계와 외부 세계에 대한 생각들 말이야, 그게 바로 우리가 찾던 거거든. 이 오페라는 로마를 무대로 하고 있어. 도시가 이야기의 근본적인 요소인 셈이지. 근데 이건 또 심리극이기도 해. 러브 스토리. 그러니까 우리가 하려는 건……."

대화는 더 이상 불가능했다. 밴드 연주가 다시 시작됐기 때문이다. 제시가 내 손을 잡아당겼다.

"이리로 오세요."

아이는 드럼 쪽으로 나를 끌고 가려 했다.

"이제 가봐야 합니다."

내 손에서 제시의 손을 떼 내며 안드레아스가 말했다.

"내일 전화 드리겠습니다. 그래도 되지요?"

그의 눈에서 빛이 반짝거렸다. 나는 다시 가면을 쓰고 고개를 끄덕였다.


그는 월요일 늦은 오후에 전화를 걸어왔다. 나는 학생과 면담중이었다.

"저기, 지금은 통화가 힘들거든요."

나는 마치 내 상황을 그가 보고 있기라도 한 듯 말했다.

"나중에 제가 전화 드릴게요."

나는 연필을 찾으며 책상 위에 어지러이 놓인 물건들을 뒤적거렸다.

"곤란합니다."

형식적인 어투였다. 옆에 누가 있는 건가 하는 생각이 들었다.

"제가 지금 오디션중이거든요. 쉬는 시간에 짬을 낸 겁니다. 이번 주말쯤에 시간을 잡아보는 건 어떻겠습니까? 아니면,"

그가 잠시 말을 멈추더니 어투를 바꾸며 물었다.

"시간 되시면 오늘 저녁식사는 어때요? 케임브리지에 갈 일이 있습니다. 8시에는 뵐 수 있을 것 같은데. 장소는 맘대로 정하시고요."

학생은 애써 아무 소리도 못 듣는 척했다. 나는 내 책 쪽으로 손을 뻗었다.

"좋아요. 하버드 스퀘어에 있는 '하비스트'에서 뵙죠."

면담이 재개됐다. 학생과 스튜디오 프로젝트에 대한 논의를 이어나가는 내 목소리에 새로운 활기가 넘쳐났다.

카페 창문으로 안드레아스가 보였다. 그는 칸막이 된 좌석에 앉아 있었다. 앞에 놓인 테이블 위에는 악보 하나가 펼쳐져 있고 한쪽에는 레드 와인 한 잔이 놓여 있었다. 잠시 서서 그 모습을 바라보았다. 자기만의 생각에 몰두한 그는 하나의 온전한 대륙 같았다. 그가 고개를 들었다. 나는 코트를 여미고 안으로 발걸음을 내디뎌,

그의 맞은편에 미끄러지듯 들어가 앉았다. 식사 자리에는 손님들이 많았고 카페와 바는 한쪽에 따로 마련되어 있었다.

그의 따뜻한 인사가 나를 무장해제시켰다.

"제 부탁 들어주셔서 기쁩니다. 뵙게 돼서 정말 좋군요."

그의 얼굴이 환해졌다. 웨이터에게 손짓을 하며 그가 물었다.

"와인은?"

"화이트 와인으로 할게요."

그는 악보를 덮고 옆자리로 내려놓았다.

"제 아들에게 친절하게 대해주셔서 고맙습니다. 아버지께서 그러시더군요."

"사랑스러운 아이예요. 정직한 그 애 얼굴이 마음에 들어요."

"힘든 시기를 보냈지요. 엄마를 잃었으니까요."

웨이터가 지나가는 동안 안드레아스는 잠시 말을 멈추었다. 그러다 갑자기 꾸밈 없는 얼굴로 말했다.

"제가 아이와 그 얘기를 할 수 없을 때 아버지께서 대신 해주셨죠. 제가 놀아줄 수 없을 때 대신 놀아주셨고요."

그날 밤 해변에서 그의 얼굴이 열렸을 때 내가 들여다본 슬픔이 바로 이것이었다. 이 사람이 나와 함께 그 섬에 간 이유를 알 것 같았다. 우리는 상실을 공유하고 있었다. 냄새를 찾는 동물들처럼.

웨이터가 와인을 가져왔다. 안드레아스는 잔을 들어 올렸다.

"당신을 위해, 그리고 삶을 위해."

그는 와인을 마시고 잔을 내려놓은 뒤 나를 바라보았다.

"당신에게 하고 싶은 말이 있습니다. 나로선 쉬운 일이 아니에요. 좀체 꺼내지 않는 이야기지요. 그래서 힘들었습니다. 제시하고 말입니다. 하지만 그날 밤 당신이 내게 남편이 살해당했다는 말을 했을 때, 나는 당신에게 말을 하기 시작했습니다. 그러다 생각했지요. 만난 지 얼마 되지도 않는 사람에게 더 큰 슬픔으로 부담을 주는 건 아닐까. 나도 모르겠습니다. 당신에게 이런 말을……."

그의 시선이 흔들렸다.

"하지만 난 당신이 이해하리라 생각합니다."

그는 말을 멈추고 잠시 눈을 감았다. 나는 잔을 한쪽으로 치우고 팔꿈치를 괬다. 차가운 손가락이 뺨에 닿았다.

"아이리나는 소프라노 가수였습니다. 목소리가 아름다웠지요. 나는 그 목소리를 사랑했습니다. 그러곤 그녀를 사랑하게 되었지요. 그녀는 내가 지휘하던 콘서트에서 독창을 맡고 있었습니다. 작은 오케스트라단과 함께 헝가리 순회공연을 할 때였으니까요."

그가 숟가락을 집어 들고는 만지작거렸다. 빛이 어른거렸다.

"1970년대였습니다. 헝가리 정치 상황이 다소 풀려 있었지요. 난 작은 오페라단을 시작하게 되었습니다. 스탠더드한 레퍼토리를 주로 올렸지만 메노티*의 〈영사領事The Consul〉 같은 과감한 시도도 해보고 싶었어요. 아이리나는 자유해방운동가와 결혼한 소박하고 선량한 마크다 역에 잘 어울렸습니다. 여러 면에서 우리와 닮은 점이 많았지요."

그는 숟가락을 내려놓았다.

"그런데 어느 날 공연이 끝나자 관료들이 극장을 폐쇄해버렸습니다. 오페라 내용이 뭘 의미하는지 알아차린 것이었죠. 마크다가

---

* Gian Carlo Menotti(1911~2007), 이탈리아 출생의 미국 오페라 작곡가.

'나의 이름은 번호에 불과하고 나의 요청은 서류에 불과하네' 라고 노래 부르니까요. 민중에 대한 거짓말, 무관심이 주제였습니다. 아이리나는 그런 식의 검열에 격분했습니다."

그의 얼굴에 분노의 가시가 돋았다.

"그녀는 예술의 존엄성을 믿었습니다. 내가 내 일을 해내기를 원했지요. 당시 반체제 단체가 재결성되는 분위기였는데 그녀는 거기에 가입했습니다. 난 그녀가 안전할 거라고 생각했습니다. 어머닌 화가였는데 나치에 대항한 레지스탕스 활동에 적극적으로 참여하신 분이었어요. 아버지께선 늘 어머니가 여신 같은 분이라고 말씀하셨지요. 어렸을 땐 아버지 말을 곧이곧대로 믿었습니다. 어머니가 우리를 보호해줄 거라고 생각했지요. 실제로도 그러셨고요. 그러다."

그가 갑자기 이야기를 멈췄다.

"내가 왜 이런 얘기를 당신에게 하는 걸까요?"

그 자신에게 던지는 질문이었다.

나는 창밖을 내다보았다. 식당 옆 골목을 따라 사람들이 하나둘 걸어가는 모습이 보였다. 이런 역사 이야기 따위에는 무심해 보이는 사람들. 어쩌면 아닐지도 모르지.

"시장한가요?"

그가 물었다.

"주문하셔도 됩니다."

나는 고개를 저었다.

"그럼 와인이나 한 잔 더 하죠."

그는 웨이터에게 잔을 들어 보였다. 테이블로 다가온 웨이터가

펼치지도 않은 메뉴판을 못마땅한 표정으로 바라보자 안드레아스
는 곧 주문하겠다고 했다.

"내게 남편 얘기를 했을 때, 난 당신을 이해할 것 같았습니다. 당
신 감정과, 당신 삶에서 해나가는 일들 말이에요. 난……."

그는 잠시 다른 곳에 시선을 던졌다.

"당신은 뭔가 다른 느낌을 줍니다. 당신하고 있으면 왠지 그런
기분이 들어요. 여기 오면서 이런 얘기를 할 생각은 아니었어요.
하지만 당신을 보고 있으니, 그냥 나를 이해해주는 사람이면 좋겠
다는 생각이 드는군요. 내가 지금 당신 앞에서 왜 이러고 있는지,
그 이유를 말이에요."

나는 시선을 거두지 않았다.

"그 일이 있던 날 제시는 어머니와 함께 있었습니다. 5시에 음악
학교에서 아이리나를 만나기로 했는데 나타나지 않았어요. 부모님
댁으로 가 아버지께 말씀드렸더니 기겁을 하시더군요. 당장 그곳
을 떠나야 한다고 하셨어요. 제시를 위험에 빠트릴 수는 없었으니
까요. 난 아이리나를 찾아나섰지만 소용이 없었습니다. 소식을 아
는 사람이 아무도 없었어요. 어머닌 아이리나가 돌아올 경우에 대
비해 당신이 남겠다고 하셨습니다. 레지스탕스에 소식통이 있으니
상황을 알아보고 우리가 있는 곳으로 오시겠다고요. 아이리나라면
내가 제시를 데리고 떠나주기를 원할 거라고 생각했습니다. 그래
서 떠났지요."

그는 작은 유리잔 속에 놓인 초를 집어 들고는 그 불꽃을 응시했
다. 말을 잇는 그의 목소리가 공허했다.

"우리는 떠났습니다. 아버지, 제시 그리고 나. 1944년에 우리를

숨겨주었던 농가로 갔지요. 농부는 나이가 들었고 아들들이 뒤를 잇고 있었습니다. 우리는 며칠을 기다렸습니다. 그러던 어느 날 어머니의 전갈이 도착했어요. 아이리나가 체포되었고 러시아 인들이 개입되어 있다는 내용이었지요. 집으로 돌아갈 수도, 헝가리에 머물 수도 없는 위험한 상황이었습니다. 그 아들들 중 하나가 국경을 건널 수 있도록 도와주었지요."

그는 나를 바라보았다.

낙막한 마음. 소중했던 것들을 잃고 가슴에 구멍이 뚫린 채 걸어가는 사람. 낙막함. 참 쓸쓸한 단어다. 가슴에 박힌 갈고리. 쿵 내려앉은 가슴으로 사무치게 그리워하다 끝도 없이 길어지는 외로움.

나는 그의 손을 보았다. 길고 우아한 손가락, 지휘자의 손. 시선을 사로잡고 이끌었던 그 손은 완전히 무용지물이 되어버렸다. 눈시울이 붉어졌다.

그는 아이리나 소식은 전혀 모른다고 했다. 모든 사람들이, 그 자신 마찬가지고, 그녀가 죽었을 거라 추측할 뿐이라고 했다.

우리는 잠시 말이 없었다.

"사이먼과 난,"

내가 먼저 입을 열었다.

"알고 있었어요."

"네?"

힘들어서 지금껏 한 번도 꺼내보지 않은 이야기를 그에게 하고 있었다. 뭔가가 나를 그렇게 이끌었다.

우리는 그날 밤 부모님 댁에서 저녁을 들고 있었다. 앤튼은 사이먼도 참석하리라 짐작했을 것이다. 키프로스에선 긴장감이 고조되고 있었고, 곳곳에서 납치와 암살이 자행되고 있었다. 이웃 하나는 어느 날 아침, 은행에 갔다 돌아오는 길에 총을 맞고 죽었다. 쿠데타 직전의 상황이었다. 그러나 우리는 가족이었다. 앤튼이 사이먼을 질투한다는 것은 알고 있었다. 내 아버지를 미워한다는 사실도 알고 있었다. 그러나 앤튼이 우리를 배반하리란 생각은, 아니 적어도 그런 식으로 할 거라는 생각은 하지 못했다. 그러다 그의 눈에 서린 냉정함을 보았다. 동요의 여지가 없는 확신에 찬 얼굴이었다. 내 안의 모든 것이 멈춰버렸다.

안드레아스가 내 쪽으로 몸을 기울여왔다. 내 눈앞에 그의 눈이 있었다. 어쩌면 우리 둘 다에게 그것은 하나의 위안이었다. 온 세상에 나 혼자뿐인 것 같은 충격을 남긴 사건 앞에서 더 이상 혼자가 아닌 것 같은 느낌. 말들이 돌아오고 있었다. 다시는 입 밖으로 낼 수 없을 거라 생각했던 말들. 마치 눈앞에서 벌어지는 일처럼 그때의 장면이 재현되기 시작했다.

"처음엔 앤튼이 원하는 게 돈이라고 생각했어요. 아버지도 그렇게 생각했고요. 하지만 아버지가 '앤튼, 총을 내려놓아라. 돈 때문에 그러는 거면……'이라고 하자 앤튼은 웃음을 터트리며 말했어요. '당신한텐 원하는 게 없습니다.' 그러곤 사이먼에게 돌아섰어요. '우리가 온 건 너 때문이다.' 우리라니, 다른 사람들이 있다는 말인가? 믿을 수 없는 일이었어요. 있을 수 없는 일이었어요. 나는 사이먼을 보았어요. 그는 공황 상태였죠. 한 번도 본 적 없는 그런 모습이었어요. 어머니 얼굴은 유령처럼 변해 있었어요. 아버진 얼이 나가버린 표정이었고요. 나도 모르게 입 밖으로 이런 소리가 나왔어요. '누가 어떻게든 좀 해봐요!' 마치 우리 중 누가 뭐라도 할 수 있을 것처럼 말이에요.

내가 소리를 질렀었나 봐요. 앤튼이 내 쪽으로 고개를 돌렸거든요. 그는 마치 한 번도 만난 적 없는 낯선 사람을 대하듯 내게 '닥쳐'라고 말했어요. 사이먼이 앤튼의 총을 잡았어요. 난투가 벌어지는 소리가 들리자 밖에 있던 사람들이 들어왔어요. 무장한 그리스 육군 장교들이었어요. 아무런 희망이 없었지요."

나는 안드레아스를 바라보았다. 펠리시아의 집에서 그를 만난 그날 밤 '카사블랑카'에 갔을 때, 나는 부엌에서 들려온 소리에 놀라 자리에서 벌떡 일어났다. 안드레아스는 내가 왜 그랬는지 알지 못했다. 그 소리가 내게는 마치 총성처럼 들렸다.

"바로 집 밖에서 벌어졌어요. 우린 창문 너머로 그 광경을 지켜봤지요."

나는 나이프를 집어 들었다가 다시 테이블 위로 내려놓았다. 뭐든 하고 싶었는데 할 수 있는 일이 없었다. 그 역시 마찬가지였다. 어떻게든 하고 싶었지만 그는 아무것도 할 수 없었다. 우리는 둘 다 무력감을 알고 있었다.

안드레아스가 손을 뻗어 내 손을 감싸며 말했다.

"악몽입니다."

웨이터가 새로 채운 와인잔을 가지고 왔다. 우리는 특별 메뉴를 주문했다. 생선 요리의 일종이었다.

사이먼을 처음 만났을 때 그는 언니처럼 심리학에 관심 있는 건축학과 학생이었다. 사이먼은 뿌리에서부터 시작해야 한다고 했다. 사람의 내적 삶의 구조를 바꾸기 위해선 외적 구조 역시 바꿔야 한다고 했다. 대담한 비전이었다.

"난 어떤 사람이 하는 일을 사랑하지 않으면 그 사람을 사랑할 수 없다고 봐요."

안드레아스는 뭔가를 골똘히 생각하는 표정이었다.

"무슨 생각 해요?"

"당신이 한 말에 대해 생각중입니다. 난 그런 생각은 해보지 않은 것 같습니다. 다만 삶에 열정이 없는 사람을 사랑하긴 힘들거란 생각은 드는군요. 아이리나에겐 노래였지요."

그는 깊은 숨을 들이마셨다가 천천히 내쉬었다.

"음악은 내 삶이었습니다. 그리고 음악은 내 피난처가 되었습니다. 나는 〈토스카〉를 무대에 올리고 싶습니다. 이 오페라에선 다가오는 일들을 볼 수가 있습니다. 20세 유럽의 역사, 파시즘, 비밀경찰. 토스카는 가수입니다. 그녀의 연인 카바라도시는 화가입니다. 토스카는 '나는 예술을 위해 살았고 사랑을 위해 살았네' 라고 노래합니다. 하지만 사실 그녀는 연인이 총살당한 뒤 삶을 살아갈 수 없습니다. 그녀의 연인은 질투심과 정치적 공포 상황에 희생당했습니다."

'사이먼처럼.'

"2막이 어떻게 시작하는지 아십니까?"

나는 고개를 저었다. 오페라에는 거의 문외한이었다.

"배경은 파네스 궁입니다. 경시총감인 스카르피아가 토스카를 기다리고 있습니다. 저녁 만찬이 준비되어 있지요. 토스카는 아래층에 있는 여왕의 방에서 노래를 부를 예정입니다. 노래가 끝나고 나면 스카르피아는 그녀를 유혹할 계획입니다. 총감은 안절부절못하고 있습니다. 콘서트가 시작하는지 확인하기 위해 부하에게 창문을 열라고 지시합니다. 음악이 방 안으로 흘러 들어옵니다. 오케스트라가 가보트를 연주하고 있습니다. 단순하면서도 아름다운 선율, 무곡의 리듬입니다. 다른 시대의 음악이지요. 공포 한가운데 갑자기 아름다움이 생겨나는 겁니다. 우리는 잠시 숨을 죽입니다. 이 순간만큼은 모든 것이 변할 수 있을 것 같습니다. 그리고 창문이 닫힙니다.

아주 조용합니다. 오페라에서 가장 감정에 호소하는 순간입니다. 잠시 우리는 희망을 품어봅니다. 이것이 없다면 이 오페라에는 온통 두려움과 배신, 예술과 사랑과 자유가 패배하는 내용뿐입니다. 그러나 그 한가운데 아름답고 복잡한 러브 스토리가 있습니다. 열정적인 아리아가 흐릅니다. 이것이 사람들이 이 오페라를 보러오는 이유입니다. 나는 그들이 전체 스토리와 사랑을, 그리고 무엇이 이것을 파괴하는지 듣기를 원합니다. 그들이 공포라는 감정의 심장 속을 들여다보기를 원합니다. 오페라로는 그걸 할 수가 있습니다. 말이 있고 음악이 있기 때문입니다."

요리가 나왔고 우리는 서둘러 식사를 마쳤다.

"당신에게 전화를 했을 때,"

그가 접시를 한쪽으로 치우면서 말했다.

"나와 함께 피터의 극장으로 가서 무대를 한번 봐줄 수 있는지 묻고 싶었습니다. 세트 전체가 문제입니다. 당신이 나를 도울 수 있을 거라고 생각했습니다. 극장 일은 해본 적이 없다는 걸 알지만 이번 경우는 문제 될 게 없습니다. 일반적인 의미의 세트를 두는 공간이 아니니까요. 난 내가 무얼 찾고 있는지 당신이 알게 될 거라 믿습니다. 그날 섬에서, 투명성과 둘러쌈에 관해 당신이 한 말이 정확히 내가 추구하는 바니까요. 감정을 들여다볼 수 있는 구멍이 뚫려 있습니다. 오페라에선 심리 상태가 완전히 노출됩니다. 그리고 오페라에 등장하는 모든 인물들을 붙잡는 어떤 의미가 있습니다. 기술적인 문제는 다른 사람을 불러 해결할 겁니다. 내가 원하는 것은 당신의 감성입니다. 공간에 대한 당신의 이해력."

안드레아스는 잠시 뜸을 들이더니 전체 대화를 총정리하듯 말했다.

"당신과 함께 일하고 싶습니다."

이 사람과 함께 일하는 건 어떨까 하는 생각이 머릿속을 뚫고 지나갔다. 연인 말고 파트너가 될 수도 있잖아? 속으로 웃음이 나왔다. 나는 그러겠노라고 대답했다.

웨이터가 커피를 가지고 왔고 안드레아스는 계산서를 달라고 했다.

나는 그 사람이 나와 함께 야외극장을 봐주기를 원했었다. 나는 그 사람과 함께 피터의 극장을 볼 것이다. 간단한 요구라고 생각했다.


다음 날 오후 그가 미대 로비에서 나를 기다리고 있었다. 4시였는데 커피 한 잔과 배 하나를 들고 서서는 나를 보고 웃고 있었다.

'음식을 싸가지고 온 엄마 같아.'

어머니는 나를 만날 때면 늘 뭔가를 들고 오셨다. 납지에 싼 닭간이나 두툼하게 자른 젤리 과자, 호두나 피스타치오를 넣고 가루 설탕을 흩뿌린 살구 페이스트. 어쨌든 남자들이 연상되는 행동은 아니었다. 데이비드와 랜디가 아무리 친절하고 사려 깊은 친구들이라 해도 그런 생각은 하지 못했다. 마지막 수업을 끝낸 터라 나는 기쁜 마음으로 카페인을 반기며 커피를 받아 들었다. 그는 "피곤할 거 같아서요"라고 말했다. 시계를 봤다. 런던은 9시쯤 되었을 것이다. 1년 중 낮이 가장 짧은 동지에 어둠이 대양을 건너 그를 미행하고 있었다. 내가 커피를 마시는 동안 우리는 계단 위에 서 있었다. 학생들이 건물 밖으로 빠져나왔다. 집으로 향하는 학생들이 어깨 너머로 인사를 건넸다. 나는 배를 한입 베어 물었다. 설익었지만 아삭아삭했다. 이렇게 씹히는 맛을 좋아했다. 우리는 스퀘어로 걸어가서 택시를 탔다.

케임브리지를 빠져나와 강을 건널 무렵에는 오후 햇살이 사라지고 있었다. 그가 내 어깨에 팔을 둘렀다. 좁은 공간에 불편하게 놓인 다리 위치를 바꾸며 "어젯밤부터 내내 무슨 생각을 했는지 궁금합니다"라고 했다. 택시 라디오에서는 알아들을 수 없는 말들이 물처럼 흘러나왔다.

"아이리나 생각을 했어요. 그녀가 당신을 위해 한 일들. 당신 생각도 했어요. 그녀 없이 떠나야 했던 당신 생각. 그다음엔 사이먼과 있었던 그날 밤이 되살아났어요. 눈앞에서 그런 광경을 목격하는 것과 그런 장면을 다시 떠올리는 것 중 어느 쪽이 더 끔찍한지 모르겠어요. 공포와 사랑하는 사람, 충격은 영원히 사라지지 않아요."

나는 그의 팔에 기대어 창밖을 바라보았다. 그가 내 어깨에 자기 손을 얹었다. 오랜만에 몸을 타고 전해지는 느낌이 낯설었다. 문득 우리 둘 다 이곳을 떠도는 유랑자란 생각이 들었다. 도시의 이방인. 우리의 피 속에는 유럽의 절망이 흐른다. 벌써 수년째 이곳에 살고 있고 누군가는 보스턴을 두고 미국에서 가장 유럽적인 도시라고 했지만, 나로서는 이곳에서 유럽을 느낀다는 게 불가능한 일이었다. 미늘판자벽을 댄 집들을 좋아하긴 했지만 그래도 미국 식이었다. 황량한 거리와 무심히 늘어선 가게들을 보고 있으니, 그와 함께 택시 안에 있다는 사실이 행복했다. 낡은 갈색 사암 건물들이 사우스 엔드 지역에 들어섰음을 알려주고 있었다.

별안간 소스라치게 놀랐다. 택시 운전사가 길을 잃은 게 분명했다. 번지수와 거리 이름이 적힌 주소는 아주 간단해 보였는데 그는 '아는' 게 부족했다. 런던의 택시 운전사와 달리 그는 지도를 숙지하지 못하고 있었다.

안드레아스가 지갑에서 주소가 적힌 종이를 꺼냈다. 그러고는 보고 있으면 마술처럼 그곳이 나타나기라도 할 것처럼 들여다보았다. 그런데 진짜 그런 일이 벌어졌다. 끝도 없이 이어질 것만 같았던 거리의 미로들을 돌아다니다 우리는 드디어 어느 교회 옆에 멈춰 섰다. 주택들 한가운데 경쾌하게 솟아오른 고딕 식 건물이었다.

"여기인 것 같은데요."

운전사의 목소리에는, 우여곡절 끝에 마침내 행선지에 도착한 데 대한 놀라움이 고스란히 배어 있었다. 그가 넘겨받은 주소의 숫자는 마치 복권에라도 당첨된 양, 옆쪽 철문 위에 표시된 숫자와 정확히 일치했다. 안드레아스가 택시비를 지불했다. 우리는 철문을 지나, 회양목 울타리가 내뿜는 달콤한 저녁 향기 속으로 들어갔다. 스테인드글라스 창문 표면에 반사된 빛들이 어두워지는 하늘로 귀환하고 있었다. 호랑가시나무의 뾰족한 잎사귀들과 돌담을 타고 올라가는 담쟁이들의 부드러운 형체가 흐릿하게 눈에 들어왔다. 통로를 걷다 보니 대각선으로 곁가지가 나 있었다. 그 끝으로 나무 문이 보였는데 노란 전구 하나가 그 위를 비추고 있었다. 안으로 들어갈 때 안드레아스는 고개를 숙여야 했다. 그의 손이 내 팔꿈치를 잡고 있었다.

문은 바닥에 리놀륨이 깔린 큰 방으로 이어졌다. 이곳은 미국이었다. 기둥들이 솔직 담백한 모양새로 천장을 떠받치고 있었다. 갈색 코듀로이 바지를 입은 호리호리한 피터가 곧게 자란 머리칼을 얼굴 위로 찰랑거리며 나타났다. 안경에서 빛이 반사됐다. 극장 감독. 이곳이 그의 극장이었다.

"천사가 찾아왔군."

피터가 뺨 인사를 하면서 말했다.

그는 우리를 극장 안으로 안내한 뒤 불을 더 켜기 위해 어디론가 사라졌다. 적막감이 감돌았다. 모든 것이 중간에 정지해버린 듯한 느낌이었다. 반 암흑 상태에 서 있었지만 우리 둘 중 누구도 입을 열지 않았다. 그러나 우리 사이에는 이제 다른 공기가 흐르고 있었다. 새롭게 형성된 친밀감과 신체적인 편안함을 기록하려는 듯 전하로 변하는 분자들. 이번에는 떠나지 않아, 나는 혼자 되새김질을 해보았다.

나는 중앙 통로를 가로질러 뒤쪽으로 가 마지막 줄에 앉아서 전체 공간을 훑어보았다. 안드레아스가 뒤따라와 내 옆에 앉았다. 무대와 마주한 관객석은 3면이었고, 뒤쪽에는 위층 관람석인 갤러리가 있었으며, 발코니 아래 공간에는 기둥들이 서 있었다. 나는 안드레아스에게 고개를 돌렸다.

"이상하게 로마에서 느꼈던 것과 똑같은 기분이 드는군요. 답답해 죽을 지경이에요."

내 말을 듣던 그가 조용히 나를 바라보았다.

"〈토스카〉에선 모든 이들이 덫에 갇힌 듯한 감정을 느낍니다. 그런 감정을 숫게 해줘야 하는 사람이 당신이고요."

불이 켜졌고 우리는 무대 위로 옮겨갔다.

"저희가 원하는 것을 설명하죠."

안드레아스가 말했다.

"1막의 배경은 교회입니다. 2막은 파네스 궁이고 3막은 산탄젤로 성의 흉벽에서 펼쳐집니다. 각각의 장소가 자유가 없는 획일 체제, 교회와 정부 간의 동맹 분위기를 만드는 데 일조하고 있습니다. 오페라 속의 우리는 공포의 지배 아래 있고, 경시총감이 〈찬미의 노래〉를 부릅니다. 신성한 것은 아무것도 없고 인간성은 짓뭉개진 상태입니다. 그리고 우리는 두 예술가와 함께 있습니다. 화가와 가수, 둘 다 열정적이고 민감한 영혼의 소유자들입니다."

그의 어머니가 화가였고 그의 부인이 가수였다. 그것은 그의 인생 이야기였다.

"진부한 세트는 소용이 없습니다. 난 강렬함을 전해줄 함축적이고 암시적인 요소를 원합니다. 드라마적인 면과 정치 상황이라는 면 모두에서 이 연인들이 처한 사태의 심각성을 드러내주는 장치 말입니다."

오페라에는 많은 연주자들과 가수들이 등장했다. 나는 무대를 바라보았다. 작았다. 프로젝트 전체가 비현실적이었다.

그러나 안드레아스는 내 우려를 일축했다. 전반적인 규모를 모두 축소할 계획이라고 했다. 가수와 배우들은 한정 기용할 것이고 코러스도 없앨 예정이며 소규모 챔버 오케스트라와 피아노 한 대만 동원할 거라고 했다.

제작자인 피터가 안드레아스의 말을 거들었다.

"강연을 할 때 정확히 이런 그림을 머릿속에 그리지는 않았을 거야. 하지만 보이는 존재와 느껴지는 존재 사이의 관계를 말할 때 그런 확신이 들었다니까. 당신이라면 우리가 목표에 이르도록 도와줄 수 있어. 우린 당시의 로마 분위기, 시대를 초월하는 이 이야기의 분위기를 전달할 무대 디자인을 원해."

"우리가 원하는 건,"

안드레아스가 단순 명료하게 요점을 짚어 말했다.

"당신에게서 예스라는 대답을 듣는 겁니다."

안드레아스의 눈이 잠시 내 눈과 마주쳤다.

"난 이런 일을 해본 적이 없어요. 무대 디자인은 하나도 모르고 오페라에 대해서도 문외한이라고요."

그들은 자신들이 원하는 건 신선한 눈이라고 했다.

새라를 데려오겠다고 했다. 그녀는 무대 디자인을 공부했다. 남아프리카에선 인종차별로 분리된 흑인 거주 지역에 연극을 소개하기도 했다.

안드레아스와 피터는 동의했다.

나샤위나 프로젝트의 첫 단계 드로잉은 이미 마무리가 된 상태였다. 겨울이 시작되었으니 건설도 일단 중지 상태였다. 학기 역시 끝나가고 있었다. 타이로 떠날 예정이었지만 3월까지는 시간이 있었다. 수채화 강좌나 들어볼까 하던 참이었다. 뭔가 다른 일을 해보고 싶었기 때문이다. 그러니 이 일이라고 안 될 이유가 없었다.

이 남자와 함께 일하지 않을 이유가 없었다.

"그럼 하는 겁니까?"

내 얼굴 표정에서 뭔가를 읽은 안드레아스가 말했다.

"굿."

피터가 불을 끄러 사라졌다.

"대강 스케치를 해볼게요. 그럼 당신이 머릿속에서 생각하는 것을 볼 수 있을 거예요."

안드레아스가 산울타리처럼 짙은 눈썹을 움찔거렸다. 문제 될 이유가 없지 않습니까, 라고 말하고 싶은 눈치였다. 그는 지휘자 수업을 받았고 연출가로 일하고 있었다. 기다리며 지켜보는 것이 아니라 앞으로 나아가고 싶어 하는 사람이었다.

밖으로 나오니 밤공기가 놀랄 만큼 싸늘했다. 조금 전까지만 해도 부드러웠던 미풍에 바짝 날이 서 있었다. 나뭇가지들은 가로등 불빛 사이로 흔들리며 인도 위로 그림자를 드리웠다. 안드레아스가 내 손을 잡았다. 피터가 콜럼버스 애버뉴에 새로 문을 연 가게에서 저녁식사를 하지 않겠냐고 권했지만 안드레아스는 브루클린으로 돌아가야 했다. 그와 그의 아버지와 제시는 이디스 고모 집에서 신세를 지고 있었다. 나는 집으로 가 샤워를 하고 싶었다.

그는 제시에게 자기 전에 책을 읽어주겠다는 약속을 했다고 했다. 학교 계단에 서 있을 때 제시에게 선물할 거라며 생활협동조합에서 산 책을 보여줬었다. 굉장히 놀라운 삽화가 담긴 책이었다. 늦은 오후 햇살을 받으며 붉게 반짝이는 눈이 덮인 북극의 풍경이었는데, 이야기는 이랬다. 한 소년이 자기 개를 죽인 늑대를 찾아 떠난다. 하지만 결국 늑대를 죽여도 자기 개를 되살릴 수 없다는 사실을 깨닫게 된다. 심오하면서도 간결한, 완벽한 논리였다. 어떻게 이런 명료함이 길을 잃을 수 있겠는가. 우리는 피터의 자동차로 걸어갔다. 알람 해제 버튼이 세 번 삑삑 울렸다. 마음속에서 공습경보가 해제되고 있었다.

## 2

 

다음 날 아침 학교에 와보니 데이비드의 연구실 문이 열려 있었다. 그는 구부정하게 책상에 앉아 자판을 두드리고 있었다.

"뭐 해?"

나는 그가 '굿윌'에서 건져내온 유적 같은 안락의자에 몸을 파묻었다.

그가 회전의자를 돌려 앉았다.

"지원서 작성중."

그러고는 의자 가장자리를 손가락으로 툭툭 치며 말했다.

"로마에 있는 아메리칸 아카데미인데 오늘 자정까지 메일로 보내야 해."

아무리 기진맥진한 상태라 해도 데이비드에게는 왠지 모를 견고함 같은 게 느껴졌다. 경관 건축가인 그의 작업에는 늘 대지가 함께했다. 팔을 보고 있으니 건장한 농부 같다는 생각이 들었다. 회흑색 스웨터를 입고 소매를 걷어 올렸는데, 뻗어 나온 그의 팔이 힘을 뿜어내고 있었다.

일이 잘 안 풀릴 때 찾아가는 사람이 데이비드였다. 섬 프로젝트 문제도 예외는 아니었다. 대체로 일 얘기를 나누었지만 둘 중 하나에게 다른 사람의 귀가 필요할 때는 인생 문제도 화제가 됐다. 나는 새라에 대해 알았고 그는 사이먼에 대해 알았다. 지난 겨울 새라가 케이프타운으로 돌아가겠다고 했을 때, 데이비드는 자기가 어떻게 해야 하냐고 물었다. 나는 그냥 새라 말을 들어주라고 했다.

"있어봐야 방해만 되겠네."

일어날 생각이었다. 그와 함께 있는 것은 그의 눈에 나 자신을 드러낸다는 의미였는데, 내가 그럴 준비가 되어 있는지 확신이 서지 않았다. 데이비드는 자기 눈에 보이는 대로 말하는 사람이었다. 최근 들어 내게 지치거나 기분이 안 좋은 것 같다는 말을 했을 때 나는 그게 사실인 줄 알면서도 괜히 성을 내곤 했다.

"이 단락만 끝내면 되니까 1분만 기다려. 안 그러면 쓰고 싶은 내용을 잊어버릴 것 같아서."

나는 그의 책상 위쪽 벽에 걸린 식물 사진들을 바라보았다. 새라의 생일 선물이었다. 펜웨이에서 찍은 마시그래스가 제일 마음에 들었다.

"오케이. 이제 쉬어도 돼."

그는 돌아앉으며 스웨터 소맷자락을 내렸다.

"맞춰봐."

그는 안경을 벗더니 내 얼굴을 유심히 관찰했다.

"포기."

"〈토스카〉 무대 디자인 요청이 들어왔어."

"농담해? 카르타고 아니었어? 이제 로마까지 지으려고?"

나는 코트를 벗었다.

"극장용인데 이 남자가…… 펠리시아 블루멘탈 알아?"

데이비드가 고개를 저었다.

"안드레아스라고 그 친척인데 카운터포인트 극장에서 〈토스카〉
를 올리려나 봐. 사우스 엔드에 피터 마스가 시작한 그 극장 말이
야. 둘이 나서서 무대 세트, 아니 세트 아닌 거라고 해야 하나, 그
걸 부탁하더라고. 문제는 공간이 너무 협소하다는 거야."

"학생들 프로젝트로 하면 좋겠네."

데이비드가 회전의자를 책상 쪽으로 돌리며 말했다.

"불가능 없는 불굴의 그룹."

의자가 다시 내 쪽으로 돌아왔다.

"왜 하려는 거야?"

갑자기 숨이 턱 막혔다.

"키라, 우린 친구야."

데이비드가 조용히 말했다.

난데없이 눈물이 고였다.

밖에선 트럭이 삑삑거리며 후진하는 소리가 들려왔다.

식당에서 나눈 대화 때문이었을까? 안드레아스의 아내가 행방
불명된 이야기? 아니면 데이비드의 말이 고마워서였을까? 친구 사
이에는 못할 말이 없다. 그런데 계속 뭔가가 마음에 걸려 쉽사리
입을 뗄 수 없었다.

데이비드는 의자에서 몸을 옴쭉거렸다. 창문으로 들어온 햇빛이

그의 안경에 반사됐다. 12월의 잿빛 하늘. 그는 기다렸다.

"연출가야."

결국 나는 입을 열었다.

"그 사람한테 관심이 가."

데이비드의 얼굴이 환해졌다.

"잘됐네! 흔한 일이 아니잖아."

나는 눈물을 닦아냈다.

"지금은 그냥 그 정도야."

여전히 나는 미적거리고 있었다. 아직 끝이 아니었다. 내가 말하고 싶은, 혹은 듣고 싶은 말이 더 있었다.

그는 지원서에 몇 자를 더 적어 넣더니 허리를 숙여 부츠 끈을 맸다.

"나가자. 커피 마시면서 좀 걸어. 한 시간 동안 이러고 있었더니 머리가 다 아프네. 여기가 바로 네덜란드 사람들이 말하는 그 병든 건물이야. 신선한 공기라곤 없는……. 선조들에게 감사하자고."

할 일이 태산이었다. 언니는 이모네서 휴가를 보내기 위해 밤 비행기를 타고 런던으로 떠날 예정이었다. 많은 사람이 모일 것이다. 나는 가지 않기로 했지만 언니 편에 선물을 보내고 싶었다.

"스퀘어 쪽으로 가자."

데이비드는 문 뒤쪽에 있는 옷걸이에서 코트를 집어 들고 불을 껐다. 확신에 찬 그의 몸짓이 영국 이모부인 마틴을 생각나게 했다. 마틴은 유럽인과 미국인의 차이에 대해 말하면서, 유럽인은 집을 나설 때 불을 끄고 추울 때 스웨터를 입는다고 했다. 문 근처 벽에 압정으로 박아놓은 엽서 한 장이 눈에 띄었다. 금빛이 어른거리는 붉은 풀들을 담은 사진이었다.

"이건 못 보던 건데?"

"영국 케임브리지에 있는 앵글시 애비야. 큐 왕립식물원 다음으로 내가 가장 좋아하는 곳이지."

애나와 내가 런던에서 처음으로 겨울을 맞았을 때 마틴이 우리를 거기에 데려갔었다. 이모부는 우리에게 겨울 정원을 보여주고 싶어 했다.

"저 풀들이 기억 나. 그 사이에 서 있던 작은 나무들과 순백의 나무껍질, 그리고 식물들의 검붉은 줄기들. 흰 자작나무들이 줄지어 서 있는 숲에 들어갔는데 순간 눈물이 터져 나왔었지. 마치 유령의 도시로 들어가는 것 같았거든."

아차, 싶었다.

우리는 문가에 서 있었고 연구실은 어두침침했다.

"언제까지 유령들 틈에서 살 거야?"

함께 복도로 걸어 나갔다. 데이비드의 팔이 내 어깨를 단단히 부여잡고 있었다.


고요함과 바다에 감사하며 휴일 휴가를 나샤위나에서 보냈다. 데이비드가 로마 사진이 들어 있는 책 한 권을 선물해줬다. 나는 책장을 넘기며 〈토스카〉 3막의 무대가 되는 산탄드레아 델라 발레 교회, 파네스 궁, 산탄젤로 성을 살폈다. 아이디어가 떠올라 드로잉도 몇 개 해보았다.

그러던 어느 날 오후 해변에서 오랜 시간 산책을 하는데, 이 일은 내가 하고 싶어 하는 것이 아니라는 생각이 들었다. 나는 새로운 것을 지어왔다. 처음에는 집이었고 지금은 섬 프로젝트가 있었다. 혼자, 나샤위나에 있다는 것은 커다란 위안이었다.

집에 돌아오니 전화기 녹음 버튼이 깜빡이고 있었다. 안드레아스였고 버몬트 지역 번호가 남겨져 있었다. 나는 스토브용 땔감을 들이고 만들어둔 소렐 수프를 데웠다. 어렸을 때 좋아하던 음식이었는데 어머니의 비법을 마침내 알아냈다. 계란 노른자를 더하는 게 관건이었다. 전화는 저녁을 먹고 난 뒤 할 참이었다. 그는 메시지에다 제시, 피터와 함께 친구의 산장 오두막에서 머무르며 제시에게 스키 타는 법을 가르치는 중이라고 남겼다.

신호음이 가자마자 그가 전화를 받았다.

"당신 전화를 기다리고 있었습니다."

그는 저녁식사에 초대하고 싶다고 했다. 펠리시아가 설 다음 날 오페라 단원들을 불러 저녁을 대접한다는 것이다.

"와주시면 기쁠 거 같은데요."

놀랍게도 나는 그러겠노라고 했다.


완벽한 이탈리아 식 저녁이었다. 전채로 나온 살라미 소시지도 좋았고 수제 파스타도 일품이었다. 안드레아스는 문가에서 나를 맞았다. 그는 행복해 보였고 다소 들떠 있었다.

"저쪽으로 가죠. 가수들을 소개해드리겠습니다."

그는 이스라엘 출신의 소프라노에게로 나를 안내했다. 훌륭한 목소리라며 격찬했던 가수였다. 여자는 키가 크고 관능적이었다. 밤색 머리칼이 어깻죽지 위로 폭포처럼 넘실거렸다. 나는 그녀를 만날 준비가 되어 있지 않았다. 그녀의 편하고 풍만한 육체 앞에서 내 몸은 잔뜩 얼어붙었다. 그들은 음악가였다. 그러나…… 나는 그녀 옆에 서 있는 테너에게 고개를 돌렸다. 이름은 댄이었다. 입꼬리를 옴찔거렸는데 이후 긴 리허설 기간 동안 그 모습이 매력적이었다. 그는 검은색 '애비 로드'* 티셔츠를 입고 있었다.

펠리시아가 보였다. 그녀가 내 어깨에 팔을 두르며 말했다.

"키라, 휴가는 잘 보냈어?"

댄이 우리 모습을 유심히 살피는 게 느껴졌다. 소프라노는 안드레아스와 함께 있었다. 그 여자와 비교할 때 난 너무 별게 아니었다.

"이런 추위는 몸에 안 좋아. 전채 요리로 나온 비트를 좀 먹어봐. 뿌리채소는 우리 몸이 겨울에 필요로 하는 에너지를 저장해주거든."

안드레아스가 새 손님을 맞기 위해 자리를 뜨는 모습이 보였다. 키가 작고 머리칼이 밤색인 남자였는데 알고 보니 테너 중 한 명이었다. 연극처럼 매일 올릴 예정이었기 때문에 오페라 주인공이 트리플 캐스트였다.

저녁식사를 하기 전 단원들을 소개하는 순서가 있었다. 리드 싱어들부터 시작됐다. 이스라엘 소프라노 가수인 탈리 말고도 아시아계인 앨리스와 아이오와 농장에서 자란 빨간 머리 캐런이 있었다. 모두 토스카 역이었다. 금발에 땅딸막한 댄은 토스카의 연인 카바라도시 역을 맡았다. 밤색 머리칼의 키 작은 테너와 키 큰 흑인인 폴도 같은 역이었다. 나는 머릿속으로 짝을 맞춰보았다. 탈리

---

* Abbey Road. 1969년에 발매된 비틀스의 11번째 정규 앨범 제목. 런던에 있는 도로 이름이기도 하다.

와 댄은 확실했다. 그들에게선 같은 종류의 에너지가 느껴졌다. 악한인 스카르피아 역을 맡은 세 사람은 몸매가 육중했다. 공포 시대의 경시총감을 연기하는 데에는 확실히 중량감이 필요했다.

저녁식사가 끝난 뒤에는 극장의 예술 감독 자격으로 피터의 인사말이 이어졌다. 그는 그곳에 참석해준 후원자들에게 감사를 표했다. 후원자들은 소파와 의자를 차지하고 앉아 있었다. 가수와 배우들은 벽난로 앞에 깔린 양탄자를 택했다. 기술진들은 벽에 기대 있었다. 벽난로 옆에 서 있던 안드레아스가 환영 인사를 건넸다. 그는 기대감에 부푼 얼굴로 말했다.

"이제 우리는 다 함께, 〈토스카〉를 스펙터클이 아니라 진실한 극작품으로 만들어나가는 실험 무대에 착수하게 되었습니다."

그에게는 비전이 있었다. 어깨가 가벼워졌다. 나는 예술을 믿었고 그는 형식을 발견할 것이다.

해변에서 보낸 그날 밤을 떠올렸다. 모래 위에 아모르와 로마를 쓰던 유연했던 그의 몸. 바다 냄새. 밀려드는 물결.

나는 가수들의 얼굴을 훑어보았다. 그들이 느꼈을지도 모르는 불안감은 끝까지 함께하겠노라는 안드레아스의 결의에 찬 약속 덕에 진정됐다.

"우리는 서로 다 함께 우리 길을 찾을 것입니다. 준비 기간은 충분합니다. 리허설은 내일 아침 10시에 시작하겠습니다. 오늘 밤 편히 주무시길 바랍니다."

안드레아스가 방을 가로질러 나에게 왔다.

"태워다줄까요?"

나는 주위를 둘러보았다. 내가 선택되어 기뻤다.

"어땠습니까?"

엔진이 데워지기를 기다리면서 그가 물었다.

"잘된 거 같아요. 당신이 얘기할 때 단원들이 하나 되는 분위기도 있었고."

그는 바라는 거 없이 이 작업에 기꺼이 동참하는 젊은 가수들에게 감사한 마음이라고 했다. 그렇지 않았으면 트리플 캐스트는 꿈도 못 꿨을 것이라고.

"당신과 함께 작업하는 것 자체가 대단한 기회라고 댄이 그러더군요."

안드레아스는 웃으며 기어를 넣었다.

"가서 축배의 잔을 들도록 하죠. 너무 기쁘군요. 이 작업을 당신과 함께하게 돼서 얼마나 행복한지 모릅니다."

행복…… 그것으로 충분했다. 나는 어두운 차 안에서 미소 지었다. 음악이 나의 어휘 속으로 들어오고 있었다. C메이저. 단순하게 생각하자. 플랫이나 샤프 없이.

'하비스트'는 문을 닫고 있었다. 그래서 우리는 찰스 호텔로 갔다. 바는 어둑했고, 작은 테이블 주위로 플러시 의자들이 둥그렇게 놓여 있었다. 우리는 구석자리에 앉아 마당을 내다보았다. 나무에 매달린 전구들이 하얀 빛을 뿜어냈다.

스키 여행에 대해 물었더니, 그는 제시가 처음에는 걱정을 했는데 적응이 되자 꼭대기까지 올라가겠다며 고집을 피웠다고 했다.

"하강로가 있었습니다. 쉬운 코스이긴 했는데 길이가 좀 길고 제시가 추워했거든요. 내가 다리 사이에 끼고 내려왔습니다. 어깨가 아직도 뻐근해요."

그는 칼라 아래쪽으로 손을 뻗더니 팔꿈치를 구부리고, 새의 날개처럼 생긴 견갑골을 문질렀다.

"제시가 슬슬 자라고 있나 봅니다."

그러곤 목을 흔들며 긴장감을 풀어냈다.

"당신은요?"

"저도 그래요."

나는 웃었다. 어쩌면 우리 모두가 성장하고 있는지도 몰랐다. 그날 밤은 모든 것이 분명해 보였다. 우리들 각자에겐 자신만의 삶이 있었고 우리는 함께 일을 할 뿐이다. 내가 괜스레 지나친 걱정을 한 건지도 모른다. 오페라는 이야기다. 그냥 이야기다. 사람들에게 우리가 얼마나 쉽게 덫에 걸리는지, 얼마나 쉽게 자유를 빼앗기는지 상기시키는 것은 중요한 일인지도 모른다. 스키 여행에서 돌아온 그의 얼굴빛이 내가 나샤위나에서 찾은 고요함과 어우러졌다. 다나 스트리트에 있는 아파트 앞에서 우리는 뺨 인사를 나누고 헤어졌다. 우리는 친구였다.

다음 날 아침, 단체 워밍업을 시작으로 리허설이 시작됐다. 장소는 교회의 커다란 리셉션 홀이었다. 안드레아스는 내 맞은편에 있었다. 같이 시작하자며 편한 옷을 입고 오라고 했다. 발성 코치인 미카가 우리를 통솔했다. 흑발과 백발이 꼿꼿하게 선 스포츠머리였다. 코까지 들창코여서 문득 호저가 떠올랐다. 귀고리 위쪽에 붙은 은빛 별들에 청실홍실이 매달려 달랑거리고 있었다. 매력적이었다. 우리는 둥글게 모였다. 코치는 호흡부터 시작했다.

"숨을 들이마셔 안쪽으로 끌어내립니다."

미카는 홀을 훑어보았다. 그녀의 눈은 정확했다.

"제 말을 잘 들으세요. 숨을 쉬라는 게 아닙니다. 숨을 들이마셔 안쪽으로 끌어내립니다."

그녀는 사람들 사이를 움직여 다니며 배에 손을 갖다 댔다. 그리고 근육이 이완되기를 기다렸다.

"여러분의 몸은 방법을 알고 있습니다. 자기 몸을 믿으세요."

그러나 나의 근육은 도리어 긴장했다. 그녀가 내 배 위에 손을 올렸다. 침착하고 참을성 있는 시선으로 그녀가 말했다.

"숨을 들이마셔 아래로 끌어내리세요."

내 배가 부풀어 올랐다. 그녀의 손 아래로 근육이 이완되고 있었다. 공기가 몰려들었다. 갑자기 어지러웠다.

"산소예요. 익숙해져야 합니다."

코치가 내 곁에서 멀어져 갔다. 편안하고 안심이 되는 목소리였다. 워밍업은 계속됐다. 코치는 호흡에 소리를 더했고 우리는 등을 굴리며 척추 하나하나를 늘렸다. 등이 훨씬 유연해진 기분이었다.

"자, 이제 편안히 한숨을 내쉽니다."

여기저기서 숨소리가 들려왔다. 나는 집중력이 생긴 걸 느꼈다. 모음 발성이 이어졌다. 각각의 소리에 고유한 색깔이 있었다. 살아 있는 소리들이 홀 안을 가득 채웠다. 하루를 시작하기에 더없이 훌륭한 방법이었다.

화장실에 다녀올 수 있는 짧은 휴식 시간이 끝나자 안드레아스가 바통을 이어받았다. 배역을 맡은 사람들은 연습 준비를 위한 기본 훈련에 들어갔다. 나는 스웨터를 벗고 접의자에 앉아 벽에 기댔다. 다른 사람들 틈에 끼지 못해 잠시 섭섭하기도 했다. 미카에게 모든 것을 맡길 때의 기분이 썩 좋게 남아 있었다.

'숨을 들이마셔 아래로 끌어내립니다.'

나는 연습에 몰두하는 사람들을 바라보면서도 그 주문을 반복해 중얼거렸다. 탈리는 헐렁한 회색 바지에 자홍색 셔츠를 걸쳤고, 온몸에 에너지 코일이 감긴 듯한 앨리스는 마치 무용수처럼 움직임 하나하나가 정확했다. 댄과 폴은 둘 다 테너인데도 완전히 달랐다. 그들은 리듬과 사운드를 더하고 방향을 바꿔가며 각각 몸짓을 연습해나갔다. 스카르피아 역을 맡은 스티브가 규칙을 제안했다. 먼저 해보고, 그다음 연습하고, 마지막에 토론을 하자는 거였다. 나는 학생들과도 해볼 요량으로 그 내용을 머릿속에 기억했다.

대본 연습이 시작될 때까지는 자리를 지켰다. 우선은 동작이나 표정 없이 텍스트와 음악을 읽어보고 있었다. 계속 있고 싶었지만 학교로 돌아가야 했다. 시험 준비 기간이라 강의는 없었지만, 오후에 학생 면담과 회의가 여럿 잡혀 있었다. 나는 두 세계 사이에 다리를 놓고 있었다. 사우스 엔드와 케임브리지. 극장과 대학. 회의 중에 호흡 연습을 했는데 혹시 눈치 챈 사람이 있지 않을까 걱정이 됐다. 통제력을 놓아버리기에는 굉장히 위험한 곳이었다.

리허설이 정상 궤도에 접어든 어느 날 애나가 연습실로 찾아왔다. 언니가 안드레아스를 다시 봤으면 했다. 왠지 말로는 설명이 잘 되지 않았기 때문에, 그 사람이 단원들과 일하는 모습을 언니가 직접 보는 게 좋을 것 같았다.

우리가 들어갔을 땐 피아니스트가 음악을 연주하고 있었다. 섬세하고 경쾌한 가보트 멜로디가 익숙하게 들려왔다. 무대 근처에 조용히 앉았더니 우리가 온 걸 알아차린 안드레아스가 2막을 시작할 거라고 설명해줬다. 그는 무대에 흩어져 있는 단원들에게 돌아갔다. 사람들이 그를 중심으로 몰려들었다. 안드레아스가 물었다.

"이 오페라에서 누가 누군가에게 다가갈 때 그것이 왜 치명적인 요소가 될까요? 2막을 시작하는 여러분은 이 점을 반드시 깨달아야 합니다. 스카르피아의 주제곡을 알 겁니다. 하강 화음 세 개가 쓰이고 있습니다. E 메이저, D 메이저, B 플랫메이저. 그러다 뭔가 새로운 것을 듣게 됩니다. 여태껏 한 번도 들어보지 못한 겁니다."

안드레아스가 피아니스트를 향해 말했다.

"그 세 화음만 연주해주겠습니까?"

연습실은 달라 보였다. 안드레아스의 질문은 이것이었을까? 이 오페라에선 왜 친밀감이 독이 됩니까? 온몸에 전율이 흘렀다. 나는 언니를 바라보았다. 언니 역시 같은 느낌을 받은 모양이었다.

안드레아스가 피아니스트에게 고개를 끄덕였다.

"자, 이제 처음부터 다시 해볼까요? 우리는 없다고 생각해요, 스카르피아."

그리고 스티브에게 신호를 줬다.

"시작."

나머지 배우들은 무대 가장자리로 이동했다. 안드레아스와 바리톤 사이에는 보이지 않는 원이 형성되고 있었다.

"'토스카는 나의 충실한 매,'"

"좋아요. 계속 갑니다……."

"'지금쯤이면 나의 사냥개들이 두 개의 먹이를 물었겠지. 내일 새벽이면 처형대 위에 선 안젤로티와 밧줄에 매달린 마리오를 볼 수 있으리.'"

나는 애나에게 속삭였다.

"안젤로티는 스카르피아가 쫓고 있는 도망친 자유해방전사야. 마리오는 토스카의 연인이고. 마리오가 자기 집에 안젤로티를 숨겨주었어."

"그만. 여기서 멈추지요."

피아노는 연주를 멈추었고 안드레아스는 스티브에게 다가갔다.

"'두 개의 먹이'라고 할 때 머릿속에 안젤로티와 마리오가 그려집니까?"

스티브는 눈을 감았다. 안드레아스가 안젤로티와 마리오를 연기하는 가수들에게 신호를 보냈다. 그들은 가만히 대기했다. 안드레아스가 다시 스티브에게 말했다.

"이제 저들을 보세요. 당신은 토스카의 질투심을 먹이로 삼았습니다. 그녀는 연인 카바라도시가 그린 막달라 마리아의 그림에서 다른 여자의 얼굴을 보았습니다. 당신은 그녀의 의심에 불을 지폈습니다. 당신은 카바라도시가 탈주한 정치범 안젤로티를 숨기고 있다고 생각합니다. 당신은 토스카가 그들에게 당신을 안내하기를 원합니다. 그녀는 당신의 매입니다. 그들은 당신의 먹이입니다. 토스카."

그가 앨리스 쪽으로 신호를 보냈다.

"와서 스카르피아 앞에 서세요. 스티브, 토스카를 봅니다. 그리고 다시 말해 보십시오. '토스카는 나의 충실한 매.'"

긴장감이 고조됐다. 모두들 집중한 상태였다.

스티브가 다시 한 번 노래를 불렀다.

"훨씬 낫군요. 이제 그들의 모습이 보입니다. 그들이 느껴집니다."

안드레아스가 작품 속으로 집중해 들어가는 것을 느낄 수 있었다.

"매가 뭡니까?"

그가 스티브에게 물었다.

"먹이를 낚아채는 맹금입니다."

"매를 본 적이 있습니까?"

스티브는 고개를 저었다.

"녀석들은 아주 빠르고 힘이 셉니다. 공중을 날면서 새들을 낚아챌 수 있어요. 자, 이제 '프레이' 라는 단어에 대해 생각해봅시다. 이 단어에는 두 가지 의미가 있습니다."

힐끗 봤더니 언니 역시 무대에서 펼쳐지는 풍경에 몰입하고 있었다.

"'먹이' 의 프레이prey와 '기도하다' 의 프레이pray입니다."

그가 두 손을 모아 탑을 만들었다.

"이 오페라는 교회에서 시작됩니다. 우리는 로마에 있습니다. 바티칸 궁 근처지요. 우리는 스카르피아를 교회에서 먼저 봅니다. 그는 기도를 하고 있었습니다. 그리고 지금 그는 먹이를 쫓고 있습니다. 옥죄어오는 교회와 정부의 동맹이 느껴집니까? 성스러운 곳은 없습니다. 탈출구도 없습니다."

그가 피아니스트를 향해 말했다.

"처음부터 다시 부탁합니다."

둥근 얼굴의 성가대원은 사라졌다. 스카르피아가 그 자리에 대신 서 있었다.

안드레아스가 숨을 내쉬었다.

"너무나 확실해."

애나가 속삭였다.

"여자를 자신의 매라고 부르다니. '프레이'의 이중 의미도 그렇고. 그런데 왜 영어로 올리는 거지?"

"성경을 영어로 번역하는 것과 같은 이치 아니겠어? 사람들이 이해할 수 있게 일상 언어로 풀이해주는 거지."

안드레아스가 우리 쪽으로 고개를 돌리더니 조용히 해달라고 했다. 우리는 입을 다물었다.

그는 다시 스카르피아에게 말했다.

"그런 다음 당신은 무엇을 합니까?"

스티브가 헛기침을 했다.

"음악은 잠시 잊어도 됩니다."

애나가 앞으로 몸을 길게 뺐다.

"부하를 부릅니다."

안드레아스가 악보를 집어 들었다.

"내가 부하인 스키아론의 파트를 읽겠습니다. 먼저 시작해요, 스카르피아."

"'토스카가 궁에 있느냐?'"

"'시종 하나가 방금 찾으러 갔습니다.'"

"'창문을 열어라. 시간이 늦었건만, 디바는 아직 홀에 나타나지 않았고 저들은 가보트를 연주하고 있구나.'"

"좋아요."

안드레아스가 뒤로 물러나며 말했다.

"이제 음악을 들어봐야 합니다."

피아니스트가 가보트를 연주했다. 안으로 들어올 때 흐르던 음악이었다.

"이 음악을 듣는 당신은 어떤 상태입니까? 잠시 들어보세요. 음악을 받아들여요."

"나는 토스카 생각을 하고 있습니다."

스카르피아가 된 스티브의 목소리는 거의 들리지 않았다.

다른 스카르피아가 그의 목소리를 듣기 위해 앞쪽으로 몸을 숙였다.

"'당신의 매', 토스카 말입니까?"

그는 침착하게 대화를 이어나갔다. 호기심이 느껴졌다. 판단하지 않는 그의 질문은 적확했다. 그에게는 비트에 맞춰 지휘를 하는 듯한 음악가의 속도가 있었다. 그러나 그가 따르는 것은 감정의 리듬이었다. 나는 이 사람에게서 지금껏 본 적 없는 무언가를 보고 있었다. 그것은 예술이라는 형태로 발현되는 절제된 열정이었다. 안드레아스가 다른 스카르피아에게로 고개를 돌렸다. 그 역시 긴장된 얼굴로 무대에 집중하고 있었다.

"이리로 와서 함께 서십시오. 스티브와 함께 이 감정을 느끼세요. 나중에 혼자 연습해보아야 하니까요."

안드레아스는 다시 스티브에게 말한다.

"이 순간 당신은 어떤 감정을 느낍니까? 이건 질문입니다. 당신이 무엇을 발견하는지 기다립니다. 천천히 여유를 가지세요."

스티브의 얼굴 근육이 움찔거린다. 그가 고개를 휘젓는다. 긴 한숨을 내쉰다.

"나는⋯⋯."

그가 말을 잇지 못하고 힘들게 침을 삼킨다.

"나는 원합니다."

연습실이 침묵에 휩싸였다.

"나는 그녀의 연인이 되기를 원합니다."

"그래서 무엇을 합니까?"

"스키아론에게 그녀를 기다리라고 지시합니다. 콘서트가 끝난 뒤 그녀를 만나고 싶다는 말을 전하라고 합니다."

스티브가 손으로 얼굴을 감쌌다.

"이제부터."

안드레아스가 말했다.

"우리는 지옥으로 몰락합니다."

나는 애나를 쳐다봤고 애나는 나를 쳐다봤다. 우리는 앤튼의 몰락을 지켜보았다. 그는 아버지가 사이먼이 아니라 자신을 사랑해주길 원했다.

"당신은 뭐라고 말합니까?"

"'마리오를 사랑하는 그녀, 그녀는 그를 위해 나의 쾌락 앞에 무릎을 꿇을 것이다.'"

"그러니까 그녀가 향하는 곳은 정확히 당신은 아니지요. 그리고 당신 역시 그 사실을 알고 있습니다. 이 부분의 심리 상태는 명확합니다. 계속하세요."

"'나는 부드러운 항복보다는 난폭한 승리에서 강한 풍미를 느낀다. 나는 기타에서 하모니를 이끌어내는 법을 알지 못한다. 나는 열망하고 열망하는 것들을 쫓는다. 나의 배를 불리고, 불린 다음에는 버리고 새로운 미끼를 찾아 나선다.'"

"이제 당신, 스카르피아가 매가 되었습니다."

안드레아스가 말했다.

"왜 그럴까요? 아주 짧은 순간이나마 간절한 바람을 품었기 때문입니다. 어쩌면 애정이었을 수도 있겠지요. 그것이 음악 속에 있었습니다. 스카르피아는 이 감정을 받아들일 수 없습니다. 그래서 그녀를 미끼로 바꿔버립니다. 인격체가 아니라 가지고 싶은 소유물이 되는 거지요. 이렇게 악이 생겨납니다. 악은 우리 뒤를 쫓아와 우리 안에 있는 가장 인간적인 것을 파괴하려 합니다. 이제 스카르피아는 토스카의 사랑을 먹이로 삼습니다."


"대단하네."

자리를 뜨면서 애나가 말했다.

"모든 것이 분명해. 그 사람 말처럼 심리 상태가 죄다 노출되어 있어. 욕망은 마음을 상처받게 하기 마련이고 그 마음을 견뎌내기란 쉽지 않지. 그래서 우린 이걸 덮어버리려는 거야. 자신에게 그런 감정을 일으키는 것들을 파괴하면서. 그런 다음 거울을 보며 말하지. '나는 다시 강하다. 나는 상처받지 않는다.' 사람은 이런 식으로 괴물이 되어가는 거야. 겉에서 보기엔 아무런 감정도 없을 것 같은 괴물. 사람들이 오페라를 왜 좋아하는지 알 것 같아."

언니는 '키라가 왜 이러지?' 생각했을 것이다. 안드레아스가 일하는 모습을 지켜보면서 답을 얻었을 거라 생각했다. 그는 놀라웠으니까. 언니는 사이먼에 대한 내 감정을 이해했다. 앤튼에 대한 죄책감 때문에 사이먼에게 벌어진 일에 책임감을 느낀다는 것. 앤튼이 저지른 일에 대한 책임감 때문에 사이먼에게 죄책감을 느낀다는 것. 생각하고 생각하고 또 생각한 문제였다. 그러나 죽은 사이먼은 되돌아오지 않았다. 개와 늑대에 관한 책의 내용이 그러했다. 언니는 말했다. "네 삶을 살아야지. 넌 수녀가 아니야."

우리는 헌팅턴 애버뉴에 도착했다. 애나는 지하철을 타고 싶어 했다. 날이 쌀쌀했고, 1시에 있는 환자와의 약속에 늦고 싶지 않다고 했다. 나는 걷고 싶었다. 매의 이미지 때문이었을까. 움직이고 싶었다. 도망치고 싶었다. 시계를 봤다. 빨리, 혼자 걸으면 간단한 요깃거리를 사고서도 첫 번째 면담 시간 전에 연구실에 도착할 수 있을 것 같았다.

낮은 회색 구름이 변덕스런 파란 하늘에 걸려 있었다. 태양이 보였다 안 보였다 했다. 그러나 구름에 가려졌을 때조차도 빛에선 팽팽한 긴장감이 느껴졌다. 나는 심포니 홀을 지났다. 콘서트 소식을 전하는 포스터들이 여기저기 붙어 있었다. 나는 멍하니 글자들을 읽었다. 그가 사방에 있는 듯했다.

거리를 가로질러 다다른 원예관. 이 건물은 도시 한복판에서 무엇을 하고 있단 말인가. 잡혀 있는 식물들을 위한 피난처. 나는 더플코트에 달린 모자를 썼다. 그리고 스카프를 꺼내 둘렀다. 거리에는 배달 트럭들이 들어차 있었다. 주차단속 여자 경관들이 상어 떼처럼 몰려들었다. 다리에 도착하자 구름이 슬며시 걷혔다. 물빛은 완전히 불투명했다.

나는 그 사람을 잊어버려야 하는 세 가지 이유를 생각해냈다. 첫 번째는 사이먼이었다. 설명의 여지가 없었다. 나는 평생에 걸친 헌신을 맹세했다. 둘째, 나는 안드레아스가 가까이 다가왔다가 물러나는 모습을 보았다. 그가 자기 주위에 벽을 치는 모습을 보았다. 셋째 이유는 기억이 안 났다.

나는 약한 햇빛에 눈을 가리며 하늘을 올려다보았다. 갈매기들이 날고 있었다. 얼마나 멀리 날아갈까? 녀석들은 아주 순진해 보였다. 나는 머릿속을 비우려 노력중이었다. 매의 이미지를 지워버리고 싶었다. 여자를 매로 이용한다? 그녀의 연인을 잡기 위해, 그의 먹이를 잡기 위해? 스카르피아가 그녀를 욕망한 것은 비극이었나? 매를 사랑하게 된 사냥꾼 주인. 오페라에선 그가 그녀의 먹이였다. 주인을 공격하는 매. 그녀는 스카르피아를 죽인다.

뒤쪽에서 불어오는 바람이 나를 밀어 강 건너 케임브리지 지역에 옮겨놓았다. 시계를 봤다. 퍼트냄 애버뉴로 가로지르면 이탈리아 가게에 들러 샌드위치와 카푸치노를 살 수 있었다. 음식 생각을 하니 기분이 좀 밝아졌다. 그에게서 멀리 떨어진다는 것이 좋았다.

샌드위치 포장을 풀어 한입 베어 무는데 이바가 연구실 문을 두드렸다. 재능 있는 학생이었다. 작품을 대하는 과감한 태도가 마음에 들었다.

"들어와요."

나는 프로볼로네 치즈와 칠면조 고기를 씹으며 말했다.

이바는 주저하면서 안으로 들어왔다.

"괜찮으세요? 밖에서 잠깐 기다릴까요?"

나는 둥근 탁자 옆에 있는 의자를 가리키고는 샌드위치와 커피를 들고 그 옆으로 가서 앉았다.

"얘기하면서 먹어도 될까요?"

"그럼요. 그러세요."

사실 달리 거절할 도리가 없었을 것이다. 이바는 가방에서 노트를 꺼내려 허리를 숙였다. 목이 가느다랗고 길었다. 스튜디오 강의를 듣는 학생이었는데, 자기 프로젝트 개발과 관련해서 여러 가지를 물어오곤 했다. 학생들은 '하이라인'을 재활용할 수 있는 디자인을 준비중이었다. 하이라인은 로어 맨해튼 지구 첼시 지역을 관통하는 버려진 고가 열차도로였다. 프로젝트 심사는 다음 주에 있을 예정이었다.

"카푸치노 마실래요?"

이바가 내 컵을 쳐다봤다.

"컵이야 많으니까 나눠 마시면 돼요."

나는 머그잔 몇 개와 전기 주전자가 있는 선반으로 걸어갔다.

"감사합니다."

그녀는 의자 뒤로 등을 기대며 살짝 긴장을 풀었다.

나는 사무실에 흔들의자를 갖다 놨다. '존 F. 케네디도 그랬지' 하고 생각했다. 펠리시아에게 얻은 덴마크 소파도 들였는데, 살구색 코듀로이 재질이었다. 어떤 학생은 60년대 분위기가 난다고 했다. 촌스러운 하워드 존슨 호텔에 와 있는 것 같다나. 하지만 모두들 하버드 의자보다는 좋아했다. 실은 나는 하버드 의자도 좋아했다. 검은색 팔걸이는 날렵했고 뒤쪽에는 '진실'이라는 글자가 돋을새김 되어 있었다. 진실을 말하라. 사람들은 테이블에 둘러앉아 거짓된 혀를 놀리는 사람들을 추궁했다.

이바는 상기된 얼굴로 마지막 질문을 해나갔다. 나는 그녀의 시도를 격려했다. 정말 훌륭한 결과가 나올 수도 있었다. 그녀는 확신 없는 얼굴로 나를 잠시 처다보았다. 다른 질문을 하려는가 싶더니 마음을 바꾸고 면담 시간을 정리했다. 다음 학생이 들어왔다.

밖은 더욱더 쌀쌀해지고 있었다. 카푸치노 반 잔의 카페인에 의지해 버텼는데 4시가 되자 갑자기 힘이 쭉 빠져버렸다. 4시 30분에 회의가 있었다. 주제가 임용이니 논쟁이 치열할 것이다. 책상 위에 쌓인 분홍색 메모지들을 바라보았다. 희망이 없었다. 코트를 걸쳤다. 산책을 하고 싶었다. 아메리칸 아카데미 뒤쪽에 난 숲길을 걸을 생각이었는데 나도 모르게 강 쪽으로 가고 있었다. 물결의 움직임을 보면 숨통이 트일 것이다.

바우 스트리트와 애로 스트리트의 교차점에 자리한 가톨릭교회를 지났다. 교회 뒤로는 태양이 있었고 앞쪽으로는 그늘이 드리워져 있었다. 한 여자가 돌계단에 앉아 있었다. 헐렁한 옷가지들을 겹겹이 걸친 채 아이를 안고 있었다. 여자는 도와달라며, 아이를 한쪽 팔로 옮기고 나머지 한쪽 손을 내밀었다. 주머니를 뒤지니 몇 푼이 나왔다. 점심값을 치르고 남은 돈이었다. 여자의 눈동자는 석탄 색이었고 광대뼈는 툭 튀어나와 있었다.

"신의 가호가 있으시길."


막상 회의를 시작하고 보니 의결 사항은 이미 다 결정된 상태라는 것이 명약관화하게 드러났다. 회의 자체는 절차에 불과했다. 교수직을 놓고 올라온 수많은 후보들 가운데 최종 3인이 추려져 있었다. 크리스틴은 내부인이자 애제자인 동시에 한 동료교수의 후광 아래 있었다. 그리고 타지 출신 두 명. 우리 과 학생이기도 했던 크리스틴은 '객관적' 기준으로 볼 때 어디 가도 빠지지 않을 스타였다. 그녀는 내로라하는 사람들이 심사하는 치열한 대회에서 모두가 탐내는 각종 상을 거머쥔 인재였다. 그러나 그것이 파멸의 원인이었다.

회의 전에 어딘가에서 미리 모여 합의를 본 것 같았다. 다 돼도 크리스틴은 안 된다. 이유를 상상하기란 어렵지 않았다. 시기라는 감정이 들어 있었고 분노 역시 무시할 수 없었다. 그녀의 지도교수는 워낙에 파워가 강했고, 모든 활동이 각종 언론의 초점의 대상이 되는 사람이었다. 크리스틴을 고용한다는 것은 학과가 그 교수가 원하는 방향으로 흘러간다는 의미였다. 동료들은 그것을 원치 않았다. 다른 후보자 둘은 모두 유능했고 아무런 위험 요소가 없었다.

투표가 시행됐고 개표가 시작됐다. 아니나 다를까, 크리스틴을 제외한 둘의 경합이었다. 즉석에서 둘 다 임용하자는 동의안이 제출됐다. 놀랍게도 그 안은 통과가 됐다. 예산은 상관없어진 건가? 갑자기 하늘에서 공돈이라도 떨어진 건가? 누군가 과목당 학생 수가 너무 많다는 취지의 말을 하긴 했다. 그러나 내 생각에, 두 사람 다 임용하려는 목적은 그 둘이 가진 취약점에 대해 사람들이 왈가왈부하지 못하게 하려는 데 있었다. 나는 말을 하려다 입을 닫아버렸다. 돌아가는 상황이 뻔히 보인다는 말을 하고 싶었다. 회의실을 훑어보았다. 매의 흔적은 보이지 않았다. 창문 밖 지붕 위로 햇살이 비스듬히 떨어지고 있었다.

회의는 아무 일도 없었다는 듯 화기애애한 분위기 속에서 마무리됐다. 크리스틴은 최고 실력자를 찾는다는 미명 아래 희생됐다. 아무도 시선을 마주치지 않았다. 학회 일원인 학생 둘은 당혹스런 표정을 짓고 있었다.

내 생각은 계속해서 안드레아스에게 흘러가고 있었다. 그는 학교 안으로 〈토스카〉를 들여오고 싶어 했다. 마지막 리허설에 인근 지역 사람들을 초대하고 싶어 했다. 가게 창밖으로 보이는, 우리가 거리에서 만나는 사람들.

어느 날 밤 우리는 중국 식당을 찾았다. 돼지고기와 양배추를 얇은 피에 싸 먹었다. 끄트머리에서 소스가 흘러내렸다. 오페라의 에너지가 그의 몸속에 스며들어 있었고, 나 역시 그 안에 그와 함께 있었다. 어쩐지 성스런 공간에서 작업하는 듯한 기분이 든다고 했더니, 그가 미소를 띠며 말했다.

"성스런 공간이니까요."

그러곤 손을 뻗어 얼굴 위로 흐트러진 내 머리칼을 넘겨주었다. 나는 조명으로 만들 수 있는 수많은 효과에 대해 조명감독과 이야기를 나누고 있다고 했다. 기둥을 이용하면 벽의 두께감을 표현할 수 있었다. 어둠을 이용하면 폐쇄적인 느낌을 줄 수도 있다.

케임브리지에 도착했을 때는 시간이 꽤 늦었다. 우리는 아파트 건물 앞 주차 공간에 차를 세우고 재즈를 들었다. 그가 말했다.

"바래다드리겠습니다."

우리는 입구에 서 있었다. 천장에 매달린 전구의 불빛이 창문 유리와 놋쇠 우편함과 초인종 위를 힐끔거리다 더러운 흰색 타일 바닥으로 떨어졌다. 나는 열쇠를 찾았다.

"제가 뭘 좀 들어드릴까요?"

그가 가까이 다가오며 물었다. 다음 순간 그의 팔이 나를 안았고 우리는 키스를 하고 있었다. 온몸이 노곤해지는 낯선 기분을 느꼈다. 내가 초인종이 달린 벽에 기대섰던 모양이다. 갑자기 불쾌하고 짜증 섞인 목소리들이 폭포처럼 흘러나왔다. 누구야? 누구세요? 누구예요? 우리는 둘 다 웃음을 터뜨렸다. 우편함 하나에 내 얼굴이 비쳤다. 상기된 내 얼굴은 죄를 지은 듯했다. 중국 신이든 누구든, 저녁을 주관하던 신들이 우리에게 신호를 보낸 것일까? 멈추라고?

그러나 키스는 인상을 남겼다. 그 순간 느꼈다. 이것에, 그에게 나를 맡기는 것이 얼마나 쉬운 일인지. 전율이 어쩔 수 없이 온몸을 타고 흘렀다. 나는 그 강렬한 느낌에 휘몰렸다. 머릿속이 가벼워진 기분이었다. 아파트 위층으로 올라가 거실에 앉았다. 소파 위에서, 둥둥 떠 있는 방이 제자리를 찾기를 기다렸다. 나는 그가 스스로 일에 빠져드는 모습을 보았다. 아름다웠다. 심장이 멎는 것 같았다. 우린 과연, 서로에게 그럴 수 있을까?

회의가 끝난 뒤 나는 집으로 돌아갔다. 디자인 팀은 조찬 회의를 하고 있었다. 조명 담당이 센트럴 스퀘어에 있는 교회에서 연극 작업을 했기 때문에, 우리는 회의 장소를 교회 모퉁이 근처 매스 애버뉴에 있는 식당으로 정했다. 욕조에 바다 소금을 풀자, 물빛이 카리브 해 사진에서 본 듯한 초록색으로 변했다. 욕조의 흰색은 모래인 셈이었다. 욕조에 몸을 담그고 눈을 감았다. 어느새 나는 해변에 와 있었다. 물결이 출렁거렸다. 우리는 해변에 와 있었다. 순간 눈을 번쩍 떴다. 환상 속에서 나는 안드레아스와 함께 있었다. 사이먼이 아니었다. 황급히 욕조에서 몸을 뺐다.

머리 색이 짙어지고 있었다. 겨울이었다. 머리를 무릎까지 숙이고 목덜미에서부터 빗어 내렸다. 50번을 채운 뒤 허리를 폈다. 그리고 이번에는 이마에서 시작해 다시 50번을 빗어 내렸다. 뿌연 거울에 비친 내 얼굴을 바라보았다. 내 모습이 마치 안개 속에서 빠져나온 사람 같았다.

침실은 추웠다. 나는 청바지와 검정 스웨터를 입었다. 빨간 구슬 목걸이를 걸었더니 불빛을 받아, 멀리서 온 지혜의 빛을 반짝거렸다. 랜디가 타이에서 사다준 선물이었다. 나는 랜디와 함께하기로 한 3월의 여행을 고대하고 있었다. 책으로만 읽은 것들을 실제로 경험하고, 모든 것이 투과되는 세상을 보게 될 거라는 기대가 있었다. 랜디는 아카 족에겐 자아라는 개념이 없다고 했다. 나는 불빛 아래 목걸이를 비춰보았다. 누군가 이 빨간색을 보았다. 누군가 이 빨간색을 선택했다. 아카 족이 만든 목걸이였다.

부츠를 신을까? 스니커즈를 신을까? 조명 담당은 늘 검은색 옷만 입었다. 미카는 단원들을 워밍업시킬 때, 런던에서 구입한 빨간색 하이 탑 스니커즈를 신었다. 발목 부츠를 신기로 했다.

애나는 심리치료사로서 만나는 마지막 환자와 헤어진 뒤 곧장 나샤워나로 갔다. 내가 〈토스카〉에 전념하고 있었기 때문에 긴 시간을 같이 보내진 못했다. 언니와 토니는 굴 양식장을 시작할 계획이었다. 토니는 비니어드에 사는 건설노동자였다. 몽상가였고 바다를 사랑했다. 철사처럼 마른 그의 몸이 언니의 마음을 헐겁게 풀어냈는지, 언니의 얼굴에선 엄격함이 사라졌다. 판단이 줄었고 덜 언니처럼 굴었다. 대화가 훨씬 편해졌다.

어느 날 저녁에는 결국 안드레아스 이야기를 하게 됐다. 애나는 그가 가수들과 일하는 방식을 무척 마음에 들어 했다. 사람들과 관계를 맺는 것도 그렇고 목표에 집중하는 방식도 그렇다고 했다. 그런데 왠지 모르게 멀리 있는 사람처럼 느껴진다는 것이었다. 제시와는 사이가 어떠냐고 묻기에 나는 복잡하다고 대답했다. 눈동자 색깔을 제외하고 제시는 엄마를 닮았다. 사진을 본 거냐고 묻기에 그런 적은 없다고 대답했다. 하지만 안드레아스가 그런 얘기를 했었다. 머리 색이 적갈색인 것마저 같다고.

"행방불명된 지 3년이 넘어가고 있대."

제시는 당시 두 살이었다. 어쩌면 그녀는 죽었을 것이다. 애나는 죽음을 극복하려면 적어도 2년이 걸린다고 했다. 충격적인 사건이 연루된 경우엔 더 오랜 시간이 필요할 수도 있다고 했다. 나는 그 다음 말을 기다렸지만, 언니는 나를 염두에 두고 말한 것은 아니었다. 사이먼이 죽은 지 벌써 10년이 지났다.

나는 애나와 토니가 함께하는 방식이 좋았다. 그들은 조용히 서로를 믿었다. 그 확신의 힘이 언니 안에 있는, 오랫동안 보지 못했던 어떤 모습을 끄집어냈다. 어려서 함께 놀 때 느껴지던 쾌활함이었다. 언니는 너무나 명랑하게 놀이를 즐겼었다. 지금은 굴 양식장이 바로 그런 놀이였다. 언니와 토니는 봄에 종묘할 계획을 세우고 있었다. 진갈색 머리 색도 같았고 몸피도 비슷했다. 쌍둥이였을지도 모른다는 생각까지 들었다.

오토 폰 짐존의 『고딕 성당』이 현관 옆 테이블 위에 놓여 있었다. 이 책들이 통신용 비둘기였다면 혼자서 도서관을 향해 날아갔을 것이다. 검은색 바탕의 표지에는 클로버 모양 창문 네 개가 일렬로 있었다. 두 개는 빨간색이었고 두 개는 파란색이었다. 하단 색깔이 갑작스레 밝아졌다. 회백색 돌과 둥근 아치의 모습이 담겨 있었다. 표지를 들추었더니 부제가 적혀 있었다. '고딕 건축의 기원과 중세의 질서 관념.' 나는 테이블 위에 책을 도로 내려놓고 밖으로 나왔다.

그저 그렇게 들릴지도 모른다. 어찌 보면 그저 그런 일이었을 수도 있다. 나는 건축가다. 도시를 디자인한다. 운이 좋아, 비록 규모는 작지만 새로운 도시를 건설하는 프로젝트에 참여하게 됐다. 그러나 내가 대부분의 시간을 보내는 곳은 대학이다. 강의를 하고 학생들과 작업하고 논문을 쓰고 회의에 참석하고 돈을 번다. 어떤 사람들의 기준에는 많지 않을 수도 있지만, 이 지구상에 사는 대부분의 사람들이 가진 돈보다 많은 액수다. 나는 언니와 살았다. 요즘 같은 시대에 흔치 않은 일이다. 남편이 살해당했고, 남편을 살해한 것은 이부오빠다. 이것 역시 흔치 않은 일이다. 물론 이 세기에는 수많은 이들의 삶이 산산조각 났다. 나는 자문한다. 왜 그것이 다가오는 것을 보지 못했는가. 사람들은 말한다. 언제고 돌아가 시작 지점을 찾을 수 있다고. 처음 시작되는 주제를 알아차릴 수 있다고. 스카르피아의 주제곡처럼. 〈피터와 늑대〉*처럼. 모든 삶에는 주요

---

* 구소련의 작곡가 세르게이 프로코피예프의 음악 동화곡. 피터, 늑대 등의 주인공들이 각각의 악기와 주제로 표현된다.

악상이, 고유한 소용돌이가 있다. 그러나 또 모든 삶에는 붕괴의 가능성이 잠재되어 있다. 쐐기돌이 제거되고 아치가 무너진다.

1월 셋째 주에 스튜디오 프로젝트 심사가 있었다. 지금은 녹이 슬어 잡초만 무성한 하이라인이 주제였다. 뉴욕 건축가들이 하이라인의 철거에 반대하는 청원서를 제출한 상태였다. 복구 계획은 확실치 않았지만 학생들에게는 상상의 나래를 펼 수 있는 자유가 주어졌다. 학생들은 한 학기 내내 이 프로젝트에만 매달렸고 지금이 평가받는 순간이었다. 미래에 대비한 예행연습이었다.

우리는 창문 없는 강의실에 모였다. 모형과 드로잉을 챙긴 학생들이 한쪽에 모였고, 교수와 객원 비평가로 구성된 심사위원단도 자리에 앉았다. 건축 부문에선 산드로와 하킴이, 도시 디자인 부문에선 에릭과 크랙이 심사를 맡았다. 내 친구이기도 한 시드 윈터는 뉴욕에서 발걸음을 했다. 하이라인 복원 캠페인에 참여중인 건축가였다. 좀 까다롭긴 해도 학생들이 좋아할 만한 친구였다. 쿨하고 섹시한, 성공한 젊은 건축가의 이미지가 있었기 때문이다. 이쪽에선 드문 경우였다.

오후는 순조롭게 시작됐다. 나 역시도 심사대에 올라 있는 거라 잔뜩 긴장해 있었는데 곤두섰던 신경이 차츰 안정을 찾아갔다. 학생들의 프로젝트는 독창적이었고 작업도 대부분 훌륭하게 마쳤다. 히터에 이상이 생겼는지 강의실이 얼어붙을 것처럼 추웠지만 다들 발표도 무리 없이 소화했다. 콘크리트가 습기를 내뿜었다. 눈이 내리기 시작했다. 심사위원들은 커피를 마시며 코트 깃을 여몄다.

　이바는 거의 마지막 차례였다. 제네바에서 공부를 한 그녀는 태도가 남달랐다. 유럽인들이 말하는 절제된 성격이었다. 그녀는 파란색 블라우스에 회색 스커트를 입고 있었다. 머리도 흘러내리지 않도록 깔끔하게 정돈했다. 그녀의 겉모습이 프로젝트의 야심을 부각시키는 데 난점이 되었을 수도 있다. 혹은 프로젝트 자체의 문제였을 수도 있겠지. 어쨌든 뭔가가 심사위원들의 마음에 들지 않았다. 추위 탓일 수도 있지만 심사위원들은 포용력 있는 태도를 보이지 않았다. 내 눈에도 이바는 소통을 하고 있지 않았다. 간신히 버티던 그녀가 안 좋은 질문들이 쏟아지자 말을 더듬으며 울음을 터트렸다. 순간 다른 학생들의 얼굴도 얼어붙었다. 살짝 코멘트의 어조를 누그러뜨리긴 했지만 심사위원들은 아무 일도 없다는 듯이 프로젝트 심사를 이어나갔다. 이바는 감정을 추스르고 발표를 마쳤다. 그러나 프로젝트를 인정받지는 못했다. 난 충분히 가치 있는 안이라고 생각했다. 다음 학생이 자리에서 일어났다.

　나는 배우나 가수들과 어울려 많은 시간을 보내고 있었다. 눈물은 일상적인 감정 리듬의 일부였고, 대개는 문제 해결로 이어지는 돌파구였다. 문화적 충격을 받긴 했어도 이바가 걱정되는 게 사실이었다. 이바의 프로젝트는 훌륭했다. 섬세하면서도 과감했다. 하지만 지금 그녀는 날개가 꺾였다. 내 동료들은 어디 있었던 것일까? 데이비드를 초대했어야 했다. 학문 하는 사람들은 감정을 불신했다. 눈물은 의지박약을 의미했다. 그것 말고도 다른 요인이 있는 듯했다. 시기 혹은, 이바 같은 외모에 이바처럼 행동하는 사람은 똑똑하지 않을 거라는 불신. 그녀가 이스라엘 소프라노인 탈리 같은 외모였다면, 일본 학생에게서 느껴지는 열성적인 분위기가 풍겼다면, 시드처럼 호남이었다면, 혹여 발표가 좀 미진한 구석이 있었다 해도 사람들은 그녀의 재기를 알아봤을지도 모른다.

이바가 심사위원들의 코멘트에 대해 억하심정을 품을 리는 없었다. 다만 그녀가 이 경험을 어떤 식으로 받아들일지가 걱정이었다.

시드는 미대에서 지불한 얼마 안 되는 사례금으로 나를 저녁식사에 초대했다. 시드가 케임브리지에 있었을 땐 자주 작업을 하던 사이였는데, 뉴욕으로 이사를 간 뒤엔 얼굴 볼 기회가 뜸했다. 나보고 자기와 같이 가서 회사를 시작해보지 않겠느냐는 제안도 했었다. 결혼반지가 아직도 반짝거리고 있었다. 얼마 뒤면 아이가 태어날 것이었다. 가정적인 타입은 아니었는데도 그는 행복해 보였다.

나는 이바 얘기를 꺼냈다. 그는 가타부타 별 말이 없었다. 힘들게 한 작업이었을 테니 딱하게 됐지만 비판을 수용하고 진일보하는 기회로 삼으면 된다고 했다. 우리 모두 그런 호된 과정을 거쳐오지 않았느냐고. 진부하기 짝이 없는 생각이었지만 그냥 넘어가기로 했다. 그는 와인잔을 들어 올렸다. 그 얘기는 그만하자는 뜻이었다.

"우정을 위하여."

그래서 〈토스카〉 얘기를 꺼냈다. 무대 디자인을 맡아 작업중이라고 했더니 "사건인데?"라고 했다. 나는 마치 새로운 언어에 도전하는 기분이라고 했다. 그는 파리에서 연출가와 작업을 해본 경험이 있었다. 개인적으로 연극을, 특히 오페라를 좋아했다. 그 편에서 먼저, 내일 뉴욕으로 떠나기 전에 나와 함께 공간을 둘러보고 싶다는 제안을 해왔다.

시드와 내가 도착했을 땐 단원들끼리 회의가 한창이었다.

"교회에는 들어가봤어?"

시드가 물었다. 어쩌다 보니 아직이었다. 우리는 안으로 들어갔다. 스테인드글라스 창문이 있는, 아름답고 소박한 고딕 양식의 교회였다. 중앙에는 회랑이, 좌우로는 수랑이 있었다. 장미창의 파란 빛이 사르트르 성당을 떠오르게 했다. 황량한 보스턴 지역에서 발견한 12세기의 파편이었다. 시드는 연방, 누가 지었을까? 언제적 건물이지? 하며 주위를 둘러봤다. 우리는 신자석에 앉았다. 문득 그런 생각이 들었다. 〈토스카〉를 올리기에 완벽한 장소가 아닐까? 현장의 모습이 떠올랐다. 치솟는 벽들의 윤곽, 장엄한 구조, 여유롭고 우아한 공간과 대조를 이루는 극중의 음모. 조명 설비들은 들여오면 될 것이었다. 마음이 바쁘게 움직였다. 시드에게 말했더니 멋진 아이디어라고 했다. 파네스 궁에서 펼쳐지는 2막에는 바닥에 페르시아산 카펫을 깔면 될 거라 했다. 파리에서 함께 작업했던 연출가가 무대 문제로 고민하다 고안해낸 해결책이었다.

우리는 안드레아스를 찾으러 갔다. 내 얘기를 듣더니 안색이 밝아졌다. 안드레아스는 프로시니엄 무대*를 좋아하지 않았다. 배우들과 관객 사이에 내밀한 관계를 만들고 싶어 하는 자신의 바람에 어긋나기 때문이었다. 그는 어찌어찌 어떤 사제들을 알게 되었다. 그들과 술잔을 기울이는 날도 있었다. 그중 한 명이 에콰도르에서 활동을 하다 해방신학의 메시지를 가지고 돌아온 신부였다. 그들

* 극장의 무대 유형은 보통 세 가지로 나뉜다. 객석이 사방으로 무대를 둘러싼 원형 무대 Arena, 객석이 3면 혹은 반원형으로 무대를 둘러싼 돌출 무대 Trust, 마지막으로 프로시니엄 무대 Proscenium가 있다. 프로시니엄 무대는 우리에게 가장 낯익은 무대로, 관객들은 무대에서 일어나는 사건을 프로시니엄이라는 큰 사진을 통해 전면에서만 보게 된다.

은 사우스 엔드에서, 끝 모르고 부유해지는 도시의 한복판에 자리한 버림받은 지역에서, 그곳의 빈민들을 보살피고 있었다. 사제들은 건물에서 오페라를 올리고 싶다는 피터의 제안을 두 손 들어 환영했다. 교회 안이라고 안 될 이유가 없었다. 그것은 제2차 바티칸 공의회*의 정신이었다. 안드레아스는 사제들의 의견을 들어보겠다고 했다. 거절할 수도 있었기 때문에 살짝 저어하는 기색을 내비치긴 했지만 그는 여전히 흥분 상태였다.

늦게나마 나는 안드레아스에게 시드를 인사시켰다.

"거의 파트너가 될 뻔했던 사이예요."

안드레아스가 당혹스런 표정을 지었다.

"같이 회사를 차려볼까 했거든요."

리허설이 시작되고 있었다.

"구경을 좀 해보시겠습니까?"

안드레아스가 물었다.

"그러고 싶군요."

우리는 극장 밖 로비에 서 있었다. 문을 열고 들어가면서 안드레아스가 내 어깨에 팔을 둘렀다.

"3막에 들어갔습니다. 카바라도시의 막이지요."

안드레아스가 시드를 떠보듯 물었다. 시드는 카바라도시가 토스카의 연인이자 화가라는 것을 알고 있을까?

"3막엔 제가 좋아하는 테너 아리아가 두 곡 들어 있지요."

---

* 1962~65년에 열린 제2차 바티칸 공회는 가톨릭의 많은 관행을 자율화하고, 교회 내부의 진보적 비평가들의 생각을 받아들일 가능성을 마련했다. 또한 가톨릭 교회의 큰 물줄기를 '개인 구원'에서 '사회 구원'으로 전환하는 계기가 됐다.

시드의 말에 안드레아스는 고개를 끄덕였다.

우리는 세 번째 열에 자리를 잡고 앉았다. 시드가 내게 고개를 돌리며 말했다.

"들으면 언제나 마음이 아파. 자기 삶에서 가장 원하던 것, 꿈에 그리던 사랑을 얻게 되었을 때 카바라도시는 죽어야 하니, 가슴이 찢어질 수밖에. 푸치니의 시 낭송을 듣는 것 같다고나 할까. 직접 쓴 대사들도 있다는데 알고 있었어?"

내가 시드의 에너지와 혈기 그리고 그의 유연한 몸을 그리워한 줄은 몰랐었다. 그는 농구선수를 해도 좋을 타입이었다. 우리 사이에는 늘 긴장감이 감돌았다. 연인이 되느냐 마느냐의 문제였다. 그럴 수 없다는 답을 주긴 했지만, 그저 편한 친구 사이는 될 수 없었다. 그가 나에게 전화를 걸어 갈라진 목소리로 "나 결혼해"라고 말했던 때가 생각났다. 그는 떠났고 우리는 친구로 남았다.

탈리와 댄이 무대로 이동했다. 시드의 눈이 탈리를 좇고 있었다. 그녀는 흰 바지와 초록색 롱스커트를 입고 있었다. 밤색 머리가 도드라져 보였다. 댄은 팔 아래쪽으로 빨간 줄무늬가 난 검은색 축구 셔츠와 청바지를 입고 있었다. 무늬를 맞추고 싶었는지 신발 측면에도 역시 흰색 줄무늬가 보였다. 떡 벌어진 가슴과 빈약한 엉덩이로 몸을 흔들거리며 유연하게 움직이는 모습이 꼭 돌고래 같았다. 다른 소프라노와 테너 두 팀은 나중에 연습을 시켰다. 안드레아스가 좋아하는 연습 방법 중 하나였는데, 토스카와 마리오로 구성된 1팀은 노래를 부르게 하고 2팀은 연기를 하게 했다. 오페라 관습에 길들여진 몸의 움직임을 자유롭게 하고, 음악 라인과 드라마 라인을 분리, 아니 그의 말을 빌리자면 두 라인을 묘사하는 데 목적이 있었다. 그는 헝가리 억양 덕분에 부드러워진 영국식 영어를 구사했다.

음악감독인 조엘이 무대로 남자아이 하나를 데리고 나타났다. 아홉 살이나 열 살쯤 되어 보이는 무표정한 소년이었다. 3막을 여는 〈선량한 목자의 노래〉를 부를 아이였다. 안드레아스가 아이와 얘기를 나누느라 허리를 숙였다. 아이는 바닥을 내려다보고 있었다. 피아니스트가 교회 음악 선법을 이용한 리디안 멜로디를 연주했다. 순간 검고 조용했던 소년의 얼굴에서 새벽처럼 맑은 목소리가 흘러나왔다. "아주 잘하는구나." 아이의 노래를 들은 안드레아스가 말했다. 아이는 수줍은 미소를 지었다. 조엘이 아이를 선생에게로 데려갔다. 선생은 성가대를 시작한 신부였다.

교도관이 입장한다. 호위병들에게 끌려 들어오는 카바라도시. 경사가 내민 문서를 넘겨받은 교도관은 장부를 펼치고 죄수를 기록한다.

"너에겐 한 시간이 남아 있다. 원한다면 신부가 와줄 것이다."

카바라도시는 신부는 필요 없다며 청이 하나 있다고 한다. 그가 원하는 건 토스카에게 편지를 쓰는 일. 편지를 전달하겠다고 약속한다면 끼고 있던 반지를 주겠다고 한다. 교도관은 잠시 망설이다 테이블 옆에 있는 의자를 가리킨다.

안드레아스가 배우들을 저지했다.

"댄, '전달하다<sup>deliver</sup>'의 접두사에 들어 있는 '이' 발음을 강조해버리면 꼭 '간을 빼내다<sup>de-liver</sup>'처럼 들립니다."

일동 웃음.

"그것 말고는 아주 좋습니다. 한데 음악 라인을 따라가도록 하세요."

그는 '편지'와 '허락'에 강세를 주며 "그녀에게 편지를 쓰도록 허락해 주시겠습니까"를 반복했다.

"숨어 있는 박자에 귀를 기울이세요."

토스카 역의 탈리와 짝을 이룬 댄은 귀 뒤쪽에 꽂아둔 연필을 내려 악보에 메모를 했다.

"계속 갑니다."

안드레아스가 조용히 말했다.

시드가 속삭였다.

"이제 나온다. 〈별은 빛나건만〉."

댄이 눈을 감았다. 좌중이 조용해졌다. 눈을 뜨고 노래를 시작한 그의 목소리는 멋지고 유려하고 꾸밈이 없었다. 그는 사랑하는 여자에게 마지막으로 작별 편지를 쓰는 남자였다. 그는 정원을 거닐던 그녀의 발소리를 떠올린다. 그녀의 냄새를 추억한다. 자신의 품에 안긴 그녀를 느낀다. 부드러웠던 키스와 달콤했던 순간을 회상한다. 꿈에 그리던 사랑, 그리고 이제는 그것을 포기해야 한다. 가장 강렬하게 살아갈 인생의 순간에 그는 죽어갈 것이다. 그가 흐느낌을 터뜨린다.

"좋아요. 좋습니다, 댄."

안드레아스가 말했다.

"그겁니다. 내가 원하는 게 바로 그겁니다. 계속하세요."

시드는 가슴을 뒤흔드는 아리아라고 속삭였다.

토스카가 헐레벌떡 도착한다. 그녀는 카바라도시에게 안전 통행증을 보여주며 이제 자유라고 말한다. 그녀는 스카르피아와 맺은 거래에 대해 이야기한다. 그는 자신에게 굴복하지 않으면 카바라도시를 죽이겠노라고 했다. 그래서 끔찍한 결정을 내렸다. 스카르피아는 거짓 처형 명령을 내렸다. 가짜 총알을 쓰라고 했다. 안전 통행증을 받아냈다. 신실한 여인이었지만 테이블에서 칼을 집어들었다. 스카르피아가 더러운 포옹을 요구하며 다가오자 칼을 빼들어 그의 가슴에 꽂았다.

"'내 손에선 피비린내가 났어요.'"

"보입니까? 냄새가 납니까? 손에 묻은 피 냄새가?"

탈리가 고개를 끄덕인다. 안드레아스가 댄에게 고개를 돌린다.

"다음 아리아는 아카펠라로 해볼까 생각중입니다. 솔로 피아노가 반주를 할 수도 있고요."

그가 음악감독을 찾는다.

"어떻게 생각하십니까?"

조엘은 찬성이다.

시드가 말한다.

"멋진데? 이 연출가 친구 말이야. 그냥 일만 같이 하는 거야? 딱 자기 타입인데? 진지하고 재미있고 살짝 미쳐 있고."

대답을 하고 싶지 않다.

"소프라노는 어때? 자기 타입 아냐?"

"난 유부남이잖아. 이제 그런 건 포기했어."

"나도 그래."

"키라, 다른 건 다른 거야. 산 사람하고 죽은 사람하고는 달라."

안드레아스가 우리에게 조용히 해달라고 했다. 꼭 고등학생이 된 듯한 기분이었지만 그 와중에도 시드의 말이 머릿속에서 떠나지 않았다. 나중에 후회할까? 지금 포기하면?

안드레아스는 다시 작업에 전념하고 있었다. 그는 탈리의 손을 잡고 댄을 보았다.

"토스카가 방금 자기 손에서 피비린내가 난다고 했습니다. 당신은 이 손을 잡고 그것을 실감합니다. 그녀가 스카르피아를 죽였습니다. 이 손을 잡고 만져보세요. 마음이 어떻습니까? 음악을 들어보세요. 무엇이 들립니까?"

"너무나 부드럽군요."

댄의 몸이 부르르 떨렸다.

"'오 사랑스러운 손이여, 순수하고 순하여라$^{O \ dolci \ mani, \ mansuete \ e \ pure}$ '"

안드레아스가 탈리의 손을 잡고 노래를 불렀다. 목소리는 부드러웠고 표현은 정확했다.

"이 부분은 이탈리아어로 가겠습니다. 엠$^m$ 사운드가 멋지지요. 푸치니가 공을 들인 겁니다. 그런데 일단 영어로 옮겨놓으면 꼭 비누 광고 같단 말입니다."

시드가 일어나야 했다. 그와 함께 밖으로 나갔다. 눈 때문에 공기가 무거웠다.

"겨울은 겨울이네."

내가 말했다.

"나는 오히려 좋은데?"

그는 시간을 확인하고 하늘을 올려다보았다.

"다시 눈이 내리기 전에 공항에 도착해야, 뉴욕에 갈 수 있는데 말이야."

그러나 지나가는 택시가 하나도 없었다.

시드 때문이었을까? 그가 자꾸만 내비치는 후회 때문이었을까? 아니면 테너가 부른 아리아 때문이었을까? 사이먼 역시 눈앞에 꿈을 두고 총살당했다. 그날 오후 안드레아스가 보여준 모습 때문이었을까? 정확한 귀, 순한 유머감각, 압도적인 무게감, 관대한 감정선 같은 것들 때문이었을까? 내 안에서 무언가가 빠져나왔다. 교회로 되돌아가는데 자꾸만 현기증이 났다. 금방이라도 쿵 쓰러질 것 같았다. 스키의 최대 경사로를 타고 내려가는 것 같았다. 망설이고 주저하고 억누르면 난관에 봉착하고 만다.

다른 지휘자나 연출자들이 그러하듯 안드레아스가 여기저기 돌아다니는 사람이란 걸 모르지 않았다. 그에게 일이 어떤 의미인지도 잘 알았다. 그것은 우리가 공유하는 공통점이었다. 사명감이라 부를 수도 있는 절대 헌신의 감정. 나는 타이 여행 이후의 일들에 대해선 마음의 준비가 되어 있었다. 그런데 문제는 그다음이었다.

시연까지는 아직 한 달이라는 시간이 남아 있었다. 리허설은 이제 새로운 국면에 접어들었다. 나는 오프닝 공연이 시작되면 곧장 타이로 떠날 계획이었고 두 달 동안은 아카 족과 지낼 예정이었다. 비행기 표만 샀을 뿐 준비한 게 아무것도 없었다. 랜디가 전화를 걸어 예방주사를 맞으라고 했다. 인류학자에겐 생활이었다. 몸속에 독소를 집어넣는다는 생각에 왠지 망설여졌다. 더 나은 대안은 없었다. 랜디는 병원 전화번호를 남겼다. 그러나 전화기에 좀체 손이 가지 않았다. 랜디와 같이 가는 기회를 놓칠 수는 없었다. 아카 족 말을 하고 아카 족과 알고 지내는 사람이 흔치는 않으니까. 나는 아카 족 마을을 보고 싶었다. 중심부와 주변부의 유동성을 경험해보고 싶었다. 내부와 외부 사이의 투과성을 느끼고 싶었다. 그것이야말로 내 작업의 본질이었다.

"그래서 정말 가는 거야?"

애나가 책에서 눈을 떼며 물었다.

"놓칠 수 없잖아. 랜디와 같이 가는 건데. 안 가면 평생 후회할 거 같아."

언니는 이상한 표정으로 나를 바라보더니 아무 말 없이 다시 시선을 떨어뜨렸다. 그런 뜻으로 물은 게 아니라는 걸 알고 있었다. 내가 안다는 걸 언니도 모르지 않았다. 난 다만 질문을 피했을 뿐이다. 정말 가고 싶은 거야? 대답은 그렇다와 아니다였다.


사제들은 교회에서 〈토스카〉를 올린다는 아이디어에 동의를 표했다.

"제2차 바티칸 공회의 정신이 살아 있는 겁니다."

안드레아스가 말했다.

"콘스탄티누스가 사람들에게 교회를 돌려주지 않겠다면 사람들이 나서서 돌려받아야지요."

사람 냄새가 나는 곳에서 오페라를 올리는 것은 그의 꿈이었다. 사람들의 삶에 오페라를 끌고 들어가는 것, 그들의 삶에 이야기를 끌고 들어가는 것. 사람들이 그것을 듣고, 그것에서 배우게 하는 것. 그래야 이런 비극이 반복되지 않을 수 있었다. 그래야 그런 강렬한 감정들로부터 고개 돌리지 않을 수 있었다. 그것이 〈토스카〉를 영어로 올리는 이유였다. 그는 스펙터클을 원하지 않았다. '경외감'이라는 단어도 믿지 않았다. 안드레아스가 스웨터를 벗더니 어깨에 걸쳐 맸다.

나는 그에게 몸을 기대며 말했다.

"난 사람들의 내면의 리듬과 조화를 이루는 공간을 만들어내고 싶어요. 건물의 언어가 그 안에서 이루어지는 삶과, 균형을 이루는 곳."

우리는 교회의 벽감에 앉아 있었다. 형형색색의 빛들이 돌 위로 떨어졌다. 세트 얘기를 꺼내야 했다. 새라가 나를 도와주고 있었는데 크고 아름다운 페르시아 카펫을 찾아냈다. 2막에 안성맞춤이었다. 그렇지만 2막은 일종의 도전이었다. 교회를 어떻게 성으로 탈바꿈시킬 것인가. 나는 가지고 온 드로잉을 가방에서 꺼내 안드레아스에게 내밀었다. 침묵에 잠긴 교회, 어둑해지는 창문, 하루의 끝이 다가오고 있었다.

"어때요?"

"봅시다."

그는 자리에서 일어나 마루에 드로잉을 펼쳐놓았다. 벽체 부분, 추상적으로 표현된 성루, 높이를 나타내기 위한 경사로.

나는 그 옆에 서 있었다. 종이 위로 우리의 그림자가 떨어졌다. 신부 하나가 안으로 들어왔다. 그가 우리를 알아보고 가벼운 목례를 했다. 신부는 제단 테이블에 놓여 있던 책 한 권을 집어 들고 조용히 밖으로 나갔다.

"흉벽은 관객 오른쪽에 둘까 해요."

나는 가방에서 머리핀 하나를 꺼내 얼굴로 흘러내리는 머리를 정리했다.

"우리 눈의 가독성은 왼쪽에서 오른쪽으로 움직이는 데 익숙하니까 성루에 연결되는 느낌을 줄 거예요. 무대 반대편에 경사로를 둬서 벽체의 대각선 라인을 강조하고 높이를 확장할 생각이에요."

내 어조가 무슨 강의라도 하는 사람처럼 들렸다. 나는 머리핀을 풀었다. "흉벽이 뭐죠?" 탈리가 리허설 시간에 물은 적이 있었다.

"모형을 만들어볼게요. 그럼 세트 제작에 들어가기 전에 직접 눈으로 확인할 수 있을 거예요. 경사로 때문에 매트리스든 뭐든 토스카가 떨어지는 곳은 가려질 거예요. 시작하려면 당신 동의가 필요해요."

한 걸음 뒤로 물러나 선 그는 실눈을 뜨며 3차원 형태를 그려보고 있었다. 놀란 표정으로 나를 힐끔 쳐다보는가 싶더니 다시금 드로잉으로 시선을 돌렸다.

"멋진 거 같습니다."

그는 팔짱을 끼고 앞으로 한 발 내밀며 섰다.

"당신도 그렇고요."

그는 마치 눈앞에 세트가 지어져 있기라도 한 듯 앞쪽을 응시하고 있었다.

"모형은 필요 없습니다. 추상적으로 표현된 벽이 마음에 듭니다. 노골적이거나 진부하지 않으면서도 위협적이군요. 모호함을 잘 전달하고 있어요. 이 처형식은 진짜일까? 가짜일까? 하는 의구심 말입니다."

그는 드로잉을 집어 들어 나에게 건넸다. 그리고 감탄스런 표정으로 나를 바라보았다. 본인 스스로는 그 단어를 믿지 않는다고 했지만, 만약 그런 말을 하지 않았다면 '경외감'이라 불러도 좋을 법한 표정이었다.

"훌륭합니다."

우리는 외투를 집어 들고 발걸음을 옮겼다.

"3막은,"

안드레아스가 말했다.

"언제나 나를 놀라게 합니다. 모든 것이 뭔가에 에워싸여 있던 이 오페라에서 우리는 처음으로 외부를 보게 됩니다. 아직 자연과 양치기들과 새벽이 있다는 것을 알게 됩니다. 별안간 맛보게 되는 자유의 가능성입니다. 공포의 경계 너머에는 또 다른 세계가 있습니다. 그러나 그때 올가미가 쳐집니다. 그리고 음악은……"

그가 상기된 얼굴로 눈을 반짝이고 있었다.

"불러봐요. 손에 관한 그 아리아."

고요한 교회 안에 부드러운 멜로디가 흘렀다. 밖으로 나온 뒤에도 내 머릿속에선 그 목소리가 맴돌고 있었다.


시연이 시작되기 전 주에 깃발을 걸 것인가 말 것인가에 관한 논쟁이 있었다. 2막에 사용될 창과 문들의 세트는 완성된 상태였다. 새라가 카펫을 실어 왔고 배우들은 그 위에서 걷는 감촉을 좋아했다. 특히 토스카 역을 맡은 단원들이 그랬는데 예술과 사랑에 관한 아리아와 잘 어울린다고 했다. 깃발을 걸자는 쪽은 정부의 존재를 상징할 수 있는 뭔가가 있어야 하지 않겠냐는 주장이었다. 교회에서 공연을 하고 있으니 더더욱 그렇다고 했다. 나로선 그게 혹시 벽체의 효과를 떨어뜨리지 않을까 걱정이 됐다. 아무것도 아닌 무덤덤한 배경으로 변해버릴지도 모르는 일이었다. 나는 뻔한 표지보다는 로마에 대한 느낌을 원했다. 의견은 반반으로 갈렸고 새라는 단호히 안 된다는 입장이었다. 안드레아스는 찬성이었다. 교회를 상징하는 십자가가 있지 않느냐고 했다. 피터는 그건 푸치니의 지문에 명시된 내용이라며 악보를 읽었다.

"'십자가가 벽체에 매달려 있다.'"

탈리의 의견을 기다리고 있었는데 그녀는 벽체가 뭐냐고 물었다.

"의견을 말해보시지요."

안드레아스가 심각한 얼굴로 물었다. 나에 대한 존중이 담긴 목소리였다.

"안 될 거야 없겠지요. 하지만 십자가와 깃발이 배우들의 감정 진술을 방해해선 곤란합니다. '여기는 교회입니다.' '여기는 정부입니다.' 네온사인의 기능을 할 필요도 없을 테고요."

안드레아스가 고개를 끄덕였다.

"좋습니다. 일단 한번 시도해보도록 하지요."


연주자들이 속속 도착했다. 작은 챔버 오케스트라가 배우들 주변에 자리했다. 피아니스트는 한쪽에 떨어져 앉았다. 목요일, 시연이 있기 전, 사람들이 모여들었다. 아이들과 함께 온 가족들, 오갈 데 없는 노숙자들, 가게 하는 상인들. 말은 사라졌다. 인적 드물던 교회가 꽉 찼다. 사람들은 아리아가 끝날 때마다 박수치고 환호하고 울음을 터뜨렸다. 단원들의 가슴이 벅차올랐다. 안드레아스는 온 정신을 집중하고 있었다. 그에게선 팽팽한 긴장감이 느껴졌다.

"이 부분은 좀 더 절제를 해야 합니다."

"여긴 변화가 필요해요."

열정으로 가득 찬 눈은 공연만을 위해 쉼 없이 달려가고 있었다. 대개 이것은 지휘자들의 몫이었다. 그러나 그는 단원들에게 거듭 강조했다.

"우리 모두가 이곳에서 이뤄지는 모든 일들에 책임감을 가져야 합니다."

애나는 오프닝 공연 때 나와 함께 참석했다. 안드레아스 식으로 말한다면, 세 번의 오프닝 가운데 첫 번째 공연에 참석했다. 세 그룹의 배우진이 번갈아가며 밤마다 공연을 하고 있었다. 첫날에는 탈리와 댄이 토스카와 카바라도시 역을 맡았다. 스카르피아에는 스티브가 분했다. 다시 한 번 교회가 가득 들어찼지만, 이번엔 거의 다 케임브리지 사람들이었다. 그들은 프로그램에 머리를 파묻고 꼼꼼히 읽어나가면서 평가의 시간을 기다리고 있었다. 보스턴은 음악 도시였다. 안드레아스의 방식은 정통이 아니었다. '두고 보면 알겠지' 하는 굳은 표정들. 나는 애나에게 고개를 돌렸다. "오프닝 공연이란 게 제일 힘든 거잖아." 나는 언니가 공연을 마음에 들어 했으면 했다. 본질을 알아줬으면 했다. 비평가들은 관객석 여기저기에 섞여 신중하게 낙점한 자리에 앉아 있었다. 그들의 존재가 배우들의 주의를 외부로 분산해 감정선을 흐트러트릴 우려가 있었다. 나는 코트를 벗었다. 안드레아스는 앙상블을 만들어내기 위해 힘을 쏟았다. 과연 제대로 발현될 것인가. 막판에 바꾼 무대 세트를 내가 걱정하고 있을 때 그는 이렇게 말했다.

"우리가 지금까지 해온 작업의 성격을 생각할 때, 그런 건 큰 문제가 아닙니다."

그 역시 마지막 순간에 전체 미장센을 바꿔버렸다. 배우들은 혹여나 스스로 혼란스럽지 않을까 두려워했지만 사실 아무런 문제도 생기지 않았다. 그는 나를 바라보며 미소를 지었다. 탈리 생각이 났다. 탈리는 미장센이 뭐냐고 물었다. 나는 프로그램을 집어 들고 그 안에 적힌 내 이름을 확인했다. 세트 디자이너. 단어의 어감이 마음에 들었다.

연주자들이 자리를 잡고 앉았다. 오보에가 A음을 불었다. 악기들이 튜닝을 시작했다. 실내 등이 꺼지고 무대 조명이 커졌다. 세 개의 하강 화음으로 표현되는 스카르피아 주제곡과 함께 공연이 시작됐다. 나는 의자 앞으로 몸을 빼고 앉아 무대에 집중했다. 노래는 웅장했고, 움직임은 날카로운 동시에 유려했다. 세트도 산만하지 않게 제 효과를 발휘했다. 어깨를 짓누르던 긴장감이 풀리고 심장 박동이 제자리로 돌아오기 시작했다. 나는 마치 처음 보는 공연인 듯 음악과 스토리에 몸을 맡겼다.

공연이 끝나자 애나는 오페라를 좋아해보기는 처음이라고 했다. 감동적이었고 소름이 끼쳤다고 했다. 생활과 너무 동떨어지지 않는 장소도 마음에 든다고 했다. 세트도 그렇고, 섹시하고 젊은 배우들도 좋았다고 했다. 음악도 아주 아름다웠다고. 피터가 다가와 나를 포옹하며 말했다.

"봐. 우리 예감이 맞았지? 당신은 정말 굉장한 사람이야."

정신이 아득했다. 난 늘 혼자 일하는 데 익숙했다. 제도 테이블에 혼자 앉아 보내는 긴 시간. 고객들과 토건업자들, 도시계획 위원회와의 회의. 아이디어와 그 완성 사이에 늘어져 있던 길고 긴시간. 그런데 이번 일은 마치 꿈처럼 미친 듯이 진행됐다.

트리플 캐스트의 공연이 모두 끝난 사흘째 날 밤에 파티가 열렸다. 〈글로브〉지의 비평가는 "안드레아스 베르반의 〈토스카〉에 대해 내가 우려하는 바는 그것의 교훈이 향후 오랫동안 오용될 운명이라는 것이다"라고 썼다. 안드레아스는 공연에만 집중하려고 노력했다. 그는 피터 브룩*을 인용해 말했다.

"우리는 사람과 사람 사이에 존재하는 인간이라는 소규모 집단입니다. 만약 우리가 살고 일하는 방식에 어느 정도의 수준이 보장된다면 관객들은 이것을 감지하게 될 것입니다. 그리고 자신들의 잠재의식 속에 우리가 함께 이룩한 작업의 경험을 아로새긴 채 극장 문을 나서게 될 것입니다. 어쩌면 우리가 할 수 있는 그 작은 기여야말로 우리가 다른 인간에게 전해야 하는 유일한 것인지도 모릅니다."

언젠가 드로잉 수업에서 그 선생님은 우리를 단순히 '사람'이라고 칭했었다.


타이로 떠나기 전 그가 나를 저녁식사에 초대했다.

"당신에게 하고 싶은 말이 많습니다. 함께 일하는 내내 그랬습니다."

그의 눈빛이 테이블 건너편 나를 향했다. 온몸에 전율이 흘렀다. '숨을 들이마시고 안쪽으로 끌어내립니다.' 나는 테이블 위에 손을 올려놓았다. 손가락이 벌어졌다. 사이먼이 내게 준 반지의 청금석이 빛을 빨아들였다. 나는 창밖을 바라보았다. 떠나는 것에 대해

---

*Peter Brook(1925~). 상상력, 에너지, 혁신이라는 화두를 던지며 '무대 위의 혁명가'로 불리는 영국의 연극 연출가.

126

생각하고 싶지 않았다. 나는 이번 경험이 예상치 못한 도움을 많이 줄 것이라던 시드의 말을 그에게 전했다. 그리고 이미 그렇다고 말했다. 세트 문제를 해결하면서 다른 프로젝트에 대한 아이디어가 많이 떠올랐기 때문이다. 안드레아스는 일을 할 때, 경계를 둔다기보다는 한가운데로 접근해가는 식이었다. 오케스트라 석도 따로 없었고, 연주자와 가수들 사이에 분명한 구분도 없었다. 높은 지휘대도 없었고, 감정은 가수들 스스로에게서 나왔다. 모든 것이 원에서 시작되어 다시 원으로 흘러갔다.

나는 그의 얼굴을 바라봤다. 그가 내 손 위로 자기 손을 포개놓았다. 우리는 손가락을 맞잡고 점자를 읽듯이 서로의 마음을 헤아렸다. 누구도 다른 곳을 보지 않았다.

음식 접시가 치워지고 작은 에스프레소 잔 두 개가 놓였을 때 나는 말했다.

"우리가 이렇게 돼서 기뻐요."

식당 밖 거리는 한적했다. 나는 깃을 세워 올렸다. 불빛을 받은 나뭇가지들이 흔들리며 인도에 그림자를 아른거리고 있었다. 그는 내게 언제 돌아오느냐고 묻지 않았다. 미신 같은 거였을 수도 있다. 운명을 시험하지 않기 위한. 나 역시 그의 계획을 묻지 않았다. 약속은 믿을 수 없는 것이다. 우리 둘 다 그것을 알고 있었다.

"아프지 마세요."

그가 슬픈 눈으로 말했다.

안전한 여행, 신이 함께하시길. 나는 사이먼을 보낸 이후 더 이상 신을 믿지 않았다. 언니 말대로 '살아야' 했으니까. 안 그러면 도저히 말이 안 되는 현실이었으니까. 죽은 사람이 죽은 사람을 묻을 수는 없었으니까.

"만나서……."

예전 생각이 나서 피식 웃음이 나왔다. 과거는 현재가 되고, 미래는 알 수 없는 곳을 향해 흘러가고 있었다. 나는 손을 내밀었다. 그가 손에다 세 번 키스를 했다. 부드럽게, 물 위를 날아가던 돌멩이처럼.

"빨리 볼 수 있다면 좋겠습니다."

나는 비틀거리며 차로 걸어갔다.

# 3

나는 4월 말에 타이에서 돌아왔고 곧장 우즈 홀로 갔다. 언니가 환한 얼굴로 부두에 서 있었다.

"왔구나."

무척 기쁘고 반가웠다. 우리는 포옹을 한 뒤, 뒤로 한 발짝씩 물러나서는 서로를 찬찬히 바라보았다. 그러고는 다시 포옹을 나눴다.

"얼굴 보니까 딱 알겠다. 무척 재밌었구나."

나는 그랬다고 대답했다. 아카 족 세계의 삶은 정말이지 흥미진진한 일이었다고. 우리는 보트 위로 올라탔다. 바다 위에서 배가 흔들거렸다. 나는 두 달 동안 단단한 대지를 딛고 지냈다. 높은 산 위, 말 그대로 들이쉴 수 있는 공기가 희박한 곳이었다. 나는 축축한 공기를 들이마셨다. 얼굴 위로 튀어 오르는 물보라. 짠 내. 여기는 집이다.

애나는 양파를 얹은 치킨 로스트를 준비해두었다. 샐러드를 만든 뒤 바로 저녁식사 테이블에 앉았다. 언니는 궁금해 죽겠다며 다 말해보라고 했지만 나는 정신이 없었다. 열두 시간의 시차가 있는 지라 그즈음 타이는 아침이었고 나는 사실상 한숨도 못 잔 셈이었다. 애나는 며칠간 섬의 날씨가 좋았다고 했다. 봄이 일찍 와서 공사가 예정보다 먼저 시작된 상태였다. 애나는 심리치료에선 손을 뗐다고 했다. 나는, 나 역시 아직 휴가중이니 처음 섬에 왔을 때처럼 함께 지낼 수 있겠구나 했다. 언니는 살짝 머뭇거리는 듯싶었다. 그러고 보니 토니 일이 궁금해졌다. 나는 두 달 동안 떨어져 있었다. 아카 족 말처럼, 제자리에 머무르는 것은 아무것도 없다.

다음 날은 새벽 4시에 잠에서 깼다. 새벽빛이 보이자마자 재킷을 집어 들고 건설 부지로 갔다. 골조 목수들이 나와 있었다. 짜임새는 훌륭했고 이른 아침 햇살을 받은 들보들은 금빛으로 반짝거리고 있었다. 나는 빛에 따라 변하는 색을 바라보았다. 안드레아스가 이 모습을 함께 보았으면 했다. 바람과 빛이 드나드는 광경. 하늘과 바다가 내다보이는 열린 구조. 다시는 이런 마법의 순간은 없을 것이다. 나는 스스로 타이에서 기억을 놔버리는 것을 느꼈다. 사이먼에 대해선 많은 생각을 하지 않았다. 안드레아스와의 일들도 희미해졌다. 그런데 돌아오니 다시금 그가 어디에 있을지 궁금해졌다.

부지 남쪽은 아주 빠른 속도로 작업이 진행되고 있었다. 여름쯤이면 입주가 가능할지도 몰랐다. 외형은 아닐지라도 발상만큼은 유연한 몇몇 울타리들은 사람들이 상상하는 용도에 따라 확대 혹은 축소될 수 있었다. 언덕에서는 원형 무대에 걸맞는 계단 구조가 들어섰다. 잔디가 덮이고 계단 수직판이 세워졌다. 건설 감독인 그랜트가 미소 짓는 모습이 떠올랐다. 이것은 그가 내게 주는 선물이었다. 감동적이었다. 내가 없는 동안에 이만한 작업을 해놓다니 놀라운 일이었다.

해가 뜨자 갑자기 배가 고파왔다. 아카 족은 지금쯤 저녁식사 중이겠지. 올바른 방식으로 요리된, 공기에 담긴 밥을 먹고 있을 것이다. 나는 집으로 돌아와 달걀 하나를 삶고 신선한 차를 끓였다. 애나는 아직 자고 있었다. 주방에 내 이름이 적힌 서류 봉투 하나가 놓여 있었다. 조교인 한나가 전달해준 내 우편물들이었다. 대학 일에 대해선 그간 까맣게 잊고 지냈다. 봉투들을 뒤적거리다가 찻잔과 파란색 항공우편물 하나를 집어 들고 거실로 가 소파 위에 앉았다. 아침 빛이 방 안을 가득 채웠다. 편지봉투를 뜯었다.

키라에게

당신 생각을 하며, 산으로 둘러싸인 타이에 있을 당신 모습을 상상해봅니다. 좋은 사람들과 함께 있겠지요. 모든 게 당신이 희망하던 그대로인가요?

나는 두 달 동안 바르셀로나에 머무르고 있습니다. 작고 실험적인 오페라단과 함께 당신이 싫어할 만한 현대 오페라 작업을 하고 있습니다. 6월이면 그곳으로 돌아가는데, 그곳에 머무를 생각입니다. 아버지와 제시는 고모님 댁에 자리를 잡았고 피터는 새로운 시즌을 준비하고 있습니다. 〈펠레아스와 멜리장드〉*가 어떨까 생각 중입니다.

---

* 벨기에의 극작가 마테를링크의 희곡을 원작으로 한 드뷔시의 5막 오페라.

할 말은 더 많습니다만, 이 편지를 쓰는 데는 급한 사정이 있습니다. 당신 프로젝트에 관심을 불러일으킬 기회를 노리는, 당신 친구 리처드 리빙스턴이 피터와 함께 일을 칠 계획입니다. 올 여름에 나샤위나에서 〈토스카〉를 올리겠다는군요. (보스턴 때는 매진이었습니다!)

대답을 하기 전에 당신 의향을 듣고 싶습니다. 휴가중이고 시간을 가지려는 줄은 알지만, 이 안이 당신 생각과 반대일 수도 있겠고요, 의견을 말해주기 바랍니다. 정확히 말해서 피터와 리처드는 도망치는 기차 같은 사람들이라, 일단 궤도에 오르면 멈추게 하기가 어려울 겁니다. 가수들 스케줄이 염려가 되지만, 당신과 다시 일할 기회이니 저로선 바라는 일입니다.

하지만 이 섬의 주인은 어디까지나 당신이고 이 프로젝트도 당신 것이니, 원치 않는다면 다른 방도를 찾는 방향으로 가야겠지요.

돌아온 지 얼마 안 되었을 겁니다. 생각할 시간이 필요하겠지요. 전체적으로 볼 때 당신이 바라는 바에 효용이 닿는 일은 아닙니다. 하지만 무슨 이유에서인지 리처드는 그렇지 않다고 말하는군요. 일단 막아놓기는 했지만, 이 친구들 마음을 돌려놓고 싶다면 빨리 대처하는 게 좋겠습니다. 피터는 당신이 4월 말에 돌아오리라는 것을 알고 있습니다. 당신 편에서 먼저 전화를 걸 때까지는 기다리라고 해두었습니다.

내게 원하는 것이 있으면 말씀해주세요. 당신 여행 이야기를 무척 듣고 싶습니다. 이 문제는 전적으로 당신에게 결정권이 있습니다. 난 당신이 원하는 대로 할 겁니다. 곧 만날 수 있기를 바라며, A

잠수부들이 너무 갑자기 수면 위로 올라오면 감압 때문에 가스 색전증에 걸린다는 내용을 읽은 적이 있었다. 이건 정반대였다. 모든 것이 갑자기 압착되는 느낌이었다. 보트를 탄 한 무리의 사람들이 나샤위나에 내리는 모습이 머릿속에 그려졌다. 놀란 양이 고개를 쳐들었다. 이 이미지가 머릿속에 가득 차서 안드레아스가 이곳에 있을 수 있다는 생각을 담아둘 공간이 없었다.

애나가 실크 목욕 가운을 입고 문가에 서 있었다. 온화한 모습이었다. 부드럽게 늘어진 실크 옷자락. 언니가 놀란 표정으로 물었다.

"왜 그래?"

아카 족 말 가운데 '장'이라는 것이 있다. 그들이 살아가는 방식, 그들이 일하는 방식을 뜻하는 말이다. 조상을 공경하는 법. 달걀 삶는 법, 밥 푸는 법, 아버지에게 말하는 법, 다른 사람의 집에서 육체관계를 하지 않는 법. 랜디 말이 옳았다. 두 달이 걸렸지만 결국 나는 그것을 느낄 수 있었다. '아카장.' 삶의 다른 방식. 이 고산족 사람들의 삶에는 속박이 없었다. 내부는 외부로 외부는 내부로, 마치 강물이 빌딩 사이를 흐르듯, 모든 것이 유유하게 넘나들었다. 그러면서도 시작점과 종착점 사이에 경계가 없었다. 이것은 사람들 사이에서도 마찬가지였다. 가장 이해하기 힘든 부분이기도 했다. 그들에게는 자아도 없었고 개인도 없었다. 어느 날, 어떤 여자에게서 들었다며 랜디가 해준 이야기는 내 마음을 뒤흔들어놓았다. 그녀는 남편과 아이들과 시동생과 살았을 때는 돼지를 길렀는데, 그들이 일개인으로 살면서부터는 더 이상 돼지를 기르지 않았다. '일개인'이란 그녀와 남편 그리고 아이들을 의미하는 말이었다. 우리가 가족이라는 부르는 것이 그들에겐 한 사람이었다.

나는 학생들과 동료들을 대하는 랜디의 침착하고 진득한 면을 늘 좋아했다. '교차 문화<sup>cross-culture</sup>'라는 용어에 대한 회의적인 태도에도 공감이 갔다. 그는 누가 교차를 하고 있고 어떤 방식으로 주도되는지 모르겠다며 혼란스러운 표정을 짓곤 했다. 조용한 고산족 사람들 사이에 있는 그에게는 우아한 아우라가 느껴졌다. 수평선을 찾아가는 물 같다고나 할까. 그의 사생활은 늘 개인적이었다. 그러면서도 나는 그와 함께 놀라운 지각 능력과 무한한 친절을 경험했다.

우리는 추수가 끝난 다음에 도착했다. 아카 족이 '사람의 계절'이라 부르는 건기였다. 우기는 정령들의 소유였다. 그는 내게 부락 교체 의식을 보여주고 싶어 했다. 이것은 부족의 이동과 정착 여부에 따라 새로운 땅의 개발 혹은 지정, 주거시설의 보수 혹은 축조, 그리고 부락 입구를 나타내는 세 개의 문 건설과 복구를 알리는 의식이었다. 그는 내가 '울타리 없는 경계'라는 문제와 씨름하는 걸 도와주었다. 그는 '포함'에 대해 생각해보라고 했다. 배제되거나 포위당하는 것이 아니라 보호되어 둘러싸인다는 느낌. 얼굴이 검게 그은 그가 "모든 것은 넘나들 수 있어"라고 말했다. 집집마다 부락마다 중심이 있었다. 그러나 그것은 움직일 수 있는 중심이었다. 이동과 정지가 공존하는 중심이었다. 댄서처럼, 나는 그 느낌을 하나의 개념이 아니라 몸으로 받아들이기 시작했다. 내 안의 나침반이 제자리를 잡았다. 나는 좀 더 자유롭게 걸었고 천천히 말했다. 덜 방어적이 되었으며, 나에 대한 신뢰를 회복하는 기분이었다.

나는 애나에게 편지를 내밀었다.

"읽어봐."

언니는 발을 엉덩이 쪽으로 붙이고 내 옆 소파에 비스듬히 앉았다. 가운 자락이 무릎 아래로 드리워졌다. 그러곤 내 찻잔을 들고 한 모금 마셨다. 언니의 눈이 편지지를 훑고 있었다. 두 번 읽고 나더니 고개를 들었다. 저울질을 하고 있는 게 느껴졌다.

"너한테 먼저 물어봤을 수도 있겠지만, 넌 여기 없었으니까."

먼 곳을 보는 듯한 애나의 눈. 내가 입을 떼려는데 언니가 말을 이었다.

"너한테 일주일만 주는 게 어때. 몸이 적응될 때까지 기다려봐."

나는 마치 당장이라도 튀어나가 행동할 것처럼 부엌 벽에 걸린 전화기를 바라보았다. 피터에게 내가 전화할 때까지 기다리라고 해준 안드레아스가 고마웠다.


해수면으로의 귀환. 물에 둘러싸인 섬으로 돌아오니 어느새 체세포들이 변화를 감지하고 있었다. 어느 날 아침 나는 해변을 걷고 있었다. 생각이, 아카 족 단어인 '니마'를 향해 흘러갔다. 니마는 '심장-마음'이라는 뜻으로 영혼이 연결되어 있는 신체의 중심을 의미했다. 아카 족에게는 방황하는 영혼을 불러들이는 의식이 있다. 그들은 우정이건 사랑이건 하나의 심장이 다른 심장과 결합할 때 영혼 역시 합일된다고 믿는다.

'사이먼과 그랬던 것처럼.'

애나는 이런 생각에 문제가 있다고 봤지만 나는 아니었다. 사이먼과 나는 개인인 동시에 가족으로 우주의 지지를 받으며 결합되어 있었다. 그런 일이 일어날 때, '니마'는 '조 샤', 즉 수평이며, 하나가 된 것은 만족스럽고 편안하다. 사람들의 심장-마음은 어수선하지 않고 편안해야 한다. 부락에선 모든 이들의 '니마'가 '조 샤' 할 때까지 토론이 이어진다. 만약 아이가 심하게 울거나 다른 이들에게 너무 많은 것을 요구하는 등 해선 안 되는 행동을 한다면, 사람들은 그 아이의 '니마'가 너무 크다고 이야기한다. 그러나 '니마'가 크다고 하여 다른 사람을 두려워하거나 겁을 집어먹어선 안 된다. 유목민인 아카 족은 늘 이동의 가능성을 염두에 두었다. 한 곳에선 너무 큰 것이라 해도 다른 곳에서는 이점으로 작용할 수 있기 때문이다.

나는 애나에게 이것을 설명하려 했다. 애나가 이해할 거라 생각했다. 언니는 자신의 삶을 이동하고 있었다. 동시에 마음이 산란했다. 마음은 굴에 집중하는 한편 토니와 일을 하고 있었다. 나는 언니를 주의 깊게 관찰했다. 언니가 늘 하는 말처럼 무슨 일인지 궁금했다.

처음 사이먼을 봤을 때 그는 샌들을 신고 있었다. 금빛 곱슬머리가 얼굴 주위에서 너울거렸다. 나는 끝도 없이 등급을 매기며 종을 나누는 생물학을 포기하고 건축학으로 전과한 상태였다. 도시 관련 세미나 수업을 듣고 있었는데, 늦게 들어온 그가 기다란 책상 위에 엎어져서 미친 듯이 노트 필기를 시작했다. 그러다 놀라움과 호기심이 가득한 눈빛으로 얼굴을 들었는데 그 모습에서 어찌나 광채가 나던지 마치 천사 같았다. 내 삶으로 들어오는 하나의 포고였다.

우리는 순식간에 사랑에 빠졌다. 둘 다 처음이었다. 남자친구도 있었고 첫눈에 반한 사람도 있었다. 몇 달 지속된 관계도 있었고 1년 넘게 사귄 사람도 있었다. 하지만 그런 것들은 그야말로 옛날 옛적의 일이었다. 우리는 영혼과 육체가 결합하는 것을 느꼈다. 마치 우리 두 사람에게만 허락된 경험인 것 같았다. 갈등과 긴장도 있었지만 우리들 중 누구도 등을 돌리지 않았다. 그리고 지금 그 사람은 없고 나는…… 나는 등을 돌리지 않을 것이다. 앞으로 나갈 테지만 그가 함께할 것이다. 마치 그가 지금 여기 있는 것처럼, 우리의 심장-마음이 하나인 것처럼. 그가 없다면 나는 반쪽짜리 영혼일 뿐이다.

며칠이 지나자 펠리시아에게 전화가 왔다.

"키라."

그녀의 빈 식 억양이 내가 떠나보낸 세계를 떠올리게 했다.

"여행은 어땠어?"

그녀는 아카 족 이야기엔 관심이 없었다. 의례적인 질문 몇 개가 이어지더니 곧 본론으로 들어갔다.

"두 가지 뉴스가 있어. 왜 내 친척 있잖아, 안드레아스. 그 친구가 지금 바르셀로나에서 닉슨에 대한 환상적인 오페라를 올리고 있거든. 6월이면 돌아올 거야. 두 번째는 어쩌면 누군가가 벌써 얘기를 전했는지도 모르겠네. 리처드 리빙스턴이 〈토스카〉를……."

그녀에겐 '나샤워나' 발음이 늘 문제였다.

"그 섬에서 올리고 싶어 해. 올 여름에. 아주 좋아하더라고. 사람들에게 프로젝트를 알릴 수 있는 좋은 기회라면서."

나는 아직 피터에게 전화를 하지 않았다. 그 문제에 대해선 아직 생각이 정리되지 않은 상태였다. 안드레아스 문제도 걸렸다.

"리처드가 제게 먼저 상의를 했으면 좋았을 텐데요."

"그럴 계획이었대. 근데 자기가 좋아할 거라고 생각했다는 거야. 그리고 안드레아스 문제도, 자기가 안드레아스 좋아하는 거 내가 아니까, 이번 여름에 같이 지내고 잘됐지 뭐."

"〈토스카〉는 실내 오페라예요. 안드레아스가 야외 공연을 하겠다니 좀 놀랍네요."

"안드레아스는 배우진이 수락해주면 하고 싶다고 하더라고. 자기가 만들 도시처럼 하나의 실험이 되겠지. 하지만 안드레아스는 키라 의향을 알고 싶어 해."

전화선을 타고 침묵이 흘렀다.

나는 새로운 성장을 보호하는 섬을 생각하고 있었다. 프로젝트에 이목을 집중시킬 때가 아니었다. 아직 마무리된 것이 하나도 없었다. 아직은 아니었다. 기차는 이미 역을 떠났으니 탈선을 위해선 알돌이 필요할 터였다. 리처드는 벌써 기금을 모았을 것이다. 공연 평이 좋았으니 그리 어렵지는 않았으리라. 관객 이송을 위한 페리 서비스도 이미 다 알아봤을 만한 인물이었다. 영국의 글라인드본 오페라 페스티벌을 꿈꿨을 것이다. 이브닝드레스를 입은 사람들과 광주리에 담긴 음식들. 그러나 이곳은 뉴잉글랜드였다. 결국 사람들은 여름 원피스와 반바지를 입고 왔다. 안드레아스의 조건은 만족됐다. 더블 캐스트가 가능했고 배우들은 스케줄을 조정해주었다. 날씨만 허락되면 그들은 주말마다 공연을 했다.

"얼굴 한번 보여줘."

펠리시아가 대화를 끝내며 말했다. 나는 안드레아스가 어떻게 생각하고 있을지 궁금히 여기며 그녀의 명령에 저항했다.

뱃속이 꼬이는 것 같았다. 나한테 연락을 해줄 수도 있는 일이었다. 타이에 있었다고 해서 방법이 없을 이유는 없었다. 나는 수화기를 들고 조리대 옆에 기대섰다. 개수대로 가 창밖 소나무를 바라보며 물을 틀었다. 새로 돋아난 연두색 이파리들이 보였다. 나는 유리잔에 물을 채우고 조금 마신 뒤, 잔을 들고 부엌을 가로질렀다.

밀물이 들어 습지대에 물이 차고 있었다. 실질적인 문제들이 있었다. 배우들을 수용할 건물들도 문제였고 야외극장을 완성할 수 있느냐 하는 문제도 있었다. 그뿐만이 아니었다. 안드레아스는 어디에 머무를 것인가. 아버지와 아들은 어떻게 할 것인가. 펠리시아와의 문제는……. 그만두기로 했다. 애나라면 "다들 도움이 되려고 그러는 거야" 했을 것이다. 나는 물을 꿀꺽꿀꺽 들이켰다. 달콤한 수돗물엔 쇳내가 배어 있었다. 아카 족에게 한 사람의 '장'은 다른 사람의 '장'과 다르다. 그러나 어떤 것이 더 옳다는 우열은 없다. 그저 다른 종류의 '장'일 뿐이다. 랜디가 이럴 때 쓰는 아카 족의 경구를 가르쳐줬다. 아카 족이 그에게 지어준 오두막 밖에 앉아 있을 때였다.

"'누구에게나 자신만의 장이 있다'."

우리도 그런 말이 있지 않느냐고 했더니, 회의적인 눈길로 나를 바라보았다.

"서양에선 '다르다'라고 할 때 늘 '낫다' '못하다'라는 개념을 덧붙여. 아카 족에겐 A라는 정령 사제가 B라는 정령 사제와 다른 시구를 독창하면, 그건 A 사제가 B 사제와 다른 종류의 '장'을 구사하는 것뿐이야. '장'은 옳거나 그른 것이 아니야."

"그만해. 알아들었으니까."

펠리시아는 자기 방식이 옳다고 생각했다. 그건 빈 식의 '장'이었다. 안드레아스가 그녀에게 뭐라고 했을지 궁금했다. 나는 아람 말로 장식된 쿠션을 집어 들었다. "내게 말을 좀 해봐."

그날 저녁 나는 피터에게 전화를 걸어 그 계획에 동의한다고 말했다. 그는 "그럴 줄 알았어" 했다. 기분이 좋지 않았다. 하지만 공사가 빠르게 진행되고 있었고 나는 프로젝트로 정신이 없었다. 확정지어야 할 일들이 너무 많았기 때문에 나는 모든 것들을 그냥 그대로 내버려두었다. 지금 생각해보면, 결국 극장은 준비가 되어 있었고 나는 그를 보고 싶었던 것이다.

안개의 날들이 가고 해의 날들이 왔다. 자두나무에 꽃이 피었다. 멕시코 만류가 해안 근처로 흘러오는 모양이었다. 6월 중순까지는 바닷물이 따뜻했다. 애나와 토니는 많은 시간을 함께 보내고 있었다. 굴 부화장 일로 쉴 새 없이 바빴는데, 티스베리 그레이트 폰드에 있는 굴 양식장에서 기술을 배우느라 비니어드를 왕래하고 있었다. 저녁이면 책과 카탈로그를 열심히 들여다봤다. 토니는 늦게까지 있다가 보트를 저어 비니어드로 돌아갔다. 자고 가도 될 텐데 하는 생각이 들었다. 내가 없는 동안에는 어땠을까 궁금하기도 했다. 그의 유연한 몸과 지칠 줄 모르는 에너지, 바다를 향한 눈은 이제 우리 가족 안에 '포함' 되고 있었다. 나는 휴가로 숨어 들어가 그들에게 공간을 내어주려 애썼다.

사무실 자동응답기에는 장기 출타중이라는 메시지가 남겨져 있었다. 도시 디자인 저널에 쓰겠다고 약속한 아카 족 부락 구조에 관한 논문은 잊고 지냈다. 아침마다 건설 현장을 둘러보았고, 그후에는 샌드위치와 보온병, 수채화 도구들을 가지고 돌아다녔다. 빛과 색채의 변화를 감지해보고 싶었다. 비가 내리는 날이면 침대 속에 들어가 하루 종일 책을 읽었다.

누가 뭐 하느냐고 물으면 "그냥 있어요"라고 대답했다. 케임브리지 리히터 스케일 기준으로 볼 때 아무것도 안 한다는 뜻이었다. 심리치료 일을 그만두면서부터는 애나 역시 자유롭게 생활했다. 토니와 어떻게 되어가냐고 물으면, 언니는 "내가 알게 되면 너한테도 알려줄게"라고 대답했다.

그들은 6월 중순에 들어왔다. 안드레아스와 배우들과 기술팀이었다. 나는 부두로 마중을 나갔다. 극장이라는 그의 공간 속으로 들어간 건 나이지만, 나를 내부로 초대한 건 그 사람이었다. 이것은 내 아이디어가 아니었다. 나는 책임감에서 자유로웠다. 어떤 의미든 간에, 그것은 어쩌면 운명일 수도 있었다. 안드레아스가 잔교 위를 오르고 있었다. 눈이 서로 마주쳤다. 무슨 말이든 해야 할 것 같았지만 갑자기 웃음이 터져 나왔다. 마치 통제할 수 없는 어떤 힘에 떠밀려온 듯했다.

숙소는 충분히 마련되어 있었다. 그랜트와 그의 팀이 최후의 분투를 해주었다. 나는 안드레아스를 위해서 여유 공간이 충분한 숙소 하나를 따로 마련해두었다. 제시와 에이브가 6월 말에 들어올 예정이었다. 그동안 안드레아스와 단둘이 있게 되어 감사했다.

두 달 동안 우리는 서로 다른 세계에 속해 있었다. 여름 일정을 비롯해서 할 말이 너무나 많았다. 그는 이번 일이 부담스럽지 않느냐고, 자기들이 괜히 휴가를 방해하는 게 아니냐고 물었다. 나는 그렇다고 대답했다. 다들 염치가 없는 것 같다고. 그는 부정하지 않았다. 그가 주의 깊은 얼굴로 내 말을 듣고 있었다. 내가 입을 열기를 기다리고 있었다. 나는 타이에서의 경험이 아직 신선하게 살아 있을 때 그 느낌들을 적어내고 싶다고 말했다. 그곳에서의 삶은 이곳의 삶과 아주 달랐다. 고요가 필요했는데 공사 소리만으로도 불가능한 일이었다. 공사가 진행중인 곳에 대중들을 들인다는 우려가 있었지만, 다행히 극장은 공사 현장과는 멀리 떨어진 부지 끄트머리에 위치해 있었고, 공연은 주말에만 열릴 예정이었다. 내가 경험한 일들에 대해 안드레아스가 관심을 보였기 때문에 정말 글을 써봐야겠다는 자극이 됐다. 휴가도 연장된 상태였다. 신청했던 연구비도 지급됐다. 학과장이 유연하게 처리해줘 2월까지는 강의를 쉴 수 있게 되었다. 대화가 끝날 무렵에는, 나는 모든 것을 날려버리고 앞을 향해 나아가는 기분이었다.

리허설이 시작됐다. 교회도 없고 벽도 없는 만큼 세트 상황은 너무나 열악했다. 있는 거라곤 나무들과 층이 나눠진 무대뿐이었다. 우리에게는 또다시 배우들과 관객 사이에 친밀감을 형성해야 한다는 과제가 주어졌다. 이번에는 야외무대였다. 안드레아스는 어둠이 그 역할을 해줄 것이라 했지만, 6월엔 해가 늦게 졌다.

"가서 앉아 봐요."

우리는 밤에 나갔다. 공간에 대한 느낌을 확인하고 싶었다. 밤공기 속에서 음향이 어느 정도 효과를 낼지도 점검해봐야 했다.

6월의 마지막 주였고 하지가 막 지난 때였다. 빛 때문이었는지, 여름 공기의 느낌 때문이었는지, 아니면 '아카장'이 아직도 나와 함께하고 있었는지, 공간의 면면이 모두 새롭게 다가왔다. 바람이나 파도가 모든 것을 휩쓸고 지나간 것 같았다. 아카 족에게 '영원'이란 말은 없다.

잔디 위에 돋아난 토끼풀. 초록색과 흰색의 대비.

당시 내 느낌을 정확히 설명하기란 쉽지 않다. 모든 것이 변하고 있었다. 대지가 움직이고 있었다. 여름 속으로 부풀어 오르고 있었다. 내 몸은, 나는 아직 높은 산 위에 살고 있었던 것이다. 이제 바다가 느껴졌다. 몸이 그 리듬에 맞춰 펄떡거렸다.

우리는 땅속에 함몰되어 있던 계단의 수직판들 중 하나에 기대 앉았다. 공연 공간에서 언덕 경사면 쪽으로 솟아오른 땅을 돌계단이 지탱하고 있었다. 그는 셔츠 위 단추들을 풀어헤치고 어깨에 스웨터를 두르고 있었다. 가슴 근처에서 매듭진 소맷부리가 호흡에 맞춰 들썩거렸다.

그날 밤 무슨 특별한 일이 있었던 것은 아니다. 우리는 오페라 얘기를 주고받았고 음향을 점검했다. 그는 보스턴에서의 일들을 들려주었다. 회를 거듭하면서 공연이 나아지기는 했는데, 막상 공연이 성공하자 마음이 초조해지더라고 했다. 그는 조금 더 나아가고 싶었고 조금 더 완성도 있는 공연을 원했다. 자기 일 생각에 완전히 빠져 있는 줄 알았는데 그가 갑자기 나에게 고개를 돌렸다.

"보고 싶었습니다."

그건 달랐다. 그 순간엔 달랐다. 아니 뭐, 우리가 서로에게 했던 다른 말들과 달리 들렸다는 뜻은 아니다. 일을 하면서 우린 친구가 됐다. 처음 그를 나샤위나에 데리고 왔을 때, 바닷가에서 물수제비를 떴을 때, 난 그가 쾌활한 사람이라고 생각했다. '하비스트'에서 자기 이야기를 했을 땐 용감한 사람이라고 생각했다. 하지만 그에게는 다정한 구석이 있었다. 그는 미묘한 감정의 흔들림을 잡아내는 데 익숙한 사람이었다. 훌륭한 연출가가 될 수 있는 자질이었다. 배우들과 작업을 할 때면 그런 면모가 드러났다. 나와 일을 할 때도 마찬가지였다. 나무들이 느릿하게 빛을 흡수하고 있었다.

나는 총살당하던 날 밤 사이먼의 얼굴에 새겨져 있던 엄숙한 표정을 생각하고 있었다. 뭔가 다른 것이 있었다. 나는 무언가를 잊고 있었다. 앤튼의 배신이 너무나 충격적이어서 내 머릿속에서 뭔가가 사라진 게 분명했다. 하지만 이제 기억이 되살아났다. 군인들에게 끌려 나가던 사이먼이 나를 향해 고개를 돌렸다. 그의 얼굴에는 순수한 사랑이 담겨 있었다.

"키라, 키프로스를 떠나. 나를 위해 그렇게 해. 떠나줘."

사이먼은 내가 살아야 한다는 말을 하고 싶었던 것일까.

정신이 번쩍 들었다. 몸이 곧추섰다.

그의 무릎이 기둥들처럼 일어섰다. 하늘엔 저녁 별들이 수놓아져 있었다. 그는 지휘를 하고 있지 않았다. 아무런 말도 하고 있지 않았다. 나뭇가지 하나를 집어 천천히 돌릴 뿐이었다.

나는 아직 아무런 말도 하고 싶지 않았다. 아직은 아니었다. 사이먼이 내가 살기를 원했다는 것이 너무 낯설었다.

나는 안드레아스를 바라보았다. 그리고 조용히 말했다.

"난 배신이 뭔지 알아요."

"그럼 우리 둘 다, 조심해야 한다는 것을 아는 셈이군요."

그리고 그것이 바로, 우리가 하지 못한 일이었다.

그날 밤 나는 잠을 이룰 수 없었다. 성당 생각이 났다. 얇은 피부 같은 벽, 안으로 스며들어오는 빛. 나는 시트에 집중했다. 바늘땀을 세어보고 실을 짜 맞췄다. 이 사람에겐 뭔가 다른 것이 있었다. 내가 내 삶에서 느껴보지 못한 자유 같은 것. 베개에서 돌아누웠다. 잠들고 싶었다.

아침이 밝자마자 나는 애나의 방에 갔다. 어렸을 땐 늘 이랬다. 언니 침대로 기어들어가는 것이 좋았다.

"무서워."

"뭐가?"

언니가 반쯤 자는 목소리로 돌아누우며 말했다.

"나도 모르겠어."

지금 생각해보니 예언 같다. 그땐 정말 몰랐으니까.

애써 기억을 되살려보고 있다. 그해 여름, 어떻게 벽이 둘러쳐진 정원 속으로 들어가게 되었는지. 나는 벽 너머에 뭐가 있는지 알지 못했다.

우리는 숲 정상에서 공터 하나를 발견했다. 평평한 땅이었다. 한쪽에는 작은 만이 다른 한쪽에는 바다가 보였다. 바위 턱 사이에 위치한 풀밭이었다. 우리는 담요를 깔고 옷을 벗었다. 벗은 옷은 뜨거운 바위 위에 널어두었다. 숲에선 야생 치자 꽃향기가 났다. 놀랍고 강렬한 향이었다. 처음 옷을 벗고 나체였을 때처럼. 우리는 눈을 씻으며 화가들처럼 서로를 바라보았다. 후크를 풀고 지퍼를 열고 옷을 벗었다. 서로의 몸이 닿아 움찔하는 순간을 기다렸다. 그러나 나는 생각했다. 그러나 나는 원했다. 그러나 당신은 약속했다. 육체의 발견. 아름다움. 몸짓, 바람, 벗은 몸, 우리가 서로를 할 퀼지도 모른다는 생각. 이것은 상처에 관한 또 다른 이야기가 될 것인가. 태양 빛 아래 아물어가는 흉터. 딱지를 없애기 위해, 뼈를 다시 부러뜨리기 위해, 입을 굳게 다문 실력 있는 외과의사. 이번 에는 제대로 맞춰보리라 결의를 다졌는가.

"누워요."

그의 목소리는 참을 수 없을 만큼 다정했다.

"가만있어요. 기다려요. 그냥 있어요."

우리가 상처에 대해, 우리 둘 다 알고 있던 무언가를 잊게 된 것 은 아마 야생 치자 꽃향기 때문이었을 것이다. 세상에 야생 치자나 무 같은 뭔가가 존재한다는 것을 발견했기 때문일 것이다.

그의 손이 나의 몸을 따라 움직였다. 어깨를 타고 가슴으로 내려 갔다. 배 위를 지나 계곡을 스치고 허벅지와 다리를 향해 갔다.

"숨을 쉬어요."

그가 말했다. 나는 숨을 참고 있었다. 숨을 쉬자 야생 치자 꽃향 기가 내 몸속으로 들어왔다. 그가 내 눈을 들여다보며 말했다.

"당신은 너무 아름다워요."

새의 날개가 태양을 가렸지만 나는 어두운 그림자를 보지 않았 다. 여름날의 공기는 무거웠다. 나는 앞을 볼 수 없었다.

그가 "지금이에요"라고 말했을 때 그것은 마치 꽃 같았다. 섬세하고 놀랍게 피어나는 야생화였다.

후에 우리는 바다로 들어갔다. 남서풍이 불어왔고 푸른 하늘이 끝도 없이 펼쳐져 있었다. 여름의 푸른색, 아름다운 푸른색, 천사 같은 푸른색, 푸르디푸른 푸른색. 물은 황금빛이 어우러진 청록색이었다.

돌아오는 길에 우리는 허클베리를 따먹었다. 열매에서 흘러내린 즙 때문에 이가 붉은보라 색으로 변했다. 우리는 돌아와 그것에 대해 이야기했다. 허클베리에 대해서.


나는 맹세를 어겼다. 다른 남자에게 나를 열었다. 실수였다.

애나는 그렇게 생각하지 않았다. 그 얘기를 들은 첫 번째 아침만이 아니라 모든 감각이 살아나던 그해 여름 내내 그랬다. 치자나무 같은 원예 식물 잎사귀가 갈색으로 시들지도 않고, 병들어가는 냄새도 풍기지 않고 야생에서 싱싱하게 자라는 것을 인정할 수 있다면, 이것 역시 일어날 수 있는 일이었다. 그때는 그것이 실수라고 생각하지 않았다.


공연이 끝난 어느 날 밤 우리는 결말 바꾸기 게임을 했다. 선택한 스토리가 다른 방향으로 흘러가 바뀔 만한 지점을 찾아내는 게 관건이었다. 안드레아스는 〈토스카〉를 선택했다. 그가 흥미진진한 얼굴로 말했다. 재밌고도 진지한 게임이었다.

"스카르피아의 부하인 스폴레타가 레지스탕스의 일원이라면 어땠을까요. 경찰 최고위 간부인 스카르피아에게 접근한 스파이지요. 스카르피아가 거짓 처형 명령 문서를 작성하면서 예전 팔미에리 백작 때처럼 될 거라고 하자 스폴레타는 팔미에리라는 이름을 기억해냅니다. 그 백작은 정말로 총살을 당했습니다. 경사에게 명령서를 전달하기 전, 스폴레타는 팔미에리의 이름을 지워버립니다. 스카르피아가 스폴레타에게 이해했냐고 묻습니다. 팔미에리에 대한 부분을 암시하는 거지요. 그는 완전히 이해했다고 대답합니다. 그러나 이번에 치러질 처형식은 정말로 가짜 처형식이 될 것입니다. 스폴레타는 스카르피아의 의도를 뒤집어 엎어버립니다. 카바라도시는 살고 스폴레타는 연인들과 함께 떠납니다. 예술과 사랑의 승리, 레지스탕스의 승리입니다."

내가 아는 오페라라곤 〈토스카〉밖에 없었다. 머릿속이 하얘졌다. 문득, 안드레아스가 처음 이곳에 온 날 암송했던 대사 생각이 났다. 〈햄릿〉에 나오는 왕의 대사였다. 나는 오필리아를 선택했다. 미치기 전 장면이었다. 오필리아는 햄릿과 같이 있고 그녀의 아버지와 클라우디우스가 그들을 염탐하고 있다. 학교에서 오필리아 역을 한 적이 있어, 그녀가 했던 거짓말을 기억하고 있었다. 햄릿이 "당신 아버지는 어디에 있나요?"라고 물었을 때 그녀가 진실을 말했다면 어떻게 됐을까? "집에 있어요"라는 거짓말 대신에, "바로 저기에 있어요"라며 폴로니우스와 클라우디우스가 숨어든 커튼을 가리켰다면. 그랬다면 오필리아와 햄릿은 함께 비텐베르크로 떠났을 것이다.

"브라보! 봐요, 언제나 길이 있는 법입니다."

난 아침마다 해변을 산책했다. 안드레아스 역시 종종 제시의 손을 잡고 나오곤 했다. 모래밭을 가로지르는 물줄기가 있었는데, 초여름이면 물이 넘쳐흘렀다. 제시가 그곳을 좋아했다. 제시는 정교하게 물길을 트고 해초들을 이어 붙여 도랑과 운하를 만들었다. 나는 모래를 떨어뜨려 성을 짓고 해초와 조가비로 벽을 장식하는 법을 가르쳤다. 어느 날인가는 상어 이빨을 주워왔기에 같이 앉아서 상어 이야기를 꾸며보았다. 간호사 상어였는데, 그는 피 냄새를 싫어하면서도 다른 상어들이 상처 입힌 사람들을 보살폈다.

"꾸며낸 이야기잖아요."

제시가 우리 얼굴을 쳐다보며 말했다.

"그래. 하지만 훌륭한 이야기지."

안드레아스가 말했다.


"어머니에 대해 듣고 싶어요."

어느 날 안드레아스가 말했다. 공사팀을 독려하면서 아침나절 내내 일에 매달려 있었는데, 날이 너무 더워서 점심시간을 앞당기고 인부들은 수영을 하러 몰려 나간 참이었다.

"어머니에겐 집시의 피가 흘렀어요. 아니, 그렇게 생각하고 싶어 했다는 편이 맞겠네요. 빈 생활에 좀체 적응을 못하셨거든요. 젊었을 때 로마에 갔었는데 그때 집시들이 어머니를 불러 세우더래요. 자기들과 같이 가자고, 어머닌 집시라면서요. 따라나서지는 않으셨고요. 할머니께 자초지종을 말씀드리면서 가능한 일이냐고 물으셨어요. 언제나 진실만을 말씀하셨던 할머닌 그럴 수도 있다고 대답하셨죠. 시시콜콜 다 얘기해주시는 분은 아니었지만, 물어보면 언제나 진실을 말씀해주셨대요. 어머닌 얌전한 아이가 아니었어요. 머리도 검은 편이었고 초록색 눈에다 피부는 올리브색이었는데, 이상한 일이었지요. 외가 쪽은 대부분 금발이었거든요."

"당신처럼 말이죠."

그가 말했다.

"하지만 당신 역시 얌전한 타입은 아닙니다."

"집시의 피가 흘러서인지도 모르죠. 나 역시도 나 자신을 야생화랄지 그런 것으로 생각하는 편이에요. 어머니처럼 말이에요. 나중에 할머니가 어머니를 입양했다고 얘기해주셨대요. 어머닌 여쭤볼 생각까진 안 하고 있었고요."


언니는 점심을 준비하고 있었다.

"그 사람하고 있으면 이상하게 자유로운 느낌이 들어. 다른 남자들과 있을 땐 한 번도 느껴보지 못한 감정이야."

애나가 조리대에 칼을 내려놓으며 나에게 고개를 돌렸다.

"어떤 식으로 말이야?"

애나는 행주에 손을 닦으며 자리에 앉았다.

"이상하지. 난 사이먼이 나를 알았다고 생각했어. 그런데 지금 생각해보면 그건 그냥 함께 있었던 거야. 그 사람은 내 곁에 있었고 우리는 함께였지. 안드레아스와 있으면 다른 느낌이 들어. 어느 날 교회에 갔었거든. 3막 세트 드로잉을 가지고. 그 사람이 그것들을 살핀 뒤 나를 쳐다봤는데, 그 사람 얼굴에 경외라고밖에 달리 뭐라 말할 수 없는 그런 표정이 담겨 있었어. 그저 도움이 되겠거니 정도로만 생각하다가 그 순간 나를 예술가로 보는 것 같았다고 할까. 건방진 소리처럼 들릴 수도 있는데, 그냥 그렇게밖에 설명을 못하겠어. 그 사람은 나를 나로 봐주었어. 그리고 지금은……."

나는 창밖을 내다보았다. 그 얘기를 할 수 있을지 확신이 서지 않았다. 사랑을 나누며 그가 나를 바라보았을 때의 기분. 여자가 된 것 같은 느낌. 너무 진부한 표현이었다.

"내 말 잘 들어."

흠칫했다. 내가 해야 할 일을 언니가 말해줄 필요는 없었다.

"맹세는, 그건 너와 사이먼이 함께한 것에 대한 애도의 의미였어. 하지만 이 도시에 대한 비전, 그건 네 거야."

마음이 뒷걸음질을 쳤다. 그러나 그 말은 사실이었다. 그것은 일종의 심리적 순사殉死*였다. 불속으로 나를 던지는 죽음이었다. 갑자기 빛이 너무 환하게 느껴졌다.

어머니는 말씀하시곤 했다. 감정의 소리에 귀를 기울여라. 감정은 거짓말을 하지 않는단다. 그 말이 진실이라고 생각했지만, 그러나 모든 일이 그렇게 간단하지만은 않았다.


안드레아스와 관계한 다음 날 아침이었다. 나는 애나의 침대 위에 앉아 다시 사랑에 빠지는 것은 바닷가에 모닥불을 피우는 것과 같다고 했다. 꺼졌다고 생각했는데 다시 타오르는 모닥불. 다만 이번에는 새로운 뭔가가 시작되는 듯 보인다는 것이 다를 뿐이었다.

"그럴 수도 있지."

언니가 먼 곳을 바라보며 말했다.

우린 남자와 사는 문제에 대해 애초 의견이 달랐다. 애나는 남자

---

* 죽은 남편의 시신과 함께 부인을 산 채로 매장하던 풍습.

에게 섹스는 감정적 친밀감을 대신하는 것이라 생각했다. 토니와
는, 만약 그와 섹스를 하지 않아도 둘의 관계가 더욱 친밀해질 수
있느냐 하는 것이 문제였다.

어리석은 질문이었다. 등 뒤로 손을 묶어버리는 것처럼.

섹스는 남자들과 가까워지는 길이었다. 애나는 회의적이었다.
나는 언니의 연애사를 알고 있었다. 내가 남자에게 원하는 뭔가가
늘 빠진 기분이었다. 더 강렬하고 더 완벽한 것. 애나는 나를 감상
주의자라고 했다. 내 생각은 달랐다.


애나는 제시와 노는 걸 좋아했다. 제시가 짜증을 부려도 당황하
지 않았다. 카드놀이를 가르쳤고 수수께끼 책을 사줬으며 '똑똑'
으로 시작되는 말장난을 쳤다. 저녁이면 에이브와도 많은 시간을
보냈다. 레드 와인 한 병을 들고 가서는 몇 시간이고 앉아 카드를
치며 얘기를 들어줬다. "나는 평범한 사람이라오. 도시로 올라온
시골 사업가." 아내 얘기를 물으니, 올림포스에서 여신을 하나 데
리고 왔다나. 애나의 이론이 증거를 획득하는 순간이었다. 남자들
은 자기가 사랑하는 여자를 우상화한다. 자기가 사랑하는 여자는
인간이 아니라고 생각한다. 그러다 문제가 생긴다. 얼마 안 있어
그녀가 인간임을 알게 되기 때문이다.

"언닌 학자가 됐어야 했어."

"그 학문은 육체 없이 마음을 점령해버려."

애나는 현장에서 심리치료 하는 걸 더 좋아했다. 그러나 그것 역
시 너무 인위적인 일이었다. 그러고 보면 우리는 여러 가지 면에서
같은 것을 찾고 있었다. 믿음을 줄 수 있는 진짜 무언가를.

정말 대단한 여름이었다. 마치 다른 시대의 계절 같았다. 과학자들은 지구 온난화와 오존층 구멍을 이야기했다. 지난해 8월에는 해안가에 비누거품이 보였었다. 세계의 세탁기들이 일제히 바다로 물을 흘려보내는 듯했다. 타피오카 씨 모양의 작은 해파리가 거품 사이를 떠다녔고 수영을 하다 보면 독침에 쏘였다. 너나 할 것 없이 단백질 분해 효소로 만든 육류 연화제를 사러 나갔다. 채식주의자들도 예외가 아니었다. 쏘인 부위에 흩뿌리면 독이 제거됐다. 하지만 올해는 물이 깨끗했다. 거품도 해파리도 나타나지 않았다. 8월은 뜨거운 날들을 몰아왔다. 우리는 수영을 하고 난 뒤 아직 차가운 몸으로 공터에서 사랑을 나누었다. 그러고 나서는 또다시 바다로 들어갔다. 오존층이 자가 회복을 하는 것처럼 지구가 치유된 것만 같았다.

7월 말이 되자 우리 생활에는 리듬이 생겼다. 아침 일찍 우리는 제시와 함께 해변으로 갔다. 어느 날 제시가 눈을 동그랗게 뜨고 내 눈을 똑바로 쳐다보며 물었다.

"우리와 같이 살 거예요?"

아이는 엄마를 원하고 있었다. 어쩌면 나를 원하는지도 모르겠다. 난 그런 것에 상관없이 우리가 늘 같이 놀 수 있을 거라고 대답했다. 난 그렇게 생각하고 있었으니까. 안드레아스는 아무 말도 하지 않았다. 그는 다음번에 착수할 새로운 프로젝트들을 실험중이었다. 그와 피터에게는 여러 가지 계획이 있었다. 안드레아스는 나를 제시의 삶 속으로 데리고 들어갔다. 아무 생각 없이 그럴 리가 없었다. 제시는 엄마를 잃었다. 다른 여자와 가까워졌는데 다시 떠난다면 너무 가혹한 일이었다.

우리는 여름에만 임시로 마련된 보육원에 제시를 데려다준 뒤 헤어졌다. 안드레아스는 집으로 돌아가 악보 연구를 했고 나는 건설 현장으로 갔다. 정오에는 수영을 했다. 가마우지가 네댓 마리씩 떼를 지어 위원회라도 되는 듯 바위 위에 앉아 있었다. 기술팀 몇몇이 작살로 물고기를 잡고 있었고 새들은 깜짝 놀란 표정으로 그들을 바라보고 있었다. 낮은 아직 길었다. 여름은 영원히 끝나지 않을 듯했다. 썰물 때면 물속이 들여다보였다. 얕은 곳은 초록색으로 보였다가 미묘하게 색조가 달라지며 푸른색으로 변했다.

오후가 되면 안드레아스는 단원들과 호흡을 맞추었다. 나는 앉아서 구경할 때가 많았다. 주말에 공연이 끝나고 나면, 우리는 극장으로 내려가 서로에게 의상을 골라주며 즉흥 연극 무대를 펼쳤다. 나는 그에게 자주색 드레스를 주었고 그는 나에게 왕관을 주었다. 그는 나의 왕궁에 들어와 프로젝트에 참여했다. 우리는 함께 길을 찾을 수 있었다. 앞에 길이 놓여 있었고 우리는 그 길을 택했다. 희망으로 가득 찬 여름이었다.

8월 초가 되자 그가 며칠 동안 섬을 떠났다. 그다음 일주일 동안은 내가 섬에 없었다. 그때를 제외하고 우린 늘 함께였다. 밤이면 귀뚜라미가 시끄럽게 울어댔다. 우리는 오두막에서 잠을 잤다. 오랫동안 사랑을 나눈 몸은 시트 위에 늘어져 있었다. 우리는 미래를 얘기했다.

달리 어떻게 말을 해야 할지 모르겠다. 무슨 일이 벌어졌는지 이야기하는 수밖에.

프랑스어로 조수는 '마레'이다. 그러나 프랑스 사람들은 그냥 바다라는 단어를 사용한다. '바다가 오른다.' '바다가 내려간다.' 우리 몸은 바다와 같다. 우리의 세포는 짠 바다 속에 담겨 있다. 어쩌면 프랑스 사람들이 맞을지도 모른다. 중력이나 달에 대해선 얘기할 필요가 없다. 그냥 바다면 된다. 들어왔다 나가는 바다.

그가 떠났다.

그때는 실감하지 못했다. 무엇이 진실이고 무엇이 거짓인지. 우리가 지어낸 그 이야기들처럼. 무슨 일이 있었던 것일까? 무슨 일이 일어났다고 상상해버린 것일까? 무슨 일이 일어나기를 바랐던 것일까? 애나는 도와주려고 했다. 최선을 다했다. 내가 언니에게 지운 행동에 대해선 죄스런 마음뿐이다. 하지만 말을 할 수 없었다. 나 자신에게조차도 안 되는 일이었다. 내가 택한 방식에 언니를 끌어들인 게 더 괴로웠다. 언니는 자신이 무슨 일을 하는지 몰랐다. 그러나 그때는, 마지막 순간까지도, 나 스스로 무슨 짓을 하려는지 알지 못했다. 무슨 생각을 했던 건지도 모르겠다.

안드레아스가 떠날 거라는 얘기는 피터한테 들었다. 거절할 수 없는 제안을 받았다고 했다. 유럽이라고 했다. 무슨 생각을 해야 하는지 알 수 없었다. 뭘 어떻게 해야 하는 거지? 무슨 말을 어떻게 해야 하는 거지? 잘됐네요? 정말 축하해요? 뭐라고요?

피터는 안드레아스가 부다페스트로 돌아가 자기 극단을 시작할 거라고 했다.

오페라를 들었어야 했다. 그가 좋아하는 오페라들은 모두 참혹하게 끝났다. 나는 이야기와 음악이라는 최면, 그 사람이라는 최면에 걸려 있었다. 하지만 듣지 않았다. 나는 마치 즉흥 무대를 펼치 듯, 우리가 그렇게 길을 찾을 수 있을 거라 믿었다.

결국 다투었다. 우리는 소나무 아래 서 있었다. 새벽녘에 드러난 벌거벗고 뭉툭한 솔방울들이 이상해 보였다. 산책을 하다 보니 그의 오두막 근처까지 와 있었다. 그는 공터 한가운데 혼자 서 있었다.

내가 부르는 소리를 듣고 그가 고개를 돌렸다.

"〈펠레아스와 멜리장드〉를 생각하고 있었습니다. 이곳에 아주 완벽하게 어울릴 것 같습니다. 숲이 배경이거든요."

"떠난다고 들었어요. 피터한테."

그의 입술이 창백해졌다.

"아직 확실한 건 아니에요."

"왜 나에게 말 안 했나요? 내가 모를 거라고 생각했어요?"

그는 마치 딴사람처럼, 아무런 대답도 하지 않았다. 입을 다물었다. 그는 내 얼굴에 인 분노를 읽었다.

나는 자리를 떴다. 보트를 탔다. 토니와 함께 무슨 묘목인가를 얻기 위해 비니어드로 갔다. 내가 무엇을 하고 있는지 나도 몰랐다.

그날 밤 안드레아스가 왔다. 애나는 집에 없었다. 그는 얘기를 하고 싶다고 했다. 나에게 어떻게 말을 해야 좋을지 몰랐다고 했다. 어떻게 된 일인지 설명하고 싶다고 했다.

나는 그의 얼굴을 바라보았다. 모르는 사람 같았다. 그가 입을 열었다. 그의 이야기는 설득력 있게 들렸다. 그걸 계속 들으면 내가 길을 잃을 것 같았다. 어떤 진실이 있긴 했다. 그러나 그가 하는 말은 말이 안 됐다.

밖은 추웠다. 서쪽 하늘에 빛나던 샛별이 창문을 넘어 손짓해왔다. 갑자기 집에 사람이 들끓는 것 같았다.

"계획이 뭔가요."

꼭 아버지 같은 말투였다. 아버진 늘 그렇게 물으셨다.

나는 재킷을 집어 들고 밖으로 나갔다.

그가 뒤따라 나왔다.

"당신에게 말을 할 수가 없었습니다. 화를 낼걸 알고 있었으니까요. 난 떠나고 싶지 않습니다. 그걸 알아줬으면 좋겠어요. 나는 이 일을 해야만 합니다. 당신에게 말을 했었지요? 아이리나와 나는 극단을 세웠었습니다. 강제 폐쇄되었지요. 그녀가 반체제 단체에 가입한 것은 내게 극단을 돌려주고 싶어서였습니다. 내가 내 일을 할 수 있게 말입니다. 극단은 내 꿈입니다. 당신도 그걸 알지 않습니까."

그는 마른 땅 위로 발을 툭툭 찼다. 흙먼지가 날렸다.

어떻게 나에게 말을 하지 않을 수가 있나요?

어떻게 당신에게 말을 하란 말입니까?

내가 모를 거라고 생각했나요?

뭔가가 잘못되었다. 우리 사이엔 아무런 교감이 오가지 않았다. 두려웠다. 나는 다시 시작하려 했다. 리듬을 찾으려고 했다. 심장에 전기 쇼크를 주는 것처럼, 다시 맥박을 살려보려고 했다.

나는 화가 났다. 그건 분명했다.

"난…… 난 당신이…… 당신은 나를 알고 있으니까, 우리 사이에 있었던 일을 아니까, 당신이……."

"내가 뭐요?"

옳은 태도가 아니었다. 하지만 멈출 수가 없었다. 분노의 강물이 치솟아 물마루를 만들며 강둑으로 넘쳐흘렀다.

"나는…… 난 당신과 얘기를 하려고 노력중입니다. 피터가 얘기를 할 줄은 몰랐습니다. 내가 직접 말하고 싶었어요. 당신이 이해해줄 만한 문제라 생각했습니다. 하지만 헛수고입니다. 만약 당신이……."

헛수고.

우리는 평평한 바위가 있는 길 한쪽에 와 있었다. 그가 자리에 앉았다.

"계속 이런 식으로 이야기를 하는 건 의미가 없습니다. 모든 걸 엎어버리고 싶은 겁니까? 내가 어떻게 하길 바라는 겁니까? 내 꿈을 포기하라고요? 나는 당신에게 그런 요구를 하지 않을 겁니다. 나는 당신을 이해할 겁니다."

"문제는 그게 아니에요."

하지만 뭐가 문제였을까? 갑자기 모든 희망이 사라져버렸다.

"원하는 게 뭡니까?"

그 역시 화가 난 목소리였다.

함정에 빠져드는 기분이었다. 내가 원하는 것이 뭘까? 내가 원하는 것이 무슨 소용이 있나? 심장이 요동치고 있었다. 내가 할 수 있는 말은 더 이상 아무것도 없었다. 코델리아 생각이 났다. 아버지 리어왕이 자기를 얼마나 사랑하느냐고 물었을 때 그녀는 아무런 대답도 하지 않았다.

"아무것도 없어요."

그 역시 아무런 말이 없었다.

발아래 땅이 흔들리는 것 같았다. 나는 미친 듯이 흥분했다.

"왜냐하면…… 만약…… 만약 내가…… 만약 이 상황이 당신에게 조금이라도 의미가 있다면……."

"당신이 내게 어떤 의미인지 잘 알지 않습니까."

그러나 그의 말은 더 이상 진심이 아니었다. 더 이상 진심이 아닌 것처럼 들렸다. 우리 사이의 리듬은 사라졌다. 대화는 상황을 더욱 악화시킬 뿐이었다. 그는 떠날 것이다. 그는 나에게 말하지 않았다. 그는 나에게 말하고 싶어 하지 않았다. 내가 화를 낼 것이기 때문에? 그게 이유인가?

"당신이 마치 이방인 같아요."

한때 그는 이방인이었다. 그러곤 이방인 아닌 사람이 되었다. 친밀한 사람, 나의 연인, 남편보다 가까운 사람. 그리고 내게 왔다. 그곳으로. 우리가 서로를 위해 만들어놓은 공간. 야생 치자나무가 자라는 공터의 꼭대기. 작고 섬세한 꽃송이들, 너무 얇아서 안이 들여다보일 듯한 하얀 꽃잎, 연분홍 꽃술. 암술과 수술이 있는 그 부분은 뭐라고 부르지? 그는 말했었다. 나와 함께 누워요. 팔과 다리를 휘감으며, 우리의 몸이……. 나는 눕지 않을 것이다.

"떠날 생각이면 떠나요."

나는 표연히 발걸음을 돌리고 집으로 향했다.

8월에는 여름이 끝났음을 알게 되는 하루가 있다. 그날은 매년 찾아온다. 물빛이 검어지고 흐릿해진다. 해류의 움직임이 변하고 바람의 방향이 바뀐다. 곧 가을이 올 것이다. 그 삶 속으로, 그 구조 속으로, 그 질서 속으로 돌아갈 수 있다면. 나는 가로막혔다. 차단당했다. 멈춰 섰다. 경계선을 잃어버렸다. 모든 것의 한복판에 그가 들어와 있었다. 그리고 그는 떠날 것이다. 전부$^{whole}$였던 곳에 구멍$^{hole}$만이 남았다. 의존의 반대는 독립. 이것은 새로운 세계였다.

애나는 에이브와 카드를 치고 있었다. 집으로 들어온 안드레아스는 뚜벅뚜벅 방으로 들어갔다. 애나와 에이브가 안부를 묻자 그는 마테를링크의 희곡을 읽어야 한다고 대답했다. 『펠레아스와 멜리장드』는 드뷔시가 작곡한 동명 오페라의 원작이었다. 가슴이 철렁했다. 어디서 그런 집중력이 생겨난 것일까? 어쩌면 나를 떠나는 일이 그에게는 아무런 문제가 아닐지도 몰랐다.

무더웠던 8월의 어느 날, 안드레아스가 싸늘하고 조용하고 먼지 날리는 하버드 대학 중앙도서관 서가에서 마테를링크의 희곡집을 발견했던 그때, 나는 그와 함께 있었다. 그가 나를 만나러 케임브리지로 왔다. 내가 섬을 비웠던 그 주의 주말이었다. 내 편에서 그에게 엽서를 보냈었다. "나는 C메이저로 살아 있고 건강하고 잘 지내요." 엽서 뒤쪽은 하얀 돛이 달린 보트 사진이었다. 결말을 바꾸는 게임이 생각나 "사랑을 보내며, 이졸데"*라고 적었다. 다음 날 그가 왔다.

---

* 『트리스탄과 이졸데』는 콘월의 기사인 트리스탄과 아일랜드 공주인 이졸데의 사랑을 다룬 중세 유럽의 로망스이다. '사랑의 묘약'을 마신 이들은 영원한 사랑에 빠지지만 결국 비극적 죽음을 맞이한다. 이 작품은 후세의 예술가들에게 많은 영감을 주었는데 특히 바그너의 동명 오페라가 유명하다.

그날 밤은 아주 더웠다. 내 아파트에서, 우리는 희곡을 읽었다. 그는 보스턴에 머무를 계획이었다. 겨울에 피터의 극장에서 〈펠레아스와 멜리장드〉를 올릴 예정이었고, 내년 여름엔 나샤위나로 옮겨갈 생각이었다. 그와 피터는 오페라 주기를 계획하고 있었다. 그는 섬을 떠나기 전에 가수들과 대본을 읽어보고 싶어 했다. 그의 주위로 등불이 노란색 원을 드리웠다. 그는 페이지를 넘기며 큰 소리로 희곡을 읽어나갔다.

아르켈 왕의 손자이자, 홀아비인 골로는 숲속에서 사냥을 하다 멜리장드를 만난다. 그녀는 우물 속으로 빠져버린 왕관을 찾을 수 없어 흐느끼고 있다. 그는 그녀를 침울한 성으로 데려가 아내로 삼는다. 그러나 멜리장드는 너무 어리다. 성에 살고 있던 골로의 이복형제 펠레아스 또래다. 펠레아스와 멜리장드는 서로에게 끌린다. 어느 날 둘이 샘터에 앉아 놀고 있었는데, 멜리장드가 그만 결혼반지를 물속에 빠뜨리고 만다. 골로가 반지의 행방을 묻자 그녀는 거짓말로 둘러댄다. 골로는 의심을 품게 되고, 펠레아스와 함께 있는 아내를 주시하며, 어린애처럼 장난치며 즐기는 그들의 모습을 바라본다. 그는 어린 아들 이뇰드를 멜리장드의 창가로 안아 올려 그 둘을 감시하게 하지만, 이뇰드는 그들이 서로 떨어져 선 채로 말없이 불빛만 응시하고 있다고 말한다. 그러던 어느 날 골로는 샘터에서 그들이 포옹하고 있는 것을 발견한다. 그는 칼을 빼들어 펠레아스를 죽인다. 멜리장드는 겁을 집어먹고 도망친다.

안드레아스가 고개를 들었다. 문제 지점에 도달한 것이다. 그는 그 지점을 기다리고 있었다. 마지막 장에서 멜리장드는 산통 속에 죽어가고 있다. 골로는 그녀를 괴롭힌다. 그는 그녀와 펠레아스의 관계에 대해 알아야만 한다. 너희들의 사랑은 죄를 품은 사랑이었는가. 눈먼 늙은 왕이 말한다. 그 여자를 혼자 두어라. 그냥 두어라. 그 여자는 죽어가고 있다.

안드레아스의 얼굴에 눈물이 흘러내렸다. 그는 자리에서 일어나 책을 덮었다.

안드레아스와 내가 다툰 그날 밤, 애나가 부엌 식탁에 에이브와 앉아 있을 때, 안드레아스는 갑자기 방에서 나와 전화기를 집어 들었다. 그러곤 브리티시 항공에 전화를 걸어 비행기 표를 예약했다. 언니가 무슨 말이든 해보려고 했지만 허사였다. 그는 "이 문제에선 빠지시는 게 좋습니다"라고 했다.

그뒤, 애나와 나는 조목조목 이야기를 나누었다. 논쟁이 이어졌고 피곤한 설명이 계속됐다. 그의 행동을 뭐라 말할 수 있을 것인가. 관계의 형이상학을 반복해 되짚어보았지만, 무슨 말을 해도 어떤 명분을 붙여도 결국 아무 소용이 없었다. 넌더리가 났다. 물리적 현상은, 현실은 너무나 분명했다. 그는 떠났다. 그는 나에게 직접, 말하지 않았다.

"그 사람은 너를 사랑해."

나는 그 말을 믿지 않았다. 믿고 싶었다. 어쩌면 사실인지도 몰랐다. 결국 떠나야만 했던 건지도. 그는 약속을 지켜야 한다고 했다. 하지만 문제는 그게 아니었다. 그는 나에게 말하려 했다지만 현실적인 대안은 아무것도 없었다. 피터가 후원금을 모으지 못했기 때문에 보스턴 계획은 수포로 돌아간 상태였다. 말, 그것은 말일 뿐이었다.

애나와 나는 매스 애버뉴를 걸어 내려가고 있었다. 나샤위나에 있기가 힘들어 며칠 떠나 있어야 했다. 이제 다시 돌아갈 시간이었다. 건축업자들이 내가 돌아오기를 기다리고 있었다.

우리는 말없이 '오 봉 팽'으로 향했다. 둘 다 싫어하는 곳이었지만 적어도 앉을 수 있었다. 앞서 나눈 대화 탓에 머리가 지끈거렸다.

애나가 걱정이 가득한 얼굴로 말했다.

"이리로 와. 여기 앉아. 뭐 마실래?"

"언니는 뭐 마실 건데?"

말이 끝나기도 전부터 머릿속이 어지러웠다. 난 뭘 원하지? 뭘 가지고 싶어 하는 거지? 무슨 생각을 하는 거지? 어떤 기분이지? 온몸이 마비된 듯한 기분이었다. 그것만이 해결책이었다. 마비. 책에서, 충격 때문에 감각을 잃는 사람들이 종종 있다는 내용을 읽은 적이 있다. 나 스스로 아무것도 느끼지 못하게 할 것이다. 감정 따윈 냉동고 속에 넣어버려. 몸이 떨렸다.

애나가 컵 두 잔과 크루아상 두 개가 보이는 빨간색 쟁반을 들고 돌아왔다. 오렌지 주스 마실래? 시금치 파이 먹을래?

애나는 기다렸다.

"괜찮아. 고마워. 정말 괜찮아."

"내 말 알아듣고 있는 거야?"

글쎄, 확신이 서지 않았다.

"난 그 사람이 너를 떠났다고 생각하지 않아. 그 사람은 단지 떠난 거야. 너에 대한 감정은 진심이라고 생각해."

진심. 진실. 실패. 실패 풀기. 나는 실을 풀고 있었다. 이곳에서, 당신과 함께. 그러나 안 된다. 현실은 단단하게 매듭지어져 있다. 이곳에선 안 된다. 난 상상력이 부족한 인간이다. 나는 콘크리트를 가지고 일하는 사람이다. 구체적인 것이 필요하다. 그게 나였다. 그래서 건축가가 됐다. 우리는 남편과 아내처럼 살았다. 난 그렇게 생각했다. 그러나 그가 말했다. 그는 손님이었을까. 단기 체류객이었을까. 지나가는 로맨스였을까. 달콤 쌉싸래한 가을의 오렌지 베리. 가을, 가을 다음은 겨울. 배신자. 배신은 생각을 날카롭게 한다. 생각을 집중하게 한다. 나는 크루아상 하나를 집어 한입 베어 물었다. 지나치게 구운 감이 있었다. 겉이 탔다. 상관하지 않기로 했다. 시작. 파이를 물었다. 뜨거웠다. 놀라울 정도로 맛있었다.

# 4

나는 애나와 함께 나샤위나에 머물렀다. 늦가을의 섬은 고요했다. 초록색과 푸른색은 갈색과 빨간색에게 자리를 양보했다. 습지대 건너편에선 크랜베리 늪지를 발견했다. 공사 규모는 서서히 축소되고 있었다. 프로젝트의 첫 번째 단계는 완성된 상태였다. 피륙의 구조가 윤곽을 드러냈고, 날실과 씨실이 외관과 기능, 열린 공간과 닫힌 공간의 범위를 조절하고 있었다. 남쪽 울타리 땅들은 분위기가 옹기종기했다. 나직이 내려앉은 태양이 온기를 더해줬다. 몇몇 기반 시설들도 이미 들어와 있었다. 실질적인 문제들이 속속 발생했다. 섬마을이 주거 공간에 대해 다른 방식으로 예를 제시하려 한다면 이건 단지 시작에 불과했다. 넘나들 수 있는 경계, 통기성을 갖춘 재료, 풍경과 빛과 공간의 삼투성. 이것들은 공과 사를 비롯한 예술과 산업에 대한 관습들을 변화시키고, 우리를 둘러싼 경계와 범주를 이동시키며 갖가지 활동들이 자유롭게 교류할 수 있기를 바라는 마음으로 디자인했다. 몇몇 예술가들은 여름이 끝나갈 무렵 이미 들어와 있었다. 곧이어 어부들도 도착할 예정이었다. 실험은 가도를 달리고 있었다.

편지는 9월 말에 날아왔다. 안드레아스는 편지를 쓰겠다고 했었다. 에마뉘엘 산투스가 커티헝크 우체국에서 우편물들을 가져다줬다. 헝가리 소인이 찍힌 길고 하얀 봉투를 봤던지, 우편물을 건넨 다음에도 한참을 우물쭈물하다가 "괜찮으세요?" 했다. 그는 관리인이었다. 돌보는 사람.

나는 얇은 봉투를 들고 내 방으로 들어가 문을 닫았다. 잠시 그대로 서 있었다. 심장이 두근거리고 손발이 떨렸다. 뭐라고 썼을까? 나는 침대 위에 앉아 베개에 등을 기댔다. 한 장짜리 편지에는 앞뒤로 글자가 씌어 있었다. 숨을 쉬어. 나 자신에게 말해보았지만 별 도움은 되지 않았다.


키라, 키라, 키라, 키라.

이렇게 당신 이름을 되뇌어보니 알겠습니다. 당신 이름이 음악인 줄을, 당신 이름이 미사의 시작인 줄을. 내가 아직 신을 믿고 있었다면 미사야말로 지금 나에게 필요한 것이었을 테지요.

첫 단락을 쓰고 벌써 한 시간이 지났습니다. 나는 브람스를 들으며 앉아 있습니다. 당신이 좋아했던 6중창곡입니다. 나는 당신을 봅니다. 당신 손길이 닿았던 물건들, 당신이 읽었던 책들, 우리가 듣던 음악들. 당신은 이곳에만 있는 것이 아니라 어디에나 존재합니다. 해변 산책길에 갑자기 나를 보던 당신의 웃는 얼굴. 보트에 앉은 당신의 뒷모습. 햇빛에 반짝이는 당신 머리카락. 나를 만나려 길을 재촉하는 당신의 우아한 발걸음. 나는 그렇습니다.

당신과 떨어져 있는 동안 나는, 정착하지 못하고 부유하는 관계는 우리 사이에 불가능하다는 것을 깨닫게 되었습니다. 그것이 얼마나 명확한 진실인지 알게 되었습니다. 우리 둘 다 수도 없이 그리 말했었지요. 그것은 비켜갈 수 없는 진실입니다. 아무리 멀리서 바라보아도 달라지는 것은 없습니다. 나의 모든 환상과 걱정과 우려는 결혼이라는 문제에 집중되어 있습니다. 그리고 현재의 나에게 결혼은 너무도 멀고 비현실적인 문제입니다.

우리가 나누었던 어느 고통스러웠던 대화에서 난 이별과 재회의 가능성에 대해 무슨 말인가를 한 적이 있습니다. 당신은 재회는 있을 수 없다고 했지요. 우리는 관계를 맺고 있고, 우리의 만남은 언제나 그 맥락 속에서만 가능할 것이라고요. 내가 제대로 말을 하고 있는지 모르겠습니다. 그러나 부디 미친 내 마음을 이해하고 불완전하나마 이 맥락들을 당신 마음속에서 이어붙여주기 바랍니다. 나는 그것을, 내가 하고자 했던 말을 열심히 생각했습니다. 나는 같은 관계의 맥락, 그러나 내 머릿속에 그린, 새롭게 짜일 맥락 속에서 만날 가능성을 얘기한 듯합니다. 나는 지금 이 모든 것들을 아주 이해하기 어렵게 말하고 있습니다. 편지를 찢어버리고 다시 시작해야겠습니다만 그래도 결과는 역시 마찬가지일 것입니다.

해야 할 말을 하겠습니다. 나는 어떤 맥락에서 당신을 볼 수 있을지 모르겠습니다. 부유는 불가능합니다. 당신을 향한 나의 마음은, 영원불변만 아니라면, 어떤 조건으로라도 당신의 사랑을 받아들일 수 있는 지점을 지나 있습니다. 그러나 나는 그것을 영원불변하게 받아들일 수 있는 지점에는 도달하지 못했습니다. 나는 이 문제를 혼자 해결해야 합니다. 해결할 수 없을지도 모릅니다. 우리는 만나지 말아야 할 것 같습니다. 나는 당신이 나 없이도 당신의 세계를 건설할 수 있으리라 믿습니다.

내가 지금껏 존재한다고 믿었던 사랑의 방식들 너머의 방식으로 당신을 사랑합니다. 당신의 세계가 아름다움과 기쁨으로 가득하기를 원합니다. 당신을 끔찍하게 열망합니다. 이 세상 전체가 견딜 수 없는 곳으로 변하는 밤입니다. 달리 어떻게 말을 해야 할지 모르겠습니다. 키라, 내 사랑. 나의 아름답고 다정한 사랑. a

헛소리. 나는 당신을 사랑한다. 우리는 만날 수 없다. 나는 편지를 읽고 또 읽었다. 결과는 같았다. 나는 여전히 아무것도 이해할 수 없었다. 나는 당신을 끔찍하게 열망한다. 당신은 나 없이 당신의 세계를 건설해야 한다. 현기증이 일고 세상이 뒤집어졌다. 나는 자제력을 상실하고 편지를 갈기갈기 찢었다. 그러나 이미 그 편지는 내 심장에 박혀 있었다.

나는 펠리시아와 피터를 멀리했다. 그들이 나를 멀리한 것이라 생각한다. 10월에 생리가 시작되었을 때 혈흔은 지워지지 않을 것처럼 보였다. 그러곤 모든 것이 끝났다. 사이먼이 되돌아왔다. 나는 저널에 발표할 논문을 썼고 봄 학기 추천도서 목록을 작성하며 강의 준비를 했다.

뉴 베드포드에서 온 젊은 어부가 공동체를 조직했다. 그들은 바다와 좀 더 지속 가능한 관계를 맺으려는 사람들이었다. 리처드 리빙스턴이 그들을 만나, 나샤위나로 들어와 새로운 도시의 일원이 되어주지 않겠냐고 물었다. 이주 비용은 그가 댈 터였고, 그들이 원하는 어업 활동을 후원해줄 인맥도 약속했다. 가족들이 있었으니 쉬운 문제가 아니었지만, 젊은 이상주의자들은 기꺼이 도전해보겠노라고 대답했다. 게다가 후원자 문제 역시 무시할 게 못 됐다.

우리는 마을에 상업과 예술이 공존하기를 원했다. 섬이라는 환경에 비추어볼 때 어업은 나무랄 데 없는 분야였다. 비니어드에 가리비 공장을 세우려던 왕파노아그 족이 난관에 부딪혀 있었다. 나는 그들에게 나샤위나를 고려해보라고 권고했다. 예술가들을 위해선 넓고 조용한 스튜디오가 마련되어 있었다. 수업 방식이 특이한 몬테소리 선생님 한 분이 학교를 세우겠다면서 찾아왔다. 관리인 가족을 커뮤니티에 흡수시키는 것은 어렵지 않았다. 정도의 차이는 있었지만 어부들에겐 포르투갈 인의 피가 흘렀기 때문이다. 에마뉴엘과 그레이스는 사람들에게 텃밭에서 딴 케일을 나눠줬다. 포르투갈 식 단 빵과 함께 내는 케일 수프는 일요일 밤 회의에 빠질 수 없는 별미였다. 회의는 모든 사람들의 심장-마음이 편안해질 때까지 계속됐다.

그랜트는 해군 출신이었다. 요동치는 배 위에서 균형 잡는 법을 배웠다. 나는 그를 따라다녔다. 일상은 반복됐고 그는 상세도에 집중했다. 덕분에 마음이 한결 진정됐다.

"점심은 커티헝크에 가서 하죠."

어느 날 그가 말했다. 나에게 기분전환이 필요하다는 걸 알아챈 모양이었다.

"부두 근처에 있는 맨디네 어때요?"

이맘때쯤 유일하게 문을 여는 식당이었다. 맨디는 훌륭한 요리사였다. 우리는 그랜트의 보트를 타고 운하를 가로질렀다. 그의 눈먼 검은색 '랩'이 우리와 함께 타고 있었다. 그는 한 번도 안드레아스에 대해 묻지 않았다. 나 역시 아무 말도 하지 않았다. 하지만 그는 알고 있었다.

나는 뱃멀미를 하지 않게 되었다고 생각했다. 그런데 추수감사절이 지난 일요일 밤사이 눈이 내렸다. 나는 떠나야 한다는 걸 깨달았다.

다음 날 아침 노숀에서 작은 페리를 탔다. 보트는 거기 남겨두고 우즈 홀에 보관해두었던 차를 찾았다. 저 멀리 길게 뻗은 회색 도로의 평행선이 서로 만나고 있었다. 배에 탄 콜럼버스는 경계 너머로 가고 싶었던 것일까? 추락의 순간을 상상했을까? 배는 흔들리고 바람을 머금은 돛은 부풀어오르고 자기와 선원들은 천천히 암흑 속으로 가라앉는 순간. 젖은 회색 길옆으론 하얀 들판이 경계를 이루고 있었다. 흑갈색 나무들이 나의 행로를 감시했다. 학교 선도부원들의 표정은 사뭇 엄했다. 다른 아이들이 규칙을 지키게 하느라 일찍 나이가 들었다. 나는 길 한복판에 누워 있는 스컹크의 시체를 피하기 위해 운전대를 틀었다. 회백색 눈과 하늘을 배경으로 툭 던져진 빳빳하게 굳은 검은 덩어리. 나는 숨을 들이마셨다. 그리고 천천히 내쉬었다. 이 세계의 형상들. 길, 스컹크, 나무, 아침. 차에서 짐승의 젖은 털 냄새가 났다. 월요일이었다.

애나에겐 메모를 남겼다. "교무회의가 있어서 케임브리지에 가." 무심한 내용인 듯 보였지만 언니가 걱정하리라는 걸 알고 있었다. 왜? 회의는 무슨 회의? 휴가 아니야? 대학은 돈과 명예를 중시한다. 내가 맡고 있는 디자인 스튜디오는 봄 학기까진 문을 닫았다. 하지만 내가 필요한 일이 있었다. 조교가 전화를 걸어와 특별 회의에 참석해주었으면 한다는 학과장의 말을 전했다. 교무처장도 참석할 예정이었고, 조교 말로는 대단히 중요한 일이라고 했다.

나는 본 브리지를 건넜다. 투신 충동에 시달리는 영혼들에게 도움을 드린다는 사마리아인 협회의 표지판을 지났다. 인간들이 할 수 있는 일을 보라. 다리를 건너자 눈발이 거세졌다. 깊어지는 숲이 마음을 유혹했다. 희미해졌다 다시 나타나는 길. 곧장 달리면 제 시간에 도착해 커피를 마실 수 있을 것이다. 회의는 지루한 오아시스가 되겠지.

이언이 테이블 머리에 앉아 있었다. 도시 디자인 학과의 학과장이었는데, 본인의 형식주의에 딱 어울리는 허울뿐인 자리였다. 그는 어느 부족의 족장이라도 되는 듯 사람들과 일정 거리를 유지했다. 줄자라도 삼켰는지 그 간격이 언제나 일정했다. 상대가 자기 기준에 비추어 1인치라도 가까이 오면 그는 위치를 조정했다. 그 정확성에 반해 일부러 앞으로 쑥 다가가본 적도 있었다.

언젠가는 내게 기니의 요루바 족 얘기를 들려주었다. 아무도 배겨낼 도리가 없었던 누군가가 고용돼, 학과가 위기에 봉착한 시기였다. 그는 또 다른 누군가를 밀어내기 위해 선택된 인물이었고, 과거 모든 전례를 뛰어넘는 사람이었다. 그는 주겠다는 약속을 해놓고 되레 모든 것을 앗아갔다. 돈과 모든 이들의 인내심, 그리고 시간. 우리는 노스웨스턴 대학이 이 사람을 교무처장으로 선택하길 손꼽아 고대했다. 그를 높이 평가하는 추천서가 작성됐고 확인

171

전화가 걸려왔다. 우리는 숨을 죽였다. 이언은 요루바 족은 자기 부족의 왕을 제거하고 싶을 때면, 앵무새 알을 담은 사발을 가져간 다고 했다. 일단 이 선물을 받으면 그는 자신의 죽음을 알게 되는 것이다.

내가 도착했을 때 회의는 이미 시작했다. 낸시가 빨간색 정장을 입고 참석한 덕분에, 회의실 색깔은 단조롭지 않았다. 그녀가 바로 커리큘럼 검토 책임을 맡은 새로운 교무처장이었다. 교육의 질적 향상에 대한 안목을 가지고 학부 일에 노력을 기울이는 것으로 알려진 인물이었다. 내가 들어가자 일제히 이목이 쏠렸다. 이언이 환영의 눈빛을 보내왔다. 그의 오른쪽 빈 의자에 앉았더니 그가 의자를 1인치 움직였다.

상아로 만든 산가지처럼 허연 얼굴에 머리칼이 붉은 더그가 새 커리큘럼을 소개하고 있었다. 그는 새로운 프로그램을 만드는 일에 앞장섰다. 차기 학과장을 노리는 인물이었다. 그 옆으로 에릭이 앉아 있었고 구석자리에는 크랙이 보였다. 내야는 준비가 됐다. 아웃된 사람은 아무도 없었다. 그때까진 그랬다.

나는 낸시에게 고개를 돌렸다. 낸시는 경기를 치르고 싶어 할까? 회의실 분위기는 지루해 보였다. 더그의 단조로운 목소리가 벌처럼 윙윙거렸다.

말이 새 커리큘럼이지 새로울 것이 전혀 없는 프로그램이었다. 성공할 기미가 안 보였다. 나는 낸시의 눈을 보았다.

그녀 역시 나를 힐끗 보았다. 우아한 쇼트커트. 나는 얼굴로 흘러내린 머리를 추슬렀다. 머리를 자를 때가 됐는지도 몰랐다. 비탄에 잠긴 미망인처럼. 쓸데없는 생각을 하고 있었다.

"잠깐만요."

낸시가 말했다.

"여러분이 까다로운 후원자에게 후원금을 받을 수 있었던 건, 커리큘럼 안에 제대로 된 방식으로 문화를 통합한다는 약속을 했기 때문이라고 알고 있습니다."

서툴지만 정확한 지적이었다.

"새 프로그램을 시작하기에 앞서 우선 평가방법부터 찾아야 합니다."

크랙이 말했다. 리서치의 일인자, 통계학의 대가. 평가는 그의 주종목이었다. 그러나 뭘 평가한다는 말인가.

나는 그를 보았다. 경기는 둘이서도 할 수 있다.

"제가 한동안 자리를 비운 건 사실이지만 도대체 무슨 말을 하는지 모르겠군요. 처장님 의견에 동의합니다. 지금 프로그램엔 전혀 새로울 것이 없어요."

내 목소리는 조심스럽고 침착했다. 한 단어 한 단어가 나를 토론 속으로 이끌었다. 미궁 속으로 들어가는 아리아드네*.

이언은 티 파티에 나온 겨울잠쥐처럼 졸고 있었다. 폭풍전야에도 잠에 빠질 수 있는 인물이었다.

"여러분, 진지하게 임해주시기 바랍니다."

낸시가 말했다. 빨간색 정장이 교무처장으로서 그녀의 권위를 세워주고 있었다.

"단과대 전체가 커리큘럼 개정에 찬성했습니다. 강좌 범위를 더

---

*그리스 신화에 나오는 미노스 왕의 딸로, 테세우스에게 실패를 주어 미궁 탈출을 도왔다.

확대해야 한다는 의견이 지배적입니다. 전 여러분들이 솔선수범해 주시리라 기대하고 있었습니다."

낸시는 회의실을 훑어보았다. 마치 중고등학교 같았다. 모두들 고개를 숙인 채 발만 쳐다보고 있었다.

"여러분에겐 그럴 만한 능력이 있습니다."

우리 모두를 의미하는 말이었지만 나는 확신이 서지 않았다.

검은색 스웨터 소맷자락에 묻은 하얀 먼지를 떨어내고 있는데 낸시가 내 쪽을 보면서 말했다.

"키라가 교차 문화적 디자인 분야에 경험이 있으니, 비서구인들의 건축을 슬라이드 쇼<sup>slide show</sup> 이상의 것으로 끌어안는 데 주도적 역할을 할 수 있을 겁니다."

'끼워 맞추기 막간 프로그램<sup>sideshow</sup>' 라는 단어를 의도했겠지만, 우리 작업이 서커스라는 인상을 줄까 봐 머뭇거리면서 저지른 말실수였다. 그러나 다른 문화에 대해 비서구적이라는 명칭을 쓰는 것만으로도 충분히 문제가 있었다. 크리스천을 비유대인이라 부르는 것과 같은 논리니까.

크랙은 아침나절에 벌어지는 활극이라도 보는 것처럼 분위기를 즐기는 듯했다. 심리학자 친구 하나는 교무회의가 대학이라는 공간에서 펼쳐지는 조직생활의 전형이라는 소견을 제시했었다.

이언은 회색 스웨터 속으로 머리를 박고 의자에 몸을 파묻었다. 더그는 뚫어져라 낸시만 쳐다보고 있었다.

나는 그녀의 동지가 되기로 결심했다. 남자들에 대항하는 여자들.

"이 프로그램은 일련의 헤게모니적 가설에 갇혀 있는 것 같습니다."

'헤게모니적'이라는 단어는 '옳지 않은'이라는 단어의 다른 표현이 되어가고 있었다.

그들의 시선이 일제히 나를 향했다.

더그가 헛기침을 하며 말했다. 그는 경기장에 들어서고 있었다.

"제게는 흥미롭고 새롭게 보이는 이 계획안의 개요는 합의가 되었던 걸로 아는데요. 우리는 우선 기본 디자인에서 시작하며 도시사 강좌들을 추가할 겁니다. 그런 강좌들을 통한다면 다른 문화들이 도시라는 개념에 접근한 태도라든가 도시를 구조한 방식 같은 것을 보여줄 수 있겠지요. 키라 당신이 아카 족 연구에서 시도한 내용이 바로 그것 아닙니까."

그는 자신의 주장이 만족스런 눈치였다.

그럴듯하게 들렸다. 하지만 문제는 그것이 사실이 아니라는 데 있었다. 그가 한 말의 의미는 다만, 내가 아카 족 관련 세미나 수업을 맡을 것이고 학기 말미에 일주일을 할애해 '다른' 문화를 다루게 하겠다는 뜻이었다. 그건 마치 학과에서 단 하나뿐인 여자교수에게 여성학 강의를 맡기고 인간을 뜻하는 단어를 맨^man에서 휴먼^human으로 정정하는 선에서 모든 것을 끝내버리는 상황과 다를 바가 없었다. 결국 우리만의 주제인 도시는 그 자체, 서구 문화로 남게 될 테니까. 어렸을 때 하고 놀던 가위, 바위, 보의 변형이었다. 오두막, 마을, 도시. 무엇이 무엇보다 낫다. 무엇이 무엇을 이긴다.

졸고 있던 이언이 말했다.

"우리 목표는 도시 계획의 기본 원칙 속에 교차 문화적 관점을 통합하는 겁니다."

175

더그가 고개를 끄덕였다.

"지난 봄 학기부터 우리가 열심히 작업한 내용이 바로 그거 아닙니까. 이제 이 통합 프로그램대로 학생들을 교육하고, 목표를 충족시켰는지 평가하는 일만 남은 겁니다. 평가방법으로는 학생들의 포트폴리오를 이용하자는 에릭 교수의 제안이 있었습니다. 학생들을 포함할 수도 있겠지요. 이것도 교육 효과가 있을 테니까요."

내 말은 말도 아닌 셈이 되어버렸다.

"반복강박*입니다."

내가 말했다.

"목적이 같다 해도……. 제가 놓친 부분이 있을지도 모르겠습니다. 한동안 자리에 없었으니까요. 하지만 지금의 이 프로그램은 마치 상투적인 겉치레처럼 보입니다. 소위 '정치적 올바름'이라고 부르는 것 말입니다. 도시 디자인에 관한 기본적인 전제 자체엔 변한 게 없지 않습니까. 학생들을 배제하자거나 포트폴리오에 나타나는 문화적인 측면을 무시하자는 뜻은 아니지만, 핵심은 평가가 아닙니다. 아카 족을 언급하셨는데요, 그것 역시 마찬가지입니다. 다른 문화를 존중하는 새로운 시도처럼 들리긴 하지요. 그러나 아카 족이 세계를 보는 방식을 경험하는 것이 어떤 의미인지 도대체 짐작이나 하시는 겁니까?"

나는 잠시 호흡을 가다듬고 말했다.

"가르치기 전에 우선 경험해봐야 합니다."

더그가 진지한 목소리로 말했다.

* 프로이트의 정신분석 용어. 스스로 불쾌한 상황에 처하게 됨에도 무의식중에 되풀이하는 사고나 행동.

"우리가 의견 일치에 도달할 수 있다고 생각하고 싶군요. 키라, 무엇을 문제라고 보는지 말해주겠습니까?"

방금 말을 하지 않았나. 낸시는 우리에게 도시라는 개념에 대한 기존 가설을 재검토해보라는 요구를 하고 있었다. 우리가 '기본적인 디자인'이라고 부르는 것이 얼마나 문화적으로 강제되었는지 인식할 기회를 독려하고 있었다.

내가 화를 내면 그들은 나더러 화를 낸다고 할 것이다. 내 말은 아무런 효과가 없을 것이다. 그러나 화를 내지 않으면 그나마 아무 일도 일어나지 않을 것이다. 그들은 대충 넘어가고 싶어 했다. 그것을 느낄 수 있었다. 아카 족 관련 강좌도 있고 여교수도 하나 있다. 도대체 더 이상 뭘 원하는 거야.

"이 문제에 대한 논의가 없었다는 뜻이 아닙니다."

목소리가 높아졌다. 잃을 게 없었다.

"그러나 도시 디자인 교육에 문화를 통합하는 사안에 우리가 진지하다면, 그것이 함축하는 바는 실로 엄청난 것입니다. 우리는 인류학자를 받아들여야 합니다. 도시를 디자인하거나 건물을 건축하는 문제에서뿐만이 아니라 세계를 보는 또 다른 방식을 진중히 사고해본 사람이어야 합니다. 현재의 안은 여타 다른 사람들의 안과 하등 다를 바가 없습니다. 바자회를 여는 것과 같습니다. 이런 식으로 나간다면 우리는 실패하게……."

에릭이 고개를 들었다.

실패. 그것이 그들을 자극한다. 데이비드는 "우리는 실패했다"라는 문장으로 시작하는 논문을 읽고 즐거워했다. 시계를 봤다. 연구실에 가면 데이비드에게 전화를 걸어봐야지. 그는 새라와 함께 케이프타운에 가 있었다. 새라 아버지의 수술 때문이었다.

낸시는 낙담한 표정을 지었다.

"후원자는 이 문제를 굉장히 중요하게 생각하는 분입니다."

에릭은 우리가 후원자 일개인의 의견에 좌지우지되어서는 안 된다고 말했다. 학문의 자유를 침범당하는 행위라며 장황한 연설이 이어졌다.

"미래를 위한 최고의 예언가는 과거입니다."

그가 내린 결론은, 장래성 있는 후보가 아직 공표되지 않았을 때 후보자 추천 위원회에서 나오는 진부한 코멘트였다. 반복하겠노라는 선고.

"그간에도 기증자들을 만족시키려는 유사한 노력들이 있어왔습니다. 의도는 좋았지만 파국으로 치닫고 말았지요."

낸시에게 꽂히는 비수.

"후원자께서 실망할지도 모르겠습니다만 우리 학생들에겐 일자리가 필요하니까요."

그것으로 끝이었다. 폐회. 크랙이 시계를 보았다. 에릭은 창밖을 보았다. 더그는 신호를 알아챘고, 이언은 헛기침을 했다.

나는 낸시를 보았다. 그녀 역시 나를 보았다. 낸시는 어깨를 으쓱했다. 모두가 부질없는 짓이었다.


밖에선 다시 눈발이 날리기 시작했다. 발자국들이 두 방향으로 나 있었다. 커크랜드 스트리트를 향하는 발자국들도 보였다. 그곳에 있는 부시 라이징거 미술관 시계가 11시 40분을 가리키고 있었다. 회의는 일찍 끝났다. 눈송이들이 내 주위를 휘감았다. 거리 너

머로 남북전쟁 기념 건물인 메모리얼 홀이 보였다. 붉은 벽돌 가로
대에 내려앉은 눈이 마치 건물에 드리워진 수의壽衣 같았다. 데이
비드에게 전화를 걸어야겠다던 생각이 떠올랐지만, 케이프타운은
저녁시간일 테니 둘 다 외출했을 가능성이 높았다. 인도에 난 발자
국들은 지하철 승강장에 상감된 청동 발자국들처럼 길을 알려주고
있었다. 어떤 발자국 하나가 갓돌 밖으로 나갔다. 나는 그 발자국
을 따라 거리로 들어섰다. 젖은 검은색 아스팔트를 가로지르자, 발
자국은 메모리얼 홀로 이어지는 계단을 오르고 있었다.

나는 동굴 같은 입구에 멈춰 섰다. 더 이상 내가 케임브리지에 온
이유를 알 수 없었다. 익숙한 것들에 나를 억지로 끼워 맞추기 위
해서였을까. 샌더스 강당의 닫힌 문밖으로 강사의 목소리가 나지
막하게 흘러나왔다. 문에 가로막혀 분명하게 들리진 않았지만, 권
위가 느껴지는 목소리였다. 문장들이 갑자기 멈춰 섰다. 그러더니
다시 제 궤도를 찾고 피치를 올리다가 결론으로 이어져 내려갔다.

나는 이곳에 있었다. 월요일이었고 날은 반쯤 지나 있었다. 그는
거기 있었다. 부다페스트에, 철의 장막 뒤에. 이 건물은 전쟁 기념
관이었다. 전쟁 여파aftermath 기념관. 수학 다음엔 뭐가 있지? 과학.
나는 논리를 원했다. 날카로운 칼날. 이 우주와 이 대학을 베어내
그 중심을 들여다보고 싶었다. 머리 위 어두운 공간을 올려다보았
다. 빅토리아 풍 건물엔 서까래가 없었다. 내부 구조를 알려주는
외부가 없었다. 강의가 끝났다. 간간이 들려오는 박수 소리. 브라
보. 나는 마리오가 처형당했다는 사실을 알고 산탄젤로 성의 성루
에서 몸을 던지는 토스카를 생각했다. 스카르피아는 그녀를 속이
고 자신을 믿도록 했다. 처형식은 가짜가 아니었다. 신뢰에 대한

조롱이었다. 그녀는 그것을 알았어야 했다.

강의실 문이 열렸다. 학생들은 코트를 입고 책을 옮겨 들고 허리를 펴며 밖으로 쏟아져 나왔다.

나는 연구실로 올라가 펠리시아에게 전화를 했다. 그녀는 점심을 준비하는 참이라고 했다. "같이 먹을 사람이 있으면 좋겠네."

나는 부츠에 묻은 눈을 털어내고 팔 벌리고 서 있는 그녀에게 걸어갔다.

"그 축축한 것들은 벗어버려."

그녀가 드레스 앞자락에 묻은 눈송이들을 쓸어내며 말했다.

"발은 괜찮아?"

눈물이 발까지 흘러내린 기분이었다. 나는 그녀에게 재킷과 스카프를 건넸다. 집 안에는 눈의 정적이 내려앉아 있었고, 다이닝 룸에는 2인용 테이블이 준비되어 있었다. 펠리시아는 차린 게 별로 없다며 샐러드와 냉육 접시를 내왔다.

"폴라가 집에 없어서 말이야. 만들어둔 수프는 따끈하게 데웠어. 콩과 보리로 만든 건데, 폴라의 특선요리 중 하나지."

폴라는 오랜 세월을 펠리시아와 함께했다.

펠리시아가 수프를 내려놓는데, 고상한 흰 그릇 두 개와, 금테를 두른 자기가 받침 접시 위에서 달그락거렸다. 연기가 얼굴 위로 피어올랐다.

"고기하고 당근도 넣었어. 아주 괜찮아."

그녀가 나를 주의 깊게 바라보고 있었다.

"맛있게 먹으면 좋겠는데."

나는 둥근 은수저를 멀건 수프에 담갔다.

처음 미국에 왔을 때 우리는 펠리시아와 함께 지냈다. 그녀의 큰 집은 조용하고 위엄 있게 우리를 맞아주었다. 부모님이 도망쳐 나온 유럽으로 걸어 들어가는 것과 같았다. 펠리시아는 매일 스타킹을 신었다. 외출을 하지 않을 때도 마찬가지였다. 그녀와 리오는 1939년 최후의 순간에 베를린을 떠났다. 다이아몬드 사업을 하던 리오에게는 뉴욕에 아는 사람들이 있었다. 샹들리에 불빛이 펠리시아의 다이아몬드 반지에 굴절됐다.

"프로젝트는 어떻게 돼가?"

나는 어부 공동체가 들어왔다는 이야기를 했다. 예술가들 얘기도 했다.

"가서 꼭 〈토스카〉를 보고 싶었는데 말이야."

그녀는 여름이면 이탈리아 북부에 있는 돌로미티케 산맥으로 갔다. 리오가 죽은 다음에도 마찬가지였다. 둘은 케임브리지에 '윈도 숍'이 들어설 수 있도록 도왔다. 망명자들이 운영했는데, 빈 풍의 빵 과자 제조 비법을 아는 덕분이었다. 리오는 모차르트 토르테를 가장 좋아했다. 펠리시아는 매년 1월 1일이면 그걸 만들었다.

갑자기 나샤위나로 돌아가야 한다는 것을 깨달았다. 케임브리지는 잘못된 선택이었다. 내가 수프를 다 먹고 냉육 접시에 담긴 소고기와 샐러드를 먹는 동안에도 펠리시아는 나를 찬찬히 쳐다보고 있었다.

"좀 더 들도록 해."

그녀가 포크로 고기를 가리키며 말했다.

"철분을 좀 보충해야겠어. 창백해 보여."

나는 내가 펠리시아와 얘기를 하고 싶어 하는 줄 알았다. 그런데 그 집에선 뭔가 강압적인 분위기가 느껴졌다. 그가 서 있지 않은 땅은 어디인가? 발밑에서 땅이 무너져 내리고 있었다.

나는 다시 사우스이스트 고속도로로 들어섰다. 보지 않으려 했다. 내 주위에서 벌어지는 일들을 인식하지 않으려 했다. 어찌 보면 아무런 일도 벌어지고 있지 않았다. 이미 다 벌어졌거나 혹은, 아무 일도 벌어지지 않았다. 나는 시간관념을 잃어가고 있었다. 갈매기들을 바라보았다. 감옥에 갇힌 새들처럼 철선 위를 날아오르고 있었다.

섬으로 돌아왔을 때는 밖이 어둑어둑해질 무렵이었다. 애나와 토니는 거실에 앉아 종자 카탈로그를 넘기고 있었다. 벽난로에는 불이 타올랐다. 나는 온기에 감사하며 그 옆에 앉았다. 애나가 날카로운 눈빛으로 나를 보았다.

"괜찮아."

내가 말했다. 그 순간엔 그렇다는 생각이 들었다. 집이 나를 감싸고 있었고 나는 그 편안함 속으로 가라앉았다. 창문 너머가 깜깜해지자 벽난로 불빛이 더욱 환해졌다.

"와인 마실래?"

애나가 물었다. 나를 걱정하고 있다는 걸 느낄 수 있었다.

"정말 괜찮다니까. 아니 내 말은, 마신다고."

토니는 저녁 내내 머물렀다. 그가 있어 안심이 됐다. 내 주위에는 사람들이 있었다. 나는 혼자가 아니었다. 우리는 복초이를 재배하느냐 마느냐에 대해 얘기했다.

토니가 돌아가자 애나가 나를 압박해왔다. 왜 이렇게 일찍 돌아왔느냐. 케임브리지에서 무슨 일이 있었느냐. 나는 아무 말도 할수 없었다. 말로 표현할 수 없었다. 핸드백에서 그 편지를 꺼냈다. 애나의 질문 공세에서 벗어나고 싶었다. 별다른 일은 없었다. 반쯤은 안드레아스에게 편지가 오지 않았을까 하는 마음이었다는 말은 하지 않았다. 그럴 순 없었다. 언니에게도 그건 안 됐다.

봄 학기는 2월쯤에야 시작한다. 아직 두 달이 남아 있었다. 프로젝트 마무리에 집중해야겠다고 생각했다. 이제 사람들이 들어와 살고 있었기 때문에 일이 많았다. 나는 커뮤니티가 생겨나는 과정을 지켜볼 수 있었다. 그들이 어떻게 공간에 적응해나가는지, 공간이 그들이 살고 일하는 방식을 어떻게 변화시키는지. 그러나 내 심장이 그 안에 있지 않았다. 지금에야, 그 프로젝트에 안드레아스를 들인 것이 실수였음을 알겠다. 고개를 돌리는 곳마다 그가 있었다.

애나 역시 그것을 알고 있었지만, 내 분노가 그녀의 주위를 흩트렸다. 어쩌면 언니는 그것 역시 알고 있었을 것이다. 언니는 나와 함께 그에 대해 분개해주었다. 상황의 보편성은 언니의 호기심을 자극하기도 했다. 우리는 누군가가 새로운 무언가를 할 것이라고 생각한다. 그러나 사실 그가 기존의 것을 반복하고 있음을 알게 된다. 심리치료 과정 중엔 늘 이런 일이 일어난다고 했다. 포기하지 않는 게 중요하다고.

토니는 주변에서 어슬렁거렸고 나는 애나가 주저하는 모습을 보았다. 어떤 면에서는 나 때문인 것 같았다. 애나는 섹스와 친밀감에 대한 자신의 이론을 포기했다. 선택해야 할 필요는 없다고 했다.

잠시 바닷가 오두막에 머무르고 싶다고 말했을 때, 바다 풍경이 근사한 데다 정말 혼자 있고 싶어서 거기서 일하고 싶다고 했을 때, 그건 어느 정도 언니를 위한 배려였다. 언니는 이제 마흔이 넘었다. 아이를 가질 수 있는 가능성이 곧 희박해질 것이다. 애나와 토니는 좋은 부모가 될 것이다. 그들은 굴과 야채를 돌봤다. 아이라고 안 될 이유가 없었다.

그것이 나 자신에게 한 말이었다.

지난해 겨울에는 작가 하나가 오두막에 머물렀다. 그가 노르웨이산 난로를 들여놨다. 처음에는 일하기 좋았다. 일종의 안식처 역할이었다. 프로젝트 관련 디자인 작업을 끝내가고 있었기에 뭔가 새로운 일을 시작할 수 있으리라 생각했다. 비바람에 낡은 회색 판자들, 걸쇠가 달린 문, 난로의 고동치는 온기. 그곳에 산다는 건 일종의 의식이었다. 난로에 장작을 넣고, 드나들 때마다 문을 잠그고. 나는 창가에 제도 테이블을 두어 바다를 볼 수 있게 했다. 일상에는 리듬이 생겨났다. 일하기 좋은 빛은 3~4시까지만 지속됐다. 애나가 들르면 우리는 해변을 걸었다. 빛은 황금빛으로 변했고, 태양은 바다로 사라지며 붉은 색조의 꼬리를 남겼다. 식사는 대개 애나와 토니와 했고 그들과 함께 제임스 테일러를 들었다. 우린 많은 이야기를 하지 않았다. 그런 다음 집으로 돌아왔고 잠이 들었다.

내 방에 페인트칠을 하기에 좋은 때라고 결심했다. 내가 없는 동안 색깔을 바꾸는 것이다. 토니가 대신 해주겠다고 했다. 부화장 일은 한가했고 텃밭 일도 별로 없어 시간 여유가 있었다. 나는 내

물건들을 뺐다. 책과 논문을 넣은 상자 하나를 오두막으로 옮겼고, 나머지는 포장해서 현관 벽장에 넣어두었다. 옷가지들도 그렇게 했다.

어떻게 그런 일이 일어났을까? 어떻게 실제로 그런 일이 일어났을까? 내가 그 일을 생각해본 건 분명한 사실이다. 그가 떠났을 때. 그를 벌하는 방법으로. 어쩌면 그를 죽이는 대신. 일종의 무언극으로. 하지만 나는 아이를 가졌을지도 모른다는 생각을 하고 있었다. 내가 그의 아이를 가질지도 모른다고. 생리가 늦어지고 있었기 때문이다. 잠시 동안 마음속에서 그 생각이 떠나지 않았다. 게다가 건축 시즌이 막바지에 접어들고 있었고 사람들이 이주해오고 있었다. 나는 멍하고 무기력하기까지 했다. 어쩌면 오두막의 고요 때문이었을 것이다. 무언가가 내 삶 속으로 외피를 벗기며 들어오고 있었다. 나에게 벌어진 일을 곰곰이 생각해볼 수 있었다. 충격에서 빠져나오는 사람처럼. 그래서 케임브리지에 간 날 그렇게 힘들었던 거라고 생각한다. 마치 내가 껍질이 없는 것 같았기 때문에. 나는 방패를 잃었기 때문에.

그러던 어느 날. 나는 마지막 드로잉을 마무리하고 있었다. 경관을 스케치하고 부지의 동쪽 끝을 표시하느라 벽을 세워 넣고, 하나씩 돌을 채워 넣었다. 그때 '돌'이라는 그 단어가 들려왔고, 우리가 물수제비를 뜨며 '구르는 돌에는 이끼가 끼지 않는다'는 격언에 대해 얘기한 기억이 났다. 그는 경험상, 계속해서 움직이면 가라앉지 않는다고 말했다. 그것은 그의 인생 이야기였다. 하지만 그때는 그 소리를 듣지 못했다. 앤튼이 질투심에 희생당하는 것을 보지 못한 것처럼. 그것은 경쟁이었고, 그 스스로 사이먼보다 훨씬 남자답다는 것을 입증해야 했다는 것을. 카바라도시를 대하는 스카르피아처럼. 너무나 익숙한 〈토스카〉의 결말. 나는 그 일이 벌어지는 광경을 보았다. 사이먼. 끌려 나가 총살당한 남자.

갑자기 보지 않으려 했던 나 자신이 보였다. 그는 처음부터 말했다. 자신은 계속해서 움직일 것이라고. 그리고 나는 그 말을 듣지 않았다. 그가 머무를 것이라 생각했다.

세상이 빙빙 돌고 앵글이 움직였다. 갑자기 모든 것이 명백해졌다. 그는 처음부터 자기가 떠나리라는 것을 알고 있었다. 그리고 그렇게 말했다. 나는 바보였다.

나는 자리에서 일어났다. 보아야 했다. 무엇이 진실인지 보아야 했다. 알아야 했다.

그리스에는, 죽은 사람의 뼈를 읽을 수 있는 여자들이 있다. 뼈의 모양으로 그들이 어떻게 살았으며, 어떤 사람으로 살아왔는지를 안다. 나는 문 옆 고리에 걸린 빨간 재킷을 집어 들고 바람 속으로 나갔다. 바다는 흐릿했고 석판처럼 우중충했으며 아무것도 보이지 않았다. 나는 고개를 돌리고 바람을 등지며 바다 곁을 떠났다.

조리대에 앉아 있던 애나가 놀란 눈을 들어 나를 보았다.

"끝났어."

나는 이렇게 말했다.

"다 했어. 드로잉을 완성했어. 이제 날씨만 기다리면 돼."

나는 언니가 내 일에 깊숙이 관여되지 않기를 바랐다. 언니를 개입시킨 것을 후회하고 있다. 하지만 언니는 안드레아스의 편지들과 엽서들과 〈토스카〉 관련 물건들이 든 내 상자를 벽장에서 꺼냈고, 나는 언니가 그것을 어디에 두었는지 몰랐다. 토니는 페인트칠을 하고 있었다. 색깔을 확인했다. 레몬색이 어스름 빛을 받고 있었다.

"좋네요. 감사해요."

"그건 왜 찾아?"

문가 쪽으로 다가와 내 옆에 서 있던 애나가 물었다. 나는 자리를 피했다.

"이제 끝났으니까. 그걸 없애고 싶어. 다 태워버릴 거야. 예전 드로잉들을 쓰레기 소각장에 가지고 갈 거거든. 가는 김에."

"그렇군."

믿지 못하겠다는 투였다.

하지만 나는 내 주위에 비상선을 쳤다. 애나는 안으로 들어올 수 없었다.

언니가 그 상자를 어디에 두었는지 얘기해줬다. 나는 그것을 꺼내 밖으로 나갔다. 들어와서도 코트는 벗지 않았었다.

나는 바람을 맞으며 걸었다. 팽팽히 버티는 활시위가 느껴졌다. 결의가 더욱 더 확고해졌다. 이제 보게 될 것이다. 이제 어떻게 된 일인지 보게 될 것이다. 알게 될 것이다.

오두막은 너무 따뜻했다. 마치 난로가 오두막 전체를 빨아들인 것 같았다. 테이블 뒤에 있는 창문 하나를 열었더니 모든 것이 날리기 시작했다. 도로 문을 닫고 스웨터를 벗었다. 상자는 가득 차 넘칠 지경이었다. 뚜껑을 열자 종이들이 바닥에 쏟아져 내렸다. 그렇게 많은 줄은 몰랐다. 좋아. 증거들이야. 이제 보게 되겠지. 알게 되겠지.

분노는 얼마나 날카로울 수 있는지. 분노는 칼처럼 예리하다. 감정이 누그러들면 모든 것이 흐릿해진다. 온갖 색들이 한데 흘러내려 우중충한 갈색으로 변해버린 그림들처럼. 시작은 분노였다. 나는 그의 편지들을 태워버릴 셈이었다. 편지들을 하나씩 읽어나갔다. '라이언 피시를 조심하세요'라는 문구 옆에 사진이 붙어 있는 수족관 엽서. 어느 날 차 유리창에 남겨놓은 쪽지. '아름다운 여성만이 이곳에 주차할 수 있습니다.' 나는 갑자기 그 시절로 돌아갔다. 마치 그때인 것처럼. 모든 것이 생생하게 느껴졌다.

마음이 뒤죽박죽이었다. 나는 난로에 편지들을 태우기 시작했다. 그러다 반쯤 타버린 그것들을 다시 끄집어냈다. 하나는 아직도 불타고 있었고, 불똥이 머리 끝으로 튀어 끔찍한 냄새가 진동했다. 나는 불타는 종이를 바닥에 내려놓고 손으로 머리에 붙은 불을 껐다. 저녁 무렵이었고 실내는 섬뜩한 빛에 사로잡혔다. 나는 불꽃이 종이 가장자리를 먹어치우는 모습을 지켜보았다. 구멍이 입을 벌렸고 그 가장자리는 까맣게 변했다. 좋아. 이제 모든 것이 제자리를 찾았다.

그다음 나는 〈토스카〉 관련 물건들이 든 폴더를 꺼냈다. 프로그램, 주고받은 메모들, 그리고 종이 틈에 있는 칼. 그것은 스테이크용 나이프였다. 소품용 칼이 아니었다. 칼 꽂는 게 기계적으로 느껴졌다며 어느 날 리허설 시간에 그가 가지고 온 것이었다. 그는 토스카가 칼의 무게, 칼의 예리함을 느끼길 원했다. 그녀에게 그것은 해방의 수단, 스카르피아를 죽이는 수단이었다. 그녀가 알지 못한 것은 기술이었다. 스카르피아가 '가짜 처형식'을 명령하면서, 자신의 부관에게 팔미에리 때와 똑같이 하라고 말했을 때, 그녀는 팔미에리가 사실은 총살당했다는 것을 알지 못했다. 가짜 처형식은 없었다. 안전 통행권은 쓸모가 없었다.

난 그것도 알지 못했다. 진짜라고 생각했다. 사랑과 자유의 가능성. 그런데 그게 아니었다. 나는 속았다. 처음부터 분명한 일이었을까? 내가 보지 않았고 내가 듣지 않았던 것일까? 이야기를 진지하게 받아들이지 않았던 것일까? 내가 그런 상황에 처할 수 있다는 생각을 못한 것일까? 어린 시절의 목소리들이 들려왔다. "왜 안 들어. 안 들으면 어떻게 되는지 곧 알게 될 거야."

모든 표지들이 한 방향을 가리키고 있었다. 바위 위에 앉은 가마우지들처럼. 내가 무엇을 하는지도 모른 채 나는 손목 위로 칼끝을 움직이기 시작했다. 살이 벌어졌다. 마치 물고기의 아가미를 보는 것 같았다. 비늘 위에서 펄떡이는 피.

나는 얼어붙었다. 꿈속에서 꿈을 꾸고 있는 자신의 모습을 바라보는 것처럼. 나는 〈토스카〉 프로그램을 불 속에 던지고 그것이 타오르는 모습을 지켜보았다. 그가 '사랑을 보내며, A'라고 적은 것이었다.

세트 스케치는 더 복잡했다. 내가 그 일을 수락했다는 사실이 너무 화가 났다. 나는 칼로 드로잉들을 잘라 갈기갈기 조각냈다. 그러다 칼이 미끄러져 손목 위 상처를 조금 더 헤집어놓았다. 그리고 나는 다른 곳에 있었다.

피가 흐르는 모습을 지켜보는데 이상하게도 편안한 느낌이었다. 끊임없이 흘러내리는 붉은 피. 내 심장의 명백한 증거. 나에게 감각이 남아 있다는 증거. 내가 피를 흘릴 수 있다는 증거. 내 마음이 울퉁불퉁한 바닥 위로 쏟아지고 있었다. 나는 칼을 집어 손목에 내놓은 선을 따라 조금 더 깊이 베기 시작했다. 상처 속을 들여다보았다. 세포 구조를 보고 싶었다. 나는 앞쪽으로 몸을 숙였다. 머리카락 끝에 피가 묻었다. 나는 피로 쓸 것이다. 머리카락으로 쓸 것이다. 그리하여 사람들은 알게 될 것이다. 머리카락이 한데 뭉쳤다. 그러곤, 또 다른 이미지가 내 눈을 덮쳐왔다. 얼굴 위로 드리워진 머리카락. 눈 위로, 끈적끈적한, 햇빛을 받아 붉게 빛나는, 머리카락과 피의 스크린. 우리는 몸과 마음을 섞고 있었고, 나는 생리 중이었고, 나의 피가 그의 온몸에, 그의 다정한 눈빛이, 별처럼, 내 눈빛 속으로 떨어졌다. 우리는 생각 없이, 경솔하게 서로에게 빠져들었다.

나는 칼을 집었다. 표면을 도려내야 했다. 안을 들여다봐야 했다. 무엇인 진짜인지 보아야 했다. 느껴야 했다.


노란 횃불, 먼 고대의 빛. 내가 이 세계를 떠난 줄 알았다. 하얀 벽들은 조용했고, 그 침묵 속에서 차가웠으며, 아무런 단서를 주지 않았다. 내가 어디에 있는지 알 수 없었다. 내 마음은 내가 잠들던 방, 우리가 살던 집, 여름 별장들을 떠올리기 시작했다. 호텔이라기엔 너무나 황량했다. 그리고 기억이 났다.

덥고 축축한 오두막. 난로. 손목에 붕대가 감겨 있었다.

# 2

당신은 내가 내 경험을 믿도록 격려해주었어요. 그건 엄청난 격려였어요. 그가 떠나버린 뒤 난 그럴 수가 없었으니까요. 그는 배반한 사람이고 나는 배반당한 사람이라는, 도덕적으로 유리한 입장처럼 보이는 결론을 받아들이는 편이 훨씬 더 쉬웠을 거예요. 그리고 또 감사드리고 싶어요. 당신 덕분에 난 사이먼과의 관계를 들여다볼 수 있었어요.

# I

나는 잡고 있던 밧줄을 놓아버리기라도 하듯 의자 속으로 가라 앉았다.

"아무 말이나 하셔도 됩니다."

여자가 스커트 주름을 매만지며 말했다.

방을 훑어보았다. 서까래가 드러난 천장, 하얀 벽. 갈색 침상 하나가 벽 한 면에 놓여 있고, 그녀가 앉은 의자 너머 푸른 문에는 그림 한 점이 걸려 있었다. 나는 그녀의 얼굴을 바라보았다. 조그만 여성. 50대 중반. 고상한 이목구비. 새처럼 예민한 눈빛.

"침묵에서 시작하고 싶다면 그것도 괜찮아요. 이 방에 앉아 있는 서로를 느껴보도록 하죠."

그녀는 허공을 응시했다.

병원으로 나를 찾아온 그녀는 고요했다. 카트와 트레이의 잡음을 쫓아냈고 들락거리는 간호사들의 소음을 몰아냈다. 침묵은 편안했다. 난 죽으려 했던 게 아니에요. 그녀는 놀라지 않았다. 복도에서 내게 약을 먹여선 안 된다고 말하는 그녀의 목소리가 들려오더니, 발소리가 차츰 멀어져갔다.

탁상시계는 6시 20분 전을 가리키고 있었다. 10분이 지나갔다. 내가 이곳에서 역시, 정말로 침묵할 수 있을까? 창밖을 바라보았다. 원뿔 모양의 가로등 불빛 속으로 하염없이 눈발이 날리고 있었다. 점점 길어지는 낮. 희망에 찬 1월. 책상 위에 놓인 화분들은, 인공적으로 온도를 높인 겨울 흙에서 영양분을 흡수하며 기다렸다. 돌아가는 길에는 시계가 좋지 않을 것이다.

6시 10분 전. 그녀가 의자에서 몸을 뒤척였다. 나 역시 몸이 뻣뻣했다. 나는 그녀의 말을 믿을 것이다. 그녀의 시선이 나의 얼굴을 슥 살폈다. 친절한 눈. 새를 닮은 여자에겐 무한한 인내심이 있었다.

반대편 벽에 난 문은 조용히 닫혀 있었다. 나는 가방을 집어 들고 자리를 뜰 수도 있었다. 아니, 내가 정말 그럴 수 있을까? 바보 같은 질문이었다. 시계 침들은 부지불식간에 움직였다. 시간은 스토브 옆 선반 위에 놓인 모래시계 속 모래들처럼 떨어지고 있었다. 기다리는 어머니, 굳어가는 계란 흰자, 3분. 상담실 안은 불빛이 강렬했다. 그녀가 앉은 의자 옆에 하나, 내 옆 책상 위에 또 하나, 램프가 있었다. 밖에선 조용히 눈이 내리고 땅 위론 하얀 시트가 펼쳐졌다. 이제 세상의 모든 발자국, 그리고 그 아래 어둠이 보일 것이다.

여자가 마치 내 생각을 읽는 듯 눈썹을 꿈쩍거렸다. 시계가 6시를 가리켰다. 위아래로 곧게 뻗은 시계 침. 아이들이 그리는 직선 인간. 나는 머릿속으로 팔과 다리와 얼굴과 코를 그려 넣었다. 그는 달리고 있었다.

"믿을 수 없는 시기예요."

나는 마침내 입을 열었다.

"이맘때란. 낮은 길어지고 있지만 정작 겨울은 아직 시작도 되지 않았으니까요."

그녀의 얼굴에 갑자기 경계령이 내려졌다.

나는 창문 쪽으로 고개를 돌리고 암흑 속을 응시했다.

"그래서 자해를 한 건가요? 어둠 속을 들여다보려고?"

"알아야 했으니까요."

갑자기 목소리에 날이 서고 반항조가 됐다. 나는 고개를 돌려 그녀를 바라보았다.

"뭘 몰랐는데요?"

"무엇이 진실이었는지, 무엇이 진짜였는지."

"안드레아스 말인가요?"

그녀의 입에서 그의 이름을 듣는다는 건, 무척 이상했다. 이상하게도 마음이 편했다. 사람들은 대부분 내 앞에서 그에 대한 언급을 꺼렸다.

나는 고개를 끄덕였다.

"진심이라고 생각했나요, 그때는?"

눈물이 왈칵 솟았다.

"그래서 그 진심을 향해, 온 마음을 다해 다가갔나요?"

솟아나온 눈물이 얼굴 위로 흘러내렸다.

"그런데 결국 혼자라는 걸 알게 되었죠."

나는 흐느껴 울었다. 눈물이 뺨 위를 타고 흐르게 내버려두었다.

나는 다시는 걸어 들어가지 않겠노라고 맹세한 땅으로 발을 내딛었다. 그리고 그 땅은 내 발 아래서 가라앉았다.

그녀의 눈에 눈물이 고였다. 잠시 동안 진실은 아주 단순해 보였다.

그러나 진실은 단순하지 않았다. 나는 모든 사람들을 배신했다. 안드레아스 때문에 사이먼을 배신했고, 거짓말로 애나를 배신했다. 나를 믿고 프로젝트를 맡긴 리처드를 배신했고, 나를 의지하던 학생들을 배신했고, 나샤위나 프로젝트에 관여하고 있던 모든 이들을 배신했다. 내 다리는 후회의 넝쿨 속에 엉켜 비틀거리고 있었다. 맹세를 지키며 사이먼과 머무를 수 있었다면. 안드레아스가 어떤 사람인지 제대로 볼 수 있었다면. 애나와 함께 예전처럼 살아갈 수 있었다면. 죽을 수만 있었다면.

"늘 이런가요?"

눈물을 뜻하는 거였다.

"모든……."

그녀가 그들을 어떻게 부르는지 알 수 없었다. 환자? 고객?

상담 시간이 끝나가고 있었다. 6시 25분.

"대개는 사람들과 거리를 두는 편입니다. 개입하지 않으려고 노력하지요. 하지만 당신의 경우엔, 당신이 내 감정을 아는 게 더 중요한 것 같군요."

그녀는 주저하다 말을 이었다.

"그리고 눈물이 왈칵 솟은 걸 보면 당신 이야기 속의 무언가가 내 삶 속의 무언가를 건드린 게 분명해요. 어쨌든 당신 질문에 대한 내 대답은 '노'입니다. 난 우는 경우가 드물어요."

나는 늘 제시간에 도착했다. 노고를 아끼지 말고 낭비를 아끼라는 말처럼. 책상 옆 나무 의자에 코트를 걸치고 우물 속으로 가라앉았다. 검은색 가죽의자의 울타리. 그녀의 옆, 캐비닛 위에 놓인 램프가 노란빛으로 방 안을 뒤덮었다. 러그의 황금빛이 더욱 강렬해졌다. 황금 들판. 황금 피륙. 그녀는 의자에 앉아, 기다리고 듣고 질문을 던지며 조용히 동요했다. 어느 날은 그녀가 웃었다. 내가 이렇게 말했기 때문이다.

"이 심리치료 말인데요. 그게, 우릴 봐요, 작은 방에서 만나는 두 여자, 경사진 천장, 평평한 바닥."

"그거 봐요. 그게 바로 한 가지 예군요."

그녀는 내 눈이 건축가의 눈이라고 했다.

"당신은요? 당신 눈에는 어떻게 보이는데요?"

잠시 아무 말이 없었다.

"나는 대개 보지 않고, 듣지요."

그녀는 자기가 첼리스트라고 했다. 자기 귀는 낮은 소리에 조율되어 있다고. 늦은 오후 햇살을 받은 러그가 황금색으로 빛나고 있었다. 헨리 8세와 프랑스 왕이 만나 황금 피륙의 들판에서 평화 협상을 벌이는 중이었다.

밀물이 몰려와, 내 삶을 그녀의 궤도 속으로 잡아끌고 있었다. 짧은 머리, 긴 치마, 이상한 이름. 내가 거의 알지 못하는 이 여자. 그레타*, 그림형제의 동화 속 주인공의 이름. "리그레타**가 떠오르는 이름이야." 어느 날 애나는 참지 못하고 이렇게 말했다. 시 구

---

* 〈헨젤과 그레텔〉에 등장하는 그레텔의 변형.
** '후회하다'를 의미하는 프랑스어 동사 'regretter'의 3인칭 단수 단순과거형.

절이 머릿속을 맴돌았다. '이것 봐요. 그녀가 말했다. 우리가 유지하려 했던 거리는 이게 아니잖아요. 우리는 가까이, 아주 가까이 다가가고 싶었어요. 그러나 다시, 입구는 어디인가요? 너무 늦었나요?'* 심장이 휘청거리고 두려움이 역류했다.

탁상시계가 상담 시간을 알렸다. 흔적을 보이지 않는 시계 침 소리. 이제 무슨 일이 생길 것인가. 1분 뒤엔 무슨 일이라도 생길 수 있었다. 혹은 다음 1분이 지나면. 그러다 갑자기 시간이 지나갔고 나는 그곳을 나왔다. 벽으로 둘러싸인 이층 계단을 내려왔다. 당혹감이 밀려들었다.

나는 내 어머니에 대해 얘기했다. 시내 중심가에 서는 시장에 다녀올 때면, 어머닌 우리에게 사탕을 사다주셨다. 어머니의 손가락은 호주머니 속에서 비밀을 움켜쥐었다. 우린 어느 손에 사탕이 숨어 있는지 맞혀야 했다. 내 이름을 부를 때면 어머닌 ㄹ 발음을 굴리며 음절을 늘였다. 키라ㅡ. 어머닌 내게 히브리어 표현을 가르쳤다. '라일라 토브(굿 나이트).' '보케르 토브(굿 모닝).' 그리고 어머니가 가장 좋아하는 성경 구절. '아니 레도디 베도디 리(나는 나의 사랑. 나의 사랑은 나의 것).' 나는 막내딸이었다. 어머니는 언니를 아냐라고 불렀다. 우리 셋은 집 옆쪽에 있는 언덕을 굴러 내렸다. 얼굴이 달아올랐고 야생 백리향 향이 났다. 앤튼은 학업 때문에 멀리 있었다. 불안의 씨. 첫 번째 결혼에서 낳은 아들. 실수. 집안 분위기가 밝아졌다. 정치 분쟁이 시작되기 전이었다. 그때도 앞일을 보지 못했다고, 나는 말했다.

* 미국의 시인 조리 그레이엄(Jorie Graham, 1950~)의 시 「3막 2장」 중에서.—작가 주

그레타가 미심쩍은 눈빛으로 물었다. 정말인가요?

계단 아래쪽에선 문틈으로 빛이 새어 들어오고 있었다. 집은 조용했고 시간은 저녁을 향해 가고 있었다. 그녀는 지금쯤 무엇을 하고 있을까? 나에 대한 기록을 정리하고 있을까? 화분에 물을 주고 있을까? 다음 환자를 기다리고 있을까? 아니면 내가 마지막이었나? 나를 어서 보낸 뒤 저녁을 먹고 싶었을까? 부엌으로 이어지는 오른쪽 문이 닫혀 있었다. 어느 날 아침이었는데, 부엌 식탁에 어떤 남자가 앉아 신문을 읽고 있었다. 부엌 창문은 문밖 층계참과 수평이었다. 나는 그대로 서서 그 남자의 모습을 바라보았다. 잿빛으로 변해가는 머리칼. 편안해 보이는 몸. 조용한 몰입. 그를 둘러싼 모든 것이 남편을 말하고 있었다.


"오늘은 어머니 생신이에요."

3월이었고 빛이 강했다.

"살아 계시면 오늘로 예순세 살이 되셨을 거예요."

그레타의 얼굴이 흐릿하게 보였다. 흐트러져 내린 머리카락을 방패 삼으며, 나는 힘들게 찾아낸 그 편지를 꺼내기 위해 허리를 굽혔다. 기억 속에 저장되어 있던 단어들이 일제히 달려들었다. 현기증이 일었다. 나는 핸드백 속에서 편지봉투를 꺼내 무릎 위에 올려놓고 잠시 기다렸다. 몸과 마음을 진정시켜야 했다. 그레타에겐 말을 해봐요, 하는 표정이 있었다. 그녀 너머 벽 위로 나뭇가지들이 드리운 그림자가 어른거렸다. 잡을 수 있는 가지는 어디에 있을까? 문이 유혹의 손짓을 보내왔다. 나는 도로 편지를 집어넣고 문밖으로 나갈 수도 있었다. 사람들은 그것을 선택의 자유라 불렀다.

"편지를 한 통 가져왔어요."

그레타는 아무 말도 하지 않았다.

책상 위 화분이 햇빛을 받고 있었다. 봄의 첫날이었다. "춘분에 태어난 봄의 재림." 아버진 어머니 생일을 그렇게 불렀다. 태양이 여행의 중반기에 접어들었다는 설명을 반복하고픈 충동을 억누르고 아버진 헛기침을 했다. 대신 그해에 어머니를 위해 지은 시 낭송을 준비했다.

"오늘 같은 날을 또 한 번 맞이하여, 내 사랑 당신, 나의 소중한 카티야의 생일을 축하하며 목소리를 드높입니다."

어머니의 이름을 말할 때면 아버지 목소리엔 또박또박 힘이 들어갔다. 어머니는 수줍은 표정으로 식탁 주위에 둘러앉은 자식들을 바라보았다. 우리는 각자, 우리를 이 세상에 낳아준 어머니를 위해 편지를 쓰거나 선물을 준비했다.

옆 테이블에 휴지가 있다는 걸 잊어버리고 나는 소매로 눈물을 훔쳤다.

대학 때문에 집을 떠난 첫 번째 해였고, 나는 부활절 방학을 친구들과 함께 보내고 있었다. 나는 어머니 앞으로 편지를 썼다. 그리고 아버지 앞으로 보내, 생일 식탁에서 어머니께 읽어달라고 부탁했다. 학교에 돌아와 보니, 전단지와 소식지 틈바구니 속에서 편지봉투 하나가 나를 기다리고 있었다. 봉투 위에는 내 이름이 필기체로 정성스럽게 적혀 있었다. 어머니가 어린 시절을 보낸 유럽의 유산이었다. 나는 편지를 꺼내 방으로 갔다.

"읽고 싶나요?"

그레타가 물었다. 내가 걸을 수 있게, 고요한 주단을 펼쳐놓는 그녀의 목소리. 나는 편지지를 펼쳤다.


"사랑하는 키라. 네 생일 축하 편지를 받고 너무나 기뻤단다. 아빠가 식탁에서 읽어주셨어. 여행 얘기에선 우리 모두가 웃음을 터트렸지."


나 스스로 어떤 반응을 기대했는지는 알 수 없다. 비탄에 사로잡히리라 생각했을까? 그런데 오히려 나를 짓누르고 있던 무언가가 들어 올려지는 기분이었다. 어머니의 목소리가 마치 빛처럼, 나를 이끌었다.


"네가 무사히 도착했다는 소식을 들으니 안심이 된다. 음식도 그렇고 물도 그렇고 신경 쓰고 있다니 다행이구나.

보고 싶다, 내가 제일 사랑하는 우리 막내. 식탁에 앉아 있던 활기찬 네 모습이 그립기도 하지만, 친구들과 휴가를 보내고 있을 거란 생각을 하면 얼마나 즐거운지 모른단다. 엄만 바다에서 수영하는 네 모습을 그려볼 수 있으니까. 네가 떠나기 전 9월에 우리 세 모녀가 함께한 여행이 기억나는구나. 최근에 있었던 일들 중 가장 즐거웠어. 아냐가 자기 사진으로 앨범을 하나 꾸며주었단다. 어제 오후에 둘이서 그걸 들여다보았지. 여행 사진들도 들어 있어서, 우리가 발견한 작은 해변과 헤엄쳐 건너갈 수 있었던 섬, 점심으로 최고의 생선 요리를 맛볼 수 있었던 그곳이 다 떠올랐단다."


나는 신발을 벗은 뒤 무릎을 접고 앉았다.

"아빠가 사랑한다고 전해달라신다. 곧 편지를 쓰시겠다는구나. 옆에 프레디가 앉아 있는데 자꾸만 꼬리를 흔들고 있어. 너에게 편지를 쓰는 줄 아는 게지. 이 녀석 말을 들어보겠니? '보고 싶어요. 어서 돌아와 나와 함께 해변으로 나가줘요.' 지금은 그래 주지 못하고 있거든. 사람들이 '개 출입 금지' 푯말을 세워놓아서 말이야. 개에게 사람 이름을 붙이는 게 아니었다고 샬럿이 그러기에, 네 아빠가 영국식 이름을 붙여주고 싶어 하셨다고 설명했단다. 영국 개니까. 그게 어디 영국식 이름이냐고 하더구나. 맞는 말이지. '얌이라 부를 걸 그랬나요? 바다라는 의미잖아요.' 그랬지. 이스라엘 사람들이 그렇지 않니. 아이들 이름을 '바다'나 '이슬'로 짓지. 과거와 절연하기 위해서 말이야.

봄이 일찍 찾아오는 바람에, 다른 일도 일이지만 정원 일에 신경을 쓰고 있단다. 아냐는 오늘 아침에 떠났고 집이 텅 비어버렸어. 나와 아빠, 그리고 프레디뿐이야. 대학에서 나오는 음식이 신선하지 않거든, 시장에 나가보도록 해. 매일 과일 먹는 거 잊지 말고. 이따 오후에 시내로 나갈 건데, 파노플로스 씨에게 너한테 신선한 오렌지 한 박스를 배달해줄 수 있는지 여쭤보도록 하마. 단골이니 그리 해주실 거라 믿는다.

열정은 인생이 주는 선물이란다. 지금의 너처럼 그 열정을 좇아갈 수 있는 건 축복이고. 늘 그러기를 기도하고 있다. 몸조심하렴, 내 딸아. 아주 많이 사랑한다.

엄마가."


그레타의 눈이 반짝반짝 빛났고 얼굴엔 기대감이 넘쳐났다.

"그러니까 당신은 사랑이 뭔지 아는 거네요."

나는 흠칫 놀랐다.

"무슨 뜻이죠?"

"당신은 안다고요."

숨을 깊게 들이마셨다. 내 안의 열린 공간 속으로 공기가 휘몰아쳐 들어왔다. 이스라엘 사람들 얘기를 기억하고 있었다. 과거를 버리며, 아이들에게 바다를 뜻하는 얘나 이슬을 뜻하는 탈리라는 이름을 지어주는 사람들. 그러고 보니 탈리 생각이 났다. 그 소프라노 가수. 나는 흉터를 보기 위해 손바닥을 뒤집었다. 흉터는 희미해지고 있었다. 초승달같이 가느다란 흰 선 하나가 남아 있을 뿐이었다.

"하지만 내가 그런 걸 안다면, 그런 거라면,"

나는 나 자신을 안정시킬 논리를 찾아 도리깨질을 하고 있었다.

"그렇다면 내가 여기 있지도 않았겠죠. 그런 실수를 하지 않았겠죠. 진실을 알 수 있었겠죠."

그레타는 생각에 잠긴 얼굴로 잠시 아무 말이 없었다.

"어쩌면 당신이 여기 있는 이유는 그래서가 아닐까요?"

그녀는 마치 공안公案을 암송하는 불자처럼 말했다.

"알기 때문이에요."

나는 접었던 무릎을 펴고 다시 바닥 위로 발을 내려놓았다.

"이것 봐요."

내가 말했다. 어디를 봐야 할지 알지도 못하면서. 그녀를 봐야 하는 건가? 문을 봐야 하는 건가?

"요점이 뭐죠? 당신 역시 떠날 거라서? 나는 강해졌어요. 떠나요."

잠시 머뭇거리던 그레타가 조용히 말했다.

"오늘은 그만하지요."

나는 편지를 접어 핸드백 속에 집어넣은 다음 신발을 신고 코트를 집어 들었다. 밖으로 나오니 햇살이 눈부셨다. 머릿속에선 '혼란'이라는 단어만 맴돌았다.

4월은 아무런 소용도 없어 보이는 심리치료에 대한 논쟁으로 흘러가버렸다. 그레타는 긴장했고, 내내 거북한 태도로 앉아 있었다. 맞은편에서 줄을 잡고 있는 그녀는 끌려오지 않으려고 안간힘을 썼다. 그러나 나는 뭔가를 좇고 있었다. 그녀에게 무언가를 원하고 있었다. 그것이야말로 모든 것의 근본인 것 같았다. 진실에 관한, 그녀의 감정에 관한 어떤 것. "정리가 안 돼요. 그리고 그 사람은 실수였어요."

어느 날 나는 그녀의 오른손을 보며, 침착하게 단 하나의 베이스음을 켜고 있는 첼리스트의 활을 상상했다. 나도 모르게 미소가 번졌다.

"사람들은,"

그녀가 말했다.

"자신이 만든 게임은 아주 능숙하게 이기죠."

내가 그녀를 이길 수 있다는 암시였다.

봄 학기는 어수선했다. 추수감사절도 없고 크리스마스 불빛도 없었다. 공식적 충전 시점을 허락지 않는 겨울. 심판 없는 게임. 커리큘럼 논쟁을 둘러싸고 끝없는 회의가 계속됐다. 누가 깃발을 잡을 것인가를 놓고, 여름캠프에서 벌이는 '깃발 전쟁'처럼 사람들은 두 편으로 나뉘었다. 나는 시각예술 연구를 가르치는 에마와 점심을 같이 했다. 그쪽도 마찬가지 상황이 벌어지고 있다고 했다. 에마가 치즈 샌드위치를 베어 물며 말했다. "대학 스포츠야."

그녀에게 그레타 얘기를 해볼까 했는데, 결국 부츠를 어디서 샀느냐는 말밖에 꺼내지 못했다.


그레타는 여름 두 달 동안 상담실 문을 닫을 거라고 했다. "그렇군요." 나는 나샤위나에 있을 거라고 했다. 어떤 일로도 케임브리지에 올 일은 없을 거라고, 잘됐다고. 그러곤 5월이 왔다. 따뜻한 날들이 이어졌다. 라일락이 피었고, 공기는 청교도주의자들이 흠칫할 것 같은 야릇한 분위기가 풍겼다. 그레타는 잘린 나뭇가지들을 긴 화병에 꽂아, 자기 의자 옆 바닥에 놓아두었다.

나의 꿈속은 온통 집으로 가득 찼다. 나는 방에서 방으로 떠돌았다. 어떤 방엔 그녀가 있어, 안으로 들어가는 경우도 있었다. 하지만 다른 사람들이 들어와 우리의 대화를 불가능하게 했다. 우리는 다른 방을 찾아다녔다. 우리만의 공간이 필요했다. 어느 날 밤 꿈에선 뉴포트 저택에 들어갔는데 파이프가 터졌다. 넓은 페르시아 양탄자 위로 얼음이 뒤덮었다. 나는 전보다 많이 먹고 전보다 잘 잤다. 샤워를 다 하고 거울을 들여다보다, 눈 밑 다크서클이 사라진 걸 알게 되기도 했다.

6월엔 비가 내렸다. 오랫동안 비오는 날이 계속됐다. 학기는 끝났다. 학위 수여식 날, 데이비드와 나는 아침 행사를 빼먹었다. 검은색 의상에 손에는 지휘봉을 들고 행렬 앞쪽에 마련된 자기 자리로 달려가는 뚱뚱한 관리 옆을 지나며 그가 말했다. "우스워." 노란색 자주색 파란색 주홍색으로 차려입은 사람들은 마치 오색 깃털을 번쩍이는 새떼들 같았다. 우리는 강으로 발걸음을 옮겼다.

"좋아 보이는데?"

내가 입고 있는 여름 드레스를 찬찬히 살피며 데이비드가 말했다. 노란색과 흰색 줄무늬, 민소매, 거의 사라진 흉터. 비타민 E를 먹어야 한다던 애나의 말이 옳았다. 데이비드가 시계를 봤다. 미대 학위 수여식은 정오나 되어야 시작할 것이다. 그의 친구 하나가 보스턴 대학 근처에서 커피숍을 열었다고 했다. 완벽했다. 걷고, 커피 마시고, 또 걷고 나면, 학생들을 격려하고 부모들을 축하할 만한 기분이 들 것이다.

우리는 강을 따라 흙길을 걸어갔다. 간간이 잔디 위에서 노는 꼬마들과 엄마들이 보였다. 머리 위로는 길 잃은 갈매기들이 날고 있었다. 바다가 보낸 전령사들. 우리는 보스턴 대학 다리를 건너 가게에 도착했다. 가게 이름은 그냥 '조'였다. 소나무 테이블과 멕시코 풍 타일. 반짝이는 에스프레소 머신. 바흐의 피아노와 첼로를 위한 소나타. 그레타 생각이 났다.

"프로젝트는 어떻게 돼가고 있지?"

데이비드가 물었다. 공사는 내가 작업을 감독할 준비가 될 때까지 연기된 상태였다.

'천천히 여유를 가지고 하도록 해요.'

리처드는 친절하고 조심스럽고 여지를 두는 목소리로 말했다. 언니와 내가 처음 이곳에 왔을 때처럼. 새로운 환경에 적응하기 위해, 길을 찾기 위해, 우리에게 시간이 필요했던 그때처럼.

"별로."

"그럼 우리하고 로마에 가는 게 어때? 몇 주 있어봐. 쉬어보는 것도 도움이 될 거야."

데이비드는 로마에 있는 아메리칸 아카데미에서 연구원 초청을 받은 상태였다. 새라도 같이 갈 예정이었고, 예정 체류 기간은 1년으로 잡고 있었다.

"로마? 사양하겠어."

친구들. 친구들은 자기들과 같이 가자며 우리를 초대한다.

데이비드의 친구인 조가 직접 커피를 가지고 왔다. 하얀 거품 위에 잎사귀 하나가 그려져 있었다. 그는 의자 하나를 빼 우리와 합석했다.

돌아오는 길에는 비가 내렸다. 데이비드는 신이 나 보였다. 하버드 졸업식 때는 비가 오는 법이 없었다.

"봐. 우주가 말을 하고 있잖아. 새로운 도시를 향한 시간이라고. 이곳에 남아서 작업에 열중하는 게 좋겠어."

오후 4시가 되자 비가 퍼부었다. 잎이 무성하게 자란 단풍나무들이 그레타의 거리 위로 천막을 드리우며, 빛을 초록색으로 물들이고 있었다. 하수도가 넘쳤고, 인도로 넘쳐 나온 인근 지역 아이들은 맨발로 물속을 첨벙거리며 돌로 댐을 만들었다. 청바지로 갈아입은 나는 무릎까지 오는 장화를 신고 낡은 노란색 비옷을 걸쳤다.

그레타가 그런 모습으로 들어서는 나를 올려다봤다. 손에는 스케줄 표를 들고 있었다. 그녀가 물었다.

"늘 오는 시간 말고, 월요일 아침 10시에 와줄 수 있나요?"

왜죠? 난 이유를 묻고 싶었다.

그녀는 스타킹을 신고 있었다. 미색 실크 재킷에, 발레 플랫이 아니라 힐까지 갖춰 신었다. 환자 하나가 졸업이라도 했나 보죠? 치유는 가능한 사람인가요? 빈정댈 생각이었는데, 내 머릿속에서 들리는 목소리엔 간절한 바람이 담겨 있었다. 색과 스타일에 안목이 있는 젊은 여성이 애처로운 표정으로 내 청바지와 칙칙한 고무장화를 바라보고 있었다. 내가 일곱 살처럼 보였을 것이다.

나는 아무 말도 하지 않았다.

그녀가 클립을 만지작거리면서 기다렸다. 나는 어깨를 으쓱하며 대답했다.

"그러죠 뭐."

그녀는 메모를 하고 스케줄 표를 덮었다.

"앞으로 3주 남았네요."

그녀의 말은 연못 속에 던져진 돌멩이 같았다. 그녀는 물결을 기다리고 있었다.

내가 무슨 말을 하길 바랐던 것일까? '안 가면 안 되나요?' 그랬더라도 결국 떠났을 것이다. 다 바보 같은 짓이었다. "갈 거면 지금 가죠"라고 말하진 못했다.

내가 먼저 떠날 수도 있었다. 그녀를 방 안에 혼자 남겨두고. 그러면 그녀는 자리에서 일어나 불을 끄고 문을 잠그고 계단을 내려가 친구에게 전화를 걸거나 커피를 마시거나 아니면 남편과 차를 마셨겠지. 갑작스럽게 비어버린 시간. 눈 내리던 그날. 쓰디쓴 기억이 떠올랐다.

그날 밤 나는 사다리를 타고 내려오는 꿈을 꿨다. 갑자기 사다리 가로대 두 개가 사라지고 텅 비어버렸다. 사다리는 보트를 향해 놓여 있었고 나는 보트에 타고 싶었다. 아니 그 보트에 타야만 할 것 같았다. 그런데 발을 디딜 곳이 없었다. 내 발은 허공에서 허우적 거렸다. 나는 얼어붙었고 공포에 사로잡힌 채 잠에서 깼다.

꿈이 암시하는 바는 명료했다. 사이먼이 살해당한 날 밤, 우리는 보트를 타고 떠났다. 보트에 타지 않았다면 우리 역시 목숨을 잃었을지 모른다. 부모님은 사라졌다. 그게 사이먼이 나에게 떠나라고 한 이유였다. 그들 역시 그랬어야 했다.

"사다리는 뭘까요?"

월요일. 그레타에게 꿈 얘기를 하자 그녀가 물었다.

나는 어리둥절한 표정으로 그녀를 바라보았다.

"알겠지만 모든 꿈에는 배꼽이 있어요. 미지의 세계로 들어가는 매듭져진 입구."

꿈속에서의 감정이 되살아났다. 두려움, 공포. 나는 시계를 보았다. 끝낼 시간이었다.

"목요일에 다시 얘기하죠."

"뭘 말인가요?"

"요즘엔 내가 하는 말이 다 틀렸다는 생각이 들어요."

나는 그녀를 쳐다봤다. 그러고는 그곳을 나왔다.


목요일. 프로젝트와 여름 계획에 대해 얘기하고 있었는데, 그레타가 말했다.

"당신 꿈에 대해 생각해봤어요. 그 사다리에 대해서. 그게 혹여 우리들의 여름과 관련된 무언가를 말하고 있지 않나 싶어서요. 하필이면 당신이 막 심리치료 과정 속으로 들어오려는 때니까."

그녀의 말이 거슬렸다. 자신이 떠나는 문제에 대해 내가 느끼는 감정을 말하라고 종용하고 있었다. "당신 얘기나 해보시죠"라고 말하고 싶었다. 당신은 어때요? 당신 역시 마찬가지 아닌가요?

"그 사다리 문제를 파고들어 잃어버린 가로대를 찾아야 한다는 생각이 들어요. 당신은 발을 뻗었지만 디딜 곳이 없었어요. 가로대 두 개가 사라져버렸다고 했지요. 난 두 달 동안 자리를 비울 거고요."

그리고 그녀는 의자 뒤로 기대앉았다.

"이게 혹시 '떠나버리는' 치료법인가요? 로마 식 심리치료법?"

나는 데이비드를 떠올렸다. 그러면 무슨 말인지 이해할 것이다.


나는 애나에게 말이 안 된다고 했다. 자기를 떠난 사람들에 대한 감정을 해결하려고 심리치료사에게 갔는데, 그 사람이 곁을 떠나버린다니.

"요점은,"

양파를 깎던 애나가 옷소매로 눈을 닦으며 말했다.

"네가 네 감정을 해결할 수 있다는 거야. 자해 말고도 말이야."

언니는 칼을 내려놓고 나를 뚫어져라 쳐다봤다.

"그래서 내가 손목을 그은 건 아냐. 심리치료란 게 대체 뭐야? 백신처럼 병원체를 집어넣는 거야? 면역 체계를 갖춰서 남겨졌을 때 아무렇지 않도록 훈련시키는 거야? 떠나버리면 뭘 어쩌자는 건데?"

나는 부엌 밖으로 걸어 나왔다.

"그것도 삶의 일부야."

애나가 등 뒤에서 말했다.

"죽음처럼. 받아들이는 법을 배워야 해."

나는 다시 부엌으로 들어갔다.

"언닌 지금 완전히 핵심을 놓치고 있어. 사이먼의 죽음은 절대 자연스럽지 않았어. 안드레아스가 떠난 문제도 그래. 그건 충격이었어. 부자연스러움, 그 자체였다고. 청천벽력. 그 사람은 나를 사랑한다고 했어. 누구에게도 그런 감정을 느껴본 적이 없다고 했단 말이야."

"그건 사실이었을지도 몰라."

"뭐라고?"

"그 사람이 떠난 건, 너를 사랑하게 됐기 때문일 수도 있어."

애나는 깍둑썰기 한 양파들을 도마 한쪽으로 모으고 프라이팬에 밀어 넣고는 불을 줄였다.

"너를 향한 감정이 너무나 커졌기 때문에."

"말도 안 되는 소리 하지 마."

언니 얘기는 내 생각 그대로였다. 그것이 내가 손목에 칼을 댄 이유였다. 나는 말을 하고 싶었다. 되돌아온 내 감정이 너무나 강해 도저히 주체가 안 됐다. 난 표면 아래를 보아야 했다. 그 감정들이 진짜이긴 한 건지 알아야 했다.

부엌에 양파 익는 냄새가 진동했다.

"사실, 나도 네 말이 맞다고 생각해."

애나가 식탁에 놓인 화병에서 시든 꽃들을 빼내며 말했다.

"심리치료에 관한 얘기."

빈 화병을 싱크대로 옮겨 가 물을 틀었다.

"관계로 초대하고 신뢰를 쌓은 다음, 결국에는 슬픔이라는 감정을 해결하는 것. 그 사람들 말로는 치료를 종결한다고 하지. 네 말이 맞아. 말이 안 되는 얘기야. 그래서 내가 더 이상 그 일을 할 수 없는 거고."

언니는 쓰레기통 속에 꽃들을 던져버렸다.


"내 생각을 제대로 전하지 못한 거 같아요."

자세를 고쳐 앉으며 그레타가 말했다.

"아니면, 상담을 중단하는 것에 대해, 표면적인 수준의 얘기밖에 못했던가요."

"추울 때 생기는 우유 막처럼 말인가요?"

일부러 고른 도전적인 언사였다. 우유, 어머니. 그녀의 반응은 예상 가능했다.

"당신이 꿈속에서 본 사다리와 보트를 생각해봤어요. 나는 떠날 거예요. 어쩌면 당신은 나와 함께 떠나고 싶은 건지도 몰라요. 그런데 그럴 수가 없죠. 사다리 가로대가 없어져버렸으니까. 나는 두 달 동안 떠나 있을 거고 당신은 남겨진 느낌을 받은 거예요. 허공에 매달려서."

미로 속으로의 초대. 무엇을 말하든, 내가 말하는 모든 것들이 내 감정, 내 문제로 귀속됐다. 그녀의 감정은 어떤가? 그녀에겐 이별이 아무 문제도 되지 않는 것인가? 안드레아스 생각이 났다. 그는 떠나는 데 아무런 문제가 없었다.

"하지만 당신은 알지요. 당신은 막다른 골목에 다다랐을 때 움직이는 법을 알아요. 이것 역시 당신 역사의 일부예요. 어쩌면 당신이 건축가가 된 이유 중의 하나일 거고요. 당신에겐 사물을 건축하는 방법을 보는 눈이 있으니까."

사실이다. 난 그렇다. 내 안의 무언가가 나를 놓아주었다. 아이가 일어나 내 안을 떠났다. 내가 그 자리를 대신 차지했다. 글을 씀으로써, 여름이라는 다리를 놓을 수 있을 것 같았다.

그녀에게 하고 싶은 말이 있었다. 하고 싶었으나 제대로 하지 못한 말이 있었다. 나는 학자였다. 적어도 그렇게 여겨질 만한 사람이었다. 나는 쓸 것이다. 그리고 그녀가 보지 못한 것을 보여줄 것이다. 내가 아직 찾지 못한 말하는 방법을.

그녀는 혹여 내가, 자해로 이끌었던 그 감정들 속으로 다시 빠져들지 않을까 염려했다. 그 감정들을 옆에 두고 나 혼자 남게 되지 않을까 우려했다. 나는 그녀에게 애나와 같이 있을 거라고 했다. 나는 혼자가 아닐 거라고.

그녀는 내게 전화번호를 건넸다. 자기는 웰플릿에서 지낼 것이라며 원한다면 전화를 해도 좋다고, 내가 전화를 해도 자기는 상관없다고. 또 여름이 너무 힘들지 않기를 바란다고 했다. 즐겁게 지냈으면 좋겠다고. 나는 전화번호가 적힌 쪽지를 받아들고 말없이 그곳을 나왔다.

그 길고 뜨거운 6월을 보내는 동안 나는 자주 그녀 생각을 했다. 너무나 고요히 의자에 앉아 있어, 마치 만에 들어찬 해수 같았던 그녀. 바닷물은 반투명했고, 그녀는 불투명했다는 차이가 있지만. 아니 적어도 그녀는, 자기가 그렇다고 여기고 싶어 했다. 그녀는 지금 무엇을 하고 있을까? 휴식이 필요하다는 건 알 수 있었다. 그러나 심리치료의 구조는 말이 안 됐다. 허공으로 뚝 떨어지는 절벽. 미소 짓는 그녀가 떠올랐다. 어쩔 수 없는 건축가의 눈.

그녀 역시 내 생각을 하고 있을까?

섬에는, 그녀에게 묘사했던 안개 같은 연무가 끼어 있었다. "대기가 바다를 품는 거죠." 비는 많이 내리지 않았지만 풀잎은 아직 푸르렀다. 그녀가 머무는 케이프코드는 어떨까? 색채는 덜 강렬할 것이다. 멕시코 만류로부터는 더 멀리 있으니까.

8월 초. 애나와 토니는 해양 생물학자를 만나기 위해 프로빈스타운*에 갈 예정이었다. 마침 친구 하나가 그곳 갤러리에서 전시회를 열고 있던 터라, 나는 그들과 함께 가기로 했다. 웰플릿은 근처였다. 우연히 그레타를 만나지 않을까 생각하며 번화가를 어슬렁거렸다. 날씨가 흐려 해변을 산책하기에 좋은 시기는 아니었다. 일찍 일을 마친 애나와 토니가 이스트 엔드에 있는 갤러리로 합류했다. 생물학자가 아는 마구간을 추천해주기에, 우린 말을 타고 해변을 거닐기로 했다. 마구간은 산만했다. 가는 날이 장날이었을 수도 있다. 토니가 검은색 암말을 추천해주었는데, 뭔가를 다 아는 듯한 녀석의 눈빛이 마음에 들었다. 그 말은 다른 말들보다 생기가 있어 보였다. 우리는 신청 용지를 채우고 길을 나섰다. 물가에 도착하자 말들이 속력을 내기 시작했다. 말들은 달가닥 달가닥 해변을 달렸다. 그런데 갑자기 내가 타고 있던 암말이 앞발을 쳐올리며 방향을 바꾸더니 마구간으로 되돌아가기 시작했다. 말은 자기 길을 가려

---

* 케이프코드에 자리한 항구도시.

는 의지가 결연했다. 다른 말들이 우리 뒤를 쫓아왔다. 나중에 알고 보니, 막 폭풍이 오려는 찰나였다. 녀석은 그걸 알았던 것이다.

생물학자는 우리를 파티에 초대했다. 그는 웨스트 엔드에 집이 있는 친구와 살고 있었다. 만이 내려다보이는 곳이었다. 토니는 내가 그 집을 보면 좋아할지도 모른다고 했다. 친구는 케임브리지 출신의 음악가였다. 그레타를 알까? 모래밭 위에 지은 집이었다. 테라스는 바다 쪽으로 각도를 잘 잡아 캔틸레버 공법으로 꾸며져 있었다. 건축가가 누구인지 궁금했다. 나는 거실 구석에 마련된 바에서 레드 와인 한 잔을 집어 들고, 사람들 사이를 비집고 나왔다. 비가 그쳤기 때문에 테라스로 나가볼 생각이었다.

그때 그를 보았다.


그는 바다를 내다보며 난간 옆에 서 있었다. 처음 나샤위나에 가던 날 배 위에서 그랬던 것처럼. 나는 제자리에 얼어붙었다.

"난 그럴 수 없습니다."

그때 그는 그렇게 말했다. 우리 일 얘기였다.

"나도 그래요."

그러면서 우리 둘 다 웃었었다. 진실 같지 않은 진실이었다.

그가 고개를 돌렸다. 하얗게 질리는 그의 얼굴. 숨이 막혔다. 쓰러질 것 같아 문을 잡으려는데 문이 열렸다. 나는 몽유병 환자처럼 테라스의 젖은 바닥으로 들어섰다.

그는 꼼짝하지 않았다.

내물림에서 빗방울이 떨어지고 있었다. 바람이 불어 문이 쾅 닫혔다. 심장이 덜컹했다.

"키라."

멀리서 타종 부표가 쩽그랑거리는 소리가 들려왔다.

"키라, 키라."

안개 속에서 들려오는 말들.

물방울들이 머리 위로 개울처럼 흘러내렸다. 나는 서 있던 자리를 옮겼다.

그가 내 얼굴을 흘긋 보았다. 내 팔을 보는 그의 눈이 흔들렸다.

"미안합니다."

난 아무 말도 할 수 없었다.

"믿을 수 없게도 난……"

마음을 다잡아야 했다.

그가 슬픈 표정으로 물었다.

"얘기 좀 할 수 있을까요?"

내 안의 뭔가가 나를 마비시켰다. 안 돼.

배의 불빛들, 엔진 소리. 집으로 돌아오는 어부들. 너무 늦었다.

"다신 안 될 거 같네요."

한번 깨진 인연. 다시는 안 됐다.

등을 돌렸다. 문가에 언니가 서 있었다. 긴장과 경계심이 뒤섞인 얼굴.

"여기엔 며칠만 머무를 겁니다."

애나와 난 곧장 파티장을 나왔다.

# 2

숨을 쉴 수 없었다. 목에서 숨이 턱 막혀버렸다. 질식할 것 같았다. 붉은색 초록색 불빛을 드리우며 나샤위나로 돌아가는 배 위에서, 애나가 내 팔을 잡으며 물었다. "뭐라 그래?" 무슨 말이든 하고 싶었지만 아무 말도 입 밖으로 나오지 않았다.

대신 나는 사이먼 생각을 했다. 그가 죽기 전 여름, 우리는 오토바이를 타고 해안을 달려 프로타라스 해변으로 향했다. 나는 수영복 위에 새로 산 흰 바지를 입은 상태였다. 체인은 생각도 못하고 있었다. 얼마 못 가 바지 밑단이 체인에 걸려 나는 오토바이에서 굴러떨어졌다. 흰 바짓단이 기름기 흐르는 체인에 매달려 있었다. 나는 눈물을 삼키며 오토바이를 길가로 끌고 갔다. 바지가 엉망이었다. 왜 바짓단을 접지 않았을까? 아니면 학생 때처럼 클립을 썼어도 됐을 텐데. 거기까지 생각이 못 미쳤던 이유는, 그해 여름 내내 거의 스커트만 입고 다녔고, 그날은 마치 아무 일도 일어나지 않을 듯이 햇빛이 찬란했기 때문이다. 나는 따가운 여름 햇살을 받으며, 마치 오토바이의 부속처럼, 거기 그렇게 서 있었다. 앞서 가던 사이먼이 뒤를 돌아보고는 되돌아왔다. 그가 나를 품에 안으며, 미처 생각지 못한 질문을 던졌다. 키라, 다쳤어?

　피터는 새로운 공연 준비로 바빴지만 8월 마지막 주에 나샤워나로 건너왔다. 이번 여름 공연은 〈태풍〉이었다. 나는 그와 거리를 두고 있었다. 우리는 야외극장 뒤쪽에 자리를 잡고 앉았다. 이제 어둠이 일찍 내려앉고 있었다. "여기 황금빛 모래가 있는 곳으로 와, 손을 잡으라." 셰익스피어의 대사가 내 우울을 뚫고 들어왔다. 정령 아리엘을 연기하는 작은 배우는 동작이 유연하고 목소리가 유혹적이었다. 나는 극의 마법 속으로 빨려들었다. "고개를 숙이고 키스를 하니 성난 파도도 숨을 죽이네." 피터가 나에게 몸을 기울이며 말했다. "멋진 일이야. 이 섬에서 〈태풍〉을 올린다는 건." 그모든 것이 떠오른 건 이후 4막에서, 프로스페로가 페르디난드에게 "나의 아들, 너는 마음이 동요하여 망연자실한 것 같구나"라고 말했을 때였다. 그 집, 테라스, 젖은 바닥, 그 끝에 서 있던 안드레아스, 비에 젖은 의자와 테이블. "이제 잔치는 끝났다. 내가 너에게 예언하였듯, 배우들은 모두 정령이었고 공기 속에, 흔적도 없이 녹아 있다." 눈물이 흘러내렸다. 피터가 내 어깨를 감싸 안았다. 닫혀 있던 마음속으로 온기가 스며들었다. "얘기 좀 하고 싶어, 키라?"
　우리는 조용히 자리에서 일어났다.

야외극장 너머 조금 떨어진 곳에 크고 평평한 바위가 하나 있었다. 피터는 바윗돌 위에다 재킷을 펼쳐놓았다. 자리에 앉으니, 저 멀리 배우들의 모습이 보이고 목소리가 희미하게 들려왔다. 그가 춥냐고 물었다. 하얀 달빛이 바다를 비추고 있었다. 나는 고개를 저었다.

"당신을 만났다고 하더군."

피터가 조용히 말했다. '망연자실'이란 단어가 다시금 떠올랐다. 눈물이 흐르기 시작했다.

"그 친구한테 소식을 전해준 사람이 바로 나야."

나는 끝이 해진 가지 하나를 집어 들고는 나무껍질을 벗기기 시작했다. 하얀 속살이 드러났다.

피터가 숨을 크게 들이마셨다.

"자기 때문에 당신이 그렇게 큰 상처를 받으리란 생각은 못한 거 같아."

나는 나뭇가지를 부러뜨렸다.

"그런 게 아냐."

목소리가 높아졌다. 그럼 뭔가? 자존심? 문제는 그가 아니었다. 그가 무슨 생각을 했든 하지 못했든 그건 중요치 않았다. 중요한 건 그가 나를 이런 식으로 대했다는 거였다.

연극이 끝났다. 박수 소리가 들려왔다. 배우들이 다시 무대 위로 나왔다. 더 큰 박수 소리가 이어졌다. 그러곤 무대 조명이 꺼졌다. 관객들이 흩어지고 있었다. 부두엔 정박한 배들이 손님을 기다리고 있었다. 세트 담당자들이 무대를 정리했다.

피터는 부드러운 목소리로 말했다. 네덜란드 사람의 심각한 얼굴. 마치 판화처럼, 뺨 옆을 따라 나 있는 주름. 홀쭉한 뺨을 도드라지게 하는 달빛.

"당신한테 편지를 썼다는 말도 하더군."

그랬다. 떠나고 한 달 넘어 도착한 편지. 헝가리 소인이 찍힌 길고 하얀 봉투. '부유하는 관계는 우리 사이에 불가능하다는 것을 깨닫게 되었습니다. 우리 둘 다 수도 없이 그리 말했었지요. 그것은 비켜갈 수 없는 진실입니다.' 갑자기 한기가 밀려왔다. '나의 모든 환상과 걱정과 우려는 결혼이라는 문제에 집중되어 있습니다. 그리고 현재의 나에게 결혼은 매우 멀고 비현실적인 문제입니다.'

'지금의 나'는 어떤가? 마음은 시답지 않은 이야기 속에서 위안을 구했다. 언젠가 그는 자기가 만난 어떤 여자 얘기를 들려준 적이 있었다. 프레시 폰드 근처를 걸을 때였다. 그녀가 그에게 뭘 하는 분이냐고 물었다. 그가 '컨덕터conductor'라고 대답하자 그녀는 지휘자라는 생각은 못하고 "기차 승무원이요?"라고 했단다.

나는 피터에게 고개를 돌렸다.

"그 소식을 듣고는 오고 싶어 했어. 하지만 펠리시아가 말렸지. 당신이 막 퇴원한 때였으니까, 그래 봐야 상처만 헤집는 꼴일 수도 있고. 그리고 다행히, 끔찍한 일은 없었으니까."

끔찍한 일이 없었다고?

"내 말은 그러니까, 당신이……. 그 친군, 직접 마주하면 설명할 수 있을지도 모른다고 생각했어."

"뭘?"

피터와 다툴 생각은 아니었다.

"미안해."

"괜찮아. 정말이야."

그는 머리를 숙이고 뒷목을 문질렀다. 그러더니 깊은 숨을 내쉬었다.

"이런 일들은 정말 쉽지가 않아. 단순하지도 않고."

잠시나마 그레타 같다는 생각이 들었다.

"아버님이 병원에 계셔. 제시하고 같이 고모님 댁에 오셨었거든. 안드레아스는 유럽 순회공연을 하고 있어서. 근데 고모님이 보니까 아버님이 뭘 자꾸 잊어버리는 거야. 기억을 잃어가는 게 아닌가 걱정이 되더래. 길을 잃어버리면 어쩌나 싶기도 하고. 제시를 맡길 수 있는 상태가 아니었어. 그래서 맥린 병원에서 검사를 받게 했는데, 병원에선 지켜봐야겠다고 했대. 그래서 안드레아스가 미국에 온 거야. 아버님을 뵙고 제시를 부다페스트로 데려가기 위해서."

"상태는?"

"좋지 않아. 예전엔 그런 병을 노망이라고 불렀었지. 지금이야 그렇게 부르지 않지만."

"너무 좋은 분이셨는데."

"여전히 그러셔."

바위의 냉기가 그의 재킷을 뚫고 들어왔다. 나는 떨고 있었다.

"일어서야겠어."

내가 들어가자 그레타는 자리에서 일어섰다. 노동절*이 지난 목요일이었고 날은 후텁지근했다. 그녀는 파란색 탑에 하얀색 리넨 바지를 입고 있었다. 그은 얼굴이 더 젊어 보였다. 그녀가 손을 내밀었다. 다소 형식적인 제스처였지만, 그녀를 다시 보게 되어 기뻤다. 몸에선 긴장이 풀리고 그녀가 손을 잡아주니 위안이 되었다. 상담실, 침상, 의자, 화분, 파란 문에 붙은 그림. 모든 것이 예전 그대로였다. 나는 의자 옆 바닥 위에, 새로 산 가죽 토트백을 가지런히 놓았다. 앞으로 나아가겠다는 내 의지의 상징이었다.

"자, 그래서 어떻게 되었나요?"

그레타가 내 얼굴을 살피며 말했다.

"그 사람을 봤어요."

그때껏 내가 그 순간을 기다려왔다는 것을 알 수 있었다.

나는 이야기를 시작했다. 하지만 뭔가 혼란스러운 구석이 있었다. 그녀의 얼굴에 경계령이 내려졌다.

"지난밤 꿈엔 어떤 남자와 자동차 안에 있었어요. 내가 운전대를 잡았는데, 접경 지역에 도착하기 위해서 들판을 가로지르는 중이었죠. 길은 없었어요. 사륜구동으로 전환할 수 있을까 해서 기어를 내려다보았어요. 고개를 들었더니 어떤 남자가 위협적인 얼굴로 차 옆에 서 있었어요. 문을 잠그려 했지만 잠금장치가 자꾸만 풀렸어요. 무서웠죠. '무시해.' 옆에 앉은 남자가 말했어요. 난 가속 페달을 밟았고, 우리가 탄 차는 덜커덩거리며 들판을 가로질렀어요. 그리고 마침내 접경 지역 표지판이 보였어요. '자유 주 Free State.'**

나는 그레타를 보았다. 내 말을 기다리고 있었다.

---

*9월 첫째 주 월요일.
** 남북 전쟁 이전에 '노예 주'와 달리, 노예제도를 금지하거나 차츰 폐지한 주.

"차에 타고 있던 남자는 아버지 같아요. 어쩌면 안드레아스일 수도 있고요. 가죽 재킷을 입고 있었어요. 얼굴은 못 봤고요. 차 옆에 서 있던 사람은, 처음엔 앤튼이라고 생각했는데 나중엔 사이먼처럼 보였던 것 같아요. 화가 나서 얼굴이 일그러져 있었어요. 우리가 달리는 도로 위엔 늘어진 나뭇가지들이 그림자를 드리우고 있었어요. 버드나무처럼. 하지만 말이 안 돼요. 훨씬 짙은 암녹색이었거든요. 그 여름, 아버진 제게 운전을 가르치셨어요. 우린 나무들이 줄지어 선 도로를 찾아냈죠. 차가 거의 다니지 않는 쭉 뻗은 길이었어요. 접경 지역?"

나는 웃었다.

"표지판이 모든 걸 말해주고 있잖아요. 위협에서 도망쳐 자유로운 공간을 찾는 꿈인 것 같아요. 내 처지하고 딱 맞는 꿈이죠."

"접경 지역을 건너는 문젠 그렇죠."

그레타가 덧붙였다.

"하지만 이번엔 어떤 남자가 당신과 있었어요. 그리고 그것은 보트가 아니라 자동차였어요."

그녀가 무슨 말을 하는지 알 수 있었다. 그녀는 안드레아스에 대해 얘기하고 싶어 했다. 올 여름 그를 만남으로써, 당신은 배운 것이 있나요?

나는 그녀에게 그 일을 얘기했다. 그가 미안하다고 했고, 자기 때문인지 알고 싶어 했으며, 얘기를 하고 싶어 하더라고 전했다. 피터의 말이 떠올랐다. "자기 때문에 당신이 그렇게 큰 상처를 받으리란 생각은 못 한 거 같아." 어떻게 그걸 모를 수가 있단 말인가?

"그 사람에게 뭐라고 했나요?"

"다신 안 될 것 같다고 했어요."

그녀가 나를 보았다. 고요한 섬.

"어떻게 생각해요?"

"당신 질문을 생각하고 있었어요. 루징$^{losing}$의 반대. 우리 둘 다에게 좋은 질문이라고 생각해요."

스핑크스의 물음 같았다.

"그 사람이 내게 또 편지를 보냈어요. 프로빈스타운에서 일이 있던 직후였지만, 케임브리지로 보냈기 때문에 이번 주에야 받아보게 되었어요."

나는 가방에서 편지를 꺼냈다. '키라. 난 당신이 한 말이 진실이라고 생각합니다. 다른 여러 가지 일들도 진실이라고 생각하지만, 하지만 결국 그것들도 다 하나겠지요. 당신 말이 옳습니다.' 그러곤 행을 띄어 '진심으로 사과합니다. 다시는 무책임한 행동을 하지 않겠습니다' 라고 썼다. 서명은 a로 되어 있었다. 그것으로 충분했을 테지만, 아래쪽에 한 단락이 더 있었다. '오, 내 사랑. 내가 이 저주를 얼마나 깨고 싶은지 당신은 모릅니다. 당신은 나를 대신해 나를 만져주었고, 나로 하여금, 당신과 함께, 당신을 위하여, 이 지옥 밖으로 나가고 싶다는 열망을 안겨준 비전을 보여주었습니다. 당신은, 내가 두 번 다시 만나지 못할, 가장 아름다운 사람입니다.'

그레타의 얼굴은 무표정했다. 나를 위해 감정을 드러내거나 하진 않을 터였다.

시계를 보았다. 상담을 마칠 시간이 다가오고 있었다.

"비통에 찬 '마이애즈마' 군요."

나는 사전에서 그 단어를 찾아보았다. 나쁜 냄새라는 뜻이었다.

기분이 나아지고 있었다. 뭔가가 안정되어가는 느낌이었다. 어쩌면 발아래 땅이었을까? 나샤위나의 여름이 9월 속으로 길고 긴 손가락을 내뻗고 있었다. 한낮의 태양은 뜨거웠고 바다는 고요했다. 서쪽에선 멕시코 만류가 도착했고, 비스듬한 파도들이 해변을 쓸어내렸다. 그러다 허리케인이 강타했다. 폭풍은 조지 뱅크 수역에 분노를 내뿜었다. 애나와 나는 푸르스름한 갈색 물 벽들이 해변으로 부서져 내리는 모습을 지켜보았다. 바위들이 제자리를 잃고 나뒹굴었고, 날개 부러진 갈매기 하나가 멍하니 모래밭을 비틀거리고 있었다.

"나 같네."

내 입에서 이런 말이 나왔다.

"지금은 아니지만, 내가 꼭 저런 기분이었어."

애나도 알고 있었다. 여자들은 오묘한 방식으로 순환한다. 더불어, 리듬에 몸을 맡기고, 달처럼, 물처럼. 그날 오두막으로 찾아온 것은 언니였다. 언니는 그날 무언가 이상한 느낌을 받았다. 그레타를 찾아내 병원으로 보낸 것도 언니였다.

"그레타 말인데,"

그레타는 우주의 질서가, 나로서는 우주에 없어서는 안 될 질서라고 여겨왔던 것이, 우리가 하고 있는 작업으로 흔들렸다고 말했다.

"심리치료가 하는 일이 바로 그거야."

애나가 말했다.

"고착으로부터의 이동. 프로이트 말로는, 그것이 어둠을 깊게 해서 어렴풋한 불빛을 보게 만든다고 해."

애나 역시 심리치료를 받아보았다. 모든 심리치료사들이 그러는 것처럼. 나는 그레타가 궁금했다. 환자였을 때, 그녀의 세계 역시 흔들렸을까?

"사람들에겐 각자 상황을 파악하는 틀이 있어. 뭔가가 자꾸만 자기를 그 밖으로 밀어내려 하면 불안감을 느끼게 돼. 그 위험을 감당하려는 의지가 없으면 다른 사람과 관계를 맺을 수 없어."

그레타는 어떤 모험을 한 걸까?

"당신의 마음에 불안감이 일고 있어요."

어느 날 내가 숨 쉬기 힘들다는 생각을 하고 있을 때, 그레타가 말했다.

"이제 물을게요. 당신은 기존의 질서를 회복해야 하나요?"

기이한 질문이었다. 왕이 죽었습니다. 왕께 만수무강을 기원합니다. 그녀는 심리치료사가 되었다. 그 안의 질서를 받아들였고, 그 안의 규제를 강화했고, 그 안의 언어를 말했다. '우린 여기서 그만 멈춰야 합니다.' 심리치료사는 환자를 사랑해야 한다고 애나가 말했다. 그렇지 않으면 치료될 수 없다고. 나는, 그러나 누군가를 사랑한다면 그 사람을 떠나지 않는다고 말했다.

파도가 조금씩 해변에 가까워지고 있었다. 밀물이 들고 있었다.

"복잡하네."

그레타는 내게 꿈속의 목소리를 듣는 법을 가르쳤다. 그러나 막상 그녀 내부엔, 마치 너무 가까이 다가가면 위험할 것 같은 제한 구역이 있었다. 나는 그것을 느낄 수 있었다. '나의 믿음 없는 팔위에, 그대, 인간의 잠자는 머리를 눕혀라, 내 사랑.' 오든의 시구였다. 시인들은 알았다. 그 역시 전쟁을 알고 있었다.

그해의 첫 번째 교무회의에서, 교무처장은 객원 교수를 포함한 새로운 교수진을 소개했다. 회의실엔 발 디딜 틈이 없었다. 필수 참석, 데이비드 식으로 표현하자면 '불참은 죽음'이었다. 로마에 가 있는 데이비드를 대신할 교수가 눈에 들어왔다. 테헤란에서 온 경관 건축가였다. 젤을 듬뿍 발라 못처럼 세운 머리칼. 은팔찌. 우아함과 불손함의 조합. 단번에 그녀가 좋아졌다. 회의가 끝나자 점심 식사가 이어졌다. 그녀의 이름은 로야, '꿈'이라는 뜻이라고 했다.

카스피 해에서 자란 그녀는 수영선수였다. 우리는 인도어 체육관에서 매일 아침 수영을 하기로 했다. 점심을 먹은 뒤에는 스퀘어에 있는 이탈리아 카페에서 커피를 마셨다.

어느 날 아침, 히잡을 벗고 머리를 드러낸 그녀가 물었다.

"여기 학생들은 왜 이렇죠? 잔뜩 겁먹은 것처럼 보여요. 참고도서 목록에 있는 책들만 읽잖아요."

이란 학생들은 마르크스주의자들이고 지성인들이라 했다. 손에 잡히는 건 뭐든지 다 읽고 늘 혁명의 최전방에 있어왔다고 했다.

"그러다 정부가 대학을 폐쇄해버렸어요."

나는 숟가락으로 카푸치노 거품을 뜨며 검은색 차도르를 입은 로야의 모습을 그려보았다.

"그때 머리를 잘랐죠."

10월 초에 에이브를 보러 갔다. 그래도 팬찮을 정도로 마음이 강해진 것 같았고 내가 좋아하는 분이었다. 이디스 고모 집에 머무르고 있었다. 검사 결과만으로는 아직 아무것도 확실한 게 없었다.

"그냥 동맥경화일 수도 있다니까."

애교 섞인 미소. 유럽인들은 나이 듦을 자연스럽게 받아들였다. '다 그리 되는 거란다. 용기가 필요하지.' 할머니는 그렇게 말씀하시곤 했다. 에이브는 부다페스트로 돌아갈 계획이었다. 그는 내게 제시가 보낸 편지를 보여주었다. 제시는 자기가 그린 그림 위에 '저도 보고 싶어요, 할아버지'라고 썼다. 둘이 손을 꼭 잡고 있는 사진이었다. 추신. '아빠가 그러는데, 어쩌면 강아지를 길러도 된대요.' 불길했다. 그러나 에이브는 눈을 반짝거리며 말했다. "제시와 내가 의논한 일이란다."

우린 진러미 카드게임을 했고, 이디스는 라즈베리를 듬뿍 넣은 쿠키를 내놓았다. 에이브의 기억력에는 아무런 문제도 없어 보였다. 그는 내가 기다리고 있던 스페이드 다섯 장을 내려놓으며 말했다. "끝났다."

나는 그 문제를 들추고 싶지 않았다. 그런데 그가 먼저 말을 꺼냈다.

"키라. 네 생각을 많이 했단다. 너 때문에 마음이 좋지 않아. 알다시피 그 앤 아내를 잃었다. 끔찍한 일이었지. 끔찍한 일들이 너무 많았어. 그런 일들은 흉터를 남긴단다."

에이브가 나에게 쿠키를 건네주며 말했다.

"먹어보거라. 이디스가 만들었는데 아주 맛나더라. 커피나 차를 좀 줄까?"

그러곤 부엌 쪽을 바라봤다. 그에겐 하고 싶은 말이 더 있었다.

"부다페스트에서 우린 안전하다고 생각했다. 아무도 앞으로 닥칠 일들을 준비하지 못했어. 그러면 안 되는 거였는데. 나치가 유대인 일제 검거를 시작했을 때, 안드레아스는 제시보다도 어린 꼬마였단다. 그 아인 우리가 자길 보호해줄 거라고 생각했지. 우린 그랬다. 아내 덕분이기도 했지만 나도 접촉하던 사람들이 있었어. 내가 계란을 배달해준 사람들은 모두 줄이 닿아 있었고, 농부 하나가 우리를 숨겨주었지. 안드레아스는 늘 누군가 자기를 보호해주리라 생각했을 거다. 그 아이에겐 사명이 있단다. 뭔가를 해결하고 싶어 해. 네가 그걸 이해해줘야 한다. 부다페스트에서 작업을 하는 것, 그건 아내에게 빚이 있다고 생각하기 때문이란다. 며늘아긴 그걸 위해 싸웠으니까. 그 애가 그 일을 할 수 있도록 하려고 말이다. 빚을 다 갚고 나면—그 애가 지금 자기 오페라단과 하고 있는 일이 바로 그것이란다—그 아이도 준비가 될 거다."

그는 헛기침을 하며 목소리를 가다듬었다.

"새로운 인생을 시작할 준비 말이다."

그리고 검버섯이 돋은 손을 내 손 위에 얹고 꽉 쥐며 말했다.

"결정은 네게 달렸다만, 그게 이 노인네의 바람이구나."


나는 애나에게 에이브를 만나고 왔다고 했다. 로야가 프로젝트 현장을 보기 위해 나샤위나에 건너와 있었다. 우리는 부엌에 앉았다. 애나 역시 그녀를 마음에 들어 하는 게 눈에 보였다. 토니가 며칠 동안 외부에 있어 집에는 우리 셋밖에 없었다. 애나는 대합 파스타를 만들고 있었다. 로야는 디저트로 내놓으려고 가져온 석류를 자르고 있었다. 나는 도마 위에서 파슬리를 다지고 스토브 옆으로 갔다. "넣어도 되나?" 마늘 냄새가 진동했다. "아직 아니야." 애나는 소스에 대합을 넣고 휘저었다. 나는 조개가 쪼그라드는 모양을 지켜보았다. 로야가 식탁을 차리기 시작했다. "접시는 이걸 쓰면 되나요?" 애나가 고개를 끄덕였다.

"에이브는 어때?" 애나가 나무 주걱으로 파스타 면 하나를 건져내 내밀었다. "괜찮아 보였어. 얘기를 하고 싶어 하시더라고." 애나가 무슨 얘기, 하는 표정을 지었다. 나는 파스타 끝을 잘라 먹었다. "거의 다 익은 거 같아." 애나가 냉장고에 와인이 있다고 했다. 로야가 샐러드드레싱을 만들겠다고 했다. 그녀는 "레몬을 좋아하신다면" 하며 조리대 위에 놓인 파란색 볼에서 레몬을 집어 들었다. 그러곤 천장으로 휙 던지더니 한 번에 홱 낚아챘다. 애나가 체에 파스타를 거르자 싱크대에서 연기구름이 피어올랐다. 나는 와인을 따고 촛불을 켰다.

애나가 로야를 향해 잔을 들었다.

"반가워요."

로야 역시 자기 잔을 들었다.

"파르시에선 '살라마티'라고 해요. 건강을 기원한다는 의미죠."

금요일 밤, 한 주의 끝이었다. 케임브리지에서 우즈 홀로 오는 길은 비교적 한산했다. 로야와 나는 이런저런 동료들 얘기를 주고받았다. 마음에 있는 말을 담아두지 못하는 성격이라, 그녀는 천하에 무뚝뚝한 건축학과 학과장에게서도 정보를 빼냈다. 그는 어떤 신경생물학자 때문에 아내와 헤어지기 직전이라고 했다. 우즈 홀엔 어스름이 내려앉아 있었다. 낮고 하얀 터미널 건물, 페리를 기다리는 자동차들의 행렬, 붉은 셔츠를 입은 부두 노동자들, 회색 하늘에 반짝이는 샛별. 우린 작은 페리를 탔고 로야는 넋을 잃었다. 그녀는 오랫동안 바다를 그려왔다고 했다.

나는 로야에게 파스타 볼과 조개 소스 볼을 내밀었다. 미친 정치 세계에서 빠져나온 또 다른 피난민의 도착에 흥분한 애나는 현 정치체제의 위험성에 대해 열변을 토했다. 백악관의 레이건은 아직도 영화를 찍는지 대본이나 주는 대로 읽고 있고, 마거릿 대처는 바보 같은 조처만 일삼고, 말도 안 되는 전략방위 시나리오에, 니카라과와 모잠비크에서 실제 벌어지고 있는 전쟁은 또 어떻고.

"심리치료사로서 내가 아는 단 한 가진."

그녀는 파스타를 덜어놓고 소스 볼에 숨어 있는 조갯살을 찾으며 말했다.

"폭력이 사람들에게 어떤 영향을 미치는가 하는 거야."

"에이브가 한 말이 바로 그거야. 폭력은 사람들에게 흉터를 남긴다고 했어."

"세계를 비관하지 않기란 힘들어요."

로야가 포크로 파스타 면을 돌리며 말했다.

"모사데그 총리 시절엔 이란에도 희망이 있었어요. 그는 석유 산업을 국유화하고 개혁을 추진했죠. 그런데 당신네 CIA가 개입해서 모사데그 정권을 무너뜨렸어요."

"내 CIA는 아니에요."

애나에겐 여권이 두 개 있었다. 키프러스 여권이 하나, 미국 여권이 하나. 미국 여권은 피난민의 방지책이었다. 내 키프러스 여권은 갱신 기간이 지났다.

"혁명과 함께 다시 희망을 품었죠."

로야가 말을 이었다.

"그런데 국왕을 권좌에서 끌어내리고 나니, 근본주의자들이 자리를 차지하더라고요."

그녀가 고개를 내저었다. 은 귀고리가 촛불 빛에 반사되어 반짝거렸다.

"내 가족은 이란을 떠나 로마로 갔어요. 사람들은 처형당했고 의지할 곳이 없었죠. 그나마 지금은 빠져나오기조차 힘든 실정이에요."

그녀의 얼굴이 발갛게 상기됐다.

"이런 대화가 그리웠어요. 이란에선 정치 얘기 말곤 안 해요. 여기선 정치 얘기 빼곤 다 하죠."

"아무도 뭘 어떻게 해야 하는지 모르는 것 같아요."

마음이 어수선했다. 에이브가 한 말이 자꾸만 마음에 걸렸다. 에이브가 그 말을 할 때 난 멍했다. 아니 그 이상으로 온 마음이 마비되어 있었다. 안드레아스의 편지 구절이 떠올랐다. 떠난 직후 보낸 그 편지. '당신을 향한 나의 마음은, 영원불변만 아니라면, 어떤 조건으로라도 당신의 사랑을 받아들일 수 있는 지점을 지나 있습니다. 그러나 나는 그것을 영원불변하게 받아들일 수 있는 지점에는 도달하지 못했습니다.'

"어제 흥미로운 강연을 하나 들었어요."

로야가 포크를 내려놓으며 말했다. 그녀는 실크 블라우스와 검은색 정장 바지를 벗고, 하얀색 롱 스웨터와 편한 회색 바지로 갈아입은 상태였다.

"매주 〈하버드 가제트〉가 나오면, 내가 모르는 주제의 강연을 하나 골라 들으러 가거든요. 이번 주엔 베스 이스라엘 병원에서 어떤 정신분석학자의 강연을 들었어요. 대단히 기념비적인 강연이었어요. 제목이 흥미로웠죠. '환자가 상담실로 들어올 때―여성 심리치료의 터닝 포인트.'

애나가 고개를 들고 로야를 바라봤다.

"셔틀버스를 타고 강을 건넜어요. 의대엔 처음이었죠. 이상한 건 말이죠, 이런 강연에 참석하면 늘 다른 사람들을 보게 된다는 거예요. 청중들이 매번 달라져요. 지난주에는 피바디 박물관에서 인디언 묘지에 관한 강연을 들었거든요? 매캐하고 어둠침침한 분위기에 사람들도 별반 없었는데 그나마 다들 갈색 계열이나 카키색 옷을 입고 있었어요. 인류학자들이었겠죠. 의대 쪽 강연엔 갔더니 조명이 어찌나 밝던지, 강연장도 만원이었고요. 흰 가운을 걸친 의사들, 간호사들, 정장 차림의 남자들, 드레스를 차려입은 여자들. 로야, 이탈리아 부츠를 신길 잘했어, 그랬죠. 강연자로 나온 여자는 정신분석학자였어요. 존경받는 학자인 것 같았고, 경력도 깨나 화려하더군요. 그저 그런 강연이겠군, 그랬죠. 그런데 점점 강연자의 얼굴에서 열기가 느껴지고 강의가 흥미로워지는 게 아니겠어요? 결국 그 여자가 청중 전체를 완전히 사로잡았어요.

여잔 의대 시절에 치유의 과정에 흥미를 느꼈었대요. 신체의 자가 치유 능력과 그 방해 요소에 대해서요. 그런데 정신분석학자가 되고 나니 똑같은 게 보이더라는 거예요. 사람들은 뭔가를 치유하고 싶어서 심리치료를 받으려는 거고, 심리치료는 그 과정을 수월하게 하려는 장치였다는 거죠. 그런데 바로 그 심리치료의 구조에 문제가 있다는 것을 알게 되었대요."

나는 애나의 눈을 쳐다봤다. 우리가 나눈 대화가 바로 그거였다.

"그 여잔 특히, 여자 환자들과의 관계에서 문제가 두드러졌다고 했어요. 앨리스라는 여자 환자를 예로 들었는데, 상담을 진행하다 가 변화가 보이려는 시점에서 그 환자가 심리치료의 관계에 대해 불만을 토로하기 시작했다는 거예요. 심리치료의 관계란 게 결국 응석이나 받아주며 예우를 파는, 아니면 일종의 매춘 행위 같은, 물과 기름처럼 겉도는 관계가 아니냐고요. 돈으로 사랑과 이해를 사는, 시계 침이 바뀐 만큼 주고받는 물물 교환관계.

그 분석학자는 처음엔 그걸 일종의 저항행위라고 생각했대요. 본인은 변화의 가능성을 예견한 사람들이 보이는 그런 반응에 훈련이 되어 있었고요. 하지만 앨리스는 끝내 자신의 입장을 고수했다고 해요. 문제가 있었던 거죠. 그런데 중요한 건 그게 단지 환자만의 문제가 아니었다는 점이었어요."

로야는 와인잔을 들어 한 모금 마셨다.

"앨리스와도 그렇고 다른 여자 환자들과도 그렇고, 심리치료를 하면서 이 분석학자는 치유를 방해하는 장애물들이 단순히 내적인 요소에만 국한되지 않는다는 걸 깨달았대요. 여성들은 이 세상을 살아가면서, 자기가 만들지 않은 어떤 구조에 적응하도록 학습되어왔어요. 그러니 여자들은 이 적응의 상태에 직면해 그 정당성을 의심하게 된다는 거죠. 그때가 바로 환자가 상담실 안으로 들어오는 때인 거고요.

그녀는, 심리치료 구조에 변화가 일어나야 한다고 했어요. 관계 혹은 상담 과정에 어떤 조치를 취해, 여성에게, 자기가 처한 상황을 변화시킬 수 있는 힘이 자기 자신에게 있다는 것을 입증해 보여야 한다고요. 만약 환자가 이런 구조의 변화를 제안하지 않는다면, 정신분석학자는 왜 이 여성이 순응 혹은 공모의 관계를 받아들이는지 의문을 품어봐야 해요. 심리치료사는, 자기가 왜 기존의 심리치료 구조에 집중하는지, 환자는 또 왜 그 구조에 순응하는지 자문해봐야 한다는 뜻이고요.

아주 침착해 보이는 조그만 여자였어요. 허리에 칼을 차고 전쟁터로 나갈 것 같은 그런 타입은 아니었지만요. 하지만 분명히 그 여잔 위험을 감수하고 있었어요. 객석엔 강연 내용을 아주 불편하게 여기는 이들도 있었고요. 심리치료의 기존 구조를, 특히 여성 환자들과의 관계에서 고쳐야 될 문제로 바라보았으니, 기존 질서에 대한 도전인 셈이었죠. 옆에 앉은 여잔 핸드백을 뒤지기 시작했지만 강연장엔 분명 흥분이 감돌고 있었어요."

로야가 우리를 쳐다봤다. 계속하라는 신호를 기다리고 있었다. 애나가 고개를 끄덕였다. 나는 꼼짝 못하고 의자에 앉아 있었다.

"위니콧이라는 영국 분석학자 얘기를 꺼내더군요. 장관 하나가 그 사람에게 와서, 사람들이 개인적인 문제로 자꾸 찾아오는데 어떻게 해야 하냐고 물었대요. 얘기를 들어줘야 합니까? 아니면 심리치료사에게 보내는 게 맞습니까? 위니콧은 문젯거리가 흥미로우면 얘기를 들어주고, 안 그러면 심리치료사에게 보내라고 했다는군요. 객석에선 웃음이 터져 나왔죠. 하지만 그 여잔 그 와중에도 진지하게 말했어요. 여성 환자들이 자신에게 도전해오는 순간이 너무 힘들고 불안해서, 이것이 종종 심리치료 과정에서 위기의 순간이 되기도 하지만, 그러나 현장에 있다 보면 어느새 호기심을 잃지 말아야지 생각하는 자신을 발견하게 된다고요. 그때의 문제야말로 진짜 중요한 문제이기 때문이라고 했어요. 그리고 되돌아보면, 그 순간이 치유로 길을 열어주는 터닝 포인트가 된 경우가 많았대요. 심리치료의 구조에 의문을 품는 것은 결국, 환자 자신에게 좋은 신호였다는 거죠.

결론은 대단히 함축적이었어요. 심리치료 혹은 사람들을 심리치료로 이끄는 문제들과, 그 문제들이 발생하는 사회 혹은 문화가 별개의 요소가 아니라고 믿는다더군요. 변화의 과정은 궁극엔, 개인을 넘어 가족구조로, 더 나아가 사람들을 고통스럽게 하는 종교적 정치적 구조로까지 그 범위를 확장해나가야 한다고 했어요. 아무 생각 없이 간 강연이었는데, 머릿속이 뻥 뚫리는 기분이었어요."

"이름이?"

애나가 샐러드 접시를 넘기며 말했다.

"이름은 정확히 기억이 안 나요. 음악도 한다던 거 같은데."

나는 애나를 쳐다보았다.

여름이 오기 전 나는 그레타와 이 문제로 논쟁을 벌였었다. '구조'는 나의 단어였다. 나의 '건축가의 눈.' 당시엔 그녀가 내 의문을 '문제'를 해결하기 싫어 부리는 생떼로 치부해버렸다고 생각했다. 내가 한 말을 염두에 두었던 것일까? 앨리스는 누구지? 또 다른 내 이름 같았다.

애나가 나를 보며 할 말이 있느냐는 듯한 표정을 지었다. 없었다.

우리는 말없이 샐러드를 오물거렸다.

로야는 안드레아스 일을 알지 못했다. 애나는 에이브의 바람을 알지 못했다.

나는 일어나 식탁을 치웠다. 석류가 기다리고 있었다. 이제 우리는 페르세포네처럼 사랑의 지하세계로 들어가게 될까? 그녀의 입 속으로 들어간 석류 알갱이 하나가 지하 세계에서의 한 달이었다. 나는 와인을 한 병 더 땄다.

밤이 깊었다. 밖은 칠흑처럼 캄캄했고 섬은 고요했다. 달도 없고 바람도 불지 않았다.

나는 와인과 석류를 식탁으로 옮기며 말했다.

"사랑에 대해 얘기해보죠. 진심으로요."

그러고는 와인잔을 비웠다.

"사랑이 뭘까요?"

"이상한 일이지? 정신분석학자들은 엄청나게 많은 글들을 썼어. 그런데 아직까지 누구 하나 감히 사랑에 대해 쓰려 한 사람은 없었 단 말이지."

애나 역시 남아 있던 와인잔을 비우고 새 잔을 채웠다.

"정신분석 얘기는 그만하고, 그냥 우리가 아는 사랑 얘기를 해 봐요."

로야가 눈을 반짝이며 말했다.

"키라가 전문가예요. 덴 지 얼마 안 됐으니 조심해야 할 거예요."

애나가 내 쪽으로 턱짓을 하며 말했다. 술기운이 오르는 모양이 었다.

잘라놓은 석류를 베어 물었더니 붉은 알갱이에서 과즙이 터져 나왔다. 얼룩을 닦으려고 냅킨으로 손을 뻗었다. 손목 흉터는 이제 거의 보이지 않았다. 로야가 봤을 거라곤 생각지 않았다. 워낙에 발이 넓긴 했어도, 그 얘기를 해준 사람은 없을 것이다. 공공연히

떠들기에 좋은 주제는 아니었으니까. 갑자기 그레타 생각이 나면서, 분노와 만족감이 뒤섞인 이상한 감정이 일었다. 만약 그 강연자가 그레타였다면 무슨 권리로 그런 말을 한 거지? 하지만 내 말을 들은 셈이지 않은가. 내 말을 받아들인 셈이다. 내가 자신의 감정을 밝히라고 압박하자 어느 날 그녀가 말했다.

"사랑 없이 우린 이 일을 할 수 없어요." 난 말했다. "우리가 '나'라고 말해보시죠."

"좋아요. 내가 먼저 시작하죠."

나는 냅킨을 내려놓았다.

"사람들은 사랑을 가장 오래된 신이라고 생각해왔어요."

"혼란이 있었고 지구가 생겨나고 그리고 사랑이 났다고 했지. 헤시오도스가."

"그게 누군데요?" 로야가 물었다.

"그리스 시인이에요." 애나가 답했다.

"그래서 사랑에 빠지면, 사람들은 신에게 사로잡혔다고 했어요. 화살에 맞았거나, 아니면 독약을 마셨거나. 일종의 광기라는 거죠. 아름답지만⋯⋯. 난 그 느낌을 알아요. 정복당한 느낌, 사로잡힌 느낌."

애나는 살짝 흐릿해진 눈으로 나를 보고 있었다. 로야의 얼굴은 기대감으로 빛났다. 나는 우리가 아는 사랑에 대해 말해보자는 그녀의 도전을 받아들일 것이다. 내가 아는 것을 말할 것이다.

"하지만 어찌 보면 오히려 정반대라고 말하고 싶어요. 사랑은 가장 깊은 앎이에요. 그리고 사랑은 우리를 미치게 할 수 있어요. 미친 것 같은 기분이 들게 할 순 있지만, 그렇다고 이 미친 느낌이 사랑은 아니에요. 사랑은 누군가와 무엇을 함께 아는 거예요. 설명하기 어렵지만, 사랑을 하면 우린 몸으로 그걸 알게 돼요. 그건 마치 세포 속에서 벌어지는 일 같아요. 나의 세포와 상대의 세포가 서로를 알아보니까요. 우린 그런 일이 일어나게 할 수도 없고, 일어나지 않게 할 수도 없어요. 그래서 또 어떤 사람들은 미치게 되는 거고요."

나는 손톱으로 식탁에 떨어진 촛농의 가장자리를 긁었다. 촛농이 파슬파슬 부서졌다.

"거의 2년이 지났네요. 그건 모든 것을 뒤흔드는 놀라움이었어요. 어떻게 이런 일이 있을 수 있지? 난 생각하지 않으려 노력했어요. 우린 같이 작업을 했어요. 오페라 연출을 하는 사람이었는데 나보고 세트를 맡아달라더군요. 처음 하는 일이었지만 난 하겠다고 했어요. 그러곤 떠났어요. 돌아와 보니 알겠더군요. 피할 수 없는 일이란 걸. 결국 우린 연인이 되었어요. 진부하게 들리겠지만, 마치 중력이 우리를 잡고 있던 손을 놓기라도 한 듯, 세상 모든 것들이 가벼워졌어요."

나는 촛농이 떨어졌던 자리를 들여다봤다. 나뭇결이 우윳빛으로 반짝이고 있었다.

"이맘때의 바람 같았죠. 잎이 떨어지고 가지의 생김새가 드러나고. 나를 바라보는 새로운 시선이 느껴졌어요. 그 사람도 같은 느낌이라고 했어요. 아까 말한 '안다'는 게 바로 그런 의미예요. 우리는 서로를 알았어요. 아니 적어도 우린 그랬다고 생각했어요. 그게 사랑이었을까요? 모르겠어요. 사랑이라고 느꼈지만, 이후엔 사랑이 아닌 것 같은 일이 벌어졌으니까."

나는 식탁 위에 팔을 올리고 포갠 두 손 위에 머리를 받쳤다.

"그가 떠났어요. 갑자기, 아무런 경고도 없이. 다른 사람이 그가 떠난다고 말해줬어요. 그 사람이 아니었어요. 우리 사이엔 변한 게 없었어요. 그런데 떠난다더군요. 일을 해야 한다고 했어요. 하지만 그럴 리가요. 세상엔 이런 문제를 해결하는 방식이 얼마나 많은데 요. 만약 그 사람이 나를 원했다면, 나에게 떠난다고 했을 거예요. 해결하려고 노력했을 거예요. 하지만 그는 단호했어요. 가야 한다고만 했어요. 그렇게 되자 나 역시 참을 수 없었죠. 그는 내게 편지를 보냈어요. 도무지 말이 안 되는 말이었죠. '내가 지금껏 존재한 다고 믿었던 사랑의 방식들 너머의 방식으로 당신을 열렬히 사랑합니다. 우리는 만나지 말아야 할 것 같습니다.' 난 마치 미쳐버린 것 같았어요. 그러더니 멍해지기 시작했어요. 그게 더 심각한 일이었죠.

난 지금 심리치료를 받고 있어요. 지난 12월에 자해를 했거든요. 사람들은 어느 오페라의 누군가처럼 내가 죽으려 했다고 생각하지만, 그게 아니에요. 난 미쳐가고 있는 표면 아래로 내려가야 했어요. 무엇이 진짜인지 보아야 했어요. 그레타, 나의 치료사는 그걸 알았죠. 그녀는 약을 먹지 말라고 했어요. 다행이었죠. 난 그녀가 '이 남자를 잊어요'라고 말할 줄 알았어요. 많은 사람들이 그러니까요. '극복하세요.' '이겨내세요.' 그런데 그렇지 않았어요. '사랑을 느낄 수 없다면 뭘 느낄 수 있겠어요?' 그레타는 내가, 내가 원하는 뭔가를 찾을 수 있을 거라 했어요. 시간이 좀 걸릴지도 모른다고요."

순간 당혹스런 기분이 들어 나는 말을 멈추었다. 혹시 눈치 챘을까 하고 언니를 보았다. 애나는 석류 알갱이에서 하얀 껍질들을 벗겨내 접시 위에 늘어놓고 있었다. 사이먼 얘긴 나오지도 않았다.

애나가 숟가락으로 석류 알갱이들을 입에 떠 넣었다.

"다음은 내 차례."

로야의 표정은 읽을 수 없었지만 왠지 '그 남자를 잊어요' 쪽일 것 같았다. 그녀가 와인 병을 들었다. 내가 고개를 젓자 로야는 자기 잔을 채우고는 조용히 말했다.

"심리치료를 받는 줄은 몰랐어요."

나는 내 손을 쳐다봤다. 올리브그린 색 스웨이드 바지 위에 놓인 하얀 손. 나의 마음은 사이먼을 생각하고 있었다. 갑자기 강연이 하찮게 느껴졌다.

"당신이 본 사람, 그 사람, 그 강연자. 그 사람이에요, 내 심리치료사가."

로야의 눈동자가 동그래졌다.

"그, 강연한 그 여자 말이에요?"

그러곤 당황했는지 말을 잇지 못했다.

"그 말을 하는 게……."

그녀는 처음엔 애나를 그다음엔 나를 쳐다봤다.

"미안해요. 몰랐어요."

"처음엔 나도 몰랐어요. 듣다 보니 알겠더라고요."

나는 애나를 쳐다봤다. 애나는 와인잔을 들여다보고 있었다. 갑자기 발가벗겨진 기분이었다.

"미국인들은 다 심리치료를 받지 않나요?"

팔찌를 매만지며 로야가 말했다.

"그렇게 볼 수도 있죠. 하지만 정치가 돌아가는 모양새로 판단하자면 별 효과는 없는 듯해요."

"하지만 그 여자 말이 그거잖아요. 왜 효과가 없느냐."

애나는 어색한 순간이 지나가길 기다리며, 잔을 들어 불빛에 비추고 있었다.

"이 세상에 올 때 우리가 가지고 오는 게 사랑이에요."

애나가 말했다.

"헤시오도스가 옳았어요. '사랑이 있었다. 그리고…….' 그게 모든 이야기의 시작이지요. 나는 내 부모님을 사랑했어요. 키라를 사랑해요. 남자, 여자, 많은 사람들을 사랑했지요. 대학 시절 우린 낡은 규칙들을 거부했어요. 질투, 소유라는 감정을 없애고 사랑을 새롭게 만들려 했어요. 우린 실제로 그럴 수 있으리라 믿었던 거 같아요. 하지만 사랑엔 그런 계획들을 외면하게 하는 방법이 있어요. 키라 말처럼 우린 사랑을 품을 수 없어요. 그렇지만 사랑은 품어지길 원하죠."

애나는 접시 위로 또 다른 석류 조각 하나를 옮겨가, 붉기에 따라 알갱이를 고르기 시작했다. 석류 알갱이들이 빛을 받아 반짝거렸다.

"토니하곤 달콤한 사랑이에요. 키라를 빼면 가장 친한 친구죠."

그러곤 잠시 주저하더니 수줍게 고개를 들며 말했다.

"지금은 아이 갖는 문제를 의논하고 있어요."

애나가 아이를 원하는 줄은 알았지만 실제로 그걸 계획하고 있다는 사실은 몰랐다. 나는 숟가락을 뒤집었다. 볼록한 표면 위로 촛불 빛이 어른거렸다.

"열정적인 사랑은 아니에요. 그런 사랑은 서로를 견딜 수 없게 만들죠. 난 여러 환자들과 사랑에 대해 얘기를 나누었어요. 그들은 나와 사랑에 빠졌어요. 아니 적어도 몇몇은 그랬던 거 같아요. 나 역시 그들에게 사랑이라는 감정을 느꼈다고 말할 수 있고요. 하지만 그들이 의심했다시피, 난 그들을 사랑하지 않았어요. 혹여 내 감정이 그런 식으로 움직이는 게 감지되더라도, 난 스스로 거듭 상기시켰죠. 그들은 나를 사랑하는 것이 아니다. 자기들이 나에게 투영한 어떤 이미지를 사랑하는 것이다. 거부당했던 과거를 재연해 가장 처절한 두려움을 확인하는 자신들의 욕구를 사랑하는 것이다. 그러면서 사랑을 의심하게 됐어요. 페렌지를 읽기 시작했어요. 의사는 사랑으로 환자를 치료한다고 말한, 헝가리 출신 정신분석학자였어요. 그는 소위 '격정적인 분석'으로 여러 가지 실험을 했어요. 온갖 종류의 문제에 부딪혔고요. 하지만 난 격정적인 사람이 아니에요. 동생과 달리, 난 '사랑 안에 있다'고 느껴본 적이 없어요."

애나는 가지런히 늘어선 석류 알갱이들을 뒤섞었다. 꾸밈 없고 생기 넘치는 표정이었다. 언니는 너무 오랫동안 언니였던 것일까?

애나가 내 생각을 읽은 듯 빙그레 웃었다.

촛불들이 심지까지 타들어가 있었다. 애나가 기타를 치며 부르곤 했던 옛날 민요를 흥얼거리다 조용히 가사를 읊조렸다. '길이 험하여 걸을 수 없으니, 내 사랑, 당신 팔에 나를 뉘어줘요, 그리고 촛불을 꺼요.' 초 심지 옆에서 희미한 연기가 피어올랐다.

"생각보다 너무 많은 얘길 한 것 같군요."

애나는 자리에서 일어나 초를 넣어두는 서랍 쪽으로 걸어갔다.

"로야 차례예요."

애나는 녹은 촛농 위에 새 초를 눌러 끼운 뒤 불을 붙였다.

로야가 불빛을 향해 석류를 들어올렸다.

"모하메드는, 석류를 먹으면 질투와 시기의 감정이 완전히 사라진다고 했지요."

그녀는 석류 조각을 빨아 먹었다.

"내 얘기라. 난 늘 사랑이 함정이라고 생각했어요. 실제로 많은 여성들에게 그랬잖아요. 난 자유를 원했어요. 결혼이나 아이엔 관심 없어요. 건축가가 되어 풍경과 일하는 게 내 꿈이었어요. 내 사랑은 나무와 풀이었고, 그 이름, 색, 형태가 내겐 마술이었죠. 이루고 싶은 인생의 이미지가 있었어요. 여러 나라에서 대단한 사람들과 열정적인 연애를 해보고 싶었죠. 그러기도 했고, 지금도 그러고 있어요. 가끔 심장이 찢어질 때도 있었지만요."

로야의 얼굴에 그늘이 스쳤다.

"하지만 그럴 만한 가치가 있었다고 생각해요."

그녀는 우리 너머에 있는 먼 허공을 응시하고 있었다.

"언젠가 그런 글을 읽은 적이 있어요. 예술가가 되고 싶다면 심장이 찢길 준비를 해야 한다. 혁명의 시간 동안 우린 질투와 시기의 감정을 없애고, 소유를 거부하려 했어요. 마음을 훈련했죠. 하지만 지나간 일들을 돌이켜보면 우린 자유를 오해했던 게 아닐까 하는 생각이 들어요. 어쩌면 진짜 혁명은 사랑인지도 몰라요. 우리를 자유롭게 하는 건 바로 사랑이니까요."

자기 입에서 그런 말이 나왔다는 게 믿기지 않는지, 로야는 깜짝 놀란 표정을 지었다.

우린 그렇게 앉아, 초가 타들어가는 모양을 지켜보았다. 머나먼

별자리에서 별들이 빛나고 있었다. 어쩌면 사랑은 혁명적인 감정이다. 진정한 자유다. 사랑은 우리 안의 무언가를 해방시키므로. 그 생각이 나를 슬프게 했다.

두 번째 와인 병이 바닥나자 나는 자리에서 일어났다. 어지럼증이 일어 잠시 서 있어야 했다.

"밥 딜런이 부른 그 노래 뭐지? '자유란 단지, 잃을 것이 남아 있지 않음을 뜻하는 말이다.'"

나는 재활용 쓰레기통에 빈 병을 집어넣었다.

애나는 그 노래를 부른 건 밥 딜런이 아니라고 했다.

"그건 크리스 크리스퍼슨이었어. 〈나와 바비 맥기〉. 나중에 재니스 조플린이 불렀고."

"바비 맥기가 누군데요?"

"글쎄요. 하지만 자유에 대한 노래예요. 자유 없인 사랑할 수 없다. 그래서 사랑이 불안정한 거다. 통제하려 하지 마라."

붉은 얼룩이 묻은 접시들이 주방 조리대 위에 놓여 있었다.

"내 얘기를 했다는 소리가 들리던데요."

의자에 앉은 그레타의 몸이 굳었다.

"로야라고 이란에서 온 건축가 친구가 있는데, 당신 강연에 갔었어요. 매주 다른 강연을 들으러 간다더군요. 하버드를 표본 추출하는 방법인 거죠. 지난주에는 당신 강의가 선택된 모양이에요."

그녀의 반응을 기다리는데 심장이 쿵쾅거리기 시작했다.

"문제가 있나요?"

나는 웃었다.

"네. 먼저, 내 말을 인용할 생각이었다면 물어봤어야죠. 심리치료 구조의 문제점에 대한 내용이었다면서요. 그리고 내게도 얘기를 해주지 그랬어요. 무척 흥미롭게 들었을 거 같은데."

그녀가 입꼬리를 움찔했다.

"내가 무슨 말을 했을까요?"

"사실 뭐라고 했는지는 다 알고 있어요. 당신 정체를 모르는 상태에서, 로야가 얘기를 해줬거든요. 심리치료 같은 거 믿지 않는 친구니, 알았더라도 상관하지 않았을 테지만. 어쨌든 중요한 건 그게 아니에요. 정확히 당신이 한 말만 했을 테니까. 하지만 단지 여성들이 '내가 살고 있는 이 구조를 바꿀 수 있어'라고 인식하는 것만으론 안 돼요. 구조를 바꾸어야 해요. 그게 바로 내 작업의 내용이고도 하고요. 애초에 이런 상황, 이런 구조를 만들어낸 이유가 뭔가요? 왜 끝이 정해진 관계를 시작하죠? 당신은 여성들에게 그 관계를 받아들이라고 요구하지만, 난 도리어 묻고 싶군요. 당신은 왜 그런 관계를 받아들였나요?"

그레타는 무표정한 얼굴로 연필을 집었다. 화가 났다는 것을 알 수 있었다. 심리치료사로서가 아니라 정말 미칠 듯한 분노가 느껴졌다. 나는 의자에 똑바로 앉아 기다렸다. 마침내 그녀가 침착한 목소리로 말했다.

"무슨 뜻인지 알 것 같아요. 하지만 왜 지금이죠? 왜 지금 이런 문제가 생기는 거죠?"

"강연 때문이잖아요."

요전 날 밤 로야, 애나와 나눈 대화 때문이었다.

"흥미로워할 만한 얘기를 들려드리죠."

나는 스웨터를 벗어 책상 옆에 놓인 나무 의자 위에 걸쳤다. 밖은 아직 밝았지만 곧 시간이 변할 것이다. 어둠 속으로 들어가는 시간. 지구와 함께 움직이는 시계 침.

그레타는 숄을 벗어 무릎 위에 올려놓았다. 검은 드레스 위에 올려진 붉은 섬 같았다.

"주말이었어요. 로야가 나샤위나에 왔던 건. 우린 애나와 함께 사랑에 대한 긴 대화를 나누었어요. 그런데 이상하죠? 분명 사랑 이야기였는데 머릿속에 사이먼은 떠오르지도 않았어요. 난 내내 안드레아스 얘기를 했어요. 그 사람과 어땠는지, 내가 어쩌다 그걸 사랑이라 여기게 되었는지, 그는 언제 떠났고, 나는 어떻게 변해갔는지. 사랑, 떠남과 남음? 그런 건 지금 이 상황이 얼마나 부조리한지 선명히 할 뿐이에요. 그때나 지금이나 다를 게 없어요. 똑같은 반복이에요. 누군가 사랑에 빠지게 하고는 떠나버리죠. 다른 게 있다면, 지금 상황에선 처음부터 그 끝이 정해져 있다는 것뿐이에요. 안 그런가요? 난 다시 예전과 다를 바 없는 상황에 처해 있어요. 사랑이라는 관계는 아닐지도 모르죠. 하지만 당신이 권하는 그것, 그건 사랑이에요. 사랑 없인 이 일을 할 수 없다고 했죠? 그런데 당신은 왜 끝내려 하죠? 왜 관계를 끊으려는 거죠? 당신은 그저 낡은 체제를 계속 따를 뿐이에요. 로야라면 그렇게 말했을 거예요."

나는 모하메드에 대해 생각했다. 로야가 한 말. 질투와 시기의 시스템을 일소하라.

"알겠지만, 나를 비난할 수는 있어요."

그레타가 말했다.

"내게 화를 내야만 하는 것일 수도 있고요. 하지만 혹시 당신 역시, 당신 자신에게 화가 난 건 아닌가요? 사이먼을 생각하지 않았거나 말하지 않은 것에 대해서? 그렇다면 그건, 당신이 그걸 놔버릴 수 있다는 커다란 변화의 조짐이에요."

"너무 쉽군요. 내가 그에 대한 말 한 마디 안 했다니, 처음엔 너무 놀랐어요. 하지만 곧 머릿속에 해변에 서 있는 내 모습이 보이더군요. 한 조각 대륙이 물 위를 떠내려가고 있었어요. 그러곤 깨달았죠. 안드레아스와 사랑에 빠지게 된 순간 난 이미 사이먼을 놔버렸다는 것을. 다만 그땐 그 사실을 알지 못했을 뿐."

그녀의 표정이 '정말 그런가요?'라고 묻고 있었다.

"그날 밤 난 너무 혼란스러웠어요. 안드레아스와 보낸 시간은 지금까지와는 완전히 다른 경험이었다는 걸 깨달았으니까요. 커밍스의 시던가요? 그곳은 '내가 한 번도 가보지 못한 곳'이었어요. 난 그제야 그 사실을 인정할 수 있었어요. 하지만 그는 떠났어요. 남은 것은 의문뿐이었죠. 나에겐 무슨 일이 있었던 것일까? 우린 정말 그랬던 것일까? 우리 관계는 정말 내가 생각한 그대로였나? 내가 느꼈던 그대로였나? 난 더 이상 무엇이 진실인지 알 수 없었어요. 그래서 손목에 칼을 댔어요. 지금의 난 당신에게 감정을 느끼고 있어요. 당신 역시 그래요. 난 그걸 느낄 수 있어요. 하지만 과연 이 감정이 진짜일까요?"

그녀가 램프를 켰다.

"우리가 지금 이 방에 있는 이유는 당신 감정을 이해하기 위해서예요. 자기 감정이 무엇인지 알고 나면, 당신 스스로 원하는 것을 선택할 수 있어요. 감정대로 행동할 수도 있고 아닐 수도 있겠지요. 하지만 어떤 쪽을 선택하든 당신은 자신의 행동을 이해하게 될 거예요."

위장에 박히는 갈고리, 절망의 물결. 난 우리의 대화가 향하는 곳을 알 수 있었다. 모든 것이 그저 나의 문제일 뿐, 그녀의 문제는 아니었다. 머릿속에서 포기하지 말라는 목소리가 들려왔다.

"난 받아들일 수 없어요. 당신은 마치 내 감정이 당신 감정과 완전히 별개인 것처럼 말하는군요. 하지만 우린 이 작은 방에 함께 있어요. 같은 공기 속에서 숨 쉬며 말 그대로 서로를 호흡하고 있어요. 만약 당신이 감정을 속이거나 억누른다면, 그건 나를, 내 감정을 혼란스럽게 하는 일이에요. 숨 쉬는 게 힘들어진다고요."

나는 휴지 한 장을 뽑아 코를 덮었다.

그녀가 내 모습을 지켜보고 있었다. 나는 그녀의 표정을 읽을 수 없었다.

"로야가 그러더군요. 혁명의 시기를 보내는 동안, 마음을 단련하느라 노력했다고. 심리치료사들이 배우는 일이 바로 그거죠? 하지만 난 그런 일 따윈 배우고 싶지 않아요."

그랬다. 나는 이런 상황, 이런 '관계'를 원치 않았다. 한 번으로 족했다. 그것으로 충분했다. 나는 바닥에 놓인 가방을 쳐다봤다. 애나가 그 결과였다. 애나가 그랬다. 마음을 단련하는 법을 배웠다. 나는 그 결과를 보았다.

"이것이 내가 알고 있는 방식이에요."

그레타가 말했다. 단순 명료한 명제였다.

그녀가 앉은 의자 너머 문에 걸린 그림 위로 빛이 어른거렸다.

저물어가는 햇빛 속에 푸른빛이 더욱 깊어지고 있었다. 그 문을 초대라고 생각했지만, 이제야 보였다. 그 문이 닫혀 있다는 것을.

"제안을 하나 하지요."

그레타가 조심스런 표정으로 말했다.

"지금은 10월입니다. 1월까지만 계속해보는 건 어떨까요? 그럼 우리에겐 앞으로 석 달이 남은 셈이에요. 석 달이 지나면 꼭 1년이 되는 거고요. 그런 다음 어떻게 할지 결정하도록 하죠."

심장이 철렁 내려앉았다. 그녀가 우리 사이에 놓여 있던 울타리를 치웠다. 앞으로 벌어질 일은 우리에게 달려 있었다.

"1월엔 여기 없을 거예요. 빈에서 '도시 비전의 재구상' 관련 컨퍼런스가 있는데, 강연 요청을 받았거든요. 1월 첫째 주예요. 학생들 시험 준비 기간이라 한 주 더 있을 생각이고요."

"그럼 그때를 상담 휴지 기간으로 삼으면 되겠네요."

그레타가 자기 책을 집으며 말했다.

"그때까진 시간이 있으니 이 문제를 계속 얘기해보도록 하죠."

그녀가 보내는 신호였다. 시계를 보았더니 상담 시간은 이미 지나 있었다. 물건들을 챙기며 그림을 흘긋 보았다. 맹세하건대, 문이 조금 열려 있었다.

# 3

공식 안건이 처리되자 교무처장이 기타 안건이 있는지 물었다. 바보 같은 질문이었다. 회의실엔 침묵의 기도만이 하늘 위로 날아오르고 있었다. 아무도 말하지 말게 하소서. 회의가 일찍 끝나게 하소서. 그때 제리가 손을 들었다. 수상 경력도 화려하고 학생들에게 인기도 많은, 건축학과 소속의 젊은 피였다.

"학생들이 교수진의 다양성을 요구하고 있습니다. 논의가 필요하지 않겠습니까?"

회의실엔 일순 긴장감이 흘렀다.

경관 건축을 담당하는 순진한 초목 애호가가 대경실색한 얼굴로 말했다.

"학생들 요구에 반대한다는 뜻은 아닙니다만, 문제는 그런 요구에 어떻게 부응할 것인가, 다양화하기 위해 어떤 조치가 선행되어야 할 것인가 하는 점입니다."

다양성은 경관 건축의 산물이었다. 여러 가지 나무와 다양한 색깔.

처장을 슬쩍 보았더니 예의 그 무표정한 얼굴이었다. 무슨 일이 일어나든 감정이 개입되지 않도록 할지어다.

내 왼쪽에 앉은 로야는 차도르 입은 여자를 끼적거리고 있었다. 나는 눈썹을 추켜올렸고 그녀는 손을 들었다.

"마이크, 알렉스, 로야 그리고 산지."

처장이 이름을 호명하며 자기 메모장에 리스트를 작성했다.

회의실은 벌써 체념 분위기였다. 학자들에게 주제를 던져주라. 그러면 토론할 것이다. 관리자들에게 질문을 던져주라. 그러면 간담회를 열 것이다. 내 오른편에 있던 낙담한 영혼은 남몰래 편지를 읽기 시작했다.

4시 20분 전이었다.

해체 비평 세미나 수업을 담당했던 마이크는, 변증법적 대립과 이분법을 파괴하는 것에서부터 시작했다. 그것은 다양성이 존재하지 않는 대학만큼이나 그 기반이 뿌리 깊게 굳건했다.

마이크가 내뱉는 비평 용어들이, 그가 입고 있는 검정 스웨터와 청바지는 말할 것도 없고 비평 이론에조차 알레르기 증상이 있는 못마땅한 표정의 얼굴들 위로 착륙했다. 맞춤 양복을 입은 건축학과 학과장 필립은 일어나 자기 찻잔을 다시 채웠다.

"엄격한 태도로 그저 안에서 개념만 분석하는 데 그칠 것은 아니지 않습니까. 이런 개념들이 억압이나 은폐의 양상으로서 내부에 무엇을 숨기고 있는지, 외부에서 의문을 품어봐야 한다면……"

그가 말을 이었다.

"다양성이 보장된 교수진이야말로 우리의 강점이 될 것입니다."

그렇지. 문제는 기준이 아니었다. 누가 엄격함을 원치 않겠는가.

중요한 것은 누구의 기준인가 하는 점이었다.

마이크가 제리에게 미소를 지어 보였다. 그들은 스쿼시 파트너이자 친구였다. 마이크의 발언은 데리다의 언어로 쓰인 연애편지였다.

늦은 오후 햇살이 회의실에 비쳐 들었다.

논의는 계속되었다.

"혹시 제 말이 틀리거든 정정해주시기를 바라며, 그런데 말입니다."

알렉스가 조그만 철사 테 안경을 바로 끼면서 말했다.

"만약 학생들의 요구가 피부색에 기초한 교수진의 구성을 의미한다면, 그것은……."

제리가 기어들었다.

"지금 우리가 그러고 있지를 않습니까? 피부색에 기초하여 교수를 뽑고 있지요. 백인 말입니다."

"고용에 관한 한, 유일한 기준은 실력이 되어야 합니다. 그렇지 않다면 인종차별주의를 논하는 셈이 될 테지요."

"바로 그렇습니다. 우린 지금 그 얘기를 하고 있는 겁니다. 이곳을 한번 둘러보시지요."

다시 시작이군. 지난번엔 알렉스가 회의실을 나가버렸다.

조용히 분파가 나뉘어 있었다. 체육시간이었다면, 편을 나누기 위해 민소매 원피스를 나누어줬거나, 한쪽 편은 셔츠를 입게 하고 한쪽 편은 웃통을 벗게 했을 것이다.

"자자 진정들 하세요."

처장이 불쾌한 표정으로 말했다. 호명의 목적은 갈등을 피하자는 거였다. 수많은 꽃송이들이 피게 하라. 회의가 끝나면 꽃은 지고 사람들은 각자의 일로 바쁠지니 그뒤 아무 일도 없으리라.

흔들림 없는 제리는 닻을 내리지 않았다.

"테두리 밖에 있던 사람들을 안으로 받아들이는 것은 단지 고상한 제스처가 아닙니다. 위험이 따르는 일입니다. 그러나 배척 혹은 배제라는 명목으로 우리가 잃은 것은 없을까요? 건축과 디자인은 무엇을 잃었을까요? 밖에 있던 사람들을 안으로 포용하기 위해 지금 우린 무엇을 할 수 있을까요? 우리가 지금 보지 못하는 것은 무엇일까요?"

알렉스는 입을 굳게 다물고 훌륭하게 지어진 부동의 은신처 속으로 물러갔다.

처장이 로야를 호명했다. 그녀가 펜을 내려놓았다.

이제 완전히 다른 뭔가가 펼쳐질 분위기였다.

나는 의자에 기대 앉아 경기를 관망했다.

"파르시 속담에 '하민 예트 카람 문데'라는 말이 있습니다. 그것으로 족하다, 라는 뜻이지요. 제가 보기엔 여러분들 업무가 너무 과하신 거 같아요."

가가대소. 팔찌 부딪는 소리. 로야는 블라우스 칼라를 매만졌다. 그녀의 자홍색 블라우스가 아니었다면 회의실은 온통 잿빛이었을 것이다. 로야가 갑자기 진지한 표정으로 말했다.

"하지만 관용의 정신이 페르시아 문화를 관통하여 흐르고 있음에도 불구하고, 다양성을 존중하지 않는 이슬람 정권하에 살았던 유대계 여성으로서 말씀드리자면, 전 특정 집단이 자기들이 진실이라거나 신이 자기들의 편이라고 생각할 때 벌어질 수 있는 일들

254

을 목도하였습니다. 적어도 이 학생들의 일부는 무엇이 자신들을 고통스럽게 하는지, 시야에서 사라지는 느낌이 어떤 건지 알리고 싶은지도 모릅니다. 그들은 배움을 위해 이곳에 왔지만, 경험으로 아는 것은 아무런 의미가 없다는 현실 앞에 맞닥뜨리게 됩니다. 우리는 스스로에게 어떤 질문을 던져봐야 할까요? 우리는 그들에게 무엇을 가르치려고 하는 겁니까? 단지 건축을 가르치고 싶은 걸까요? 아니면 이 세계에서 살아가는 법을 가르치고 싶은 걸까요?"

회의실이 웅성거렸다. 생각에 잠긴 듯한 이들도 있었고 유인물 정리를 시작하는 이들도 있었다.

처장이 시계를 보았다.

"저 역시 객입니다."

노래하는 듯한 목소리를 내는 산지였다. 햇빛을 받은 그의 안경이 반짝거렸다. 그는 뉴델리 출신이었고 주요 직권이 있는 건축가였다.

"어느 날 딸아이가 라디오에서 들은 노래 가사라며 제게 말하더군요. '당신은 당신이 알지 못하는 것을 알지 못한다.' 딸아이가 어떤 맥락에서 이 말을 했는지는 말씀드리지 않겠습니다. 짐작하시겠지만 건축 관련 얘기는 아니었고요.

제 생각은 이렇습니다. 만약 학생들의 요구가 독일 화가인 안젤름 키퍼의 작업처럼, 프레임의 가능성을 탐사하는 맥락이라면, 여러분은 학생들을 아주 훌륭하게 교육하셨습니다."

그는 함박웃음을 지었다.

학생들의 요구가 그런 맥락에서 비롯됐는지는 확실치 않았다. 그러나 그의 말은 학생들에게 비치는 최상의 빛이었다. 마음속에

한 줄기 동료애가 솟았다. 음울한 회의실에 네덜란드 풍경화 속 햇살처럼 지성의 빛을 드리운 것이다.

4시였다.

예상대로, 처장은 학생들과 만나 그 문제를 의논할 수 있도록 간담회를 추진하라고 했다.

제리, 마이크, 로야가 자원했다.

처장은 알렉스와 산지에게 합류하겠냐고 물었다.

나는 잠시 주저하다 손을 들었다. 한 줄기 희망이 으뜸패를 내밀며 더 이상 일을 떠맡고 싶지 않다는 마음을 이기고 있었다.


4시부터 로야는 학생들과 면담이 잡혀 있었다. 나는 뜻밖에 마음이 가벼워져 강가로 나갔다. '당신은 당신이 알지 못하는 것을 알지 못한다.' 그레타가 좋아할 말인 것 같았다. 지난번 상담으로 마음이 어수선해졌다. 교무처장이 제안한 간담회에선 아무런 결과가 없을지도 모른다. 그러나 만약 두 여성이 프레임의 변화 가능성을 탐색해 들어가기로 한다면 어떤 일이 생겨날까? 그레타와 내가 동의한 것처럼.

해가 기울자 헤드라이트 빛이 밝아졌다. 집으로 향하는 자동차들이 꼬리에 꼬리를 물었다. 문득 그런 생각이 들었다. '더 이상 객은 아니지만, 나 역시 로야처럼 외국인이야.' 해체주의자들은 말할 것이다. 사이를 탐색하라. 11월의 하늘을 물들이는 붉은 노을. 발길을 돌려 반대 방향으로 갈 수도 있었다. 석양을 등지지 않고 안을 수도 있었다. 주유소 공중전화에서 로야에게 전화를 걸어 저녁 식사에 초대할 수도 있었다. 프로스펙 스트리트에 있는 이탈리아

상점에서 햄을 사고, '브레드 앤 서커스'에서 멜론을 살 수도 있었다. 수영도 게을리 했고 그녀와의 커피 타임도 놓쳤다. 그러나 앞을 향해, 어둠 속으로 나아가도록 뭔가가 내 등을 떠밀었다. 집에 도착하면 로야에게 전화를 해야지. 아침이면 그녀와 함께 수영을 하고, 저녁시간은 혼자 보내야지. 사이를 탐색해야지.

"간밤에 꿈을 꿨어요. 험한 계곡 위로 난 좁은 다리를 걸어가고 있었어요. 그런데 갑자기 한가운데서 뚝, 난간이 사라진 거예요. 돌아가려고 뒤를 돌아다보았는데 뒤쪽에 있던 다리는 이미 사라진 뒤였어요. 대신 오래된 로마 수도교水道橋가 들어서 있었는데, 프랑스 아비뇽에 있는 수도교처럼 돌 너비가 넓었지만 역시나, 떨어지지 않도록 잡을 만한 게 없었어요. 정말 생각만 해도 아찔한 그런 높이였어요. 앞으로 걸어가나 뒤돌아가나 매한가지로 위험했어요. 난 얇은 다리 위로 한 발을 내디뎠어요. 이제 뒤로 돌아가는 것은 불가능했으니까요. 등골이 오싹해지는데 잠에서 깼어요."

그레타는 조용히 의자에 앉아 있었다.

나를 안고 있는 검은색 가죽 의자가 고마워졌다.

"지금 써내야 하는 강의 자료 준비와 관련이 있지 싶어요. 오스트리아 응용예술 미술관에 신임관장이 부임했어요. 오래된 건물들을 재건축할 계획인데 포부가 큰 사람이죠. 내가 초대된 컨퍼런스가 그 시작이에요. 가이드라인은 없고."

내가 말을 멈추자 그 순간 상담실이 얼어붙었다.

"공포를 느낀 건 돌아갈 수 없었기 때문이에요. 난간도 없는데 다리 간격이 너무 좁았거든요. 앞쪽도 마찬가지 상황이었어요. 미세한 바람이라도 불어오거나, 아주 살짝 발을 헛디뎌 균형이라도 잃게 되면, 곧장 죽음의 계곡으로 떨어질 판국이었죠."

꿈속에서의 공포가 떠올랐다. 강의를 준비한 느낌이 바로 그랬다. 난 헛발을 딛지나 않을까 하는 두려움에 얼어붙어 있었다. 내 프로젝트는 그 컨퍼런스의 거대한 규모에 어울리지 않았다. 하지만 정말 그것 때문이었을까? 그림을 그리는 어떤 친구는 프로젝트를 시작할 때마다 경계를 벗어날 준비가 되어 있어야 한다고 말했다.

나는 그레타를 보았다. 그녀의 얼굴에 희미한 미소가 새겨져 있었다.

"그 수도교가 마음에 걸리네요. 멀리서 물을 끌어오기 위해 건설된 교량이지만, 물길을 바꾸는 데도 사용됐죠."

"그러니까 되돌아간다는 건 행로 전환을 의미한다는 말인가요?"

"당신은 우리가 지금 이곳에서 하는 작업이 로마 식 심리치료라고 했어요. 심리치료의 이런 단계, 구조에 반대했고요. 당신 말에 일리가 있다고 생각했어요. 강의 자료에 대한 마음은 이해가 가지만, 이 꿈이 우리에게 말해주고 있는 바와는 거리가 멀지 않나 싶군요."

그녀는 다리를 꼬며 스커트 매무새를 고쳤다.

"뭘 말해주고 있는데요?"

나는 내 옆 책상 위에 놓인 거미줄란을 힐끗 보았다. 덩굴 끝에 새싹이 돋아서, 빛 밖으로 새 포기가 자라고 있었다.

"창틀에 매달아놓으면, 새 포기들이 빛을 더 많이 받을 거예요."

그레타가 웃었다. 잠시 우리는 치료 관계를 떠나, 방 안에 있는 평범한 두 여성이 되었다.

"내가 그걸 말해주었으면 하나요?"

그녀의 목소리에 장난기가 섞여 있었다.

나는 다리를 꼬았다. 시선을 떨어뜨려 신고 있던 로 부츠를 쳐다 봤다. 굽이 닳고 갈색 가죽이 해져 있었다. JFK 스트리트 이탈리아 상점 창문에 탐나는 부츠 한 켤레가 걸려 있었다. 감빛 스웨이드 가죽이 컨퍼런스에 입고 갈 검은색 정장 바지와 완벽하게 어울릴 것이다.

"우린 이곳에서 난간을 없애버렸어요."

'우리'라는 말이 귀에 거슬렸다. 심리치료의 구조와 종결에 대해 문제 제기를 한 사람은 나였다. 그런 다음에야 그녀가……. 생각 이 휘청했다. 그녀는 중간 지점에서 나를 만났다.

머리가 어지러웠다. 가슴이 답답해졌다. 이마가 욱신거렸다.

"왜 그래요?"

나는 힘들게 침을 삼키며 대답했다.

"모르겠어요."

나도 모르게, 갑자기 오열이 터져 나왔다.

그레타는 내 오열이 진정되기를 기다렸다. 그리고 어루만지듯, 부드러운 목소리로 말했다.

"이렇게 말해두기로 하죠. 무슨 일이든 간에, 이건 아주 강렬한 감정과 연결돼 있어요."

나는 멍하니 그녀를 바라보았다.

이제 끝낼 시간이었다.

뒤에 그때 일이 다시 떠올랐다. 꿈, 다리, 앞으로 다가오는 그레타, 다리 한가운데에서의 만남. 그녀 말대로라면 그 이상이었다. '우린 이곳에서 난간을 없애버렸어요.' 순간 머리가 핑 돌았다. 나도 모르게 오열이 터져 나왔다. 마치 무언가가 내 몸속에서 제거되는 느낌이었다.

애나와 토니는 소파에 둥지를 틀고 앉아 카탈로그에 파묻혀 있었다. 겨울 시즌이 시작된 것이다. 나는 부지불식간에 애나를 주의 깊게 살피고 있었다. 임신의 첫 징후, 와인잔을 물리지 않나 하고. 하지만 아직은 아니었다. 그레타는 언니에게 아이가 생길지도 모른다는 것에 대해 어떻게 생각하느냐고 물었다.

"불쾌하기 짝이 없는 질문이네요. 나 같은 상황이라면 누구라도 그렇지 않겠어요? 언니를 위해서 잘된 일이니 행복해할 테죠. 그리고 그다음엔,"

나는 그레타의 눈을 응시했다.

"질투가 나겠죠."

그것이 그녀가 기다리던 단어였다. 나는 이 게임이 지겨웠다.

애나에게 그레타와 있었던 일을 얘기해줬다. '종결의 문제'가 어떻게 유보되었는지, 혹은 뒤집어졌는지. 심리치료가 끝나지 않으리란 뜻은 아니었다. 중요한 것은 관계의 미래였다.

애나도 나에게 이야기를 하나 해주었다. 정신분석학자들의 컨퍼런스에서 있었던 일이라고 했다. 뉴욕 월도프─어스토리아 호텔에서 열렸었는데, 모피와 보석을 두르는 행사였다고, 밍크와 물개를 사랑하는 언니가 말했다. 행사장은 발 디딜 틈이 없었고 연구 내용을 발표하는 분석학자는 그 세계에 갓 발을 디딘 신참이었다. 어려운 환자들과 작업을 하기로 유명했다. 그녀는, 심리치료사였던 자기를 사랑하게 된 어느 젊은 남자 환자의 사례를 발표했다. 남자는 심리치료가 끝나고 나면 그들이 연인이 될 수 있을지 알고 싶다고 했단다.

"남자 환자 문제에 대해 그 여자가 무슨 말을 했는지는 기억이 나질 않아. 내가 대단하다고 느낀 건 남자의 질문에 대한 여자의 반응이었어. 사람들 모두 깜짝 놀랐어. 가능성을 열어뒀거든."

"남자와 잘 생각을 했단 말이야?"

"어떤 가능성도 닫아두지 않는다는 게 요점이야. 남자랑 잤을 거라곤 생각하지 않지만."

"그렇다면 그건 정직한 수는 아니잖아."

"그럴지도 모르지. 그래, 다분히 악의적인 의도를 의심할 수 있는 책략이었어. 하지만 이렇게 생각하는 건 어때? 그 분석학자는 현재로선 미래에 벌어질 일은 아무것도 모른다는 말을 하고 싶었던 거야. 그래서 존재론적인 진술이 되는 거고."

우리는 내 방, 침대 위에 앉아 있었다. 나는 머리를 빗고 있었다. 애나가 머리핀을 들더니 핀을 풀었다 여몄다 했다.

"하지만 그레타와의 문제는 그게 아냐."

"뭐?"

"자는 문제가 아니라고."

"그럼?"

"문제는 사랑이야. 사랑의 의미. 진짜인 사랑과 진짜가 아닌 사랑."

나는 머리를 뒤로 올리고 머리핀으로 고정시켰다.

"대담한 일이야."

"뭐가?"

"네가 그렇게 하는 거."

"그렇게 생각해?"

애나는 눈동자를 반짝거리며 머리 뒤로 손깍지를 꼈다.

"이 사람들이 모두 다 우리 삶 속으로 들어오는 기분이야. 그레타. 토니. 그전에는 안드레아스가 그랬고. 쉽지 않은 때도 있었어. 우린 서로 대화다운 대화를 나누지 못했으니까. 난 네가 멀어지는 느낌이었어. 하지만 지금은 아냐."

"나도 그래."

애나가 나에게 미소를 짓더니 두 팔로 무릎을 끌어안았다.

"지금이 좋아. 우리. 네 머리도 맘에 들고."

나는 거울 앞으로 가 섰다. 흘러내린 머리칼 없이, 내 얼굴이 완전히 드러나 있었다.

나는 내가 그 의자에 앉을 수 없다는 것을 알고 있었다. 상담실로 들어서는데 낯선 기운이 훅 덮쳐왔다. 그레타와 대각선 쪽에 다른 의자가 있었다. 팔걸이는 나무였고, 앉는 자린 도톰했다. 나는 그레타의 왼쪽, 벽에 기대 놓여 있던 침상을 선택했다. 그리고 갈색 벨벳 위에 자리를 잡았다.

"자, 그래서요?" 그레타가 물었다.

"그래서,"

나는 늘 침상을 피했었다. 눈길도 애써 피했다. 그런데 지금은 겁이 난다기보다는 오히려 마음을 잡아끄는 것 같았다. 나는 자리에 누워 초록색 셔닐 모포를 끌어당겼다. 이쪽 각도에서 보니 상담실은 사뭇 달라 보였다. 희미한 치장 벽토 세공이 도드라져 보였다. 천장을 비추는 램프가 빛과 어둠의 원을 그리고 있었다. 창문은 내 시야 일직선상에 보였다.

"키라. 좀 쉬어보렴."

그때만 해도 난 어머니의 말에 따르지 않았다.

그레타에게 고개를 돌렸다. 그녀가 바로 옆에서 나를 쳐다보고 있었다. 옆모습이 훨씬 나이 들어 보였다. 그녀가 활동하는 3중주 4중주 단원들에게 그레타는 늘 이런 모습으로 기억될까?

나는 베개 위치를 옮기고 다시 제대로 자리를 잡고 누웠다. 생각이 이리저리 흔들리기 시작했다. 그레타를 보지 않아도 되고 시선을 느끼지 않아도 되니 좋은 점이 있었다. 로야는 시야에서 사라지는 건 고통스런 일이라고 했다. 그게 어떤 의미인지 알고 있었다. 하지만 이건 달랐다. 나는 숨는 아이처럼, 모포를 머리 위로 끌어당겼다. 키라, 어디 있니?

그레타는 아무 말도 하지 않았다.

상담실의 정적에 부력이 생기고 나는 그 표면 위로 떠올랐다. 천장은 나의 하늘이 되었다.

"그 꿈을 생각해봤어요."

내 목소리는 나도 알 수 없는 먼 어딘가에서 들려오고 있었다.

"다리와 난간."

나는 잠시 침묵했다.

"2년 전 코넬에서 강연을 했었어요. 대학 때 알던 친구가 거기 있었는데, 그 친구가 다리를 놓아주었어요. 때마침 그 대학 도시 디자인 쪽에 자리가 났거든요. 그 친군 그 일이 내게 적격일 거라고 했어요. 내가 그 일에 적격일 수도 있고, 아니면 양쪽 다일 수도 있고요. 하지만 문젠 애나였어요. 애나에게 이타카는 생각할 수 없는 곳이었거든요. 우선은 그냥 가서 보기로 했어요. 언닌 이타카에 가고 싶으면, 미국을 떠나 다른 데로 가라고 했어요. 그것도 생각 중이라고 대답했어요. 감정이 아주 불안정한 시기였거든요. 안드레아스를 만나기 전이었고 나샤위나 프로젝트도 시작하기 전이었어요.

강연이 끝난 뒤엔 늘 그렇듯 음료와 저녁이 마련되었지요. 관계자들도 많이 있었고요. 와인이 좋아서 우린 많이 마셨어요. 가브리엘이 머리를 식힐 겸 좀 걷자고 하더군요. 11월이었어요. 이맘때쯤이었죠. 지금처럼 강연 준비 때문에 신경이 곤두 서 있었어요. 별일 없이 잘 끝나서인지 안도감이 생기고 마음이 가벼워졌던 기억이 나요. 가브리엘은 내게 호수가 내려다보이는 높은 언덕 뒤에 있는 캠퍼스를 보여주고 싶어 했어요. 꿈에서처럼, 골짜기에 출렁다리가 놓여 있었어요. 보름달이 지평선 부근에서 고동치고 있었죠. 우린 다리 한가운데 서서 달 얘기를 나누었어요. '달은 천정점에 있을 때보다 지평선 위에 있을 때 더 커 보여.' 그때 가브리엘이 내게 고개를 돌리고 말했어요. '키라. 난 늘 당신을 조금은 사랑해왔

264

어. 하지만 대학 시절 당신에겐 사이먼이 있었지. 지금은 내게 카렌이 있고.' 그의 아내가 안됐다는 생각이 들었어요. 사실이든 아니든 그 친구도 그렇다고 했고요. 가브리엘은 매력적인 남자였어요. 내 맘이 흔들리지 않았다면 거짓말이에요. 우리 사이엔 늘 뭔가가 있었어요. 그러더니 그 친구가 그랬어요. '내가 그럴 수 없다는 걸 알잖아.' 나 역시 그랬죠. '나도 그래.'"

나는 천장을 바라보았다. 안드레아스가 말했었다. '난 그럴 수 없습니다.' 하지만 그는 결혼한 사람이 아니었다. 아니 적어도 더 이상은 아니었다. 그러니 그것은 맹세를 지키는 것과 같은, 내적인 저항에 가까웠다. 그레타는 결혼했다. 그녀는 맹세를 했다. 그녀 역시, 수녀처럼, 정신분석학자가 되겠다는 맹세를 했을까? 침묵의 맹세, 정조의 맹세, 복종의 맹세. 그러나 종결을 유보하는 그녀는 지금, 규칙을 어기고 있다.

"어디 있어요?"

나는 정적 속에서 물었다.

"여기 있어요."

"어디 있는 거냐고요!"

바람이 지나는 소리.

"뭘 알고 싶죠?"

나는 손톱 아래 죽은 살들을 우볐다. 히터가 돌아가고 있었다. 겨울은 손이 힘든 계절이다. 로야 생각이 났다. 믿을 수 없을 정도로 긴 그녀의 손톱. 그녀는 진짜 혁명은 사랑이라고 했다.

"나를 사랑하나요?"

"말했지요. 사랑 없이 우린 이 일을 할 수 없어요."

"당신 감정을 말해보지 그래요?"

나는 엄지손톱으로 우벼낸 죽은 살들을 입으로 뜯어냈다. 손가락에서 피가 나기 시작했다.

"무슨 말을 듣고 싶은 거죠?"

"내 앞에 있는 당신이 진짜 당신이길 원해요."

나는 자리에서 일어나 다리를 꼬고 앉아 그녀를 마주했다.

그레타가 나를 보았다. 스치는 분노. 그녀의 눈동자에서 두려움이 느껴졌다.

나를 조금은 사랑하고 있을까? 그녀는 당연히 결혼한 사람 같았다. 목욕 가운 차림으로 부엌에서 커피를 마시며 신문을 읽는 남편과 함께 너무나 안정된 생활을 하는 것 같았다.

난 그녀를 원하는 것일까? 나는 그 여자의 연인이 될 수 있을까?

'일을 할 때 당신은 늘 위험을 감수하고 모험을 했어요.' 그녀가 말했다. 두려움에 맞서 늘 앞으로 나아갔다고. 안드레아스와도 그랬지만 난 결국 제정신을 잃었다. 그래서 내가 지금 이곳에 있는 있는 것이다. 그녀는 어떤 모험을 했을까? 어떤 모험을 하지 않았을까? 그녀가 두려워하는 것은 무엇일까?

나는 침착한 시선으로 그녀의 눈을 응시하며 물었다.

"당신에게 상담의 종결을 유보하는 것은 어떤 의미인가요? 진심이든 아니든, 심리치료사로서의 책략이든 기술이든, 지금 당신에게 직접 들어야겠어요."

"왜 이런 질문을 하는 거죠?"

그녀가 연필을 집어 들었다.

뻔했다. 그녀는 기록을 할 것이다. 그리고 사례 연구 발표를 할 것이다. '종결이 그 환자의 문제였습니다.' 그녀는 나를 K라고 부를 것이다. 카프카의 소설 속에 등장하는 주인공처럼. '상담 시간의 종결은 K에겐 언제나 힘들었지요. 심리치료가 진전됨에 따라그 종결은 넘을 수 없는 걸림돌이 되었습니다. 여자에겐 심한 정신적 충격을 안겨준 관계력이 있었습니다. 상담 기간 동안 이 문제가돌출되리라는 것은 필연적이었지요. 여자는 연인이 떠난 뒤 자해를 시도했고 그때부터 치료를 시작했습니다. 무엇이 진짜인지 알고 싶었다고 하더군요. 상담중에도 같은 질문이 나왔습니다. 그녀는 우리 관계가 진짜인지 알고 싶어 했습니다.'

그것이 핵심이었다. 무엇이 진짜인가? 그러나 그것이 단지 나의 '관계력'에서 비롯한 물음은 아니었다.

그녀가 어떤 주장을 할지도 알 수 있었다. 환자는 상담실 안으로들어오고 그곳에서 트라우마를 반복한다. 심리치료란 게 그렇다. 트라우마를 재생시켜 그것의 지배력을 헐겁게 하는 것이다. 그러나 만약 심리치료 자체가 트라우마의 반복이라면? 그렇다면 나는이 '일'을 어떻게 해결한단 말인가.

나는 그레타를 쳐다봤다.

그녀는 드레스에 묻은 먼지를 떼어냈다.

"당신이 계속해서 이 심리치료의 구조로 숨어버린다면 난 당신과 함께 이 일을 할 수 없어요. 여성들이 구조를 바꾸어야 한다고 했죠? 당신이 해보는 건 어때요? 위험 요소가 너무 많은가요?"

꿈속에서 본 다리. 더 이상 돌아갈 길이 없었다. 나는 쥐고 있던 손을 폈다.

"이게 당신이 생각해낸 묘안인가요? 종결을 유보하고 내 반응을 살피고 싶었나요?"

그레타는 애나의 이야기 속, 연애의 가능성을 배제하지 않았던 그 분석학자와 다르지 않았다. 모든 가능성을 열어두려 했지만, 그러나 그것은 어디까지나 이론상의 이야기였다. 진짜가 아니었다.

그레타의 눈동자가 마치 가이드라인이라도 찾는 듯이 어지럽게 움직였다.

난간이 없었다.

"난 당신이 아니에요."

적나라한 그녀의 목소리가 내 척수를 타고 내렸다.

"그러나 난 당신과 함께 모험을 했어요. 현명한 선택이었는지는 알 수 없어요."

그녀가 의자 깊숙이 몸을 기댔다.

나는 꼬고 있던 다리를 풀고 침상 위에 다시 누웠다.

창밖으로 보이는 하늘은 순전한 파란색이었다. 천사들의 빛, 수녀들의 색. 나뭇가지들이 파란 하늘 속에 잠겨 있었다. 한 해의 마지막 흔적들이 끝을 향해 가며 바람에 흩날리고 있었다. 어둠 밖으로 나와 빛 속으로 들어가는 순간, 동지. 그 순간에 맞춰 리듬을 조절하는 로마력. 회고하며 반짝이는 별. 기억하라, 빛을 기억하라. 언젠가, 썰물에 드러난 모래층처럼 끝도 없이 펼쳐진 긴 빛이 있었음을.

"당신은 뭘 끝내고 싶은 거죠?"

내가 큰 소리로 이렇게 묻자, 그녀는 자기 가방에 손을 뻗었다. 그 안에는 종결의 도구들, 그녀의 책, 그녀의 영수증, 탈출을 위한 사다리가 들어 있었다. 나는 창문 밖으로 기어 나가 나무에 오르고 싶었다. 가지 하나에 걸터앉아 돌진하는 밤 속을 달리고 싶었다. 이곳에서 멀어져, 다른 곳, 또 다른 장소에 있는 창문을 찾아가고 싶었다. 대화의 주제가 '끝'이 아닌 곳, 끝이 불가피하지 않은 곳.

"난 무엇을 끝내는 문제를 말하는 게 아니에요."

그녀가 휴지를 뽑아 코를 풀며 말했다.

말들은 울타리를 넘지 못했다. 휴지에 파묻힌 새된 목소리. 이해할 수 없고 혼란스러운 사랑이 나를 오도한다. 유혹한다. 주어져서는 안 될, 주어질 수 없는, 영원히 빼앗길 그것을 열망케 한다. 지금, 다시.

그렇지 않을 수는 없는 것인가.

"이 게임을 끝내고 싶은 건가요?"

그녀가 말했다. 더 이상 자신을 내어 보이는 목소리가 아니었다.

"무슨 소리죠? 이건 내 게임이 아니에요."

끝? 종결? 그게 나와 무슨 상관인데요? 끝내고 싶으면 끝내요. 나는 분노했다.

"난 당신이 어떤 일을 하는지 알아요. 당신은 자기 마음을 다른 사람의 정신에 꿰맞추는 사람이에요. 땀 간격이 넓은 시침질을 활용해야 해요. 그래야 치료 종결 시기에 맞춰 쉽게 잘라버릴 수 있으니까요. 그런 다음 당신을 또 다른 사람의 정신에 봉합하죠."

"당신은 왜 나에게 묻지 않죠? 왜 나에게 전달하죠?"

"당신이 내게 A를 이야기하면 나는 B를 보니까요. 이제 당신에게서 직접 들어야겠어요. 이번은 진짜인지. 이번 마음은 진짜인지."

"그렇다면요."

겨울 저녁의 엷은 공기. 달은 떠오르고, 창백한 초승달 빛이 잉크 색 하늘 위에 드리워졌다. 밝은 별, 빛나는 별. 소망. 다시 한 번 품는, 위험한 소망. 헐벗은 가지 같은 마음이 당신이 존재하는 영역으로 손을 뻗는다. 당신은, 그녀는, 나와 함께 새로운 계절의 빛, 봄을 예고하며 길어지는 겨울의 빛을 향해 나아갈 수 있는가. 숨죽인 기다림의 순간은 길고 멀다.

나는 차로 들어가 엔진을 켰다. 이바 카시디의 테이프가 방향을 바꾸며 돌아갔다. 잠시 뒤 들려오는 목소리. '서풍이 보리밭을 흔들고 지나면 그대 나를 기억하리라. 질투에 찬, 하늘에 걸린 태양에게 말해주오. 우리 황금 들판을 거닐었던 그때.'

비콘 스트리트에서 모퉁이를 돌아 옆쪽으로 차를 세웠다. 눈물이 흐르고 있었다. '보리밭 사이로 머리칼이 흩날릴 때, 그녀, 그의 품에 안겼지. 나와 함께 머물러줄 수 있나요? 나의 사랑이 되어줄 수 있나요?'

# 4

나는 사촌이모인 릴리와 오스트리아 그문덴에서 크리스마스를 보냈다. 어머니와는 어린 시절을 같이 보낸 분이었다. 이모는 종종 키프러스를 방문했지만, 어머니는 한 번도 오스트리아로 돌아가지 않았다. 이모는 이해한다고 했다.

"이제 다시는 빈에서 살 수 없겠지. 하지만 호수 지구인 잘츠캄머구트에 못 가보는 건,"

이모는 눈을 감고 한숨을 내쉬었다.

"마음이 좀 그래."

밖으로, 이모와 어머니가 수영을 하며 놀았던 트라운 호수가 어슴푸레하게 보였다. 어느덧 해가 저물었다.

이모는 얼굴이 어머니보다 조금 더 길었다. 파란색 눈동자는 더 짙었으며, 이목구비도 목판화를 새겨놓은 듯 짙고 뚜렷했다. 네 어머넌 아름다운 사람이야. 마지막으로 만났을 때 이모가 그런 말을 했었다. 사이먼의 집에서였고 내 결혼식 날이었다. 빈 식의 비교.

누가 가장 똑똑한가. 누가 가장 아름다운가. 어머닌 그런 식의 비교를 좋아하지 않았다.

한스 이모부는 저녁으로 스트로가노프를 만들고 있었다. 이모부가 내게 양파를 건넸다.

"양파는 시차 때문에 생긴 피로를 푸는 데 아주 좋단다. 어떤 작용을 하는지 정확히 밝히진 못했지만 여하튼 효과가 최고지."

그가 도마와 칼을 내밀며 말했다.

그러고는 온정이 담뿍 담긴 미소를 지었다. 양파가 담긴 볼은 그 지역 도자기 공장에서 출시된 것이었다. 이끼 색 광택에 소용돌이 무늬가 그려진, 흙을 구워 만든 사기그릇이었다. 이 지역 역사가 그랬다. 흙과 소금. 산과 호수. 이모부는 잘츠부르크 공항에서 오는 길에 호수 이름을 일일이 대주었다. 독일 단어들은 그의 경쾌한 어조와 빛나는 눈빛 속에서 부드러워졌다.

케임브리지를 떠나기 전날 밤에야 강의 자료 정리를 끝낼 수 있었다. 자료 속 문장들이 제트기 엔진 소리처럼 머릿속에 울려 퍼졌다. 이불 속에 몸을 파묻은 나는 꿈도 꾸지 않고 곯아떨어졌다. 열린 창문으로 들어온 산 공기가 방 안을 가득 채웠다. 아침에 일어나 보니 눈 내린 세상이 침묵에 잠겨 있었다.

일주일 동안 우리 셋이 있었다. 익숙하면서도 낯선 사람들의 조합. 우리는 서로의 삶에 속해 있었지만, 내가 그들과만 지낸 적은 이번이 처음이었다. 어렸을 때 릴리 이모는 우리가 손꼽아 기다리던 손님이었다. 초콜릿과 선물을 잔뜩 들고 왔기 때문이다. 어머니와 이모는 독일 말을 하며 커피를 마셨다. '딸들이 예쁘네.' 이모는 커피를 다 마시고 나면 같이 놀아주겠다며 밝게 웃곤 했다.

나는 이제 이모와 어머니 얘기를 하고 싶었다. 당신에게 흥미로운 여행이 될 거예요, 그레타는 내게 그렇게 말했다. 애매한 말이었다. 심리치료가 끝나갈 무렵 그녀는 나를 향해 한 발짝 다가왔다. 마지막 상담 시간에 그녀는 촛불을 켜고는 수줍게 말했다.

"생일, 야르차이트*, 샤바트**. 세 가지 모두를 위해서."

시작, 끝, 안식을 바라는 기도.

"당신이 돌아오면 우린 우리가 있는 곳을 알게 될 거예요."

나는 흔들리는 촛불을 바라보았다. 끝이 아닌 연기延期. 그것은 그녀에게 어떤 의미일까? 밖에는 12월의 어둠이 내려앉았다. 일어설 시간이 되자 촛불을 불어 꺼야겠다는 생각이 들었다. 그러곤 애나가 불렀던 노래가 떠올랐다. '내 사랑, 당신 팔에 나를 뉘어줘요, 그리고 촛불을 꺼요.' 그레타는 내게 선반 위에 모아둔 둥근 대리석 알을 하나 건넸다. 빛을 받아 반짝이는 돌 위로 노랗고 하얀 소용돌이무늬가 보였다. 한쪽 면에는 선 하나가 나 있었다. 나는 그것을 받아들고 손에 꼭 쥐었다. 모두 다 감사하다고 말했다. 그동안의 시간이 그리울 것이라고도 했다. 눈물이 흘러내리고 있었다. 나도 그럴 거예요, 라고 그녀가 말했다. '하지만 당신에겐 늘 이런 시간이 있잖아요. 늘 이렇게 끝을 내잖아요. 다를 게 없잖아요.'

이모는 애나와 내가 무얼 하며 어떻게 살고 있는지, 미국에서의 생활은 어떤지 알고 싶어 했다. 이모 부부는 작은 여행사를 하며 소박하게 살고 있었다. 등산과 하이킹이 삶의 낙이었다. "그게 얼마나 좋은지 곧 알게 될 거야"라고 말하는 이모 얼굴에 생기가 넘쳤다.

* 유대어로 죽은 날이라는 뜻.
** 유대어로 안식일이라는 뜻.

이모 부부는 "하루 이틀이라도 좋으니" 반드시 쉬어야 한다고 내게 강권했다. 이모는 새해를 맞아 곧 도착할 예정인 아들네 가족들을 맞이하느라 할 일이 많았다. 집 옆에 붙여 지은 겨울 정원엔 선물이 한가득이었다. 나는 이모가 나를 예의 주시하고 있다는 것을 느낄 수 있었다.

다음 날 저녁시간이었는데 내 자리 옆에 상자 하나가 놓여 있었다.

"너희한테 줄게. 너와 애나를 위해서 간직하고 있던 것들이니까. 나 자신을 위해서이기도 했고. 네 어머니가 보낸 편지들이야."

순간 마치 어머니 유골함이라도 받아든 것처럼 내 몸이 움찔했다.

"진작 보냈어야 하는데, 도저히 그럴 수가 없어서."

그녀의 눈가가 젖어들었다. 애나는 알고 있었을까? 알았다면 이곳에 왔었을까? 나는 저녁식사가 끝날 때까지 기다렸다가, 편지 상자를 집어 들고 조용히 방으로 갔다.

우리에게 써 보낸 일상생활의 면면들 같은, 가족들의 근황이 적혀 있을 것이라 생각했다. 어머니의 내밀한 목소리를 듣게 될 생각을 하니 가슴이 벅찼다. 릴리와 오간 허심탄회한 편지들에 나는 충격을 받았다.


사랑하는 릴리에게

편지 고마워. 많이 힘들었어. 결혼 생활 중 가장 힘든 시기인 거 같아. 딸아이들이 학교 때문에 떨어져 있으니 너무 외롭네. 미샤는 잘못된 일이 하나도 없다고 하지만 사실은 그렇지 않다는 걸 알아. 며칠이라도 좋으니 4월에 오면 좋겠다. 아무 거리낌 없이 너와 속 얘기를 하고 싶어. 바닷바람이 네 건강에도 좋을 거고.

어머니가 살아 있다면, 우리 모녀는 이런 얘기를 나눌 수 있었을까?

나는 한참이 지나서야 마지막 편지를 파란 봉투 속에 집어넣고 불을 껐다. 편지 속 문장들이 어둠 속을 떠다녔다. '키라가 걱정돼. 오면 더 얘기해줄게.' 전부터 이모와 얘기를 해보고 싶었지만, 그 편지들을 읽고 나니 정말 그래야겠다는 생각이 들었다. 잠이 들 것 같지 않았는데, 어느새 어머니 꿈을 꾸고 있었다. 나는 방 안에 있었다. 크고 황량한 스튜디오였다. 문이 열리고 어머니가 들어왔다. 어머닌 "얘기를 하자"고 했다. 난 "정말 솔직하게 얘기할 거죠?"라고 물었다.

아침식사 시간에 이모가 신문을 읽는 이모부를 힐끗 보며 말했다.

"오늘은 키라의 날이에요. 나의 날이기도 하고요."

자동차 얘기였다. 이모는 등산로 하나를 선택했다. 점심 먹을 장소도 골랐다. 이모가 빌려준 하이킹 부츠에 발이 딱 맞았다. 양말 하나를 덧신은 참이었다.

우리는 차를 타고 산속으로 들어갔다. 하늘은 맑았고 오후엔 눈이 더 올 거란 기상예보가 있었다. 남편과 집안일에서 벗어난 이모는 더욱 더 에너지가 넘쳤다. 목소리에선 자유가 느껴졌고 몸놀림은 날렵했다. 이모는 도로를 바라보고 있었다.

"늘 미안했단다, 키라. 그렇게 힘들 때 너희들을 더 도와주지 못해서. 특히 네 어머니가 돌아가신 뒤에."

그러곤 내 쪽을 잠깐 보더니 말했다.

"너하곤 늘 통하는 데가 있는 것 같았어. 이모 역시 건축 공부를 하고 싶었거든. 그러나 히틀러가 들어오고 말았지. 나 역시 붕괴, 격변, 상실이 뭔지 아는 사람이야. 지금 내 바람은 우리가 친구가 되는 거고."

차를 주차한 뒤 우리는 눈 덮인 목장 길을 따라갔다. 이모는 걸음을 빨리했다. 숲 가장자리에 이르자 길이 좁아지더니 자작나무 숲으로 이어졌다. 숲을 따라 한참을 올라가니 호수가 나왔다. 하늘 높이 솟은 태양 빛 아래, 얼어붙은 표면이 반짝거리고 있었다. 나는 재킷 앞섶을 풀었다. 그것 역시 빌려 입은 옷이었다. 이모는 배낭에서 물병을 하나 꺼냈다. 몸을 한껏 움직이고 나니, 편지를 읽고 난 뒤에 느꼈던 부끄러움이 덜해졌다. 이모는 어머니의 친구였고, 내게 그 편지들을 주지 않았는가. 하지만 여전히 어디서부터 어떤 이야기를 꺼내야 하는지 확신이 서지 않았다. 이모가 아직도 나를 어린애로 여기지 않을까 걱정이 됐다. 솔직하지 않을까 봐 염려스러웠다.

"충격이 컸어요. 그 편지들."

나는 호수를 바라본 채 말했다.

"그럴 거라고 생각해. 네 어머닌 훌륭한 여성이었어. 난 네 어머니와 나눈 우정을 다른 사람과는 경험해보지 못했어. 우린 마음속 깊이 묻어둔 얘기를 나눌 수 있었지."

"그런 거 같았어요. 질투가 나기도 했어요. 이모 세대 여자들이 자기 결혼 생활에 대해 그렇게 속 깊은 얘기를 나눌 거란 생각은 못했거든요."

이모는 웃음을 터뜨렸다. 눈에 장난기가 가득했다.

"그게 바로 각 세대가 품고 있는 순진한 생각이야. 자기들이 사랑과 섹스를 발명했다고 착각하거든. 하지만 어떻게 보면 난 우리가 인생에서 일어나는 문제들에 대해 더 자유롭게 얘기했던 거 같아. 회피하지 않았으니까 얘기를 할 수 있었던 거고. 우린 뭐가 진짜 문제인지 알았거든. 네 어머니에겐 해결해야 할 몫이 더 있었고."

이부오빠인 앤튼과, 히틀러에서 키프러스로 이어진 정치적 위기 상황을 뜻하는 말이었다. 되풀이하기에는 그야말로 끔찍한 경험이었다. 중립국의 장막 속으로 들어간 오스트리아는 끔찍한 역사 속에서 선한 표정을 지으려고 노력해왔다.

"효과는 없어. 하지만 적어도 전쟁은 없겠지."

이모가 병뚜껑을 닫았다. 우리는 호수를 따라 난 길을 걸었다. 어머니의 어린 시절에 대해서는 알고 있었다. 하지만 여성으로서의 어머니에 대해선 제대로 아는 게 없었다. 대학에 다니느라 떨어져 지냈고 그다음엔 결혼을 했다. 세상의 모든 시간이 우리 것인 줄 알았다.

어머니의 결혼 생활을 알고 싶었다. 듣고 보니 다 아는 내용이었다.

"둘은 서로 사랑했단다. 그건 의심할 여지가 없었어. 어려운 때도 있었지만 그거야 누구나 다 그러는 걸."

이모가 왜 내게 편지를 보여줬는지 알 것 같았다. 편지에는 숨길 내용이 하나도 없었던 것이다. 특별한 것은 그들 사이의 친밀감이었다. 나와 애나가 그러하듯이.

우리는 호숫가에 다다랐다. 길은 물가로 이어지고 있었다. 멀리 구름이 모여 있었다. "조그만 더 가면 저편에 산장이 하나 있어." 이모는 산장 주인 부부를 안다고 했다. "소박하지만 맛있는 음식을 내는 곳이야. 거기에서 얘기를 좀 하자."

우린 호수가 내다보이는 창가 테이블 자리를 골랐다.

"슈니첼을 먹어보도록 해. 송아지 커틀릿인데 최고야."

이모는 화이트 와인 두 잔을 주문했다.

한 모금 마셔보니 머리가 얼얼했다. 나는 본격적으로 얘기해보기로 했다.

"어떤 편지에 보니까 어머니가 내 걱정이 된다고 쓰셨던데, 무슨 일 때문이었는지 기억하세요?"

이모는 잠시 주저했다. 얼굴엔 근심이 드리워졌다. 잊어버린 것일까? 아니면 말을 해도 되는지 확신이 서지 않는 것일까?

"어머닌 돌아가셨어요."

그 문장이 마치 최후 선고처럼 들렸다.

"그러니 내가 알아도 괜찮으실 거예요. 우린 사이가 좋았어요. 어머니에게 못할 말은 없다고 하셨죠. 이제 어머니가 내게 못할 말도 없을 거예요."

이모는 내 눈을 찬찬히 들여다보고 있었다.

"네 결혼에 대한 얘기였단다. 너무 이르다고 생각했거든. 인생 경험을 좀 더 하길 원했어."

심장에 화살이 꽂혔다.

우리는 해변에 있었다. 계절에 어울리지 않게 따뜻한 날이었다. 수영이 하고 싶은 마음에, 나는 스웨터를 벗고 셔츠를 벗고 브라를 풀었다. 어머니가 깜짝 놀란 표정을 지었다. 수영을 하려는 것 때문이라고 생각했다. 나는 가슴으로 태양 빛을 빨아들이며 서 있었다. "더워요." 청바지 스냅을 끄르며 그렇게 말하는데, 아, 문득 정신이 들었다. 나는 사이먼과 관계를 해오고 있었다. 어머니가 알아본 것일까? 사이먼을 어떻게 생각하세요? 어머니에게 물었다. 좋은 청년 같던데? 어머니는 무덤덤하게 말했다.

"사이먼 때문이었나요?"
숨 쉬기가 힘들었다.
이모가 포크를 내려놓았다.
"네 아버진 사이먼을 좋게 봤다. 아들처럼 감쌌지. 네 어머니도 그걸 알고 있었고, 그래서 앤튼 걱정을 했던 거야. 그 문제에 대해선 얘기를 한 적이 있었겠지. 하지만 다른 걱정거리도 있었단다. 네 어머닌 그 사람이 정말 네 짝인지 확신을 못해."
내 짝인지 아닌지 확신을 못했다니. 어머니가 내 판단력을 의심했었다니. '알게 될 거다.' 판단하지 말라고 누누이 강조하시던 분이 아닌가. 나는 사랑에 빠졌다. 처음이었다. 난 내 감정을 알고 있었다. 얼굴이 굳어버렸다.
"네 어머닌 너를 아끼셨단다, 키라. 어쩌면 조금 지나치다 싶을 정도로. 네 재능을 격려했고, 네가 재능을 펼칠 자유를 누렸으면 했어. 사이먼은 아주 훌륭한 청년이었다. 야망이 넘쳤지. 네 아버지도 그걸 알고 도우려 했던 거고. 네가 사랑에 빠진 것도 당연해.
하지만 어머닌 사이먼이 너를 억압할지 않을까 염려했단다. 끔찍한 방법으로가 아니고, 그런 남자들의 방식으로 말이다. 네가 네 삶에서 원하는 게 무엇인지 알려면 좀 더 시간을 가지고 경험을 쌓아야 한다고 생각했어. 어머니 눈에 넌 아직 어렸으니까."

"하지만 그건 우리의 야망이었어요. 우리에겐 공통의 비전이 있었어요. 그 사람 것이기도 했지만 내 것이기도 했어요. 우린 민주적 가치들을 이어가고 키워낼 수 있는, 사회를 변화시킬 건축을 창조하고 싶었어요. 그건 마음속 깊은 곳에서부터 시작된 믿음이었어요. 그때처럼 지금도 그 믿음에는 변함이 없고요. 그게 바로 제 인생에서 원하는 일이란 말이에요."

내 말을 확신했다. 그런데 뭔가가 자꾸 마음에 걸렸다.

부엌에서 어머니와 나눈 어떤 대화. 어머니는 점심 준비를 하고 있었고, 나는 싱크대에서 오이를 벗기고 있었다. 긴 초록색 껍질들. 어머니가 뜬금없이 물었다. 페서리\*는 사용하니? 낯선 단어. 난, 요새는 다이어프램이라고 부른다고 대답했다. 서랍에 있는 걸 보신 걸까?

그레타의 목소리. 키라. 난 사이먼과 당신 관계가 궁금해요. 우리는 곧잘 죽은 사람을 이상화하고 그의 실제 모습을 잊어버리거든요. 난 당신이 두 사람 사이의 문제점에 대해 얘기하는 걸 들어본 적이 없어요.

---

\* 여성용 피임 기구.

지금처럼 사이먼과 호숫가에 간 적이 있었다. 자전거를 타고 소풍을 나온 참이었다. 나는 바닥에 담요를 펼쳐놓았다. 이른 봄이었고, 산동이나물이 풀밭을 뒤덮고 있었다. 그는, 언젠가 우리 아이들과 함께 이런 소풍을 나오는 상상을 해본다고 했다. 신혼 초였고, 나는 언젠가 그럴 수 있을 거라고 했다. 그는 빠르면 좋겠다고 했다. 또 아이는 다섯을 낳고 싶다고 했다. 신이 허락한다면, 이라는 말을 덧붙였다. 그것은 미신이었다. 그는 신을 믿지 않았다. 사이먼은 담요 위에 누워 하늘을 바라보았다. 나는 샌드위치를 꺼내놓으며, 하나나 많으면 둘이면 될 거라고 했다. 그가 일어나 앉더니 말했다. "난 늘 북적북적한 가족을 꾸리고 싶었어. 우리 아이들의 모습을 상상해봐." 그의 눈이 나를 설득하고 있었다. 하지만 나는 아니었다. "당신은 내 말을 안 듣고 있잖아. 그거야 당신 생각이지. 당신이 원하는 거." 그는 그렇지 않다고 했다. 나는 그렇다고 했다. "당신이 하는 말을 스스로 들어봐. 그게 나한테 어떻게 들리는지 들어보라고. 아이를 다섯이나 낳아 키운다고? 내 삶이 어떻게 될지 상상이나 한 거야?" 그는 상처받은 얼굴로 말했다. "난 당신도 그걸 원한다고 생각했어."

"커피 마실래? 슈트루델이 아주 맛있어."
나는 이모의 얼굴을 찬찬히 살폈다.
내게 아직 말하지 않은 게 더 있을까?
"결혼식 뒤에는 어땠어요?"
이모는 내 손 위에 당신 손을 얹었다.
"아기는 천천히 가졌으면 했단다."

릴리 이모 집을 떠나기 전날 밤, 종을 울리는 사람들의 달리기 행사가 펼쳐졌다. 기원이 이교도 시대로 거슬러 올라가는, 사악한 정령들을 쫓는 의식이었다. 가로등이 모두 꺼지자 멀리서 소 방울 소리가 들려왔다. 그리고 하얀 셔츠와 바지 차림의 남자들이 모습을 드러내기 시작했다. 그들은 갖가지 모양의 전통 모자를 쓰고 있었다. 모자는 나무 틀 위에 세운 커다란 종이 공예품이었고, 모자 안쪽에서는 촛불이 타고 있었다. 촛불 빛과 그들의 벨트에 매달린 방울 소리는 다가올 해의 선량한 정령들을 부르고 사악한 정령들을 물리치는 상징물이었다. 이모 부부와 그 아들 가족들과 나는 차가운 밤바람 속에서, 커다란 모자들이 이리저리 흔들리며 거리 아래로 움직여가는 모습을 지켜보았다. 우리는 그들을 따라 마을 광장으로 내려갔다. 소위 '달리는 형상들'이라 불리는 남자들은 사방에서 모여들며 정해진 대로 대열을 이루고 있었다. 행사는 노래로 마무리됐다. 1월 5일, 예수공현축일 전날이었다.

마술이 있다면, 이곳 오스트리아 호숫가 마을에 희망이 있을 수 있다면, 이 광경이 그 증거였다. 수백 시간을 들여 종이 공예품을 만들었고, 한번 사용된 디자인은 다시는 사용할 수 없었다. 나는 이모 쪽으로 고개를 돌렸다. 그리고 내 어머니를 보았다. 어머니라면 무엇을 만들었을까? 별처럼 밤을 비추는 형형색색의 모자들, 미신이 섞인 아름다움. 각 그룹마다 남자의 숫자는 반드시 홀수여야 했다. 그러나 이곳엔 가족이 있었다. 쪼개지지 않고 결합되어 있는 가족, 흩어지지 않고 뭉쳐 있는 가족, 모든 사람들이 기적적으로 살아 있는 가족. 나는 숨을 내쉬고, 내 몸의 열기가 차가운 밤공기 속으로 사라지는 모습을 바라보았다. 사이먼에 대해 릴리 이모가 한 말은 내가 이미 아는 사실이었다. 그가 자신에게 일종의 복종을 요구했다는 것. 미묘하지만 그랬다는 것. 그러나 그렇다고 해서 내가 그를 사랑했다는 사실이 달라지지는 않는다. 나는 그를 깊이, 진정으로 사랑했고 앞으로도 늘 그럴 것이다.

빈에 있는 알베르티나 미술관에 갔다. 로마에서 나를 보려고 건너온 데이비드와 함께였다. 벽에 걸린 에곤 실레의 자화상 속 일그러진 얼굴들이 나를 뚫어지게 쳐다보고 있었다. "저 여자들을 봐." 그녀들의 벗은 몸은 도전적이었다. 외면하는 시선을 잡아 돌리는 그녀들의 눈. 나는 데이비드를 돌아봤다. 그의 얼굴에 만족감이 넘쳐났다. 그가 방문한 덕에 마음이 좋아졌을 수도 있지만, 어쨌든 이 도시는 나에게 굉장한 놀라움을 안겨주고 있었다.

난 나치로 가득한 잿빛 빈을 상상했었다. 그러나 내가 본 것은 박공벽에 기대 누운 여자들의 조각상, 지붕에 홰를 튼 형상들, 지붕이 둥근 교회들, 저녁 하늘 위로 보이는 시청의 선조線條 세공된 고딕 식 뾰족탑, 그리고 그 앞 공원에서 스케이트 타는 사람들이었다. 사람들은 가던 길을 멈추고 안경을 벗고 짐을 내려놓으며 데이비드와 내가 애처롭게 내미는 지도를 살펴주었다. 빈의 중심지인 링슈트라세를 따라 달리는 시가 전차들은 2차대전 영화에 등장하는 험악한 시내 전차가 아니라, 아이들의 환상세계에서나 나올 법한 모양새였다.

그날 밤 우리는 오페라 극장에 갔다. 데이비드는 턱시도를 입었고 나는 긴 벨벳 스커트를 찾아 입었다. 국립 오페라하우스인만큼 형식을 갖추는 노력을 한 셈이었다. 전쟁 때 폭격을 당했으나 재건축하고 도금을 했다. 펭귄 차림의 데이비드는 달라 보였다. 깨끗이 씻은 얼굴에 기대감이 가득했다. 그는 〈코시 판 투테〉*를 가장 좋아했다. "3중창 곡을 기다려보라고." 좌석을 찾아 앉는데, 홀의 면면이 안드레아스가 싫어하는 것 일색이라는 생각이 들었다. 오케스트라 석이 가수들과 청중들 사이에 해자를 두르고 있었다. 나는 그 생각을 지워버리고 프로그램을 펼쳤다. 〈그들은 모두 다 그렇다 ─ 연인들의 학교〉. 지휘자가 등장하고 청중들이 자세를 잡고 전주곡이 시작되고 온통 하얀 무대 위로 커튼이 올라갔다. 텅 빈 스크린. 태곳적 질문. 여자들은 과연 신의를 저버릴 것인가. 그 모든 역사가 있은 뒤에도, 그 질문은 여전히 건재했다. 데이비드를 향해 고개를 돌렸다. 그는 넋을 읽고 무대를 바라보고 있었다. 시놉시스는 영어로 읽은 터였고 오페라는 이탈리아어로 흘러갔다. 이해하지 못하는 언어로 듣는 게 더 좋았다.

다음 날 아침, 우리는 프린츠 오이겐슈트라세를 따라 어퍼 벨베데레 궁전으로 갔다. 지금은 미술관으로 이용되는 곳이었다. 나는 그곳에 전시된 클림트 그림을 보고 싶었다. 계단을 올라가 오른쪽으로 난 전시실로 들어서니 저 멀리서 〈키스〉가 벽 전체를 점령하고 있었다. 어마어마한 길이. 복제품들에선 느낄 수 없는 놀라운

---

*1790년 빈에서 초연된 모차르트의 오페라.

실물, 진품을 경험하는 순간. 나는 시선을 고정한 채 그 그림을 바라보았다. 내가 무엇을 보고 있는지조차 확신이 서지 않았다. 남자가 여자를 향해 머리를 숙이고 있고, 그의 손이 그녀의 얼굴을 만지고 있었다. 그 키스의 부드러움은 그들을 감싼 황금빛 의복의 엄숙함 덕분에 더욱더 도드라졌다. 오디오 가이드에선 남자 쪽 의복에 표현된 사각형들과, 여자 쪽 의복에 나타난 원형에 주목하라고 했다. 진부한 이야기였다. 그런데 그때 그걸 보았다. 남자는 의복에 완전히 에워싸여 있었다. 보이는 거라곤 얼굴과 손뿐이었다. 옷이 석관처럼 그를 둘러싸고 있었다. 그러나 여자는? "여자를 봐." 놀란 내 목소리가 높아졌다. "여자는 저기 안쪽에 남자와 같이 있어. 그러면서도 또 따로, 남자와 있지 않아." 그녀의 맨 팔은 황금빛 의복 안에도 밖에도 있었다. 몸의 형태, 드레스의 무늬. 분명했다. 그녀는 무릎을 꿇고 있었다. 그러나 그녀의 발, 그것은 맨발이었고 완전히 옷 밖으로 드러나 있었다.

나는 오디오 테이프를 되감아 다시 들었다. 가이드는 그 부분을 놓쳤다. 혹은 보지 않는 편을 택했다. "여자의 손을 봐." 데이비드가 말했다. 여자의 팔이 남자의 목을 두르고 있었고, 네 번째 손가락이 무심결에 구부러져 있었다. "남자는 저 반짝이는 금빛의 덫에 갇혔어. 여자 역시 저 안에서 남자가 소유하고 있는 모든 것을 가지고 있지. 여자는 남자와 저 안에 있으니까. 하지만 그러면서도 여자는 그것들 밖에 있어." 키스, 그의 키스가 가슴을 찢고 있었다.

반대편 벽으로 돌아섰다. 아담과 이브의 그림이 걸려 있었다. 이브는 눈을 동그랗게 뜨고 있는데 아담의 눈은 감겨 있었다.

무언가 하나로 모아지고 있었다. 예술가들은 그것을 보았던 것이다. 알베르티나 미술관에 걸린 실레의 자화상 속 벗은 남자들은 불안해 보였다. 그들의 몸은 지쳐 있었다. 화려함 속에 갇힌 〈키스〉의 남자는 사람과의 접촉을 시도하고 있다. 클림트의 아담은 이브가 내어주는 지식에 눈을 감아버렸다. 우리에겐 이런 내용을 보는 것이 금지되었다. 오디오 가이드는 하나의 암시였을까?

데이비드는 클림트 관련 책을 하나 사서는, 그리스 음식점에서 점심을 먹는 동안 내게 읽어주었다. 길 건너에 있었는데, 어떻게 그런 곳에 그런 식당이 있을까 싶었다. 바깥쪽 메뉴판에 적힌 특별 요리가 괜찮아 보였는데, 주인이 계속해서 우리 선택을 묵살하며 자기가 골라주겠다고 우겼다. 그러고는 와인 한 병을 가져왔다. 음식 값에 신경 쓰지 못하게 하려는 심산이었다.

데이비드는 대학 그림에 관한 페이지를 펼쳤다. 클림트는 문화부의 의뢰를 받아, 새로운 대학의 예식 홀을 장식할 천장 패널화를 그리기로 되어 있었다. 대학 측은 철학, 의학, 법학을 상징하는 세 개의 천장화를 그려달라며, 어둠에 대한 빛의 승리를 주제로 정해주었다. 그러나 클림트는 어둠을 보여주었다. 승리가 아니었다. 우리는 일러스트레이션을 응시했다. 이성, 과학, 정의를 상징하는 초연한 신화 속 형상들이, 허공에 떠다니는 벗은 몸들을 감은 쇠사슬에 포위되어 있었다. '법학'의 중앙에는 벌거벗은 법의 희생양이 뱀들의 둥지에서 몸부림치고 있었다. '의학'에선 머리 없이 벌거벗은 여자의 몸이 공중을 떠다녔다. 골반은 앞으로 튀어나오고, 십자가의 고통을 상징하듯 양팔을 뻗고 있었다. 이 그림들은 스캔들을 불러 일으켰다. 대학 내에선 우리가 너무나 잘 아는 방식으로 패가 갈렸다.

"들어봐."

데이비드가 텍스트를 큰 소리로 읽어주었다.

"대학 관계자 대표들은 만약 '의학' 속의 인물이 여자여야 한다면 반드시 옷을 입혀야 할 것이고, 만약 나체가 불가피하다면 남자로 대체해줄 것을 요구했다."

그는 책을 덮었다.

"법학이나 의학이나 철학, 혹은 대학이 나치에 맞섰다면 어땠을까 싶어. 그런 일은 일어나지 않았지만."

작품을 의뢰한 시기는 우연히도 어느 뻔뻔스런 반유대주의자가 빈 시장으로 선출된 시기와 일치했다. 프란츠 요제프 황제는 2년을 버티며 시장 선출 승인을 거부했으나 1897년 결국 손을 들고 말았다.

내가 할 강연이 슬슬 걱정되기 시작했다.

"걱정하지 마. 클림트를 기억해. 사람들은 클림트에게 자기들이 그 천장화를 어떻게 생각하는지 보여줬어. 클림트는 그들에게 자기가 어떻게 생각하는지 보여줬고."

〈키스〉는 후기 작품이었다. 남녀의 상황을 바라보는 그 작품의 직관이 마음속에서 떠나지 않았다.

우리는 각자 계산을 했다. 잘 속아 넘어가는 약점을 다시 한 번 확인하는 셈이기도 했지만, 결국엔 확인하고 의심하는 삶보다는 믿고 지는 편이 낫다는 결론을 내렸다.


컨퍼런스는 목요일 점심식사 뒤에 시작되었다. 응용예술 미술관 앞에는 미술관의 기치를 나타내는 배너가 걸려 있었다. '예술과 건축, 그리고 디자인.' 19세기에 지어진 이 건물은 링스트라세가 끝나는 곳, 공원 바로 모퉁이에 위치해 있었다. 바로크 식 파사드는 예상하고 있었지만, 원기둥이 높게 솟은 개방형 메인 홀에서는 생각보다 르네상스 식 분위기가 짙게 풍겼다. 측면엔 아치가 늘어섰는가 하면, 발코니가 위쪽에서부터 공간을 둥글게 에워싸고 있었다. 꽤 규모가 있었는데도 수도원의 안뜰에 들어온 듯한 친밀감이 느껴졌다. 안은 밝고 상쾌했으며, 정원 자리엔 의자들이 들어차 있었다. 동료들이 보였다. 학교 때부터 알고 지낸 친구들도 있었고 다른 컨퍼런스에서 만난 사람들도 있었다. 스스럼없고 격식을 따지지 않는 분위기였다. 리처드 리빙스턴도 보스턴에서 발걸음을 해주었다. 검은색 일색인 무리들에서 그의 파란색 블레이저가 도드라졌다. 보스턴보다는 뉴욕 스타일이었고, 미국보다는 유럽 스타일이었다. 그를 보니 마음이 좋았다. 디자인 관계자들과 도시 계획가들이 유럽의 중심 빈에 모였다. 도시 비전을 새로이 그리는 데 있어 이보다 나은 장소가 어디 있겠는가. 감색 부츠를 사 신은 건 잘한 일이었다.

미술관의 신임 관장인 게오르그 나우만은 눈매가 날카롭고 몸매가 좋은 남자였다. 태도에서도 빈 특유의 민첩함이 느껴졌다. 그는 개회사에서 예술은 미래 사회에 대한 예언이자 투자라고 말했다. 그리고 결연히 "미래는 과거를 되풀이해선 안 됩니다"라고 했다. 빈의 어느 공원에 있는 방공 탑과 같은 야만의 기념비들을 국제적 중심지로 변모시켜 당대의 프로젝트를 보여줘야 한다고 했다.

"문명이 낳은 시련 그 자체라 할 법한 도시는 그 길을 이끌어줄 건축과 함께 새로운 상상력으로 피어나야 합니다. 빈 응용예술 미술관은 현대 대중문화에 만연한 의미의 상실에 저항하는 토론의 중심지가 될 것입니다."

흥분을 불러일으키는 비전이었다. 그의 말을 의심하는 사람은 많지 않아 보였다. 컨퍼런스 자체가 저항 행위였다는 것을 그제야 깨달았다.

"어떻게 하면 이런 일이 가능할까요?"

나우만이 물었다. 주위가 삽시간에 고요해졌다.

"이것이 우리의 과제입니다."

그가 미소를 짓자 박수갈채가 쏟아졌다. 회의장에는 열기가 넘쳐났다.

잠깐 쉬는 시간을 이용해 회의장을 나왔다. 너무 많은 사람들과 너무 많은 대화를 나누어 머리가 어지러웠다. 내 강연은 다음 날 아침이었다. 조용히 마음을 가다듬어야 했다. 호텔로 돌아오는 길에 편의점에 들러, 어느 먼 바다의 해초 추출물이 들어 있는 바디 오일을 샀다. 강의 자료를 살펴본 뒤 욕조에 몸을 담글 생각이었다. 저녁시간은 혼자서 보내고 싶었다.

5시 30분에 전화벨이 울렸다. 물을 뚝뚝 떨어뜨리며 수화기를 들었다. 데이비드였다. 내가 저녁 내내 강연 걱정이나 하고 있지 않을까 싶어, 프론트에 부탁해 무지크페어라인 입석 티켓 두 장을 구했다는 것이었다. "좌석을 구하려면, 누군가 죽기를 기다려야 해." 빈 필하모닉 콘서트였다. 모차르트의 아리아 곡들과 쇼팽의 콘체르토 한 곡이 연주된다고 했다. 나는 검은색 정장 바지와 스웨터를 입고, 릴리 이모가 준 비취 목걸이를 둘렀다. 로비에서 그를 만났다. 비가 내리고 있었다. 프론트 직원은 독일어 단어 몇 개를 가르치고 활짝 웃더니 우산 한 개를 내주었다. 우리는 그것을 받아 들고 밖으로 나갔다.

입석은 뒤쪽이었다. 난간 뒤였고, 생뚱맞게 놓인 낡은 거울 앞이었다. 금박을 빼곤, 좌석을 포함해 홀 전체가 목재 구조였다. 음향 효과를 위한 필수조건이었다. 측면에 금 조각상이 줄지어 서 있었다. 관람석 2층의 무게를 받치고 있는 가냘픈 여성들. 우리는 입석 관객들 틈을 비집고 들어가 가운데 자리를 차지했다. 프로그램을 폈다. 독일어로 적혀 있었고 도와줄 프론트 직원은 없었다. 모차르트의 아리아 세 곡 가운데 마지막이 〈코시〉에 나오는 아리아였다. 쇼팽의 콘체르토 곡이 이어지고 막간 쉬는 시간이 있은 뒤, 슈만 교향곡으로 마무리될 예정이었다. 쇼팽을 연주한 피아니스트는 젊은 신예 스타였다. 소프라노는 처음 들어보는 목소리였지만 특히나 인상에 남았다. 깨끗하고 막힘이 없고 여유로웠다. 이음줄을 처리하는 호흡법도 정교했다. 파란 드레스를 입은 밤색 머리칼의 젊은 아가씨였는데, 다른 세계에서 온 사람 같았다. 어쩌면 그 공연은 경고였을 수도 있다. 쇼팽 곡이 끝나고 쉬는 시간에 더 있을까 말까, 남아서 슈만을 들을까 말까 고민하고 있는데 내 앞으로, 우리 앞으로 그가 다가오고 있었기 때문이다. 데이비드가 먼저 발견하고는, 보초를 서는 군인처럼 내 곁에 가까이 붙어 섰다.

"키라."

내 얼굴은 얼어붙었다.

그는 그곳에, 꼼짝 않고 서 있었다. 마치 꿈인 것처럼.

데이비드가 내 손을 잡았다. 사람들이 주위로 몰려들었다. 바로 이어지는 길목을 우리가 막고 있었던 것이다. 우리는 한쪽으로 비켜섰다.

안드레아스가 따라왔다. 그의 눈이 우리를 향해 화살을 내뿜고 있었다.

데이비드가 상황을 정리하며 말했다.

"키라 친구, 데이비드라고 합니다. 전에 뵌 적이 있습니다."

안드레아스가 그제야 알아보겠다는 표정을 지었다. 기억회로의 작동. 그러곤 헛기침을 하며 무슨 말을 할 것 같더니 이내 입을 닫아버렸다. 그의 눈은 내 얼굴을 바라보고 있었다.

샹들리에가 반짝였다. 왼쪽에 넓은 대리석 계단이 있었다. 그는 내 시선을 따라왔다.

"지금 나갈 거면 우리와 같이 가겠습니까?"

안드레아스가 물었다.

우리? 갑자기 총에 맞은 기분이었다.

데이비드가 잡은 손에 힘을 꽉 주었다. 내 손이 차가워졌다.

"피아니스트가 제 친구입니다."

단조로운 목소리였다.

"저녁을 먹으러 갈 겁니다."

그가 내 얼굴을 살폈다.

"같이 가겠어요?"

어쩌면 그것은 질문이 노골적이었기 때문일 것이다. 결심이 솟아오르며 내 가슴속에 뚫려 있던 공허함을 채웠기 때문이다. 데이비드의 얼굴에서도 그런 결연함을 본 적이 있었다. 케임브리지로 돌아가지 않고 이탈리아에 머물 계획이라는 말을 할 때였다. 그 비숫한 결의가 내 안에서 생겨났다. 물러서지 않으리라.

나는 데이비드를 보았다. 내 마음을 알 거라고 생각했다. 그는 누구보다 믿을 수 있는 친구였다.

"같이 가자."

나는 이렇게 말하고는, 계단을 내려갔다.

첫 번째 벨소리가 들려왔다. 막간 쉬는 시간이 끝나가고 있었다.


비가 억수같이 쏟아졌다. 바람까지 휘몰아쳐 빗줄기가 사방으로 날렸다. 몸이 얼어붙고 있었다. 헝가리 출신의 빨간 머리 피아니스트는 공연의 열기와 긴장이 가시지 않는지, 쇼팽이며 지휘자며 마지막 순간에 결정한 템포에 대해 쉬지 않고 얘기를 했다. 데이비드가 내 쪽으로 우산을 받쳐주었다. 우산은 바람에 휘날리는 돛대 같았다. 나는 소프라노 가수 생각을 하고 있었다. 파란 드레스와 밤색 머리칼의 이미지로 각인된 그녀의 여유 있는 노랫소리. 그러다 갑자기 정신이 들었다. 내가 도대체 무슨 생각을 한 거지? 지금은 대면하기 좋은 순간이 아니었다. 새 부츠가 빗속에 얼룩지고 있었다.

안드레아스가 내 쪽을 힐끔거렸고 피아니스트는 자기 말에 귀기울여주기 바랐다. 그는 도대체 무슨 생각으로 그랬을까? 친구들과의 조용한 저녁식사?

좁은 길은 알베르티나 미술관 뒤쪽에 위치한 어느 광장으로 이어지고 있었다. 실레의 여자들, 그녀들이 내뿜는 도전적인 시선. 당신이 나를 본다면 나도 당신을 보겠노라. 말은 필요없었다. 그것이 계획이었다.

계획을 실행에 옮기기란 어렵지 않았다. 광장을 마주한 카페로 들어갔는데, 남자 셋이 음악 애기에 빠져들었기 때문이다. 우리는 저녁을 시켰다.

나는 화장실로 갔다. 핀에서 빠진 머리카락이 제멋대로 헝클어져 있었다. 거울에 비친 내 모습을 바라보았다.

숨을 쉬어. 아침마다 있던 워밍업 시간. 미카의 목소리가 되살아났다. '숨을 들이마셔 안쪽으로 끌어내립니다.' 〈토스카〉의 리허설. 부정不貞은 무엇을 의미했을까. 사랑하는 누군가를 배반한다는 뜻이었다. 신뢰를 배반한다는 뜻이었다. 모차르트의 〈코시〉가 말하는 것처럼 여자들은 다 부정한 것인가? 남자들 역시 그렇지 않은가? 공기가 몸속으로 빨려 들어왔다. 명치, 엉치뼈를 지나 내 안의 태양으로. 신성한 공간이 확장되고 산소가 순환하고 혈색이 돌아왔다. 나는 문을 열고 테이블로 돌아갔다.

주문한 음식이 나왔고 화제는 정치, 음악 세계의 여권과 야권 이야기로 바뀌어 있었다. 와인을 마셔 얼굴이 붉어진 피아니스트는 자신을 여권 쪽에 놓고 있는 게 분명했다. 안드레아스가 내 쪽을 힐끔 보았다. 나는 그를 찬찬히 봐주었다. 그는 괴로운 표정을 지었다.

"빈에 왔는데 자허 호텔에서 자허 토르테를 먹지 않고 간다는 건 말이 안 돼요."

피아니스트가 행복에 겨운 얼굴로 말했다. 주위에 흐르는 암류를 감지하지 못하는 모양이었다. 그는 다음 날 아침 떠날 예정이었다. 그럼 안드레아스는? 나는 신경 쓰지 않기로 했다. 지연된 대화가 이어지든 말든. 토르테는 데이비드도 관심을 보였다. 우리는 카페를 나왔다. 호텔은 모퉁이를 바로 돈 곳에 있었다.

"비가 참 무자비하게도 내리지요."

안드레아스가 말했다.

"부다페스트와 빈, 이 두 도시는 범죄영화의 배경에 어울립니다."

그런데도 돌아간 이유가 뭔가요. 나는 묻고 싶었다. 그러나 아무 말도 하지 않았다.

우리는 바에 자리를 잡았다. 파란색 다마스크 천으로 뒤덮인 벽은 우울하고 답답했다. 웨이터가 토르테를 가지고 왔다. 안드레아스가 포크를 집었다. 그의 몸에선 비탄이 느껴졌다. 우리는 거의 아무런 말이 없었다. 시계를 보았다. 자정이 가까워오고 있었다.

피아니스트가 자리를 뜨려고 했다. 데이비드의 눈썹이 움직거리며 내게 질문을 던졌다. 가고 싶어, 아니야?

나는 내 손목을 보았다. 희미한 불빛에선 거의 알아볼 수조차 없는 흉터. 나는 신호를 보냈다. 당신은 가도 좋아.

아버지는 말씀하셨다. 일단 길을 선택했으면 따라가야지. 결혼식 직전에 사이먼 얘기를 나누던 중이었다.

데이비드는 피아니스트와 함께 나갔다. 안드레아스가 작은 테이블 위에 팔을 올리며 앞쪽으로 몸을 기울였다. 그는 손으로 얼굴을 감쌌다.

바를 둘러보았다. 우리 둘 말고는 이제 아무도 없었다. 그가 말했다.

"무슨 말을 할 수 있겠습니까?"

그의 목소리가 길고 거친 길을 건너오고 있었다. 너무 늦게 도착한 편지처럼.

그가 고개를 들고 나를 보았다. 그의 눈에 아주 잠깐 희망이 스쳐 지났다.

"지금 내가 당신에게 무슨 말을 할 수 있겠습니까? 당신 말이 맞았습니다. 난 내 일과 내 사명밖에는 생각하지 못했어요."

그는 냅킨을 집어 구기기 시작하더니, 이내 동그랗게 말아 옆쪽에 두었다.

"그땐 당신이 이해해줄 거라 생각했습니다. 당신 역시 헌신하는 일이 있었으니까요."

그는 포크를 집었다가 내려놓고 내 얼굴을 바라봤다.

"이 말은 전에도 했었습니다. 프로빈스타운에서, 지난여름, 그 끔찍했던 날에. 그때도 비가 내리고 있었지요. 내가 떠난 일로 당신이 그렇게 큰 상처를 받으리란 생각은 못했습니다."

어깨가 뻣뻣해졌다. 내가 상처를? 당신은 어떤가요?

나는 접시에 남아 있는 초콜릿을 긁어모았다. 쓰디쓴 맛.

떠나고 싶다면 지금이 바로 그때였다. 밖으로 나가면 가슴이 트일 것이다.

그는 내 생각을 읽었다.

"비만 그치면 걸을 수 있을 겁니다. 그러면 좀 더 편히 얘기할 수 있겠지요."

그는 산만하게 주위를 두리번거렸다.

"이 바는 엉성한 오페라 세트 같군요."

그는 자기 접시를 한쪽으로 밀더니 내 접시를 그 위에 올려놓았다. 우리 사이엔 공간이 생겨났다.

"다시 〈펠레아스〉 작업을 하고 있습니다. 샘 장면을 기억합니까?

펠레아스와 멜리장드가 샘터에 단 둘이 있습니다. 여자가 남편이 준 반지를 잃어버리죠."

대화의 중심을 벗어난 얘기였다. 아니 어쩌면 그것이 바로 중심이었는지도 모르겠다.

나는 아무런 말도 하지 않았다. 그는 계속 내 얼굴을 바라본 채 말을 이어나갔다.

"모차르트의 아리아 중 〈코시〉의 아리아가 흐르는 동안 나는 당신의 존재를 감지했습니다. 있을 수 없는 일이었지만 나는 당신이 거기 있다는 것을 느낄 수 있었습니다. 그러곤 당신을 보았지요. 당신이 몇 열 앞에 서 있었습니다. 나는 뒤쪽 거울에 기대 있었습니다. 당신도 느꼈나요?"

나는 대답하지 않았다.

"멜리장드가 죽을 때 눈먼 늙은 왕은 남편에게 여자를 혼자 두라고 합니다. 당신도 내게 그걸 원하는 겁니까?"

그는 내가 죽어가고 있다고 생각한 것일까? 그의 죽은 아내처럼. 아니면 사이먼에 대해 얘기하고 있는 것일까?

나는 침묵을 깼다.

"난 오페라는 몰라요. 알고 싶지도 않아요. 당신이 내게 저녁을 같이하자고 했어요. 그래서 왔고요. 그냥 하고 싶은 말을 하겠어요?"

그의 이마에 철도 선로 같은 주름이 졌다. 그는 깊은 숨을 내쉬었다.

"지난여름 보스턴에서 아버지가 편찮으셨을 때, 제시가 나를 따라 부다페스트로 왔습니다. 우리끼리만 있기는 그때가 처음이었어요. 일할 때는 돌봐주는 여자가 있었지만 안 그러면 우리 둘만 지냈습니다. 그 아이가 이런 것들을 묻더군요."

그 얼굴에 그림자가 졌다. 그는 잠시 말을 멈추었다. 그림자가 지나가자 부드러운 눈빛과 또렷한 목소리로 그가 말을 이었다.

"어느 날 밤 잠자리를 봐주고 있는데 제시가 갑자기 일어나 앉았습니다. 그리고 그 녀석 특유의 진지한 표정으로 내 얼굴을 뚫어져라 쳐다보며 물었습니다. '아빠, 키라 아줌마를 사랑하세요?' 나는 아무런 대답도 할 수 없었습니다. 제시가 말했습니다. '아줌마 보고 싶어요. 나샤위나로 돌아가고 싶어요.'"

안드레아스가 고개를 돌렸다. 그의 눈가에 눈물이 고여 있었다.

너무 적나라했다. 갑자기 도망치고 싶다는 생각이 들었다. 언젠가 애나가 남자들에 대해 한 말이 떠올랐다. '남자들이 이런 식으로 말을 하기 시작하면, 마치 무방비 상태에 놓인 사람처럼 보여. 엄청난 위험에 처한 것처럼 말이야. 달려가 그들을 감싸 안아주지 않기란, 참 힘든 일이거든. 그들 스스로 알아서 보호하도록 내버려두지를 못하는 거야.' 나는 어깨에 코트를 걸치고 기다렸다.

"『죄와 벌』을 다시 읽기 시작했습니다."

그가 말했다. 그의 목소리는 자기 안으로 숨어 들어가고 있었다.

"이 책의 도입부는 아무데도 고개 돌릴 곳이 없는 공포를 말하는 듯합니다."

그는 침을 삼켰다. 그러고는 숟가락을 집어 들어 불빛에 등을 비추었다. 오래전 케임브리지에서 본 제스처였다. 그때가 시작이었다. 반사된 불빛. 달을 보는 것처럼.

"당신에게 내 모든 두려움을 열어 보이고 큰 소리로 외치지 못했습니다. 그런 내 무능함을 생각했습니다. 내가 그럴 수 있었다면 어땠을까 생각했습니다. 지금도 다르지 않습니다. 당신이 그것을 참아야 한다면 잘못된 일인 것 같습니다."

그는 숟가락을 내려놓고 내 얼굴을 보았다.

"이제 분명히 알았으리라 생각합니다. 난 산산조각이 나고 말았습니다. 알아들을 수 없는 말들만 내뱉고 있군요. 그만하겠습니다."

그가 주위를 두리번거렸다. 웨이터는 보이지 않았다. 데이비드나 피아니스트가 계산을 한 모양이었다.

자리에서 일어서려는데 그가 손을 뻗어 내 팔을 만졌다. 내 몸이 위험을 직관하며 움찔했다.

"한 가지 더 있습니다."

나는 도로 자리에 앉았다.

"지금 와서 이런 말이 당신에게 어떤 의미가 있을지는 모르겠습니다. 하지만 키라, 난 당신을 사랑합니다. 나는, 우리가 같이 보았던 비전을 다른 곳에서는 보지 못할 것입니다. 우리가 누릴 수 있는 풍요로운 삶은 가볍게 혹은 자주 찾아오는 것이 아닙니다."

두둑. 조절에 반응하는 척추. 자기 자리를 찾아가 정렬하는 척추.

나는 고개를 숙였다. 고개를 들었을 때 그는 일어서 있었다.

"괜찮다면 내일 당신 강연을 들으러 가고 싶습니다."

머릿속이 하얘졌다. 고개를 돌렸다. 안드레아스의 침울한 옆모습. 그의 시선이 곧장 앞쪽을 향했다.

나도 고개를 돌려 앞쪽을 보았다.

"그러세요."

밤사이 비는 눈으로 바뀌었다. 눈이 펑펑 내리고 있었다. 건물들은 시야에서 흐려졌고 도시는 고요에 잠겼다. 호텔을 나서기 전, 마지막으로 가방을 한 번 더 점검했다. 강의 자료는 가방 속 폴더에 얌전히 꽂혀 있었다. 로비 거울에 비친 나를 보았다. 잠시 동안 내 모습을 알아볼 수 없었다. 마치 눈이 나쁜 사람이 안경도 끼지 않고 멍하니 나를 쳐다보는 것 같았다. 덩굴손 같은 머리가 얼굴 주위로 굽이치고 있었다.

나는 코트 깃을 올리고 밖으로 나갔다.

전차 벨소리가 도시의 정적에 구두점을 찍고 있었다. 걸으면서 정신을 집중해야겠다고 생각했다. 하지만 파노라마처럼 펼쳐지는 이미지들 때문에 머릿속이 복잡했다. 바, 그의 얼굴, '키라, 난 당신을 사랑합니다.'

신호등이 빨간불로 바뀌었다. 나는 첫째 날 밤에 데이비드와 저녁을 먹은 카페 앞에 서 있었다. 머리를 흔들어 털고 안으로 들어갔다. 아침식사용 빵이 가득 들어찬 유리 진열장 옆에 온통 독일 신문 일색인 신문 가판대가 있었다. 치즈 슈트루델이 눈에 들어왔다. 창가 옆 테이블에 자리를 잡고 슈트루델을 주문했다. 커피는 멜랑주를 골랐고 신선한 오렌지 주스도 달라고 했다. 명상이나 기도 같은 걸 하기에 안성맞춤인 때였다. 나는 눈을 감았다. 그해 여름 알게 된, 일기장 맨 앞에 써놓은 어느 건축가의 선언문을 떠올렸다. '나는 건축가다. 세계를 건설하는 사람이다. 나는 육체와 선율과 어두워지는 하늘가에 드리워진 실루엣을 경배하는 감각주의자이다. 나는 당신의 이름을 알 수 없다. 당신 역시 나의 이름을 알지 못한다. 그러나 내일 우리는 함께 도시의 건설을 시작할 것이다.' *

눈을 떴다. 저쪽 벽에 걸린 거울이 회색 불빛을 반사하고 있었다. 그 아래로 신문과 커피에 고개를 숙인 머리 몇이 보였다. 얼굴 하나가 그 열에서 빠지더니 자리에서 일어나 내 테이블로 다가왔다. 아치형 눈썹, 뾰족한 턱, 잊을 수 없는 미소. 시드, 뉴욕에 사는 건축가 친구였다.

"조용히 있고 싶어? 아니면 친구가 필요해? 잘 생각해보고 대답해."

나는 잠시 생각했다. 그리고 빈 의자에 걸쳐놓은 코트를 치우며 말했다.

"둘 다."

그가 코트를 집어 들더니 벽에 달린 옷걸이에 걸어주었다. 그러고는 자기 커피를 들고 와 의자에 앉았다.

"안녕, 거기. 오랜만이야."

그가 손을 뻗어 내 손을 꼭 잡으며 말했다.

나는 미소를 지었다. 긴장한 얼굴로.

"강연 때문에 초조해?"

"약간. 친구를 보니까 좀 나은데?"

"운명이었어. 어젯밤 파티에서 찾았는데 사라졌더라고. 주문은 했어?"

나는 고개를 끄덕였다. 그가 잡은 손을 놓아주었다.

* 미국의 실험주의 건축가 레비우스 우즈(Lebbeus woods, 1940~)의 「1992년 선언문」.

웨이터가 다가와 주문한 것들을 테이블 위에 내려놓기 시작했다.

"저거 주시죠."

시드가 슈트루델을 가리키며 말했다.

웨이터가 머뭇거렸다. 마른 얼굴에 드리워진 표정이 진지했다.

시드가 독일어로 해보려는데 웨이터가 그의 말을 잘랐다.

"주스도 드릴까요?"

그가 고개를 끄덕이자 웨이터는 사라졌다.

"그래, 어떻게 됐어?"

시드가 테이블 옆쪽 좁은 공간으로 다리를 뻗으며 말했다.

"마지막으로 봤을 때 날 오페라 리허설 장으로 데리고 갔었지? 그 연출가 친구는 잘 지내나?"

나는 포크로 찍은 슈트루델을 쳐다보고 있었다.

"사실은 그 사람 여기 있어. 강연에 올 거야."

그는 기다렸다.

나는 아무 말도 하지 않았다.

그가 주문한 슈트루델이 왔다. 접시에 흩어져 있던 가루들이 테이블 위로 떨어졌다.

"그래서, 타이에는 갔고?"

그가 슈트루델을 한입 삼키며 물었다.

"애는 태어났어?"

우리 둘 다 웃음을 터트렸다.

"벌써 두 살배기 숙녀라고."

나는 설탕 봉지를 뜯어 커피에 부었다.

"브루클린으로 이사했어. 없는 건 개뿐이야. 그것 말고는 달라진

게 별로 없지. 프로젝트 작업을 하면서 여전히 도시와 싸우고 있고. 당신은?"

"여전히 나샤위나 프로젝트 작업중이야. 두 번 듣고 싶지는 않지?"

"당신은 잘해낼 거야."

그는 혀로 입안을 정리하고 커피를 마셨다.

"사람들이 좋아할 거야. 언제나 그렇잖아."

"당신도 마찬가진 걸 뭐."

"봐. 우린 멋진 팀이 됐을 텐데."

그가 장난기 가득한 눈으로 놀리듯 말했다.

"나하고 뉴욕에 왔었어야지. 도시도 맘에 들어 했을 텐데."

"내 머리 좀 봐. 습기 때문에 제멋대로야."

나는 손으로 머리카락을 넘겼다.

"머리카락이 유럽 식이라 그래. 빈에 어울리기엔 좀 금발기가 있다고 볼 수 있지. 그래도 좋아 보이는데 뭐."

그가 갑자기 실눈을 뜨고 나를 쳐다봤다.

"뭔가가 변했어. 얼굴이 그래."

"빈이라 그런가 보지."

나는 맞은편에 앉은 그의 시계를 보았다.

"아냐. 뭔가 내면적인 일이야."

우리는 팁을 두둑하게 남겼다.

"테이블 두 개를 치워야 하니까."

코트 입는 것을 도와주면서 시드가 말했다.

홀은 사람들로 북적였다. 학생들은 난간 위에 기대 서 있었다. 그날의 첫 번째 강연 '건축의 변화'는 일종의 전투 준비 명령이었다. "건축에는 평화를 창조하고 전쟁을 몰아내는 잠재력이 내재되어 있습니다." 그러나 계몽주의적 건물이 산재한 빈은 독일의 오스트리아 합병을 환영했었다. 빈 식의 안녕하세요, '그뤼스 고트'는 '하일 히틀러'로 바뀌었다.

자료를 훑어보았다. 페이지는 순서대로 정렬되어 있었다. 나는 처음으로 되돌아갈 것이다. 공간과 주거의 근본, 역사로부터 멀리 떨어진 공간들, 해안가 섬, 아카 족의 고산마을. 첫 번째 강연이 막바지를 향해 가고 있었다. 강연자의 얼굴이 불그레했다. 그가 안경을 벗었다. 하지만 파란색 눈은 청중들을 향한 채였다. 그는 다음과 같이 결론을 내렸다.

"건축의 변화는 사회에 직접적인 영향을 끼칩니다. 우리는 지금 유토피아가 사라진 시대에 살고 있습니다. 정복과 승리의 시대는 마침내 종국에 이른 듯 보입니다. 우리는 새 시대에 걸맞은 생각의 방식을 그려내야 합니다."

소개를 받은 뒤 나는 자리에서 일어나 연단으로 올라갔다. 잠시 서서 청중 가운데 얼굴들을 바라보았다. 데이비드는 앞쪽에 있었고 그 옆에는 리처드가 앉아 있었다. 5열에는 생기 있는 얼굴의 여자도 하나 보였다. 그를 찾지는 않으리라. 나는 자료를 옆쪽에 두고 입을 뗐다.

"도시는 문명의 중심이라 일컬어져왔습니다. 문화나 전쟁의 역사를 빼놓고 도시를 생각하기란 힘든 일입니다. 건축가로서, 우리는 물리적인 환경에 주목합니다. 무의식적이거나 숨어 있는 의미에 대해선 그만큼 인식을 하지 못합니다. 전 우리가 살고 있는 공간이 우리의 내적 세계를 형성한다는 전제에서 출발하고 싶습니다."

한쪽에 물 잔이 놓여 있었다. 나는 목을 축이고 청중을 바라보았다. 지금까지는 내 말을 따라오고 있었다. 나는 버튼을 눌러 첫 번째 슬라이드 화면을 띄웠다.

뒤쪽 스크린 위로 나샤위나의 모습이 펼쳐졌다. 파란색에 둘러싸인 초록색의 향연. 강연장이 어스레해졌다. 눈 내리는 날은 축복이었다. 색은 선명하고 청중석은 고요했다.

"제 프로젝트는 매사추세츠 해안에서 30마일 떨어진 이 섬에서 시작되었습니다. 사실상 무인도여서 깨끗한 석판 혹은 아무 글자도 적히지 않은 서판이라 할 수 있었습니다. 디자인 분야의 실험을 할 수 있는 최적의 기회였고, 긍정적인 미래가 기대된다면, 규모의 확장을 염두에 두어볼 만한 개척지였습니다."

슬라이드가 넘어갔다. 절벽, 항구, 퀵스 홀*, 양들이 풀을 뜯는 언덕, 프로젝트 현장. 청중석은 처음보다 더 고요해졌다. 나는 머리를 쓸어 넘겼다.

"아카 족에게서 영감을 받았습니다. 타이 북쪽 산악지대에 사는 이 고산족은 고딕 성당의 설계자들이 그랬던 것처럼, 영靈의 세계가 물物의 세계를 불어넣었다고 믿습니다. 아카 족에겐 모든 것이 삼투하고 침투합니다. 건물 벽만이 아닙니다. 밖에서 안으로 통과하는 빛만이 아닙니다. 삶의 모든 측면이 그렇습니다. 그들에겐 내부와 외부의 경계가 없습니다. 우리가 개인이라고 부르는 개념도 없습니다. 영혼은 신체가 아니라, 신체의 부근 어딘가에 존재합니다."

---

* 나샤위나와 파스크 사이에 놓인 좁은 해협.

다시 이어지는 슬라이드. 아카 족의 집들. 각각의 중심축, 반복되는 패턴, 중심과 주변의 관계를 둘러싸고 형성된 모든 것들.

"아기가 태어나면, 저들은 아이의 탯줄을 집의 중심축에 묻습니다. 그리고 사람이 죽으면, 그 영혼을 불러 그곳에 거주하게 합니다."

망자의 영혼을 부르는 이의 풍화된 얼굴.

"이들은 그저 고산지대에 사는 어느 부족에 그칠 수도 있습니다. 그러나 마을의 구조 속에 영의 세계를 새겨 넣으며, 지형학을 거부했습니다. 수만 가지 형태의 억압과 소외를 낳을 수 있는 고저와 안팎의 구분에 저항했습니다."

청중석에서 집중된 긴장감이 느껴졌다.

"이런 식의 접근으로, 현대 세계에 창궐하고 있는 혼란스러운 면면들에 해답을 제시할, 새로운 도시 모델을 탄생시킬 수 있지 않을까요? 이웃은 사라지고 게토는 출몰하고 있습니다. 고속도로 기슭에 집들이 지어지고, 사람들은 수많은 방식으로 단절됩니다. 피터 아이젠만은 말했습니다. '행복감을 느껴야 마땅한 가정이 낯선 공간으로 변하고 있다. 바로 그 지점에서 공포가 발생한다. 그것은 억압된 무의식의 형태로 나타난다.' *

저는 나샤위나에서 새로운 뭔가가 형성될 만한 기회를 만들고 싶었습니다. 거주지를 하나의 피륙으로 착상했습니다. 섬 위에 하나의 천을 펼친다는 생각을 한 것이죠. 지붕의 풍경이 다르게 보이길 원했습니다. 마치 여울처럼, 실루엣이 고르지 못하도록 말입니

*『해체 : 부재의 기쁨Deconstruction : The Pleasure of Absence』 중 「피터 아이젠만 : 건설적 디자인에 관한 찰스 젠크스와의 인터뷰」를 일부 변형시킴.─ 작가 주

다. 고정된 것도 있겠고 움직이는 것도 있겠고, 둘러싼 요소들을 묶거나 매달 수 있는 격자 구조에서 시작했습니다."

공사의 여러 단계를 보여주는 건물 슬라이드. 야외극장, 착석과 감상을 위한 폭포 같은 평면들.

"공적 공간과 사적 공간의 연속성뿐만 아니라 홀로 존재할 수 있는 고독의 공간도 상상해보았습니다. 내부의 리듬과 외부의 리듬에 유동성을 주고 싶었습니다. 건축의 구조가, 전쟁을 반복했던 삶의 양식들에 저항할 수 있기를 바랐습니다. 낮은 곳에서 높은 곳으로 올라가는 내물림 구조라든가 내부와 외부의 철저한 구분 같은 게 그러했지요. 꼭대기에 오르겠다는 야망이 아니라, 사람들이 꿈꾸는 열망을 격려해줄 수 있는 공간을 원했습니다. 삶의 경험은 한 사람에게서 다른 사람으로, 한 행동에서 다른 행동으로 유려하게 흐르는 것임을 환기시켜, 통제와 권위의 관습에 도전할 수 있는 구조와 자재를 원했습니다."

마지막은 카르타고 슬라이드였다. 재건축되는 고대 도시의 모델. '새로운 도시'를 뜻하는 이름 자체가 가능성의 비전을 내포하고 있었다. 그것은 가지 않은 길이었다. 역사는 정복과 제국의 행로라는 로마의 길을 따랐다. 그것은 또한 리처드에 대한 묵례였다. 그는 고맙다는 표정을 짓고 있었다.

"저는 다만, 작은 규모로, 우리를 둘러싼 틀을 변화시킬 수 있다는 가능성을 전달하고 싶었습니다. 제가 그리는 도시는 언덕이 아니라 물 위에 있습니다. 우뚝 솟아오르는 게 아니라 유려하게 흘러가고 있습니다. 삶은 끝없는 시작과 주고받음이 오가는 공간이기 때문입니다."

끝이 났다. 나는 두루미처럼 한 발로 서서는, 부츠로 종아리 뒤쪽을 문질렀다. '두루미crane' 라는 단어가 머릿속을 휘젓고 다녔다. 두루미이기도 하면서 크레인이기도 한 이 단어. 하나의 비전을 통해 합일되는 자연과 물질의 세계.

게오르그 나우만이 내 옆에 서 있었다. 그는 박수 소리가 잦아들기를 기다렸다.

"이제 질의응답 시간을 갖도록 하겠습니다."

나는 청중석을 훑어보다가 그를 보았다. 그는 앞줄 가까이 있었다. 옆쪽으로 비켜나 기둥에 기대 서 있었다. 그는 〈토스카〉 리허설 당시, 가수가 기대 이상으로 노래를 부를 때 짓던 표정을 지었다. "아주 마음에 듭니다." 그때 그는 이렇게 말했었다.

허리가 좀 풀리는 느낌이었다. 나는 다시 두 발로 섰다.

"훌륭한 강연 감사드립니다."

생기 넘치는 얼굴로 앉아 있던 그 여성이었다. 그녀의 어투에 빈식 억양이 묻어났다.

"선생님 프로젝트가 무척 흥미롭다는 생각이 드는데요, 그 실험이 지금 어떤 단계에 와 있는지 말씀해주시겠습니까?"

그 부분을 잊고 있었다. 나는 설명을 덧붙였다. 어부들과 예술가들이 이주해 들어왔다는 사실을 밝혔고, 공간 디자인이 과연 민주주의를 꽃피우기 위해 필요한 시민문화와 개방성에 대한 관심을 자아낼 수 있을지 고민중이라고 했다. 시간이 필요했다.

"인내심을 가지려고 노력중입니다. 제가 별로 그런 편이 아니라서."

"그 점이라면 저도 이해하는 편입니다."

여자가 미소를 지으며 말했다.

기술적인 질문들이 이어졌다. 사용된 자재들, 도시 계획법, 측량, 습지대, 수도 공급. 사람들은 아카 족에 대해 더 알고 싶어 했다. 영혼이 신체가 아니라 신체 부근에 존재한다는 것이 무슨 의미인지 궁금해 했다.

"삼투성에 대해 생각해보십시오. 우리가 고정된 경계라고 지각하는 그 지점을 통과해나가는 겁니다. 영혼은 길을 잃는 것이 아니라 자유롭게 방랑하고 있습니다. 자기를 잃어버린다는 뜻이 아닙니다. 존재를 더 유동적으로 받아들인다는 뜻이죠. 우리가 자아라고 부르는 것, 그들에게 그것은 요새가 아니라 강입니다."

잿빛 머리칼의 남자가 자리에서 일어났다. 토론토에서 온 건축가였다.

"강연을 들으면서 문득, 선생님께서 이 세계에 청하는 바가 무엇인지 궁금해졌습니다."

홀은 침묵에 휩싸였다.

마음에 홍수가 나, 텅 비어버렸다.

그는 질문을 계속해나갔다.

"억압된 무의식의 형태로 공포가 살아 있다는 점을 상기시키셨습니다. 그리고 그 암운을 걷어낼 수 있는 건축적 자세의 가능성도 암시하셨고요. 저도 그런 느낌을 가졌던 것 같습니다. 그러나 현재의 제 삶에서 문제는 좀 더 단순해졌습니다. 제가 건축가의 길을 선택한 건 무언가를 건설하고 싶었기 때문입니다. 선생님 역시 비슷한 동기가 있으셨겠지요. 선생님께선 아카 족에게서 영감을 얻었다고 하셨습니다. 그러나 그들은 다만 외딴 고산지대, 그들이 있는 곳에 존재할 뿐이지 않겠습니까? 그 단순한 삶의 방식이 그들로 하여금 자신들의 영을 이해하도록 하는 거겠지요. 선생님께선 그 것을 번역해내려 하십니다. 아니면 그것을 메타포로 이용하려는 것이거나. 그러나 그것을 건축이라는 형태로 구현하기 위해선 결 국 우리 사회 시스템 내에서의 작업이 불가피할 것입니다. 섬에서 의 작업이 멋지긴 하겠으나……. 나머지 말은 하지 않겠습니다."

나는 물을 마셨다.

"말씀하시는 것을 알겠습니다. 그러나 어쨌든 시작을 해야 합니 다. 섬은 선물이었습니다. 실험을 하는 장소였고요. 저는 그런 생 각을 했던 것 같습니다. 만약 건축을 통해 그 가능성을 구체적으로 실현해낼 수 있다면 사람들은 눈으로 그것을 보게 될 것입니다. 그 것이 길을 트며 그들의 상상력 속으로 스며들 것이고, 그렇게 되면 다른 종류의 눈이 생기겠지요. 그림을 그리는 것과 같습니다. 어떻 게 하면 안 되는지 말하기 전에, 어떻게 하면 되는지 보여주지요. 잠재적입니다만, 사회의식으로 전환을 기대해보는 것은 그 뒤의 문 제일 겁니다."

잠시 또 침묵이 이어지더니 여기저기서 손을 들었다.

"아쉽지만 더 이상 질문은 받지 않는 걸로 하겠습니다."

게오르그가 말했다.

"그렇지 않으면 점심식사를 못하게 될 테니까요. 레빈 교수님, 훌륭한 말씀 감사합니다. 새로운 태도로 공간을 바라봐야 한다는 말씀이 많은 자극이 되었습니다. '아카장'이 선생님 프로젝트의 영혼과 더불어 저와 함께 머무를 것입니다. 이후 강연은 2시에 시 작합니다."

사람들이 일어나 연단으로 다가왔다. 나는 자료들을 챙겼다.

"키라."

고개를 돌렸다.

그였다.

"아주 마음에 들었습니다."

부드럽고 확신에 찬 목소리.

나는 침을 삼키고 그의 눈을 보았다.

그가 고개를 한쪽으로 기울이고 미소를 지어 보였다.

"점심 같이 하죠. 이유를 다 말해주겠습니다."

분별력. 어머니라면 그렇게 말씀하셨을 것이다. 그에겐 일을 처리하는 지혜가 있다.

"그런데……."

나는 내 앞에 있는 사람들에게 고개를 돌렸다. 저편에 데이비드가 우리를 바라보며 서 있었다. 그는 이해해줄 것이다.

나는 다시 안드레아스를 쳐다봤다.

그가 고개를 끄덕였다.

"기다리겠습니다."

"걸어요. 바람을 좀 쐬야겠어요."

나는 목에 스카프를 둘렀다. 머리 위로 눈송이가 떨어지고 있었다.

우리는 링스트라세를 가로질렀다. 그의 손이 내 어깨에 살포시 내려앉았다.

너무 쉬웠다. 너무 익숙한 리듬이었다. 어깨가 뻣뻣하게 굳었다. 나는 가방을 바꿔 맸다.

슈타트파크 입구에 다다랐는데, 꽃 가게 여자가 눈을 맞으며 장미와 줄기가 긴 튤립을 내밀었다. 눈을 맞지 않게 손으로 감싸면서. "나중에 사지요." 그가 여자에게 말했다. 그는 내게 꽃을 사주고 싶었다고 했다. 하지만 우리는 지금 공원에 들어서고 있었다.

길은 연못가로 이어졌다. 가장자리가 얼어 있었다. 얼지 않은 물 위론 오리들이 떠다녔다. 돌 의자 위에 작곡가 동상들이 머리에 눈 모자를 덮어 쓰고 앉아 있었다.

"대단했습니다. 잠시도 딴생각을 할 수가 없었어요. 슬라이드도 아주 좋았고요. 애썼습니다."

그가 나를 보며 미소를 지었다.

강연은 끝났고, 몸에선 아드레날린이 소진됐다. 머릿속이 가벼워진 기분이었다. 연못 너머, 공원을 가로지르는 다뉴브 강의 지류 위로 다리 하나가 나 있었다. 가는 금속 난간은 고색창연한 청록색이었다. 우리는 그 가운데 서서, 얼음 조각과 눈 사이로 흘러가는 강물을 바라보았다. 돌 벽이 세워져 강을 품고 있었고 그 옆으로 길이 하나 있었다. 조각된 난간도 보였다. 계단은 아래로 이어지고 있었다. 나는 안드레아스를 보았다. 어느새 진지해진 그의 얼굴. 나는 마음을 다잡았다.

그의 뺨이 움찔했다.

"돌아가야 했습니다."

조용한 목소리. 허공으로 흩어지는 단어들.

"미안합니다."

멀리서 높은 흰색 건물 하나가 보였다. 현대식이었고, 부드러운 직사각형 모양이었다. 그 뒤로 도시의 지붕들이 보였다. 교회 탑과 크레인의 실루엣도 보였다.

"시간이 흐른 뒤에는 왜 내가 그런 식으로, 당신과 아무런 상의 없이 그랬는지 좀 더 명확하게 이해하게 될지도 모르지요."

그는 돌멩이 하나를 집어 강물을 향해 힘차게 내던졌다.

개와 산책중이던 사람이 우리를 쳐다보았다. 그는 다리 아래로 사라져갔다.

"다만 내가 하고 싶은 말은,"

그는 먼 곳을 응시했다.

"내 영혼이 당신 곁에 산다는 겁니다."

뿌옇게 흐려지는 시야. 나는 힘겹게 침을 삼켰다.

그가 고개를 돌려 나를 바라보았다.

"오늘 아침 당신 말을 들으면서 깨달았습니다. 당신이 내게 그 단어를 주었어요."

"아카 족의 말인 걸요."

망자의 영혼을 부르는 사람.

"그렇지요."

그가 내 머리에 붙은 눈을 털어주며 말했다.

"키라. 한 가지 더 있습니다."

그가 장갑을 벗었다. 눈이 소나기처럼 쏟아져 내리고 있었다. 그는 내 머리 위에 입을 맞추었다. 자기 손으로 내 얼굴을 잡고 이마에 입술을 댔다. 내 턱을 들어 올려 눈을 바라보았다.

"괜찮겠어요?"

그는 내게 키스했다. 처음에는 부드럽게. 마음을 읽는 그의 손가락. 멀리서 들려오는 신호음, 부표의 종소리, 안전한 해협, 벌어지는 입술, 탐색하는 혀. 솟구치는 느낌. 그리고 부유하며 흔들리는 우리. 눈〔雪〕을 바라보며 선 얼굴들.

우리는 강을 건넜다. 계단을 내려왔다. 길의 끝에선 다시 경사로가 이어지고 있었다.

"많이 먹지는 못할 거 같아요. 뜨거운 커피에 샌드위치는 어때요?"

맞은편에 있는 호텔은 영 불쾌한 느낌을 줬다.

"수프라도 괜찮으면 내가 만들어주겠습니다."


집에서 만든 시금치 수프였다. 그는 수프를 데웠고, 검은 빵을 몇 조각 잘라냈다. 나는 부츠를 벗고 수건으로 머리를 말렸다. 오래된 아파트였다. 창문들은 널찍널찍했고 가구들은 우아하고 소박했다. 둥근 대리석 테이블이 있었다. 한쪽에는 피아노가 놓여 있었는데, 그 뒤쪽 벽으로 책과 악보가 꽂힌 책장이 보였다. 나는 의자에 앉았다.

"변변치는 않지만 점심 대령입니다."

그는 테이블로 수프를 내왔고 와인을 땄다.

"맛은 장담할 수 없지만 그래도 축하를 해야지요. 당신, 오늘 정말 멋졌습니다. 또 이제 다른 이유들에 대해 말할 차례이기도 하고요."

잠시 생각에 잠기는가 싶더니 그가 잔을 들어올렸다.

"모든 걸 운에 맡기고 우리를 위해 건배하지요."

와인과 뜨거운 수프 덕에 몸이 따뜻해졌다. 나는 스웨터를 벗고 블라우스를 고쳐 입었다. 릴리 이모가 준 목걸이를 하고 있었다. 만져봤더니 비취는 아직 차가웠다.

그가 숟가락을 내려놓고 몸을 뒤로 젖히고는 내 얼굴을 찬찬히 바라보았다.

"우선, 처음에 당신이 기다렸다는 점이 좋았습니다. 청중들을 받아들이고, 그런 다음에 얘기를 시작했지요. 직접적으로. 아주 명료했습니다. 강연 내용과 슬라이드도 잘 어울렸고, 묘사도 생생했습니다. 하나하나 전개되는 양식이 마치 우아한 춤곡인 파반 같았지요. 나샤위나, 아카 족. 당신에겐 당신만의 '장'이 있었습니다. 이런 강연은 처음입니다. 당신이 좋아하는 단어를 사용하자면, 투명한 강연이었지요. 빛이 당신과 당신이 말한 모든 것을 통과했습니다. 제시 생각이 나더군요. 제시하고 보낸 그간의 시간들. 충분히 가치 있는 시간이었습니다. 세계에 무한히 열려 있는 그 아이의 개방성이, 나로 하여금 얼마나 나 자신 안에 갇혀 있는지 깨닫게 해주었습니다. 나는 다른 사람들을 자유롭게 하기 위해 애쓰던 과거에 갇혀 있었습니다. '네 자신이 하는 말을 들어.' 어느 날 이런 생각이 들더군요. 사실입니다. 나는 지금껏 나 자신이 하는 말을 듣지 않았습니다."

그가 빵 한 조각을 집어 버터를 발랐다.

"키라, 지난밤 산산조각난 나 자신에 대해 말했지요? 나는 너무나 많은 곳에서 일을 했습니다. 오페라단을 만들고 돈을 모으고 내 작업을 이어가려고 노력했지요. 하지만 지금은 그런 느낌이 들지 않습니다."

확신은 없었다. 다만 내 마음의 방향이 바뀐 것은 사실이었다.

"커피 들겠습니까?"

그는 소파 앞에 놓인 테이블로 컵을 들고 왔다. 꽃병에는 튤립이 늘어져 있었다. 나는 테이블 언저리에 발을 뻗고 몸을 뒤로 젖혀 앉았다.

"간밤에 듣고 좋아한 그 가수 있지요? 오늘 아침 당신이 그랬습니다. 강연은 유려했고, 힘들이지 않고 여유롭게 흘러가는 강물 같았어요. 전에는 보지 못했던 명료함이 당신 얼굴에서 느껴졌습니다."

"많은 일이 있었어요."

"압니다."

나는 잠시 주저하다 덧붙였다.

"당신에게도, 내게도."

나는 그레타에 대해 얘기했다. 사이먼에 대해 릴리 이모와 나눈 이야기도 했다.

"알고 있던 일들이에요. 하지만 내가 그 사실을 안다는 걸 인정할 수 없었죠. 사이먼과의 관계에서 말이에요."

나는 잔을 들어 올렸다 다시 내려놓았다.

"내가 인정할 수 없었던 건, 우리 관계가 완벽하지 않았다는 사실이에요. 그는 아이들을 많이 갖고 싶어 했어요. 나는 내 일을 하고 싶었고요. 그 사람은 그게 무슨 상관이냐고 했지요. 난 내 안으로 움츠러들었어요. 그리고 그때 그가 죽었죠."

나는 한숨을 내쉬었다.

안드레아스는 조용히 앉아서 내 말을 듣고 있었다. 그가 뺨을 오므리자 얼굴이 핼쑥해졌다.

"그리고 우리는,"

나는 빈 커피 잔을 응시했다.

"세계가 뒤집혔어요."

나는 딴 곳으로 돌렸던 시선을 거두어 그를 바라보았다.

"당신이 그렇게 떠났을 때, 내가 알고 있다고 생각했던 모든 것들, 내가 우리 사이에 느꼈고 몸으로 알았던 모든 것들이 갑자기 의미를 잃고 말았어요. 무엇이 진짜인지 알 수가 없었어요."

그는 창백한 얼굴로 고통스런 표정을 짓고 있었다.

"내 기분을 알리라 생각합니다."

눈빛이 석판처럼 어두워지고 있었다.

"언제나 그랬다고 생각해요. 하지만 내가 당신을 혼란스럽게 했지요. 나 자신이 혼란스러웠기 때문입니다. 난 우리 사랑이 내게 맡겨진 사명에서 일탈하는 것이라고 생각했습니다. 당신을 향한 나의 열정이 너무 강해, 그것이 내가 이 세상에서 성취해야 할 목표를 방해한다고 생각했어요. 지금은 그렇게 여기지 않습니다. 당신을 사랑한 것은 새로운 발견이었습니다. 그때는 그렇게 여기지 않았습니다. 만약 내가……"

그는 내 손목을 잡고 흉터를 보았다.

"만약 내가 당신에게 약속이란 걸 할 수 있다면, 다시는 당신을 혼란스럽게 하지 않겠다는 것입니다. 당신이 옳았기 때문입니다. 그건 진짜였습니다. 난 마치 태양을 쳐다보는 것 같았습니다. 나샤위나에서의 그 여름, 태양이 너무나 강렬했지요. 내 마음이 그늘을 찾고 있었습니다. 해피엔딩으로 끝나는 〈토스카〉를 상상해보십시오. 누가 오겠습니까?"

슬픔에 잠긴 미소.

그냥 듣고 있어. 내 안의 목소리가 말했다.

"친구 중에 식물학자가 있습니다. 식물에 얼이 나가 있는 진지한 친구죠. 이번 겨울에 그 친구가 무슨 꽃인가를 보기 위해 아마존으로 간답니다. 원래 개화를 하지 않는 꽃이거든요. 그런데 그랬다고 합니다. 100년 동안 두 번 꽃을 피운 거라더군요."

"거짓말이죠?"

"정말입니다."

그가 내 어깨에 팔을 둘렀다. 그의 손이 내 가슴 위에 놓였다. 젖꼭지가 단단해졌다.

"와요."

그가 말했다.

시계를 보았다. 2시였다.

나는 시계를 벗어 테이블 위에 놓아두었다.


"당신을 보고 싶습니다."

그는 침대 맡에 놓인 램프를 켰다.

밖에선 하염없이 눈이 내리고 있었다. 눈이 커튼이었다.

"이것이 당신이 원하는 모든 것이길 원합니다."

저 깊숙한 곳에서부터 온몸이 고동쳐 오르기 시작했다.

그가 내 블라우스 단추를 풀었다. 어두운 벽을 배경으로 내 흰색 속옷이 드러났다.

그가 내 어깨를 만졌다. 그의 손가락이 내 팔을 타고 내려갔다.

방은 고요했다.

나는 벽에 기대 서 있었다.

그가 스웨터를 벗으려고 팔을 올렸다. 셔츠를 벗었다. 그의 가슴이 하얗게 드러났다.

나는 가슴 가운데에서 퍼져 나가는 그의 털을 만졌다.

"당신은 너무 아름다워요."

그가 내 얼굴을 바라보며 말했다.


가끔, 창문 너머 희미해지는 햇빛을 보기도 했다. 램프의 불빛이 점점 더 강해지며 그의 얼굴을 비추었다. 말을 넘어선 언어. 나란히 물살을 가르며 서로를 부르는 돌고래들. 해류를 찾으며 더 깊은 물속으로 들어가는 그들. 그리고 내 눈 뒤로 보이는 색깔. 오렌지레드, 옐로그린. 그가 내 위에서 어깨를 감쌌다. 그 순간 우리는 서로의 눈에 비친 자신의 모습을 확인했다. 그것은 놀라움이었다. 이런 일이 일어날 수 있다니. 과거는 지나가고 신성함이 방으로 들어오고 있었다.

그가 침대로 물 잔을 가지고 왔다. 뉘엿뉘엿 해가 지고 있었다. 금요일 밤이었다.

그가 무언가를 읊조리기 시작했다. 익숙한 선율이었다. 촛불을 켜는 어머니가 부르던 오래된 그 멜로디. 〈샬롬 알레이켐〉. 평화가 당신과 함께하기를.


그리고 어쩌면 그 모든 상황이 구원을 말하고 있었는지도 모른다. 구원. 그 모든 일 뒤의 안식이 빈에서 가능했던 건지도. 로야는 말했다. 사랑은 혁명적인 감정이라고. 그가 미소를 지었다. "맞는 말입니다. 사랑은 마음의 방향을 바꾸는 감정이니까요."

우리는 함께 밤을 보냈다. 수프를 사랑하는 그의 친구는 다른 곳에 있었다. 아침이 밝자, 나는 컨퍼런스로 돌아갔고 그는 부다페스트 행 기차를 탔다. 우리가 손에 쥔 것은 너무나 깨지기 쉬운 것이었으므로 누구 하나 앞으로의 계획에 대해서 입을 열지 않았다.

"방금 잔교에서 뛰어내린 참이야."
나는 데이비드의 옆자리에 앉았다. 그가 내 얼굴을 유심히 보더니 말했다.
"수영할 줄 알잖아."
홀은 조용했고 강연이 시작됐다. 강연자는 학교 때 알던 사람이었다. 나는 평온했다. 기둥이 서 있는 천장 높은 홀에서 스크린 위로 슬라이드 화면이 펼쳐졌고, 강연자의 목소리가 들렸고, 프로젝트가 전개되는 모습을 지켜보았다. 기분이 이상했다. 시작과 완성이 한꺼번에 이루어지는 느낌이랄까. 그는 부다페스트로 향하고 있었다. 나는 로마를 경유해 보스턴으로 돌아갈 것이다.
그날 밤은 리처드와 저녁을 했다. 사람들이 나샤워나 프로젝트에 관심을 보여 흥분한 상태였다. 그는 다음 단계에 대해 얘기를 나누고 싶어 했다. 항구의 확장과 여름 일정 등, 그의 마음은 미래에 대한 기대로 부풀어 있었다. 나는 요가 수업 때 들은 만트라를 생각했다. 나는 이곳에 있습니다. 이 방에 있습니다. 당신과 함께,

지금, 이곳에 있습니다.

다음 날 아침, 나는 데이비드와 함께 로마로 날아갔다. 비행기 삯은 아메리칸 아카데미에서 지급해주었다. 데이비드가 그곳에서 세미나를 주선해주었기 때문이다. 우리는 아풀리아로 갔다. 데이비드는 그곳에서 두 명의 이탈리아 건축가와 함께 프로젝트 작업을 했다. 자신이 상상한 대로 풍경을 완성하고 있었던 것이다. 그는 종신 재직권을 포기하고 이탈리아에 머무를 것이다. "때가 왔다고 생각하면 움직여야 해." 그가 말했다. 나는 속으로 미소를 지었다. 그것은 달콤한 비밀이었다. "앞으로 나가. 뒷걸음질 치지 말고."

로마에서의 마지막 밤. 데이비드와 새라, 그리고 나는 함께 저녁을 먹었다. 친구들은 내가 그곳 아카데미로 돌아와 1년 더 머물렀으면 했다. 데이비드는 연구원 신청서를 가지고 왔다. 신청 기한이 지났지만 받아주는 쪽으로 말을 해둔 모양이었다. 새라는 아파트를 구하고 있었는데, 방 하나가 더 있는 데로 구하겠다고 했다. 내가 마치 계획의 바다에 떠 있는 섬이 된 기분이었다. 아무것도 결정되지 않아 이리저리 부유하는 사람. 당장은 무슨 일이 벌어질지 알 필요가 없었다. 그것이 나 자신에게 한 맹세였다.

# 5

케임브리지로 돌아온 다음 날 월요일, 나는 교무회의를 건너뛰고 그레타에게 전화를 걸었다. 자동응답기가 돌아갔다. "그레타 블라우의 사무실입니다." 그녀의 목소리였다.

"키라예요." 나는 갑자기 얼뜬 목소리로 말했다. "나 돌아왔어요."

편지며 분홍색 메모지들이 책상 위에 가지런히 놓여 있었다. 조교인 한나가 말끔하게 정리해둔 것이다. 그녀 식의 환영 인사였다. 강의계획표를 짜야 했다. 회색 콘크리트 벽이 빛을 빨아들이고 있었다. 데이비드는 로마에 있었고 로야는 일주일은 지나야 돌아올 것이다. 자진해서 로야의 수업을 대신 해주겠다고 나선 터였다. 황량함을 떨쳐보려고 램프를 켜고는 편지봉투를 뒤적거렸다.

헝가리 소인의 물결무늬가 눈에 들어왔다.

나는 편지봉투들을 헤쳐 그것을 집어 들었다. 그의 필체로 적힌 내 이름을 발견한 순간 가슴속에 기쁨의 물결이 일었다. 그리고 곧 두려움이 이어졌다.

나는 선반에서 찻주전자를 꺼내 물을 뜨러 밖으로 나갔다. 다행히 복도에는 아무도 없었다.

벌컥 화장실 문이 열렸다. 심장이 덜컹 내려앉았다. 한나였다. 그녀의 동그란 얼굴이 환해졌다. 늘 그렇듯 입술 주위를 바르르 떨고 있었다.

"레빈 교수님이시군요. 여행은 즐거우셨어요? 내일 아침까지 강의계획표 넘겨주시면 제가 복사해놓을게요."

나는 간신히 어색하게 웃으며 말했다.

"고마워요."

물은 빨리 끓었다. 주전자에서 툭, 소리가 나며 스위치가 꺼졌다. 얼 그레이 몇 스푼을 넣은 거름망을 컵에 얹고 물을 부었다. 찻물이 우러나왔다.

찻잔을 손에 든 나는 마음을 다독이며 낡은 안락의자에 앉았다. 편지봉투를 응시하며 차를 마셨다. 목이 뜨거웠다. 잔을 내려놓고 봉투에서 편지를 꺼냈다.


K.

당신이 어디 있을지 확신할 순 없었지만, 어쨌든 학교에는 갈 것이라 생각했습니다. 지금은 화요일 늦은 밤입니다. 일주일도 채 지나지 않았건만, 우리가 빈에서 함께했던 시간이 쉼 없이 내 머릿속을 맴돌고 있습니다.

우리를 둘러싸고 있던 오라 덕분에 이곳에서 우울함이 덜합니다. 그 오라는 내 삶의 희망을 향한 열쇠를 품고 있습니다. 목요일 밤은 그랬습니다. 어느 강박증 환자의 손에 묻은 먼지만큼의 '현실'일 뿐인, 설명할 수 없는 어떤 것을 설명하기 위해 나는 부질없이 단편적인 시도만을 하였지요. 그리고 금요일, 당신이 그 답을 주었습니다. 당신은 절망의 힘을 물리치는 사랑의 힘을 긍정하였습니다. 당신은 이 긍정을 받아들이라는 도전을 내게 안겨주었습니다.

키라. 나는 다시는 당신에게 상처주지 않으리라 스스로 약속하였습니다. 그것을 당신이 알아주기를 바랍니다. 내가 누군가를 사랑한 방식들 너머의 방식으로 당신을 사랑한다는 것을. 그리고 당신 또한 알고 있는 이유들로 나 자신이, 이것을 받아들이기 힘들다는 것을.

슈베르트의 〈피아노 소나타 B플랫〉을 듣고 있습니다. 마지막 운율이 마이너 키인 G옥타브에서 길게 시작하고 있습니다. 그러다 멜로디가 B플랫메이저 속으로 도망칩니다. 다시 G마이너가 되풀이됩니다. 그러나 마이너는 지속되지 못합니다. 그렇게 흘러갑니다.

제 생각을 말씀드리겠습니다. 3월에 케임브리지 대학 소재 킹스 칼리지 예배당에서 몬테베르디의 〈오르페오〉를 가지고 무대 독회를 할 예정입니다. 웨일스 해안가에 바시라는 섬이 하나 있는데, 순례지로 이용되다 현재는 조류 보호구로 지정된 곳이라 합니다. 우리에게 완벽한 장소가 아닐까요? 와서 저녁기도 행사를 보고 긴 주말을 보내면 어떨까 합니다. 아니면 일주일 정도 머물러도 될 테고요. 친구가 그 섬의 관리를 맡고 있는데, 묵을 만한 농가가 있다고 하더군요.

현재로선 그게 다입니다. 치명적인 매력으로 명암을 주관하는 달의 여신이여. 나는 그 빛 속에서 당신 얼굴을 봅니다. 방을 거니는 당신 몸을 보고, 열정으로 가득 찬 열린 표정과 명랑한 미소를 봅니다.

단지 시간과 거리만이 우리를 방해할 뿐입니다.

사랑을 보내며, A


기쁨과 두려움이 뒤섞였다. 그는 곧잘 이런 말을 거느렸다. 빛과
어둠, 달콤함과 쓸쓸함, 열정과 냉정. 어머니 역시 슈베르트의 소
나타를 연주하시곤 했다. 오프닝 멜로디가 으스스한 왼손 트릴 연
주로 마치 파도처럼 미끄러져 들어가는 곡이었다. 의심스런 단어
들, 알 수 없는 느낌들. 나는 다시 편지를 집어 들었다.

그레타는 목요일, 같은 시간에 오라고 했다. 그즈음 우리가 처한
상황에 대해 이야기하자고 했다. 상담료는 없을 거라고 했다.

나는 문밖에 잠시 서 있었다. 안쪽에서 첼로 소리가 들려오고 있
었다. 바흐의 미완성 모음곡 중 하나였다. 이제 독주를 하려는 건
가? 주위를 둘러보는데 갑자기 정신이 들었다. 교외의 거리에는 관
목들이 즐비하게 늘어서 있고 부엌 창은 어두웠다. 연주가 멈췄다.
나는 잠시 기다렸다가 문을 열고 2층 계단을 올라갔다.

그녀는 램프를 켜고 있었다. 하얀 실크 셔츠와 검은 바지 차림이
었다. 콘서트 복장일까? 아니면 우연일까? 나처럼, 그녀 역시 다른
삶을 살고 있었다. 내 안의 무언가가 뒷걸음질 치려 했다. 나는 충
동을 억눌렀다. 잠시, 검은 바지를 입은 두 여자는 많은 일이 벌어
졌던 그 방에 아무 말 없이 서 있었다.

왜 스커트를 안 입었죠? 묻고 싶어졌다. 그녀가 웃으며 말했다.

"변화에 대한 얘기를 나누기로 하지 않았나요?"

어렸을 적 우리 집엔 스테인드글라스처럼 파란색과 초록색이 빨간색과 어우러진, 넓은 페르시아 양탄자가 있었다. 매년 여름이 지나 소파커버를 바꿀 때쯤이면, 우리는 세탁소에서 찾아온 한층 색상이 밝아진 양탄자를 바닥 위에 천천히 굴렸다. 그러던 어느 해인가 부모님이 새 양탄자를 사오셨다. 빨간색은 온데간데없고 온통 진한 파란색으로 뒤덮인 양탄자였다. "마음에 드니?" 어머니가 물었을 때 나는 울음을 터트렸다.

이 얘길 했더니 그레타는 웃었다. 슬픈 표정인 듯 생각에 잠긴 회색 눈으로 나를 바라보는데, 기분이 이상했다.

나는 그녀에게 전부 다 얘기하고 싶었다. 릴리 이모, 안드레아스, 임신한 애나 언니 근황까지. 나에겐 그녀의 조용한 집중이 필요했다. 그녀의 질문이 내가 간과했던 방향과 예상치 못했던 감정으로 나를 이끌어주길 원했다. 그러나 우리는 여행의 끝에 와 있었다. 지금부터는 예전과 같지 않을 것이다. 어떻게 달라질지 나는 아직 알지 못한다.

지금 나는, 내가 바라왔던 것을 두려워하고 있는 것일까. 고통으로 번민하지 않고 행복해지기를 바라지 않았던가. 변해버린 상황에 처한 나 자신을 알아보지 못하는 것은 아닐까. 목구멍과 가슴 사이 어딘가에서 숨이 턱 막혔다.

그레타가 의자에 앉았다.

나는 침상을 바라보았다. 검은 가죽 의자. 나는 그녀 가까이 놓인 의자를 택했다. 날렵한 나무 팔걸이가 달리고, 앉는 자리에 꽃무늬가 장식된 새 의자.

이제 무엇을 해야 하지?

나는 내 손을 쳐다봤다. 릴리 이모가 비취 목걸이와 함께 준 반지를 끼고 있었다. 에메랄드그린 빛 보석이 박힌 반지였다. "네 눈 색깔과 같구나." 이모는 내 초록빛 눈을 사랑했다. "어머니 눈을 닮았어."

그레타는 아무 말도 하지 않았다. 갑자기 화가 치밀었다. 왜 내게 이런 짐을 주는 거지?

그러나, 내가 이것을 원했기 때문이다. 애나가 '종결'이라고 칭한 그것에 참여하기를, 나 자신이 거부했기 때문이다. 나는 억지 미소를 지어 보이고, 숨을 한껏 들이마시고는 말했다.

"그래서 당신은 어디에 있나요?"

"여기 있죠."

그녀는 이렇게 말하고 자기 무릎 위에 손을 올려놓았다.

구조를 허무는 것과 구조를 건설하는 것은 별개의 문제다. 우리의 역사는 일방적인 관계로 이어온 역사였다. 그녀는 나에 대해 많은 것을 알았다. 실상 나는 그녀에 대해 아는 것이 아무것도 없었다. 정말 그런가? 불현듯 깨달았다. 그것은 사실이 아니었다.

"나에 관해서 묻는 겁니다."

"당신이 말하지 않은, 당신이 나에 대해 알고 있는 것이 궁금하군요."

낭떠러지로의 초대.

"나는 당신 삶 속의 무언가가 불안정하다는 것을 압니다."

그녀의 결혼반지가 반짝거렸다. 문제가 결혼 생활일 거라는 생각은 들지 않았다. 일? 음악? 혹은 심리치료에 관련된 무엇일까?

로야에게 들은 강연 얘기가 떠올랐다. 일촉즉발의 위기까지 갔다가 말을 멈추었다고 했다.

"내가 처음 이곳에 왔던 때를 기억하나요? 무엇이 진실이고 무엇이 진짜인지 모르겠다고 하자 당신이 물었어요. 안드레아스에 대한 거냐고. 당신 말이 너무 진짜처럼 느껴졌어요. 그래서 믿었어요. 그리고……"

나는 힘겹게 침을 삼켰다.

"당신은 울기 시작했죠. 내 눈가 역시 젖어들었고요. 그리고 당신이 내게 물었어요. 누구에게나 그러냐고."

"네. 당신은 내 삶의 무언가가 당신 삶의 무언가를 건드린 것 같다고 했어요. 그 말이 진실이라는 건 알았지만 그게 무엇인지는 몰랐고, 당신이 내가 알기 원치 않는다고 생각했어요. 그래서 더 이상 묻지 않았어요. 난 그것이 어쩔 수 없는 사랑의 대가라고 생각해요."

그녀의 엄지손가락이 왼손 새끼손가락 손톱 끝을 만지작거리고 있었다. 그레타가 조용히 말했다.

"나라면 안 그랬을 거예요. 나라면 물러나지 않았을 거예요."

그러고는 침착한 눈빛으로 나를 보았다.

"무슨 말이죠?"

언젠가, 그녀는 '화제'로 그 이야기를 꺼냈었다. 왜 그곳으로 날아가 그를 대면하지 않느냐고. 왜 아무런 말없이 떠나야 했는지 묻지 않느냐고.

당시엔 그게 부질없는 일인 것 같았다. 왜냐하면…….

우리는 바로 그런 얘기를 나누지 않았던가. 냉담함. 무감각해짐.

멍해짐. 진보는커녕 후퇴일색인.

"무슨 생각을 하고 있죠?"

"그냥 뭔가 더 있었다는 생각이 들어요. 나는 뭔가를 보호하고 있었던 거 같아요."

"나를 말인가요? 나를 보호하고 있었나요?"

"어쩌면요. 하지만 내가 무엇보다 보호했던 건 내 안에 있는 무엇이었어요. 깊은 확신이라고 할까. 그걸 뭐라고 불러야 좋을지는 모르겠어요. 직감이에요. 일을 할 때도 의지하는 것이고요. 어렸을 때도 그랬어요. 난 이미 앤튼을 알고 있었어요. 아무도 그 얘길 꺼내놓으려 들지 않았죠. 그날 밤 아버진 마치 우리가 앤튼이 얼마나 위험한지 몰랐던 것처럼 행동했어요. 안드레아스는 나를 사랑하지 않는다고 얘기할 수도 있었어요. 그 사람이 그렇게 말해버리면 사람들은 그 말을 믿었을 거고, 그러면 나는 무슨 말을 할 수 있었겠어요? 내가 아무리 그게 아니라고 해도 결국 난 착각에 빠진 비참한 인간이 되어버렸을 거예요. 하지만 결국 그건 사실이 아니었어요. 그저 당시엔 그런 말을 할 수 없었던 것뿐이에요. 어쩌면 자기 자신에게조차도."

방이 기우뚱했다. 화분들이 책상 아래로 미끄러질 것 같았다.

"하지만 여기선, 당신과는, 나로선 알 도리가 없어요. 당신이 말했잖아요. 내가 내 감정과 생각을 파악하고 행동의 이유를 이해하거나, 당신과 그 실마리를 풀어내는 게 이 상담의 목적이라고요. 하지만 당신은요? 당신에게 아무런 목적이 없나요?"

"심리치료는 온실이에요. 품고 있어야 할 강렬한 긴장감을 만들어내죠."

그녀의 전체적인 자세가 마치 닫히려는 꽃처럼 보였다. 그녀가 입술을 오므렸다.

"당신이 한 말에 대해 많이 생각했어요. 전통적인 방식으로 환자들을 대할 때 치르는 대가에 대해서 말이죠. 당신은 당신 삶이 그러하기 때문에, 너무나 단호하게, 그것을 전복시키고 바꾸어야 할 구조로 볼 수밖에 없어요. 하지만 나 역시 그걸 알고 있어요. 전통적인 치료 방식의 효과에 힘입어 삶을 향해 나아가는 사람들도 있지만, 가끔은 충돌이 생기니까요. 사람들은 가끔 동의해선 안 되는 일에 동의를 하지요."

내 얼굴에 미소가 번졌다. 내 생각도 그랬다. 학생들도 그런 면모를 보일 때가 있었다. 자기 안에 넘치는 가장 생기 있는 것을 희생하면서까지 조정과 타협을 했다. 나는 그들에게 무엇을 위해서 그러는지 묻고 싶었다. 하지만 그들은 이미 저만치 달아나 있었다. 두려움 때문이고 명예 때문이었다. 그것은 길이 아니라고 말해주고 싶었다. 몇몇에게는 그런 말을 하기도 했다. 본인이 원하고 믿는 작업을 하면, 그 이후에 무슨 일이 일어나더라도, 괜찮다고. 순진하다고 말할 수도 있지만, 그러나 실상 그게 진실이었다.

"처음 왔을 때, 어둠을 들여다보려고 자해를 했다고 했어요. 믿을 수 있다고 생각한 땅 위로 발을 디뎠는데 당신 혼자뿐이라는 것을 알게 되었다고요. 내가 눈물을 보인 건, 나 역시 그런 발걸음을 옮겼고 그런 외로움을 경험했기 때문이에요. 당신은 그것을 느꼈고, 그것이 당신이 나를 신뢰한 한 가지 이유였지요."

그녀는 주저하다 덧붙였다.

"그리고 나 역시 당신을 신뢰했어요."

우리는 오랫동안 아무런 말없이 앉아 있었다.

그것은 내 마음속 깊숙이 간직될 순간이었다. 조용한 방, 어두워지는 창, 신뢰할 만한 사람이라는, 나 자신에 대한 믿음이 흔들렸던 그 시간들이 떠올랐다.

그때 그녀가 말했다.

"대학 내 세력 다툼을 경험했을 테니 이 이야기를 들어도 놀라진 않을 거예요. 하지만 당신과 이런 과정을 거치면서 내가 어떤 위험을 감수하고 있는지는 이해할 수 있겠죠. 그것이 내가 전적으로 염려하는 것은 아니었지만, 그래도 염려가 되긴 했어요. 그리고 난 스스로 그 문제를 해결해야 했고요.

몇 년 전 난 어떤 환자를 보고 있었어요. 연구원 후보였죠. 자기 생각을 털어놓는 여성이었어요. 독립적인 사상가였고, 독선적인 구석이 있긴 해도 대부분 옳은 말을 했고 유머감각이 있었어요. 그녀가 연구소에 대한 자기 의견을 말하기 시작했어요. 연구소가 독립적인 생각을 허용하지 않는다고 했죠. 일이 커진 건, 정신분석 저널에 좀 더 예리한 어조로 관련 기사를 실었기 때문이에요. 그녀는 자기 연구소에서 독립적 사상가들을 자른다고 썼어요. 그러니 당연히 사람들이 그녀를 찾아갔죠. 이것 때문이 아니라 세미나 참여에 대한 어떤 규정을 고치기 위해서였어요. 당연히 연구소 전례에는 반하는 일이었고요. 사람들은 그녀를 성난 환자라고 불렀어요. 연구원 입후보 자격과 분석학자가 될 수 있는 자질을 의심하기 시작했어요. 그녀의 처우를 둘러싸고 교육위원회가 소집되었어요. 여기까진 그녀에 대한 부분이고요."

그레타의 목소리가 격양되기 시작했다.

"나와 관련된 부분은 내가 그녀를 지지하는 목소리를 냈다는 거예요. 나는 회의에서 환자를 대변했어요. 사람들은 그걸 분석가로서 중립성을 위반하는 행위라고 여겼어요. 경계의 침범이었던 분석적 경계 지점의 침해였던 것이, 나의 임무는 분석이었지 그녀의 행동에 대한 가치판단이 아니었으니까요. 사태는 그 지점에서만 그치지 않았어요.

이 환자의 정신분석은 내가 처음이 아니었어요. 또 다른 정신분석학자가 이 환자를 봤었거든요. 나와는 친구 사이였는데, 그녀는 이 환자가 자기를 버리고 대신 나를 선택했다는 사실에 분개했어요. 인근에서 내 명성이 높아지고 있기도 해서 여러 층위의 문제가 복잡하게 얽혀 있었죠. 이 분석가는 '경계 위반'으로 미국정신분석협회에 나를 고발했어요."

그녀는 말을 멈추고 고개를 저었다. 그러고는 거칠어진 목소리를 가다듬었다.

"예상하겠지만 이후 사건은 꼬리에 꼬리를 물고 벌어졌어요. 연구소와 관계가 좋을 리가 없었죠. 마음이 더욱 사나웠던 건 내 동료들이 나를 지지해주지 않고 두 손 드는 태도를 취했다는 거예요. '우린 누가 옳고 누가 그른지 결정하지 않기로 했습니다'라고 하더군요. 끔찍한 배신처럼 느껴졌어요. 그들이 나를 보호해줄 거라 생각했었는지."

덫에 걸린 짐승을 닮은 눈빛.

"이 고발을 접수한 협회에선, 나와 나를 고발한 그 분석학자를 불러 대질심문을 하는 심리 상황까지는 바라지 않는다고 했어요. 하지만 모욕적이게도, 그들은 내가 뭔가 끔찍한 짓을 저질렀다는 입장을 견지했어요. 그 건에 대해 더 이상 문제 삼지 않겠다는 조건으로 그들은 청문회 대신, 협회가 있는 뉴 헤이븐 연구소 소속 외부 분석가의 6개월 감찰을 제안했어요. 분석 작업을 해야 할 환자들이 많았어요. 견습중이던 후보자들도 많았고요. 그래서 그렇게 하기로 했죠. 하지만 개인적으론 없었던 걸로 치부할 수 없는 일이었어요. 그 사건은 내가 나에게 던지는 광범위한 질문들의 일부가 되었어요. 나는 내 작업에서 과연 무엇을 지지할 것인가."

그녀의 눈에서 빛이 났다.

"그래서 개인적으로 당신의 경험을 조금은 이해했던 거 같아요. 어쩌면 이제 당신은, 다른 사람들은 다 놀라는 자해를 내가 어떻게 이해할 수 있었는지 알지도 모르겠군요. 나는 휘둘리는 혼란 속에서 자신의 경험을 붙들고 있는 것이 얼마나 중요한지 알아요. 그래서 비록 자해 자체는 위험한 시도였지만, 당신의 의도와 의지는 존경해요."

그 집 어딘가에서 전화벨이 다섯 번 울리다 멈추었다.

"고맙다고 말하고 싶어요."

나는 눈물이 그렁그렁한 눈으로 말했다.

"당신의 이해가 내게 얼마나 중요했는지 몰라요. 다른 사람들은 도움이 되려고 노력했어요. 자기들이 아는 걸 내게 말해주려고 했어요. 하지만 난 뭔가 다른 것을 알고 있었어요. 그걸 믿는다는 게, 그걸 말로 표현해낸다는 게, 내겐 너무 힘들었어요. 당신은 내가 내 경험을 믿도록 격려해주었어요. 그건 엄청난 격려였어요. 그가 떠나버린 뒤 난 그럴 수가 없었으니까요. 그는 배반한 사람이고 나는 배반당한 사람이라는, 도덕적으로 유리한 입장처럼 보이는 결론을 받아들이는 편이 훨씬 더 쉬웠을 거예요. 그리고 또 감사드리고 싶어요. 당신 덕분에 난 사이먼과의 관계를 들여다볼 수 있었어요."

그녀에게 해줘야 할 말이 너무 많았다. 나는 다음 주에 다시 오고 싶다고 했다. 상담료도 지불하겠다고 했다. 그녀에게 어머니 얘기 하고 싶었다. 안드레아스, 빈, 그의 편지, 애나의 임신, 그리고 컨퍼런스에서 있었던 일, 스포트라이트를 받고 있는 나의 변덕스러운 프로젝트에 대해 다 말하고 싶었다.

"한 번 가지고는 안 되겠는데요?"

그녀가 자기 책을 꺼내며 말했다. 결국 이후 다섯 번으로 연장된 그 시간은 내게, 회귀라기보다는 출구에 가까웠다.

우리는 또한 어떤 일을 함께 계획했다. 그녀가 말했다.

"우선 꿈에서 시작하도록 하죠."

우리는 우리의 꿈에 대해 쓸 것이다. 그것들을 일기에 적어나갈 것이다. 그러다 우리가 더 이상 전통적인 심리치료의 구조 속에서 만남을 이어가지 않게 되었을 때, 목요일 저녁마다 우리는 서로에게 편지를 쓸 것이다. 우리의 꿈을 측량하여 무엇이 나타나는가를 살필 것이다.

선 채로 나는 그레타에게 말했다. 현실 속에선 모든 것이 부유 상태에 있지만, 그럼에도 불구하고 전에는 느껴보지 못한 방식으로 발이 땅에 닿은 것 같은 기분이라고.

그레타는 미소를 지으며 자리에서 일어났다.

우리는 잠시 우리가 다다른 곳을 생각하며, 조용히 그렇게 서 있었다.

3

우리 역시 운이 좋았어요. 여전히 '우리에게 가장 힘
든 일은 슬픔에 대해 얘기하는 거니까요. 숨겨온 곳
으로 서로를 들이는 것. 뒷걸음질 치지 않는 것. 일
속으로 스스로를 파묻지 않는 것. 우린 지금까지 늘
그래왔어요. 당신은 내가 늘 위험을 감수해왔다고 했
지만 지금이야말로 가장 어려운 순간인 것 같아요.

# I

짐 싸기

아버지께 제시 스케줄 적어드리기

소피에게 돈 남기기

면도날 사기

셔츠 고르기

릭이 보내준, 대서양 연안 바다새에 관한 책 찾기

공과금 처리하기

게이브*에게 전화하기

나는 조리대 위에 해야 할 일의 목록을 적은 메모지를 올려놓았다. 오늘밤은 리허설이 늦게까지 계속됐다. 소피는 준비해둔 저녁을 스토브에 넣어두고 갔다. 계피와 파프리카를 넣고 내가 좋아하

*가브리엘의 애칭.

는 식으로 닭 요리를 했다. 나는 접시를 들고 거실로 건너가 텔레비전을 켰다. 구소련에서 만든 〈전쟁과 평화〉가 방영되고 있었다. 볼륨을 줄였는데도 소리가 들린 모양인지, 제시가 뛰어 내려왔다. 아이는 잠시 문간에 서 있다가 소파로 걸어와서는 내 옆에 올라와 앉았다.

"아빠, 아빠 바지가 맘에 들어요."

나는 오래된 리허설용 바지를 입고 있었다. 해진 바짓단을 내려다보며 애써 웃음을 참았다.

"이거 좀 먹을래?"

녀석이 고개를 끄덕였다. 나는 소스를 긁어냈다. 제시는 양념 많은 걸 좋아하지 않았다.

"저기 백마 탄 사람 있지? 나폴레옹이야."

"좋은 사람이에요?"

나는 쿠투조프 장군을 가리켰다. 둥근 얼굴, 졸린 눈, 별 장식이 달린 제복.

"저 사람이 좋은 사람이야. 아직은 아닌데 곧 저 사람이 이길 거야. 모토가 '시간과 인내' 거든."

제시의 사전에는 없는 단어였다.

1부가 끝나자 화면이 지지직거렸다. 제시가 나를 따라 부엌으로 들어왔다.

"아빠."

내 옆에 우주비행사 잠옷을 입고 선 제시는 아주 작아 보였다.

"왜 그러실까?"

나는 아이를 들어 올렸다.

아이의 궁금증은 뭐든 될 수 있었다. 아이는 중력에 대해 물었다. 중력이 어떻게 우리를 땅에 잡아둘 수 있는 거냐고.

"아빠가 우리 제시를 아주 많이 사랑하기 때문이지."

제시의 머리에 입을 맞춘 뒤 안고 침실로 갔다.

결국 나를 이 땅에 붙잡아두고 있는 것은 사랑이었다. 처음엔 그것을 배신이라고 여겼다. 톨스토이는 말했다. "삶을 사랑하라. 신이 삶이니, 삶을 사랑하는 것은 신을 사랑하는 것과 같다." 나는 이제 살아간다는 편에 내 운명의 주사위를 던졌다. 그러나 신을 믿을 수는 없었다.


나샤위나에서 여름을 보내고 부다페스트로 돌아왔을 때 나는 내게 선택의 여지가 없다고 생각했다. 이곳에 살며 내 일을 하는 것이 내 운명이라고 여겼다. 보스턴에서 올린 〈토스카〉 공연을 보러 온 헝가리 망명객이 제안을 해왔다. "헝가리에서 이런 일을 해주시오. 오페라단 시작 자금은 내가 대줄 테니." 6개월 이내에 시작한다는 조건이었다. 나는 거절해선 안 되는 기회가 주어졌다고 생각했다. 떠나지 않는다면 옳지 못한 행동 같았다. 친구 가브리엘이 파트너로서 사업적인 측면을 맡아주겠다고 했다. 그러나 오페라단에 대한 야망, 사람들의 귀와 눈을 변화시킬 수 있는 오페라를 만들겠다는 소망은 한편, 내 눈앞에 있는 것을 보지 않으려는 핑계이기도 했다.

프로빈스타운에서 테라스에 서 있는 키라를 보았다. 그녀의 얼굴, 그녀의 눈에 고인 고통. 그녀는 말을 하려 들지 않았다. 나는 내가 그녀에게 어떤 영향을 끼쳤는지 알지 못했다. 나에게 말이 되었던 것이 그녀에겐 말이 되지 않았다.

그 뒤, 신의의 의미는 더 이상 간단하지 않았다. 나는 살아 있는 사람을 배신하지 않고선 아이리나와의 신의를 지킬 수 없었다. 가브리엘의 아내, 클라라에게 이 말을 했더니 그녀가 말했다. "당신의 마음도 배신해야 했겠죠."

나는 기억에 대한 책을 읽고 있었다. 침대 밑에 놓인 테이블에서 책을 집어 들고 침대 속으로 들어갔다. 우리는 폐쇄의 유혹을 거부해야 한다. 나는 밑줄을 그었다. "기억상실증에 걸린 듯 모른 체하는 것, 망자에게 진 빚을 갚지 않고 잊어버리는 것, 그것을 거부해야 한다."*

여전히 거리에 서면 나는 아이리나를 찾았다. 지난밤 꿈에도 아이리나는 나를 찾아왔다. 검은 드레스를 입은 그녀의 얼굴이 창백했다. 하얀 달이 하늘을 빙빙 도는 것 같았다. 그녀가 말했다. "당신은 내게서 멀어지고 있어. 흐르는 바람처럼, 당신을 멈추게 하는 건 불가능한 일인 것 같아." 나는 미안하다고, 미안하다고 했다. 절망에 찬 목소리로 미안하다는 말을 반복했다. 그러나 그녀는 사라졌다.

꿈이 바뀌었다. 이번에는 실내였다. 콘서트홀이었다. 어떤 여자가 노래를 부르고 있었다. 아이리나라고 생각했는데 얼굴을 보니 키라였다. 나는 노랫소리를 들으며 한쪽에 비켜 서 있었다. 내가 언제나 들었던 소리이면서도 한 번도 들어보지 못한 목소리였다. 확신에 찬, 밝고 분명한 목소리.

* 수잔 루빈 술레이만의 『기억의 위기와 2차 대전』 232쪽에서.─작가 주

340

오늘밤 리허설 때는 테너에게 심하게 굴었다. 목소리에 짜증을 섞지 않으려고 노력했지만 미안한 감이 없지 않았다.

"당신은 희망을 어떻게 느끼고 있습니까? 당신 몸속 어디에 의심이 박혀 있습니까? 오르페우스가 그를 돌아보게 만든 소리를 들었을 때, 그 순간 본능적으로 무슨 일이 일어납니까?"

벌써 몇 번째 반복 연습을 하는 중이었다. "닉, 아름답습니다. 노래는 아름다워요. 하지만 그렇게 통제해버리면 감수해야 할 위험이 더 커집니다."

곧 킹스 칼리지로 출발할 예정이었다. '아홉 일과와 캐럴' * 형식을 시도해보는 것도 나쁘지 않았다. 월요일에는 연주자들도 합류할 예정이었다. 그리고 키라도 올 것이다. 테너에게 던진 질문이 하나 더 있었다. "기쁨이란 어떤 감정입니까?" 나는 불을 껐다.

킹스 칼리지 휴게실은 진한 붉은색으로 칠해져 있었다. 벽난로 위로 액자가 하나 걸려 있었는데, 딱 붙는 발레의상을 입고 무대 위에서 춤추는 무희들을 발코니에서 내려다보는 남자 그림이었다. 키라는 저 그림을 어떻게 생각할까? 혹은 그녀의 눈은, 저 뒤쪽 벽에 난 높다란 창문들을 향하게 될까?

음악감독은 몬테베르디 페스티벌을 조직했다. 공연 초청은 놀라운 일이었다. 보스턴에서 올린 〈토스카〉 얘기를 들은 모양이었다. 그는 내년 겨울에는 부다페스트도 방문해보고 싶다고 했다. 그가

---

* 매년 크리스마스이브에 열리는 킹스 칼리지 합창단의 '아홉 일과와 캐럴 축제A Festival of Nine Lessons and Carols'는 아기 예수 탄생을 축복하는 예배 의식이다. 아홉 개의 성서 일과 (아침 저녁 기도 때 읽는, 성서 구절)에 크리스마스 캐럴과 찬송가 합창이 어우러져, 인간의 원죄, 메시아의 예언, 예수의 탄생 이야기를 그리고 있다.

나에게 다가왔다.

"예배당은 둘러보셨습니까?"

키라는 아침에 도착했다. 히드로 공항에서 케임브리지로 오는 버스를 탔다. 킹스 칼리지에 연구원으로 있는 친구 릭이 그녀를 마중 나가 자기 집으로 데려가서 쉴 수 있게 해주었다. 나는 하루 종일 리허설을 해야 했다. 저녁식사 시간에 맞춰 데려와주기로 했다.

나는 문 쪽을 힐끗 보고 음악감독에게 고개를 돌렸다.

"인상보다는 음향 문제가 더 중요합니다. 〈오르페오〉 마지막 막에서 에코가 흔들리고 있습니다."

나는 다시 문 쪽을 바라봤다. 이제 곧 그 순간이 올 것이다. 그녀를 마지막으로 본 것이 벌써 두 달 전이었다.

두려움이 몰려왔다. 무슨 일이 있었으면 어떡하지? 버스 사고라도 난 게 아닐까. 그녀는 예전 그대로일까?

몬테베르디는 엔딩 부분에 변화를 주었다. 오리지널 버전에선 오르페우스가 바커스 신의 사제들을 피해 도망치고 만다. 그러나 2년 뒤 몬테베르디가 악보를 출판했을 때 바커스 신의 사제들은 사라지고 없었다. 대신 아폴로가 나타났다. 하늘에서 내려와 제 아들을 분노와 슬픔으로부터 구해냈다. 그는 오르페우스를 천국으로 초대하고 태양과 별들 사이에서 에우리디케와 함께 살라고 한다.

나는 키라를 열망했다. 우리에겐 일주일이 있었다.

"승천에 설득력이 있다고 보십니까? 몬테베르디는 관객들의 약점을 이용한 것일까요?"

음악감독이 물었다.

"제가 껄끄러운 건 끝부분이 아닙니다."

342

나는 애써 마음을 집중하며 말했다.

"오페라 전반에 걸쳐 운명의 역전이 너무나 분명하게 예견되어 있습니다. 그런데도 늘 우발적인 일들이 벌어집니다. 오르페우스는 모든 살아 있는 여성들을 거부합니다. 에우리디케와 비교할 때 그녀들은 모두 가치 없는 존재라고 말합니다."

마치 신호라도 받은 것처럼, 키라가 나타났다. 기대감에 찬 얼굴이었다. 릭이 옆에 서 있었고 손에 종을 든 집사가 그 뒤를 따르고 있었다.

나는 그녀에게 다가가 키스를 하려고 했다. 그런데 그녀가 저어하는 기색이 느껴졌다. 대학이라서? 교수라는 공적 지위 때문인가? 그런 걸 신경 쓰는 사람이라는 생각은 하지 못했었다. 공항으로 마중을 나가고 싶었다. 케임브리지 버스 정류장에서 그녀를 만나고 싶었다. 하지만 시간이 허락해주질 않았다. "난 오페라 싫어요. 아빠 하는 일 싫어요." 어느 날 제시가 말했다. 그녀는 제시를 이해한다고 했다.

우리는 다른 사람들과 함께 홀로 들어가 높은 테이블 주위에 모여 섰다. 아치형 천장을 위로 하고, 홀의 한쪽 끝에 자리한 연단에 놓인 매우 높은 테이블이었다. 라틴어 기도문이 이어졌다. 의자 삐걱거리는 소리를 내면서 우리는 자리에 앉았다. 영리해 보이는 음악감독이 테이블 머리에 앉았고 키라는 그의 오른쪽에 앉았다. 내가 앉은 곳은 음악 튜터*와 물리학 교수 사이, 테이블 한쪽 끝이

---

* 튜터제는 14세기 무렵 영국 옥스퍼드와 케임브리지 대학에서 처음 실시되었다. 일종의 개별 지도교사 체제인데, 학생이 칼리지에 입학하면 교수 조직과는 별도로 전공과목별 튜터가 결정되어 재학 기간 동안 지도를 받게 된다.

바라보이는 자리였다. 나는 인쇄된 메뉴판을 집어 들어 코스의 수를 셌다. 이런 일에는 한계가 있었다. 저녁기도는 8시에 시작됐다.

우리는 통로를 따라 예배당으로 향했다. 높은 테이블에 앉았던 사람들의 무리가 이어지고 있었다. 나는 그녀의 손을 꽉 잡으며 말했다. "조금만 기다리면 됩니다." 예배당 문가에서 우리는 옆으로 비켜서 다른 사람들을 안으로 들어가게 했다. 그런 다음 어둠 속으로 숨어 들어가 키스를 나눴다. 그녀 몸의 온기가 내 안으로 흘러들어왔다. 나는 그녀의 얼굴을 만졌다. 스웨터에 가려진 그녀의 어깨를 만졌다. 그녀의 피부가 느껴졌다. 그녀의 옷을 벗기고 싶었는데, 제시 생각이 났다. 우주비행사들이 차가운 시선으로 나를 노려보고 있었다. 나는 그녀의 어깨에 팔을 둘렀고 우리는 안으로 들어갔다. 나는 내내 그녀만 봤다.

"처음이에요."

킹스 칼리지 예배당에 처음 왔다는 말인 줄 알았는데 그게 아니었다. 우리가, 둘 중 누군가의 일이 아닌 어떤 일에 함께하는 것이 처음이라는 얘기였다. 나는 연출이 아니었고 그녀 역시 강연자가 아니었다. 나의 공연도 그녀의 프로젝트도 아니었다.

우리는 자리를 찾아 앉았다. 앞줄 구석자리였다.

오케스트라의 리더가 등장했다. 마지막 뒤척임. 그리고 청중은 숨을 죽였다. 지휘자가 등장했다. 나는 무릎 위에 재킷을 두었다. 그 아래서 우리는 손을 맞잡았다.

계속해서 그녀를 만질 수 있다면. 유령들이 여기 이 예배당에 우리와 함께 있을까? 둥근 천장은 부채꼴 모양이었고 스테인드글라스의 창문은 어두웠다. 열창의 목소리들이 예배당 안에 메아리쳤다. 우리가 지나쳐온 역사, 찬란한 라틴의 단어들. "라우다테, 세라핌, 아우디 코이룸 베르바 메아(오 하늘이여, 저의 말을 들어주소서)."

그녀의 다리로 내 다리를 붙이자, 키라의 얼굴이 붉어졌다. 나는 그녀가 편지에서 하지 않은 말들을 알고 싶었다. 우리에겐 일주일이 있었다. 그녀에겐 봄방학이었다. 아버지와 제시는 소피가 돌보고 있었다. 가브리엘과 클라라가 들러봐주겠다고 했다. 클라라는 내 어머니처럼 화가였다. 그녀는 집시를 연상시켰다. "내 운명을 읽어보세요." 어느 날 그녀에게 손바닥을 펼쳐 보였더니 그녀가 웃으며 말했다. "이번 작품이 〈오르페오〉 아니었어요? 그럼 절대로 하지 말아야 하는 일이 무엇인지도 알겠네요."

뒤돌아보지 마시오. 오르페우스는 에우리디케가 자기 뒤를 따라오고 있다는 것을 믿지 않았다. 발아래서 땅이 갈라졌었는데 어떻게 믿을 수가 있겠는가. 전에도 그녀는 그로부터 멀리 납치당했고 이번에도 다시 그러지 말란 법이 없었다. 하지만 그렇지 않을 수도 있었던 것이다.

아이리나가 사라진 밤, 나는 그녀의 이름을 외쳐 부르며 거리를 내달렸다. 내 목소리가 건물에서 튕겨져 나와 메아리치고 있었다. 눈앞에 멍든 그녀의 몸이 보였다. 두려움과 고통으로 일그러진 그녀의 얼굴이 보였다.

에코를 위해 5막은 템포를 늦추어야지.

성모 마리아 송가가 시작됐다. 저녁기도 중 내가 가장 좋아하는 파트였다. 과거를 포기하겠다는 뜻이 아니었다. 현재를 믿겠다는 의미였다. 키라는 지쳤을 것이다. 바다를 건너온 여행이 아니던가.

그녀는 시장을 지나왔다. 케임브리지는 시장이 서는 동네였다. 생선가게들, 야채와 꽃 진열대, 헌책과 옷가지들. 몬테베르디는 자신의 음악을 재활용했다. 이 통로는 오르페우스가 에우리디케를 찾아다니던 지하세계와 흡사했다. 지하세계로 들어섰던 키라. 나는 그녀의 뒤를 따르지 않았다. 제시를 돌봐야 했다. '아빠, 나와 함께 놀아줘요.' 아이는 긴장하여 어두워진 얼굴로 고집을 부렸다. '지금요, 아빠, 지금 놀아달라니까요.' 아이는 내 손에서 악보를 빼어내곤 했다. "에수리엔테스 임플레비트 보눔."* 나는 키라를 향해 고개를 돌렸다. 그녀는 '에수리엔테스'라는 단어의 어감을 좋아했다. "누가 '굶주린'이란 뜻인 줄 알았겠어요." 어느 날 사랑을 나누던 중 그녀가 말했다. 굶주린$^{hungry}$ 자의 배를 좋은 것들로 채우게 하라. 헝가리$^{Hungary}$를 좋은 것들로 채우게 하라.

저녁기도 의식이 끝난 뒤 우리는 한잔하러 가자는 제안을 사양했다. 나는 다음 날 공연이 있다고, 키라는 장시간 비행기 여행으로 피곤하다고 둘러댔다. 하지만 사실은 우리 둘만 있고 싶었다. 우리는 릭이 수위실에 맡겨둔 그녀의 여행 가방을 찾아 들고 킹스칼리지에 마련된 내 방을 향해 돌계단을 올라갔다. 나는 그녀를 보고 싶었다. 그녀를 안고 싶었다. 그녀가 책상 위에 놓인 램프를 켰다. 나는 천장 조명을 껐다. 나는 그녀를 원했다. 그녀는 의자 위에 코트를 벗어놓았다. 나는 그녀의 머리카락 속에 얼굴을 묻었다. 키라, 키라, 키라. 나의 입술이 그 부드러움을 스쳐 지나고 있었다.

* 성모 마리아 송가에 나오는 「누가복음」 구절. '굶주린 자의 배를 좋은 것들로 채우셨으며' 라는 뜻.

다음 날 아침, 그녀는 릭의 파트너인 제프와 함께 자동차를 타고 늪지를 가로질렀다. 그는 그녀에게 일리 대성당을 보여주고 싶어 했다. 돌아오는 길에는 장을 볼 것이다. 릭의 도움으로 우리는 바시 섬에 챙겨갈 물건 목록을 준비할 수 있었다.

마지막 리허설에서 독창자들이 뭔가 주저하는 기분이 들었다. 나 역시 그랬다. 오페라는 세미스테이지였다. 의상도 무대장치도 없었다. 드라마는 예배당 뒤쪽을 배경으로 진행될 것이었다. 운명을 바꾸는 음악의 힘에 관한 내용이었다. 나는 그것을 믿었다. 음악이 없었다면 나는 굴복했을 것이다. 부다페스트는 우울했고 건물들에는 탄환 구멍이 남아 있었다.

리허설은 정오에 끝났다. 나는 매점에 가서 훈제연어 샌드위치를 주문하여 혼자 먹었다.


오후 시간이 내 앞에 펼쳐져 있었다. 나는 공연 날 산책하는 걸 좋아했다. 실버 스트리트로 발걸음을 옮겨 목초지로 이어지는 길을 따라갔다. 사이클 타는 사람들이 축사 옆으로 난 통로를 쌩쌩 내달리고 있었다. 연 하나가 바람을 타고 있었다. 긴 줄의 끝에는 소년과 그의 아버지가 있었다. "그만하면 됐다." 내가 떠날 때 아버지가 말했다. 침착한 갈색 눈동자는 뭔가를 안다는 듯한 눈빛을 보내고 있었다. 아버지 이마 왼쪽에 난 검버섯이 보였다. 에이브러햄, 나의 아버지. 그들은 자신들이 뭔가의 일부라고 생각했다. 동유럽의 파리, 부다페스트의 일부라고 믿었다. 그들은 자신들을 유대인으로 여기지 않았다. 내 세대와는 달랐다. 전쟁이 끝났을 때 나는 제시만 한 나이였다. 구소련은 적이 되었다. 우리는 거리로 나갔다. 나는 음악학교에 있었다. 봉기, 혁명. 우리는 이런 것들이 계몽이자 자유라고 믿었다. 댐 뒤에선 오리들이 원을 그리며 서성 거렸고, 나무들 옆에 자라난 이끼들은 초록빛을 던졌다. 나는 다른 위도 지역에 와 있었다. 키라는 키프로스에서 자랐다. 빛과 태양이 넘치는 곳이다. 그녀의 부모님은 히틀러를 피해 도망친 망명객들 이었다. 같은 이야기였다. 그녀는 유럽 건축가와 사랑에 빠졌고 나 는 음악에 사로잡혔다. 전 세대는 그런 일이 다시 일어날 수 있다 는 것을 알았다. 어떤 순간에도 우리는 배신당할 수 있었다. 우리 에게 유대인이 된다는 것은 미를 창조하며, 변화를 시도하며, 무엇 을 믿어야 할지 망설이며 세계를 방랑하는 것을 의미했다.

나는 도로를 가로질렀다. 명랑한 목소리의 소년들은 공중에 높 이 던진 공 같았다. 내가 떠나던 날 아침, 제시는 소피와 부엌에 있 었다. 나는 제자리에 멈춰 서서 아이가 하는 말에 귀를 기울였다. 제시가 괜찮은지 확인하고 싶었다. "결혼했어요?" 제시가 소피에 게 물었다. "무슨 일을 하세요?" 제시는 답을 알고 있었다. 그것은 게임이었다. "결혼했나요?" 소피가 제시에게 물었다. "네." 짐짓 어른 같은 목소리로 제시가 대답했다. "부인은 무슨 일을 하세 요?" 그때 들려오던 생각지도 못한 대답. "제 아내는 행글라이딩 강사예요."

바람을 타기에, 물결의 흐름에 몸을 맡기기에, "그 시간이면 됐 다"고 아버지가 말씀하셨다.


예배당은 사람들로 가득했고, 음악 속의 침묵처럼 청중석은 쥐 죽은 듯 고요했다. 팔을 들어 올리자 트럼펫 연주가 시작됐다. 음악이 프롤로그를 향해 나아갔다. "달 미오 페르메소, 아마토 아 보이(내 사랑하는 페르메수스*로부터, 나 그대에게 왔노라)." 그리고 나는 음악 속에 있었다. 호른 소리와 쉼 없는 드럼 소리가 출두 명령을 내렸다. 주제부가 시작됐다. 처음에는 현악기가, 그다음에는 소프라노가 기묘하고 정연한 세계를 연출해냈다. 무언가를 그리워하는 듯 서정적이면서도, 더없이 장중한 분위기였다. 그런 확신 속에 머물고 싶지 않은 사람이 누가 있겠는가.

막간 시간에는 아무도 말을 하지 않았다. 신들이 우리를 방문했다. 3막은 '스페란자(희망)'로 시작되었다. 소프라노의 목소리가 예배당 위로 울려 퍼졌다. "만약 그대가 서러움의 도시에 발을 들여놓을 만큼 심장의 의지가 아직 결연하다면." 이것이 바로 내가 주저했던 지점이었다. 하지만 이제는 내 안의 뭔가가 놓아주고 있었다. 오르페우스와 함께 나는 지하세계로 들어갈 것이다. 사공을 설득할 것이다. "논 비보 이오(나는 살고 있지 않다)." 나의 사랑하는 아내가 생명을 빼앗겼기 때문에, 나의 심장은 더 이상 남아 있지 않다. 심장 없이 내가 어떻게 살아 있다 말할 수 있겠는가?

'큐엘 인펠리체(이 불운한 남자)' 4막에 접어들었다. 오르페우스를 풀어달라며 제우스에게 간청하는 페르세포네. 연민과 사랑이 지하세계에서 승리를 거두고 정령들이 노래했다. 어떤 감정이 북받쳤다. 나는 냉정을 잃었다. 전에는 한 번도 없던 일이었다. 가수들과 연주자들은 스스로 작품을 끌어갔다. 나는 다른 세계에 있었다. 소음이 들려오자 오르페우스가 놀랐고 나 역시 놀랐다. 모든

---

*수많은 강江의 신들 가운데 하나.

것이 위험에 처해 있었다. 그는 그녀는 잃을 것인가. 그들은 이제
막 빛을 향해 발걸음을 내딛고 있다. 의심이 그를 덮친다. 에우리
디케는 아직 그의 뒤에 있을까? 내게서 비명 소리가 터져 나왔다.
가수들은 기겁한 표정을 지었지만 집중력을 잃지 않았다. 몸속이
뜨거웠다. 그러지 마라. 그러지 마라. 나는 그에게 말하고 싶었다.
뒤를 돌아보지 마라. 그러나 오르페우스는 고개를 돌리고 말았다.
세 번째 정령이 노래했다. "그대는 규율을 어겼으니 자비의 가치가
없노라."

비명은 실수였다. 청중들의 귀에 들렸을 게 분명했다. 천장 높은
곳에 박혀버렸을까? 음악소리에 묻혀버렸을까? 사람들의 얼굴을
보면 알 수 있었다. 마침내 정적. 그리고 박수 소리가 들려왔다. 몬
테베르디, 건축가들, 가수들, 연주자들이 나의 실수를 덮는 마법을
부렸다.

리셉션 행사 동안, 몇몇 이들은 내 눈을 피했다. 나를 위한 배려
였을까? 아니면 본인들이 민망해서였을까? 투명인간으로 변하는
망토가 있었으면. 그 실수를 어떻게 설명할 수 있단 말인가. 프로
답지 못한 행동이었다. 나는 냉정을 잃지 말아야 했다. 그러나 공
연은 끝났다. 와인이 넘쳐흘렀다. 킹스 칼리지는 이날 행사를 위해
와인저장소를 개방했다. 음악감독은 기분이 좋아 보였다.

"당신이 원했던 거잖아요. 그 순간을 느끼는 것."

키라가 속삭였다.

잠시 뒤 거나해진 우리는 산책을 나갔다. 그리고 킹스 칼리지
를 뒤로 하고 퀸스 로드에 서 있었다. 나는 공중에 키라를 들어
올렸다.

우리가 킹스 칼리지를 떠났을 때에는 비가 내리고 있었다. 페리 시간에 맞춰 도착할 수 있을지 확신이 서지 않았다. 차에는 우리 둘뿐이었다. 그때처럼 그녀가 말했다. "산울타리가 없는 것만 빼면 똑같네요." 그녀가 나를 봤다. 눈썹을 움직거리며 미소 지었다. 트럼핑턴 로드로 방향을 트는데, 그녀의 손가락이 내 목덜미를 쓰다듬고 있었다. 온몸에 파도가 치는 것 같았다. 나는 그녀의 무릎에 손을 올려놓았다. 차를 멈추고 싶었다. 왕립식물원을 지나자 신호등이 빨간불로 바뀌었다. 와이퍼를 앞에 두고 우리는 키스를 나누었다. 눈을 들어보니 신호등이 초록불로 바뀌어 있었고 우리 뒤에선 차들이 기다리고 있었다. 나는 마음을 가라앉혔다. 이맘때엔 페리가 일주일에 한 번밖에 운행하지 않았다.

우리는 교차로를 돌아 고속도로로 들어섰다. 오른쪽으로 트럭이 물보라를 튀기며 지나가고 있었다. 나는 와이퍼를 위로 올리고 유리창에 붙은 고무 날을 쳐다봤다.

"모든 게 궁금해요."

내 손은 가볍게 운전대를 잡고 있었다. 키라는 부츠를 벗어 계기판 위에 발 하나를 올려놓았다. 그녀의 종아리는 길고 아름다웠다.

"이상한 시간이었어요."

보스턴에 있는 그녀의 모습, 가을, 나샤위나의 집.

"평소에 하던 대로 일을 했을 뿐이에요. 강의하고, 프로젝트 진행하고."

그녀는 발의 위치를 바꿨다. 무릎의 각도가 살짝 올라갔다.

"아침마다 로야하고 수영을 했는데, 어쩐지 방해받고 있다는 느낌이 없었어요. 아무런 노력 없이 여유롭게 물살을 가르는 느낌.

혼란스러웠지요. 거울에 얼굴을 비쳐보곤 했는데 잠시 나 자신을 알아볼 수 없기도 했으니까요."

그녀는 뒤쪽으로 손을 뻗어 오렌지를 집었다. 그리고 껍질을 벗겨 내 입에 한 쪽 넣어주었다. 살짝 시긴 했지만 달콤한 과즙이 입 안에 퍼졌다.

"하지만 정신이 딴 데 팔린 것 같은 기분이 드는 때도 있었어요. 다시 시작되는 건가, 싶었죠."

그녀는 숨을 들이마셨다.

"그 얘기는 하고 싶지 않았어요. 사람들이 뭐라고 할지 알았으니까. 언니는 알 거라고 생각했어요. 문제가 있다 싶으면 내게 무슨 말을 할 거라고 생각했죠. 하지만 언니는 임신 때문에 경황이 없었어요. 그레타와 얘기를 했어요. 늘 하던 말을 하더군요. '당신은 알고 있어요.' 그래서 그 말을 믿고 기다려보기로 했어요."

그녀는 내 말을 기다리고 있었지만 나는 이미 말했다. 지금부터는 혼란스럽게 하지 않겠다고. 나의 영은, 나의 영혼은 그녀 곁에 살고 있다고. 전에 그 무엇보다 그녀를 사랑한다는 말을 한 적이 있었다. 그러고는 그녀를 버렸다. 그녀는 그것을 이해할 수 없었다. 나는 그것을 알지 못했다.

나는 팔을 뻗어 그녀의 손을 잡았다.

우리는 웨일스 지역으로 들어섰다. 길 안내판이 두 가지 언어로 적혀 있었다. 발음할 수 없는 웨일스 식 이름들, 수많은 자음들. "야생화들 같아요." 여기저기서 튀어나오는 l, d, w, y 철자에 기분이 좋아진 그녀가 말했다. 어느새 비가 부슬부슬 내리고 있었다.

애버대론에서 발견한 가게에 들어가 커피에 곁들여 샌드위치를 먹으면서, 지침 사항을 읽었다. 섬을 관리하는 사람이 쿠르트 팜 인근 주차장으로 나올 거라고 했다. 그가 포스 메이두위 해변으로 짐을 날라주기로 되어 있었다. 걸어서 10분 정도 되는 거리라고 했다. 비상식량 상자들을 차에 실으면서 릭은 우리에게 방수복, 웰링턴 장화, 등유 램프, 손전등도 빌려주었다. 우리는 재킷을 걸치고 나머지 물건들을 카트로 옮겼다.

나는 바시를 한여름의 나샤위나로 상상했다. 그러나 막상 본 순간 충격이었다. 쇳빛의 바다 위로 솟아오른 황량한 언덕이었다. 나는 무슨 생각으로 이곳에 오자고 했을까? 열네 살 무렵, 어머니는 나보고 스카우트에 가입하라며 성화를 부리셨다. 어머니답지 못한 행동이었다. 어머닌 그런 것들에 가치를 두지 않는 분이셨다. "너무 안에서만 지내면 곤란하지 않겠니?" 설득력 없는 목소리로 그렇게 말씀하셨지만, 본심은 다른 아이들과 어울리라는 것이었다. 학교 친구 하나가 나와 같이 입단을 했다. 우리는 같은 텐트를 썼는데, 챙 아래로 빗방울이 똑똑 새어 떨어졌다. 휘몰아쳐온 바람이 텐트를 흔들기도 했다. 도보여행은 끝날 줄을 몰랐다. 결국 우리는 우리 자신을 속이기로 결심했다. 이것보다 나쁜 일이 또 있겠어?

페리가 모습을 드러내더니 앞바다에 닻을 내렸다. 우리는 구명조끼를 입고 고무보트에 올라탔다. 키라는 신이 나 있었지만 난 턱 아래가 팽팽해지는 것을 느꼈다. 하늘은 이미 어두워졌고 파도가 심했다. 페리로 이동하기가 순탄치 않았다. 나무 벤치들이 고무보트의 옆쪽에 놓여 있었다. 보트팀은 어서 빨리 출발하고 싶어 했다. 물보라가 뱃머리 위로 치솟고 있었다.

내 오른편에 앉은 남자는 비 때문에 흐릿해진 안경을 끼고 있었는데, 자신을 조류관측소 일원이라고 소개했다. 봄맞이 철새 이동이 이미 시작되었다나. 만크 섬새들이 아르헨티나에서 돌아오고 있다고 했다. 새들은 이미 적도를 넘었다. 빛이 그들의 신호였다. 키라의 등 뒤로 젖은 머리칼이 늘어져 있었다. 나사위나의 절벽에 섰던 그날이 떠올랐다. 그녀는 나에게 경계지역을 좋아하느냐고 물었다. 나는 그렇다고 대답했지만, 의심할 여지가 없다고 믿었던 다급했던 상황에서는 뒷걸음질 쳤다. 그녀를 향한 나의 열정은 방해물인 것만 같았다.

보트가 험한 절벽 아래를 지나갔다. 인적은커녕 보이는 것은 새뿐이었다. 키라를 보았다. 그녀는 못 말릴 표정을 짓고 있었다. 그녀가 옳았다. 보트가 남쪽으로 방향을 옮기자 들판이 펼쳐졌다. 앞쪽으로 작은 항구가 보였다. 가이드북에 따르면 6세기에 대담한 순례 행렬이 있었을 뿐, 산은 모든 것으로부터 섬의 비밀을 지켜내고 있었다. 그리고 우리가 해변에 발을 딛고 있었다. 나는 갑작스런 고요함에 정신이 아뜩해져 마음을 다잡아야 했다. 한편으론 기대가 일면서도 한편으론 염려스러웠다. 나는 무엇을 바라고 있었던가.

조각상 하나가 우리를 맞았다. 고대의 왕이 금속 왕관을 비스듬히 쓰고 이판암 한가운데 앉아 있었다. 손에는 비뚤한 담배를 들고, 옆쪽에는 럼주 한 병을 둔 그는 만족스러워 보였다. 그는 우리가 해결해야 하는 문제를 해결할 필요가 없을 것이다. 바다와 날씨와 새들만이 문제였을 것이다. 우리 역시 이곳에 좌초될 수도 있었다. 나는 왕을 바라보았다. "어떻게 하면 그렇게 내내 앉아 있을 수 있습니까?" 갑자기 웃음이 나왔다. 웃고 나니 우울이 사라졌다. 키라는 조개껍질을 주워 늙은 왕의 무릎 위에 놓아주었다. 소박한 봉납이었다.

작은 항구 너머 들판은 밝았다. 좁은 지협을 가로질러 남쪽으로 내려가니, 붉고 하얀 줄무늬 등대가 아일랜드 해로 이어지는 길을 표시해주고 있었다. 우리는 짐꾼 뒤에서, 단 하나의 자취를 따라 북쪽으로 향했다.

숙소는 저 멀리 서쪽 산등성이 아래였다. 근처로 수도원 탑과 예배당의 흔적들이 남아 있고, 앞쪽으로 낮은 돌담이 드리워진 소박한 농가였다. 우리는 대문을 열고 안으로 들어갔다.

최소한의 물품만으로 꾸려진 생활이었다. 오두막, 정원에 있는 옥외 변소, 찬물이 나오는 부엌 수도꼭지, 가스레인지와 냉장고 그리고 우리.

나는 그녀의 이름을 불렀다. 내 목소리가 차갑고 고요한 공중에 매달렸다.

그녀는 수줍은 표정을 지었다. 자기 안으로 후퇴해 들어가려다 잠시 앞쪽으로 발을 디뎌보는 이 찰나의 순간. 나는 그녀의 망설임과 그 속에 숨은 질문이 좋았다. 당신에게 보여줘도 될까요? 보고 싶은가요? 그녀는 자신을 열어 보였다. 그것은 선물이었다. "큰 소리로 말해요." 나는 그녀에게 가끔 이렇게 말하곤 했다. 그녀의 생각을 듣고 싶었기 때문이다. 지금은 모든 것을 원했다. 외떨어진 이 집에서 우리를 방해할 것은 아무것도 없었다. 나는 그녀를 내 쪽으로 끌어당겼다.

"이리 와요."

그녀가 말했다.

우리는 좁은 계단을 올라갔다. 계단은 우리가 잠을 잘 곳으로 이어졌다. 회색 빛줄기가 작은 창문으로 들어오고 있었고 나무 의자엔 담요들이 쌓여 있었다. 준비가 채 안 된 침대 위에서 우리는 사랑을 나누었다.

"그건 만들어나가야 하는 거예요."

언젠가 그녀가 말했다.

"그냥은 아무 일도 일어나지 않아요."

완벽한 진실은 아니었다. 그냥 그렇게 되는 일도 있는 것이다. 정성으로 만들어가는 과정은 그다음 일이다. 나는 손가락으로 그녀의 머리칼을 매만졌다. 이곳의 빛 속에서 그녀의 머리칼은 밀 색이었다. 그녀가 눈을 감았다. 그녀의 손가락이 내 얼굴을 따라 흐르고 있었다. 눈먼 사람들의 사랑처럼. 촉감으로 알고 느낌으로 보았다. 클라라는 감정을 느끼려면 함께 느껴줄 누군가가 필요하다고 했다. 당시엔 무슨 뜻인지 확신하지 못했다. 그러나 이제 키라가 나를, 내가 전에 느끼지 못했던 어떤 감정으로 이끌고 있었다. 나는 눈을 감고 그녀의 침묵 속으로 들어갔다. "알아야 할 필요는 없습니다. 음악 속에서 그것을 발견할 것입니다." 가수들에게 말하곤 했다. 이제 나는 오로지 그녀의 숨소리에 깃든 리듬만을 느꼈다. 대리석처럼 부드러운 그녀의 어깨. 나의 손가락이 그녀의 팔을 타고 내려갔다. 뼈에서 근육으로 바뀌는 감촉, 그녀의 팔꿈치 마디, 그리고 보드라운 피부.

베르베르산 사냥개는 사람의 발자국에서 두려움을 읽을 수 있다. 그녀의 손가락이 내 목덜미 움푹한 곳에서 멈추었다.

나는 눈을 떴다.

그녀가 물었다.

"두려워요?"

"뭐가 말입니까?"

어깨가 뻣뻣하게 굳었다.

두려워하지 마라. 나는 채석장의 어느 바위 위에 서 있었다. 음악학교에 들어간 첫 번째 해의 여름이었다. 우리는 그날 오후 수업을 빼먹었다. 무리 중 하나가 그곳을 알았다. 그는 거기서 수영도 할 수 있다고 했다. 물은 초록빛이었고 완벽하게 고요했다. 나는 잠시 망설였다. 발아래서 뜨거운 열기가 올라오고 있었다. 보지 마, 그냥 가는 거야. 나는 물속으로 뛰어들었다.

"우리 사이."

그녀가 나에게 요구하는 단 하나는 정직한 마음이었다.

"조금."

"그럼 천천히 해요."

그녀가 개구쟁이 같은 미소를 짓고 내 눈을 바라보며 말했다.

"처음부터."

몸이 떨려왔다. 이 순간을 휩쓸어 지날 수 있는 열정 속으로 어서 빨리 들어가고 싶은 충동이 일었다.

"좋습니다."

"한 번도 말은 하지 않았지만, 나는 언제나, 부분적으로는 망설이고 있어요. 숨겨둔 방으로 도망을 쳐요."

"모르지 않습니다."

"만약의 경우에 대비해 예비 연료 탱크를 준비해두는 오래된 폭스바겐 같아요."

우리 사이의 거리가 가까워졌다. 나는 그녀의 가슴으로 손을 가져갔다. 다시금 밀려오는 흥분감. 단단해지는 그녀의 젖꼭지.

"아직 아니에요."

그녀가 손을 들어 나를 저지하며 말했다.

"그 마음을 놔버리면 어떻게 될까 늘 궁금했어요."

"우리에겐 일주일이 있습니다."

나의 숨소리가 잦아들고 있었다.

"이제 당신과 그걸 시도해보고 싶어요. 매순간 당신과 함께 있고 싶어요. 움직여야 할 땐 당신에게 얘기할게요."

"좋습니다."

나 역시 그러겠노라고 했다.

방 안 공기는 고요했다. 회칠한 벽에서 우윳빛이 뿜어져 나오고 있었다.

그녀의 몸 아래로 내 몸을 낮추어 발에 키스했다.

"새로운 세계로의 발걸음을 위하여."


나는 이제 그것이 서로의 존재 속에 생겨난 가장 미묘한 변화를 탐지하는 시작점임을 안다. 우리는 상대가 다른 곳으로 움직여갈 때 두려워하지 않고 그 뒤를 따르는 법을 배웠다. 오랜 시간이 필요했다.

그날 밤 그녀의 엉덩이 아래 베개를 받치고 나는 경계가 느슨해진 환영의 몸속으로 들어갔다. 수문이 열리고 급격하게 불어나는 물이 가득 차올라 아래 깔린 하얀 매트리스 위로 쏟아질 때, 우리는 서로의 눈을 바라보고 있었다.

"사실이네요."

그녀가 말했다. 사람들의 말처럼, 그곳은 마법의 섬이었다.

"음식들!"

나는 화들짝 놀란 그녀의 목소리에 잠을 깼다.

방은 칠흑처럼 어두웠다. 우리는 더듬더듬 계단을 내려가 상자들을 찾아냈다. 손전등을 꺼내 키라에게 내밀었다. 나는 그 불빛 아래서 램프와 씨름을 했다. 스카우트 활동은 결국 쓸모가 있었던 것이다. 어쩌면 이것이 어머니의 바람이었는지도 모른다. 내가 경계지역을 넘어 길을 찾아나가기를, 파멸로부터 탈출하기를.

우리는 상할 만한 것들을 냉장고에 집어넣었다. 키라는 손전등을 들고 정원으로 나갔다. 돌아온 그녀가 물었다.

"배고파요?"

시계를 봤더니 12시 20분이었다.

우리는 치즈 샌드위치를 만들고 와인을 한 병 열었다.

마음속에 숨기고 있던 외로움과 간직해온 슬픔. 난 그것이 내 일에 없어서는 안 될 요소라고 생각했고, 그것을 지켜나가는 것이 마땅한 신의라고 생각했다. 이제 이것을 그녀에게 열어 보일 것인가. 우리는 침해의 위험, 성소를 침범당할지도 모른다는 위기감을 느끼며 서로에게서 뒷걸음질 쳤다. 그러나 지금 서로를 원하는 구애야말로 성스러운 것이었다.

나는 샌드위치를 먹는 키라의 얼굴을 바라보았다. 두꺼운 유리

잔을 들어 올리는 그녀의 손. 그녀는 풍요로운 삶을 살았다. 나 역시 그랬다. 그러나 지독히도 각자의 삶이었다.

나는 와인 병을 들어 잔을 채웠다. 우리 가운데 놓인 등유 램프가 노란 빛보라를 흩뿌리고 있었다.

아버지는 아침을 좋아했다. "새로운 날이 밝았구나." 아버진 가장 고통스러운 시절에조차 그렇게 말씀하셨다.

일요일이었고 말 그대로 한가득 태양이 비치는 날이었다. 들판은 무르익고 있었고 저 멀리로는 바다가 있었다. 나는 창문을 열어 바람을 들였다. 커피를 내리고 정원을 돌아봐야지. 나는 키라에게 이불을 덮어주고 바닥에 널브러진 옷가지들을 챙겼다.

시내 근처에 물냉이들이 돋아 있었다. 그것들을 캐 가지고 왔다. 키라가 좋아할 거라고 생각했다. 커피를 한 잔 부었다. 악보를 보든지 가지고 온 책들 중 한 권을 꺼낼 생각이었다. 하지만 나는 조용한 부엌에 앉아, 램프 불을 끄고 계단을 올라갈 때 그녀의 얼굴에 드리워졌던 다정한 미소를 떠올렸다. 잠 속으로 빠져들기 전 우리는 다시 한 번 사랑을 나누었다.

순간 슬픔의 물결이 밀려왔다. 익숙한 자책과 후회. 애석하게도 너무나 많은 것들을 잃었다. 내 앞에 어머니의 얼굴이 떠올랐다. 체포당하는 아름다운 얼굴. 나는 키라 생각을 했다. 그녀가 문간에 서 있었다. 그녀가 나에게 다가왔다. "어디 갔었어요?" 나는 그녀의 브이넥 스웨터에 얼굴을 묻고 체취를 맡았다.

물냉이를 보고 그녀가 좋아했다. 우리는 오믈렛을 만들기로 했다. 그녀는 줄기를 썰었다. 잎은 그냥 두기로 했다. 나는 볼 속에 달걀을 깨뜨렸다. 간밤의 리듬이 되살아나고 있었다.

아침을 먹은 뒤 우리는 섬을 둘러보러 밖으로 나갔다. 바다를 마주한 절벽이 아일랜드 해를 내려다보고 있었다. 항구 맞은편 바위에는 물개들도 보였다. 녀석들은 기린 다음으로 제시가 좋아하는 생물이었다. 스케치북을 챙겨온 키라가 그림을 그리기 시작했다. 나는 지협들을 가로질러 등대 주위를 서성거렸다. 아래쪽에 새 한 마리가 죽어 있었다. 빛 때문에 눈이 먼 것이다. 정도란 참으로 어려운 문제였다. 조금의 차이로 충만과 과잉이 결정된다. 나는 지금 무엇보다 분명한 길을 찾고 싶었다.

쉽지 않은 일이었다. 제시와 단둘이 지낸 몇 달 동안 나는 저녁마다 클라라와 많은 이야기를 나누었다. 그녀가 어머니를 떠오르게 했기 때문일 것이다. 밤색 머리칼, 회색 롱스커트 아랫단에 장식된 오렌지색 띠. 어머니가 좋아할 만한 스타일이었다. 클라라의 작품과 비교할 때 어머니의 그림은 규모가 작았다. 하지만 강렬한 색감이 닮아 있었다. 그녀들은 회색이나 검은색 계통의 진한 표면에 단 하나의 밝은 정사각형이나 원을 그렸다. 그것이 그 시대의 역사였다. 공포와 우울 가운데 드러나는 강렬한 삶의 소박한 순간들. 나는 불안하고 서툴게 나를 채워가고 있다. 이제 나는 그런 마음으로 나 자신을 열어 보이려 한다. 그 안에서 어떤 것이 튀어나올지는 아무것도 알 수 없었다.

결국 내 마음은 나를 놀라게 했다. 한 주의 전환점인 수요일 오후, 우리는 산책을 했다. 나는 마음속으로 우리에게 남은 날들을 세고 있었다. 키라는 물어보기 겁나는 것이 무엇이냐고 물었다. 물어봐야 아무런 일도 일어나지 않을 것이라고 했다. 처음엔 모른다고 말하고 싶었다. 그러나 그 대답이 그녀에겐 회피로 여겨질 수 있었다. 사실이 그랬으니까. 어쩌면 나는 알고 싶지 않았는지도 모르겠다. 각자의 삶으로 되돌아간다는 생각이 나를 당황스럽게 했다. 나에겐 오페라단이 있었다. 우리는 베르크의 〈보체크〉*를 계획하고 있었다. 내가 지금껏 피해왔던 방식으로 현대 오페라에 다가가는 도전이었지만, 지금이 적기라는 걸 나는 알고 있었다. 게다가 나에겐 제시와 아버지가 있었다. 일상으로 가득 찬 삶, 나는 그 속에서 위안을 찾았었다. 그러나 지금 내 눈앞에 펼쳐진 그 삶은 마치 사막처럼 느껴졌다.

"당신과 함께 있고 싶습니다."

쉽지 않은 일임을 알고 있었다. 눈물이 흘러내렸다.

---

* 20세기 최초의 아방가르드 스타일 오페라로, 무조 음악(조성의 법칙을 적극적으로 부정하고 조와는 다른 구성 원리를 찾으려는 음악으로, 화성적인 기능 관계를 해체해 하나의 지배 음에 대한 다른 음의 종속 관계를 부정한다)을 대표한다.

## 그레타에게

나는 지금 바시 섬 오두막의 작은 거실 소파에 앉아 있어요. 밖에선 부드러운 비가 조용히 내리고 있네요. 목요일 오후예요. 안드레아스는 벌써 여러 해째 이 섬에 살고 있다는 화가네 집에 차를 마시러 갔어요. 어찌 보면 은둔자 같기도 하지만, 오래된 켈트 전설에 관한 전문가예요. 아일랜드 해를 지척에 두고 있으니, 안드레아스는 비극적인 상황의 흐름을 극명하게 보여주는 〈트리스탄과 이졸데〉를 떠올리지 않을 수 없었을 거예요.

이제 당신도 알겠지요. 나는 아직도 그걸 생각하고 있어요. 이번 주가 지나고 나면 더욱 그렇게 될지도 모르겠어요. 우리 둘만을 위한 지극히 조용하고 고요한 시간이었어요. 언제나 이러저러한 공포로부터의 피신처였던 이 한적한 유럽의 전초 지점에 있으니, 나 자신이 아침과 저녁의 리듬, 빛 속으로 침잠하는 것 같아요. 키프로스나 나샤위나와는 위도도 다르고, 모든 것이 더 솔직하고 더 분명해요. 지구의 중심과는 더욱 더 가깝고요. 서로를 향한 우리의 자세도 그렇고요.

지난밤에는 꿈을 꿨어요. 마치 지구 구석구석에서 쏟아져 나온 것처럼 사람들이 모여들었어요. 각자 자신들이 겪은 일들에 대한 증거, 상징물들을 들고 있었어요. 나이 든 여자 하나는 부서진 나뭇가지들을 들고 책상다리를 하고 앉아 있었어요. 바닥에 그려진 원의 한쪽 끄트머리에. 그러나 원에는 끝이 없어요. 이 꿈은 혹시 끝이 있을 수 있다는 희망을 말하는 것이 아닐까요? 꿈속의 사람들이 남긴 경고는 모두 다 전쟁에 대한 얘기였어요.

이 집은 너무나 조용해요. 전기 돌아가는 소리도 안 나고 전화벨이 울릴 일도 없어요. 나는 등에는 쿠션을 대고 무릎에는 담요를 덮고 우윳빛 벽에 기대 앉아 있어요. 방 저편에는 창문들이 있어요. 작은 사각형 창틀에는 황록색 들판이 담겨 있고요. 멀리로는 바다가 가물거리죠. 섬새들이 돌아왔어요. 은밀한 곳에다 둥지를 틀었는데, 밤이면 서로 부르는 소리 탓에 얼마나 시끄러운지 몰라요. 새들은 짝이 내는 특유의 소리로 길을 찾아요. 이 지역 조류 전문가 말로는, 녀석들은 쥐나 다른 약탈자로부터 둥지를 보호하기 위해 섬에서 알을 부화한다더군요. 우리 역시 이곳에서 일종의 안전을 발견했어요. 우리 사이에 존재하는 무언가를 믿을 수 있게 됐어요.

내가 이렇게 될 수 있으리라곤 생각지 않았지요. 안드레아스가 이렇게 자신을 내보이리라고도 생각지 않았고요. 나 스스로 우리가 서로 드러낸 그것을 다시 감싸기 위해 움직여가는 모습을 봐요. 마치 방패를 찾는 것 같아요. 그 방패가 나를 보호해줄 것 같아요. 그러다 정신을 차리죠. 이 촉촉한 빛 속에서, 아무것도 덧씌워진 가면 없이 드러난 그의 얼굴은 얼마나 아름다운지.

그렇다면 왜 그런 꿈을 꾼 것일까요? 왜 늙은 여자와 사람들의 무리는 평평하게 펼쳐진, 이 들판 같은 풀밭 위에 모였을까요? 지난밤 우리는 말다툼을 했어요. 사소한 말싸움이 아니었어요. 우리는 이곳에 와 처음으로 사랑을 나누지 않았어요. 에이브가 화제였고, 우리가 그분들 세대와 어떻게 다른지 얘기를 나누고 있었어요. 난 제시를 대하는 에이브의 다정함에 감동했어요. 아이와 놀아주고 아이가 슬프거나 화가 났을 때 안아주는 그 모습이요. 불안한 시기를 견뎌냈기에, 삶에서 모든 것이 걸러지고 정수만 남은 느낌이랄까. 난 나도 그렇게 되고 싶다고 했어요. 정돈된 삶을 살고 싶다고.

"그렇다면 나와 함께 부다페스트로 가는 게 어떻습니까?"

"그건…… 과거로 되돌아가는 것이기 때문에……."

나는 내 말뜻을 온전히 설명할 수 없었어요.

"같이 있으려면 누군가 희생을 해야 합니다."

"난 당신이 희생이라는 개념에 대해 의문을 품게 되었다고 생각했어요. 우리 둘 다, 다시는 무언가를 잃는 모험을 감수하지 않기 위해, 안전을 위해, 신의라는 명분을 위해 우리를 희생할 준비가 되어 있지 않았나요?"

"무엇을 선택하든 뭔가는 포기해야 합니다."

"알아요. 하지만 핵심은 그게 아니에요."

난 모든 홀과 통로들이 작고 단절된 방들로 이어지는 논리 상자에 갇힌 듯한 기분이 들었어요.

"우린 좀 더 열린 무언가를 상상해야 해요."

"열린 관계를 말하는 겁니까?"

"난 섹스 얘기를 하는 게 아니에요."

"그럼 무슨 얘기를 하는 겁니까?"

갑자기 모든 희망이 사라지는 듯했어요. 나는 자리에서 일어나

설거지물을 데우려고 주전자에 물을 채웠어요. 그는 테이블을 치우고 자기 악보를 꺼냈어요.

"무슨 생각을 하고 있죠? 기분이 어떤가요?"

내 입에서 질문이 비처럼 쏟아져 나왔어요. 그는 나를 보면서 이렇게 말했어요.

"키라, 난 지금 악보 연구를 해야 합니다. 나에게 조금이나마 시간을 주십시오."

그는 램프를 끌어당겨 불꽃을 올렸어요.

나는 이 문제를 꺼낸 건 내가 아니라고 말했어요. 우린 왜 이런 막다른 골목에 다다르게 된 것일까요? 이제 우리에게 남은 시간은 이틀밖에 없었는데, 집은 한없이 어둡고 작아 보였어요.

나는 손전등을 꺼내 들고 정원으로 나갔어요. 밤하늘을 배경으로 수도원 탑의 잔해물들이 들쭉날쭉 솟아 있었어요.

꿈속의 여자는 친할머니를 닮았어요. 그분 얘기는 안 한 것 같군요. 우리에게 카드 게임을 가르쳐주셨지만 늘 이기고 싶어 하셨기에 어머니 화를 돋우곤 했죠. 어머니가 "아이들인데 그냥 져주셔도 되잖아요" 하시면 할머넌 "그게 내 맘대로 돼야 말이지" 하셨어요. "카드 속에 모든 게 있어. 아이들도 집중하고 실수하지 않는 법을 배워야 해." 눈매가 예리하신 분이었어요. 다가올 일들을 아셨던 분이지요. 계속 함부르크를 떠나자고 하셨어요. 키프로스에 사촌이 살고 계셨는데, 할머넌 아버지와 삼촌을 데리고 그곳으로 떠나셨어요. 남편 되시는 분, 그러니까 할아버지는 사업이 정리되는 대로 따라가겠다고 했지만 결국 게슈타포에 체포당해 빠져나올 수 없었죠.

그러니 그녀는 꿈속에서 무엇을 하고 있었을까요? 열 살쯤이었을 거예요. 그해에 촌충도 있고 수두에도 걸려서 몇 주 동안 집에 있었거든요. 어머닌 내 침대 옆에 카드 테이블을 놓아주셨어요. 오후에 어머니가 외출하시면 할머니가 내 옆에 앉아서 카드 게임이나 주사위 놀이를 해주셨어요. 태양이 집 모퉁이 주위를 스쳐 지날 때 테이블을 비스듬히 비추던 그 빛을 기억하고 있어요. 난 어머니가 돌아오기를 기다렸어요.

　할머닌 아버지 어릴 적 얘기를 들려주셨어요. 빨간 수레를 무척 좋아하셨대요. 언덕배기 골목에 살아서, 아버지와 아버지 친구들은 언덕 꼭대기까지 수레를 몰고 가 타고 내려오면서 놀았다더군요. 내 또래였을 거라고 하셨어요. 그러던 어느 날 수레가 너무 빨리 내려가버린 거예요. 또 다른 소년이 방향을 잡고 있었는데 통제를 제대로 못했던 거죠. 아버지가 세워보려고 손잡이를 잡았는데 수레가 그만 뒤집히고 말았어요. 날카로운 금속 조각이 아버지 팔에 박혔고 상처는 점점 곪아갔어요. 항생제가 생기기 전이라, 아버진 매일 밤 상처를 씻었어요. 의사들은 아버지가 팔을 잃게 될 거라고 했대요. 그런데 차츰 상처가 낫기 시작한 거예요. 사람들은 기적이라고 했어요. 할머닌 "기적을 믿어야 한다"고 하셨어요. 가끔 아무런 희망이 없어 보일 때에도 포기하지 않는 게 중요하다고.

　안드레아스에게도 그 얘기를 들려줬어요. "어렸을 적엔 아버지 팔에 난 흉터를 들여다보곤 했어요. 피부는 빤질빤질했고 찢어졌던 가장자리들이 울툭불툭했지요." 안드레아스는 "운이 좋은 분이었습니다"라고 했어요.

　우리 역시 운이 좋았어요. 여전히 우리에게 가장 힘든 일은 슬픔

367

에 대해 얘기하는 거니까요. 숨겨온 곳으로 서로를 들이는 것. 뒷걸음질 치지 않는 것. 일 속으로 스스로를 파묻지 않는 것. 우린 지금까지 늘 그래왔어요. 당신은 내가 늘 위험을 감수해왔다고 했지만 지금이야말로 가장 어려운 순간인 것 같아요.

오늘 아침 우리는 사랑을 나눴어요. 그리고 화해했어요. 아침을 먹는데 또 다른 꿈이 생각났어요.

시골이었어요. 우리는 집을 짓고 있었고요. 애나와 내가 지었던 집과는 달랐어요. 좀 더 실험적인 디자인이었어요. 꿈속에서 안드레아스가 말했어요. "당신에겐 더 많은 빛이 필요합니다." 나는 그 사람이 나에 대해 알고 있다는 것이 놀라웠어요. 사람들은 늘 내 작품에 대해, 자연의 빛으로 건물에 빛이 넘쳐흐르게 한다고 했거든요. 루이스 칸이 떠올랐어요. "어둠은 빛에 속한다."

어제 오후에 우린 이 섬을 떠나는 문제를 이야기했어요. 그 사람이 그랬어요. "당신과 함께 있고 싶습니다." 그러고는 눈물을 흘렸어요. 숨이 막힐 듯한 울음이 아니라 단순한 흐느낌이었어요. 지금 그 바람은 아주 낯선 것이니까요. 우리 둘 다 그걸 느꼈어요. 마치 모든 것을 한데 모으는 이곳 북쪽의 바람에 뭔가가 깨끗이 씻겨나간 느낌이에요.

우리는 해변에 서 있었어요. 바다에서 바람이 불어왔고 우리는 눈물을 흘리고 있었어요. 주위를 둘러보았는데 갑자기 웃음이 터져 나왔어요. 썰물 때였고 물개들이 바위 위로 올라와 있었는데, 수염 난 녀석들이 멍한 표정으로 우리를 바라보고 있었거든요.

지난밤, 어지러운 마음으로 정원에 서서 우리가 했던 논쟁과 당신을 생각했어요. 처음엔 내가 원하는 것을 말하기가 힘들었어요.

내가 버려지는 것을 두려워한다고 했었지요? 내 맘속에 그런 게 있었어요. 하지만 그게 다는 아니었어요. 나는 내가 가질 수 없다고 생각했던 무언가를 당신과 나누고 싶었어요. 그걸 요구하는 건 너무 위험해 보였어요. 그래서 당신과 싸우는 편을 택했죠. 하지만 결국 나는 모험을 했어요. 당신 역시 그랬지요.

당신이 무슨 꿈을 꾸는지 궁금해요. 내 글씨를 읽을 수 있으면 좋겠어요. 말할 필요도 없겠지만 이곳엔 타자기가 없어요.

사랑을 보내며,

키라

키라에게

잊어버리기 전에 당신에게 이 꿈을 말해주고 싶군요. 지난밤 꾼 꿈입니다. 나는 근처에서 차를 몰고 가고 있어요. 그런데 전에 한 번도 본 적 없는 집이 보이는군요. 건물 전체를 유리로 지은 집이 네요. 나는 차에서 내려 그 집 주위를 돌아 걸어요. 앵글이 놀라워 요. 어떻게 저렇게 지었을까, 창틀은 어떻게 지탱하지? 굉장히 아 름답고 대담한 시도예요. 지금으로선 기억나는 게 그게 다예요. 어 떤 책에 관한 내용도 있었던 거 같아요.

몇 가지 연상되는 것들만 적어볼게요. 유리로 지은 집에 사는 사 람들, 투명성, 내가 좋아하는 음악의 요소. 투명한 삶. 사전에서 이 단어를 찾아보았어요.

'거의 아무런 간섭이나 굴절 없이 빛을 통과시켜 반대편에 있는 물체들을 분명하게 드러내 보이는 성질. 완벽하게 열려 있고 숨김 없는 성질.' (꿈속에서의 그 책은 사전이었을까요?)

당신이 이 단어를 좋아할 것 같아요.

이제 그만 줄여야겠네요. 다음 주에 더 쓸게요.

사랑을 보내며,
그레타

□ 감사의 말 □

이 소설에 등장하는 장소는 대부분 실존하는 반면, 이야기와 캐
릭터는 상상력이 만들어낸 가공의 사건과 인물들이다. 이들의 삶
을 머릿속에 그릴 수 있는 나의 능력은 하버드 도시 디자인 스튜디
오로 나를 초대해준 린다 폴락과 〈토스카〉 리허설에 나를 불러준
조엘 레브젠에게서 자양분을 얻었다. '셰익스피어 & 컴퍼니 연기
훈련 집중 코스'에 참여할 수 있도록 격려를 아끼지 않았던 크리스
틴 링클레이터와 티나 팩커에게도 고마운 마음을 전하고 싶다. 그
곳에서 크리스틴 링클레이터에게 발성과 호흡법을 배웠다. 아카
족 세계로 이끌어준 것은 데보라 엘런 투커였다. 당시 하버드 대학
인류학과 대학원생이었는데 나에게 자신의 논문심사위원을 맡아
달라고 부탁했었다. 바시에서 자신들과 함께 일주일을 보내도록
허락해준 마틴 리처드와 새라 스몰리, 키프로스를 소개해준 알렉
시아 파나이투에게도 감사의 말을 전한다.

데이비드 윌리엄이 편저한 『피터 브룩 : 연출의 사례들Peter Brook :

A Theatrical Casebook』에서 많은 도움을 받았다. 리허설 과정을 알게 된 것은 마이클 로스테인의 〈카르멘〉 리허설 일지를 통해서였다. 오프닝 공연이 끝나고 안드레아스가 배우들에게 인사말을 할 때는 피터 브룩의 말을 직접 인용했고, 〈글로브〉 지의 〈토스카〉 비평에 영감을 준 것은 피터 브룩의 〈카르멘〉에 대해 프랭크 리치가 쓴 리뷰였다. 1992년 오스트리아 빈에 있는 응용예술 박물관에서 열린 컨퍼런스 과정을 담은, 피터 노에버 편집의 『건축의 끝?The End of Architecture?』은 서로의 작업에 대해 건축가들이 이야기하는 방식을 들려주었다. 노에버의 훌륭한 문장들은 키라가 참여하는 컨퍼런스의 오프닝 발언에 엮어 넣었고, 그녀의 강연 뒤에 이어지는 토론 내용은 프랭크 게리의 서문에 나오는 질문과 소견을 참조했다. 로드아일랜드 디자인 스쿨 소속이었던 엘리자베스 그로스만은, 건축가들이 사용하는 피륙의 메타포를 알려줌과 동시에 키라의 프로젝트를 계획하는 데 가장 많은 도움을 주었다. 토시코 모리의 작업 역시 그녀 덕분에 알게 되었다. 아카 족 마을과 그들의 생활 방식에 대한 묘사는 데보라 엘런 투커의 논문 「내부와 외부 : 아카 족의 마을, 일가—家, 일개인의 층위에서 나타나는 도식적 복제」를 참조했다.

브렌다 챔벌레인이 『질주하는 조류Tide Race』에서 묘사한 바시는 그곳을 떠올리는 데 많은 도움이 되었다. 앨리스 포브스 하우랜드가 쓴 『세 개의 섬Three Islands』에는 나샤위나에 대한 묘사가, 『루이스 칸 : 주요 텍스트Louis Kahn : Essential Texts』에는 빛에 대한 성찰이 풍부했다. 오토 폰 짐존의 『고딕 성당The Gothic Cathedral』, 안드레아스 파파다키스, 캐서린 크룩, 앤드류 벤저민이 편집한 『해체Deconstruction』, 피터 브룩의 『변화 지점The Shifting Point』, 이아니스 파파다키스, 니코스 페리스티아니스, 기셀라 바이스가 편집한 『키프로스의 분열Divided Cyprus』, 찰스 가티의 『헝가리와 소비에트 연합Hungary and the Soviet Bloc』, 수잔 루빈 술레이만의 『부다페스트 다이어리Budapest Diary』 역시 참조했다. 조너선 밀러의 세미스테이지 작품인 〈오르페오〉와 피터 브룩의 〈펠레아스와 멜리장드〉 공연, (결말 바꾸기 게임에서 키라의 부분에 도움을 준) 노미 노엘의 〈햄릿〉 연출, 구겐하임 미술관에서 있었던 자하 하디드의 전시에서도 영감을 받았다.

198쪽에 사용한 시구는 조리 그레이엄의 시 「3막 2장」에서, 키라가 일기에 써 넣은 구절은 응용예술 박물관 벽에 걸렸던 레비우스 우즈의 「1992년 선언문」에서 가져왔다. 피터 아이젠만에 대한 (살짝 변형된) 내용은 「피터 아이젠만 : 건설적 디자인에 관한 찰스 젠크스와의 인터뷰」(『해체』, 143쪽)에서 인용했다. 〈토스카〉의 영어 버전은 EMI 레코딩이 제공한 대본(#56304)을 참조했다.

뉴욕 대학 로 스쿨과 스테인하트 스쿨, 칠마크 공공 도서관에도 감사드린다. 엘리자베스 제도에 관한 책들을 찾아주고 오랫동안 가지고 있도록 허락해준 크리스틴 멀로니에게 고맙다는 말을 전한다.

상상도 못했던 수준으로 작업에 합류해준 편집자 케이트 메디나도 빠트릴 수 없다. 그녀는 이번 작업에, 뛰어난 귀와 눈을 빌려주며 넓은 마음으로 나를 격려해주었다. 그녀가 가진 문학에 대한 안목과 편집자로서의 지혜는 작가라면 누구나 꿈꿀 만한 것이었다. 레이첼 카디시에게도 뭐라 말할 수 없이 고마운 마음이다. 그녀는 동료 작가이자 경험 많은 소설가로서 글쓰기에 대해 많은 것을 가르쳐주었으며, 그 정확한 귀는 훌륭한 선물이 되었다. 다이애나 드 베흐 역시 소중한 귀를 빌려주었고, 그녀만의 방식으로 작가들의 꿈이 되었다.

이 작품을 완성하는 데 다양한 방면에서 도움을 준 많은 사람들에게 감사하고 싶다. 특히 처음 소설을 시작했을 때 격려를 아끼지 않았던 고故 진 베이커를 잊을 수 없다. 초고를 읽어준 아이렌 오켈, 매리 해머, 노미 노엘과 특별한 도움을 준 에밀리 하스에게도 감사의 마음을 전한다. 헬렌 블루멘펠드, 니콜 다버나트, 이브 엔슬러, 피터 프리드먼, 조너선 길리건, 헬가 카이저, 줄리아 레너드, 밥 레빈, 랍 루미스, 카렌 루미스, 린다 폴락, 데이비드 리처즈, 코라 로스, 니오브 웨이, 케이크 웨너에게도 감사드린다. 작업을 진행해나가는 데 그리고 마지막 박차를 가하는 데 없어서는 안 될 도움을 준 아드리안 니콜 르블랑에게도 특별히 마음을 전하고 싶다.

마지막으로 랜덤하우스의 편집부와 미술부, 스티브 마이어스, 베스 피어슨, 애비 플레서, 로빈 롤윅츠, 캐티 쇼에게 감사드린다.

이 책을 남편 짐 길리건에게 바친다. 그가 없었다면 이 책을 쓰지 못했을 것이다.

# 관계의 미래

### 사랑의 상처와 회복에 관한 잊을 수 없는 소설

'기품 있는 여자'라는 의미의 그리스 인명을 제목으로 삼고 있는 이 소설은 불운한 연인들과 그들의 공유되지 못한 삶, 그리고 그들 관계의 미래에 관한 내용을 담고 있다. 자유롭게 넘나드는 물과 빛과 공기, 그리고 그것들의 투명성에 대한 강조는 열린 마음으로 상호 유연하게 교류하는 수평적 관계를 은유한다. 일과 사랑에 대해 말하는 '키라'의 목소리에선, 갈등을 겪고 의문을 품을지언정 자기가 처한 상황을 변화시킬 수 있는 힘이 자신에게 있다는 것을 의심치 않는 신뢰와 확신이 느껴진다.

하버드 대학의 교수이자 건축가인 키라가 "내가 추구하는 것은 안과 밖, 사적 공간과 공적 공간을 나누는 경계의 유동성이다. 사람들이 도시 건설을 자신과 인간과 사회를 달리 보는 방식으로 재인식할 가능성을 발견하게 하고 싶었다"라고 말할 때, 우리는 여성 심리학자 캐럴 길리건의 목소리를 듣는다. 그녀 자신이 『다른 목소리로』(1982)를 통해 여성주의적 용어로 심리학을 재정의하며 경계

허물기와 틀의 변화를 주장했기 때문이다. 자신의 첫 소설인 이 작품에서 캐럴 길리건은 상실과 그 본질에 대한 파고듦, 그리고 치유의 가능성에 대한 모색을 통해 여성심리학자로서 자신의 이론을 펼쳐 보인다. 키라는 자신이 건설하게 될 나샤위나 섬의 미래에 '카르타고 프로젝트'라는 이름을 붙여주었다. 제국과 전쟁을 상징하는 로마의 대안임을 상징하기 위해서다. '로마'는 '아모르'로 변화해야 한다. 여성은 그 변화를 요구해야 한다. 우리 삶의 공간은 "통제와 권위의 관습에 도전할 수 있는 구조와 자재"를 원하고 있다.

## 그 여자 그 남자

키라와 안드레아스는 상실을 공유하고 있다. 역사의 소용돌이 속에서 배우자를 잃었으며, 신의를 지키기 위해, 그들과 공유했던 비전을 실천하는 데 삶을 바친다. 신의와 헌신을 이해하는 마음은 그들을 연인 관계에 빠져들게 한다. 그러다 안드레아스가 떠난다. 떠나야 한다는 안드레아스의 생각은 독단적이다. 그는 비극을 막기 위해 오페라를 올린다고 했다. 사람들이 눈을 뜨고 귀를 열어, 눈앞에서 벌어지고 있는 일들에 대한 감정으로부터 고개를 돌리지 않도록 하기 위함이라고 했다. 그러면서 막상 자신은 고개를 돌린다. 보이지 않는 척, 들리지 않는 척. 키라 역시 그들 관계에 대한 확신이 없다. 안드레아스가 떠날 수 있다는 것을 짐작하면서도 모른 척한다. 건축을 통해, 오페라를 통해서는 열림과 경계 없음을 지향하면서도 관계를 형성하는 그들의 마음은 닫히고 막히고 고여 있다.

기억을 반복하고 역사를 되돌아보는 이유는 자책하지 않기 위함이다. 알면서 모른 체하지 않기 위함이다. 정직하게 반응하고 투명하게 요구하기 위함이다. 나와 당신과 우리가 투명하게 소통하기위함이다. 믿음은 일개인의 마음만으로 생겨날 수 없다.

### 그 여자 그 여자

키라는 진실을 알고 싶다는 마음으로 극단적인 선택을 하고, 그것은 심리치료사인 그레타와의 상담으로 이어진다. 그러나 키라가안드레아스에게 그랬던 것처럼, 환자가 치료사에게 '의존'할 수밖에 없는 기존의 수직적 구조가 존재하는 한, 심리치료는 안드레아스와의 관계가 가져다준 것과 똑같은 종류의 상처로 이어질 것이다. 키라는 또다시 버려질 수밖에 없는 구조 속에 들어와 있음을알게 된다. 이러한 구조가 존재하는 한 심리치료는 불완전할 수밖에 없다. 애정 관계에서 드러나는 문제들, 심리치료에서 드러나는문제들, 나아가 대학 내 관계의 문제들, 국가 간 관계의 문제들, 개념 간 관계의 문제들의 본질은 같다. 소통하지 못하는 독재적 관계. 심리치료 혹은 사람들을 심리치료로 이끄는 문제들과, 그 문제들이 발생하는 사회 혹은 문화는 별개의 요소가 아니다. 그러므로"변화의 과정은 궁극엔, 개인을 넘어 가족구조로, 더 나아가 사람들을 고통스럽게 하는 종교적 정치적 구조로까지 그 범위를 확장해나가야 한다." 그것이 그레타가 상담의 '종결'을 유보하는 이유이다. 그녀에게 자신을 내보이고 서로에 대한 이해를 확인하며 지속적인 관계를 형성해가는 이유이다. 그녀들은 관계의 구조에 대한 의문을 제기하고 그 변화를 요구한다.

## 그들과 우리

이 소설에는 20세기 유럽의 역사와 더불어 현대 건축의 흐름, 심리치료 방법론, 오페라 작품들이 등장한다. 우리는 그 속에서 이성적인 사람들이 맺어나가는 관계의 양상이 얼마나 비이성적인 국면으로 치달을 수 있는가를 보고 듣고 경험한다. 그리고 세계를 보는, 혹은 관계를 맺는 새로운 방식에 대해 자문한다. 소설 속 인물들이 보여주는 실패한 관계는 누가 누구를 이기고 누가 누구보다 낫다는 개념의 불완전성을 보여준다. 희망은 우위의 경계가 없는, 흐르는 관계에서 찾아야 한다. 우리는 새롭게 시작되는 안드레아스와 키라의 관계가 그럴 수 있기를 희망한다. 키라는 말한다. "저는 다만, 작은 규모로, 우리를 둘러싸고 있는 틀을 변화시킬 수 있다는 가능성을 전달하고 싶었습니다. 제가 그리는 도시는 언덕이 아니라 물 위에 있습니다. 우뚝 솟아오르는 게 아니라 유려하게 흘러가고 있습니다. 삶은 끝없는 시작과 주고받음이 오가는 공간이기 때문입니다."

2009년 5월
김이선